아름다운

소녀들의

수직사회

아름다운 소녀들의 수직사회

우제주 지음　　　황선영 옮김

美 好 少 女 的 垂 直 社 會

북로드

일러두기

각주는 모두 옮긴이 주다.

차례

1부

✦

장리팅의

이야기

✦

01

바닷물이 차올랐다.

바닷물이 차올랐다. 비누 거품 가득한 욕조에 누워 있는 것 같았다. 다만 마개는 눈에 보이지 않아 찾을 수도 뽑을 수도 없었다. 바다의 마개는 대체 어디 있는 걸까? 장리팅은 자신의 집 대문 앞에 서서 발등 위로 서서히 차오르는 혼탁한 바닷물을 가만히 지켜봤다. 바닷물이 몰고 온 흙모래는 간지럽히는 장난을 치는 린위안처럼 발가락 사이로 스며들었다. 린위안. 장리팅은 눈을 감고 절친 린위안을 떠올렸다. 린위안은 지금 어디 있지? 장리팅은 앞마당을 둘러친 낮은 울타리를 집어삼키고, 길가의 가로수를 넘어뜨리고, 거실 옷장에까지 서서히 밀려드는 바닷물을 지켜봤다. 현관에 있는 신발들이 하나둘 물에 떠올랐다. 슬리퍼, 단화, 로퍼가 폭우가 쏟아지는 날 즐겁게 노래하며 소풍을 가는 것 같았다.

　장리팅은 자신이 과거에 물고기였을 거라고, 우아하게 헤엄치는 인어였을 거라고 상상한 적이 있었다. 하지만 현실로 돌아오면 모든 환상은 왜곡된 투영에 지나지 않는다는 것을 깨닫는다. 환상은 그렇게 초점을 잃고 일그러진다. 장리팅의 두 다리가 바닷물에 휩쓸려 조금씩 앞으로 떠밀렸다. 자오얼 섬蕉洱島에 설치된 모든 비상벨이 요란하게 울렸다. 장리팅은 고개를 들었다. 옆 나라 수지국束脊國에서 쳐들어온 줄 알았지만 군인은 어디에도 없고 빗물을 토해내는 잿빛 하늘만 보일 뿐이었다. 사납게 쏟아지는 빗방울이 얼굴을 마구 때려 시야가 흐렸다.

　'기후 변화에는 맛이 있다. 먹어보면 짠맛이 난다.' 장리팅은 최근에 온실 효과와 극단 기후에 관해 배웠고 교과서에서 이런 문장을 읽은 적이 있다. 2050년부터 북극에서는 여름철에 얼음을 볼 수 없었다. 세차게 쏟아지는 빗물이 장리팅의 입속으로 들어갔다. 전 세계 해수면은 무려 6미터 가까이 높아졌다. 바닷물은 이미 무릎 위까지 차올랐다. 장리팅은 당연히 비명을 지르며 도망치려 했다. 하지만 두 다리가 말을 듣지 않아서 꼼짝도 할 수 없었다. 마치 굳어버린 것 같았다.

바닷물이 차올랐다. 섬이 바닷물에 이리저리 휩쓸릴 때, 바람 속을 날던 새는 멀리 달아났다. 소용돌이 속 물고기의 울음소리는 들리지 않았다.

불현듯 정신을 차린 장리팅은 거친 숨을 몰아쉬며 침낭에 들어간 채 마른 바닥에 누워 있는 자신을 확인했다. 두 눈을 부릅뜨고 주변의 어둠을 노려봤다. 고른 숨소리가 여기저기서 들려왔다. 요란하게 코를 고는 사람도 있었다. 방금 꿈에서 헤어난 장리팅은 허리를 바로 세우고 앉아 무슨 일이 있었는지 알아내려고 기억을 더듬었다. 체육관 바닥은 잠든 사람들로 가득했다. 낯선 사람도 있고 낯익은 이웃도 있었다. 체육관 환기창으로 비쳐 든 달빛이 온갖 사물의 윤곽을 그렸다. 침낭들이 도마에 올려놓은 물고기처럼 여러 줄로 가지런히 놓여 있었다. 장리팅은 침낭 속에 하반신을 넣은 채로 짓눌려 저릿해진 발을 꼼지락거렸다. 푹 젖은 발은 보이지 않았다. 집도 보이지 않았다. 지금 자신과 함께 여기 누워 있는 이웃들은 한 어망에 걸린 물고기 같았다.

제76호 태풍이자 올해 찾아온 스물한 번째 강력 등급의 태풍이 장리팅의 고향을 덮치고 온 자오얼섬을 휩쓸었다. 털이 긴 개의 꼬리를 연상케 하는 이번 태풍이 몰고 온 강도 높은

폭우로 바닷물은 고작 오후 반나절 만에 섬을 완전히 집어삼
켰다. 결국 이틀 전 저녁, 장리팅은 작은 짐 가방 하나만 들고
중앙정부에서 보낸 구조용 보트에 올랐고 바다를 떠다니다
가 다른 섬으로 던져졌다. 보트에 타고 있던 군복 차림의 구
조대원은 장리팅 같은 사람들을 가리켜 '빵을 뜯다가 물에 빠
진 기후 난민들'이라고 했다. 지금껏 기후 난민을 너무 많이
봤다는 듯 가볍고 대수롭지 않은 말투였다. 장리팅은 가련한
처지에 놓였지만 다른 기후 난민들처럼 일말의 동정을 받을
가치도 없는 존재였다.

장리팅이라는 이 소녀를 어떻게 설명해야 좋을까? 어떤 형
용사를 갖다 붙여도 조금 과분한 것 같다. 예쁘다? 길을 걷다
가 그녀에게 한 번 더 눈길을 준 사람은 거의 없었다. 주관이
뚜렷하다? 종종 교과서를 펼치고 빗질하듯 한 줄 한 줄 읽어
내려가거나 교실 맨 앞자리에 앉아 코를 박고 정신없이 무언
가 적곤 했지만 대부분의 시간은 넋 놓고 멍하니 보냈다. 그
럼, 개성이 확실하다? 방과후에 친구들이 맛있는 걸 먹으러
가면 그녀는 쓸쓸함만 삼켰다. 모처럼 친구의 권유로 같이 노
래방에 가도 그저 구석에 웅크리고 앉아 화면에 뜨는 가사만
바라봤다. 남들에게 말을 걸거나 같이 떠들지 않았고 심지어
노래 한 곡 부르지 않았다. 장리팅은 자신만을 위한 외진 구

석을 마련해놓고 질투도 욕심도 나지 않는다며 그런 상황을 합리화했다. 하지만 삼삼오오 모여 소곤거리는 친구들을 보면 자학하다시피 생각했다. 저애들이 내 험담을 하는 건 아닐까?

어느덧 시간이 흘러 달이 해에게 자리를 내주었다. 체육관에 비쳐 든 햇빛은 찬란하지만 스산했고, 넓게 퍼지지만 움직임은 느릿했다. 린위안의 이마로 쏟아진 햇살은 짧고 가지런하게 자른 숱 많은 앞머리를 미끄러지듯 지나 살짝 곱슬기가 있는 검은 머리카락을 따라 스멀스멀 기어 내려갔다. 곧이어 층을 많이 낸 머리끝을 타고 올라가 귓바퀴 위쪽 가장자리에서 잠시 숨을 돌렸다. 그러고는 빛나는 벼룩처럼 린위안의 짧은 속눈썹 위로 훌쩍 뛰어올랐다가 오뚝하고 조그마한 코끝으로 한 번 더 뛰어올랐다. 햇살은 무반주에 춤추는 무용수처럼 물 흐르듯이 움직였다. 곧 떨어질 낙엽만이 창밖에서 슬그머니 박수를 치고 있었다. 잠결에 문득 코가 간지러웠나, 재채기가 나오는 바람에 린위안은 잠에서 깼다.

린위안이 눈을 뜨자마자 본 것은 미간을 잔뜩 찌푸린 채 자신의 얼굴을 빤히 보고 있는 장리팅이었다. 장리팅의 얼굴은 탁 트이고 높낮이가 심하지 않은 들판 같았다. 낮고 좁은 이마에 자리 잡은 짧고 성긴 두 줄기 눈썹 밑으로 작은 구멍이 두 개 파여 있었다. 비가 한 번도 내리지 않아 물을 저장하지 못했는지, 구멍 속 눈동자는 물기가 부족했고 생기라고는 찾아볼 수 없었다. 턱은 짧고, 얇은 두 겹 입술 위에는 작은 주먹코가 달려 있었다. 미간을 찡그리면 눈이 납작하게 눌린 완두콩 꼬투리 같아서, 린위안은 장리팅의 눈동자를 거의 볼 수 없었다.

"뭐야? 아침 댓바람부터 그렇게 죽상을 하고 앞에 앉아 있으면 어떡해. 사람 놀라게 해서 죽일 작정이야?"

활력이 넘치는 린위안은 침낭에서 날래게 빠져나와 길고 가느다란 오른손 검지로 장리팅의 미간에 잡힌 주름을 후볐다.

장리팅은 짜증이 나서 언짢은 얼굴로 파리를 쫓듯 린위안의 손을 쳐냈다.

"왜 그래? 기분 안 좋아?"

린위안은 더는 장리팅의 심기를 건드리지 않고 명랑한 표정을 지운 뒤 조심스레 물었다.

"집이 없어졌는데 누가 기분이 좋겠어."

"중앙정부가 우리를 자오얼섬에서 피신시켰잖아. 우리를 이 섬에 잘 정착시키겠다는 뜻 아니겠어?"

린위안이란 소녀는 늘 이런 식이었다. 하늘이 무너진다 해도 걱정하지 않았다. 설령 지금 하늘이 정말 무너졌어도 평소처럼 이렇게 의욕적이고 활력이 넘칠 것이다. 장리팅은 생각했다. 린위안은 자기 이름처럼 자유로운 새 같아. 나는 물고기일 뿐인데[†]. 장리팅은 진심으로 린위안을 동경했다.

"말이야 그렇긴 하지. 그런데…….."

"그런데?"

린위안은 장리팅과 대화를 나누며 침낭을 정리하기 시작했다. 장리팅은 그런 모습을 멍하니 지켜보며 두다 만 바둑판처럼 아직도 널브러져 있을 자신의 침낭을 떠올렸다. 됐어, 오늘 아침에는 중요한 일이 있잖아. 장리팅은 속으로 자신의 게으름을 두고 변명을 늘어놓았다. 물론 그 중요한 일이 무엇이든 침낭을 개는 것과 무슨 관련이 있는지는 설명할 수 없었다.

움직임이 **빠릿빠릿**한 린위안은 순식간에 침낭 정리를 끝내고 그 위로 나른하게 주저앉았다. 정부에서 지급한 침낭은 낡고 오래된 탓에 개켜도 꾸깃꾸깃 주름이 잡혔다. 하지만 린위안은 개의치 않고 침낭에 뚫린 구멍 중 하나에 손가락을 넣고 후볐다. 탄탄하고 날씬한 종아리는 책상다리로 포개져 침낭 줄과 함께 침낭을 휘감고 있었다. 장리팅은 대화에 집중하

[†] 린위안林鳶의 이름은 솔개를, 장리팅江鯉庭의 이름은 잉어를 뜻함.

려고 애썼지만 린위안의 몸에서 시선을 떼지 못했다. 린위안의 몸매가 부러웠다. 몸에서 풍기는 느긋하고 자신만만한 분위기가 샘났다. 장리팅은 린위안 옆에 있을 때마다 큰 덩치에 살집 있고 재미없는 자신의 모습을 새삼 자각했다. 장리팅과 린위안은 하마와 다리 긴 학을 나란히 세워놓은 것 같기도 하고, 미운 오리와 백조 같기도 했다.

"어젯밤 잠을 설치고 오늘 아침 일찍 일어났는데 화장실에 갔다가 여기 관리자들이 하는 대화를 우연히 엿들었어."

린위안은 손가락 놀림을 멈추고 장리팅에게 얼굴을 가까이 가져갔다. 키가 크고 늘씬한 몸이 그늘처럼 장리팅을 가렸다.

"우리 다 같은 곳으로 배정되는 게 아닌가 봐."

"왜?"

"그 사람들 말로는, 자자지섬札札濟島도 기후 난민을 다 받아줄 만큼 안전한 땅이 충분하지 않대. 일부 저지대나 해안가는 예전 자오얼섬처럼 상시 적색경보가 발령된 상태라 갑자기 기상 이변이 생기면 순식간에 바닷물에 잠길 가능성이 아주 높아."

자자지섬은 수지해에 뿌려진 빵 부스러기를 연상케 하는 군도로, 본섬은 전국에서 가장 큰 섬이다. 수지고원束脊高原 동쪽에서 갈라져 나온 심해의 해저 지형이 지각판의 충돌로 솟

16

아올라 생겼으며 정부기관을 비롯해 여러 중요한 건물이 자리 잡았다. 기반암으로 이루어져 있어 주변의 다른 산호초 섬들과는 어느 면으로 보나 전혀 달랐다. 반면 자오얼섬은 산호초 섬에 속해서 자주 거칠게 몰아치는 파도에 취약했다. 그래서 기후 변화가 심한 요즘 땅값이 아주 쌌다. 장리팅은 엄마가 웬만해서는 자자지섬의 땅값을 감당할 수 없음을 알기에 내심 불안했다. 하지만 자자지섬 말고는 두 모녀가 갈 만한데가 없을 것 같았다. 장리팅은 막막한 자신의 앞날을 다시금 실감했다.

린위안은 장리팅의 걱정을 읽은 양 다정히 미소 지었다. **걱정 마, 괜찮을 거야.** 실제로 린위안이 그런 말을 하지는 않았다. 하지만 장리팅에게는 린위안의 생각을 마음대로 상상하는 것이 절실했다. 문득 마음이 설렜다. 적어도 나에게는 린위안이 있어. 내가 어떤 지경에 처하든 적어도 린위안은 곁에 있을 거야. 영원히 내 곁을 지킬 거야. 장리팅은 감격한 나머지 린위안의 손을 잡을 뻔했다. 하지만 생각해보니 조금 뜬금없는 것 같아서 꾹 참았다.

"장리팅!"

두 소녀가 서로의 귀를 깨물 것처럼 가까이 붙어 대화를 나누는데, 낮지만 위압적인 여자 목소리가 요란하게 공기를 가르며 날아들었다. 장리팅은 고막이 아플 지경이었다.

"넌 도대체 뭐 하고 있는 거야? 저 사람들이 뭘 발표한다니까 얼른 가서 짐 정리해. 이 많은 사람들과 함께 갇혀 지낸 이곳에서 드디어 해방이야."

장리팅은 그렇게 말한 여자를 등지고 린위안을 마주 보고 있는 상태라 여자가 자신의 얼굴을 볼 수 없는데도 섣불리 감정을 드러내지 못했다. 그저 고양이처럼 두 눈꺼풀을 팽팽하게 당긴 채 검은자가 거의 사라질 만큼 위로 치켜뜰 뿐이었다. 그런 모습이 너무 답답해 보여서 린위안은 참지 못하고 웃음을 터뜨렸다. 여자는 웃는 린위안을 보며 대체 뭐가 재미있다는 거야 싶어서 큰 소리로 '쯧' 하고 혀를 찼다.

언제나 엄마를 마주할 용기가 부족했던 장리팅은 표정을 가다듬은 뒤 차분히 몸을 돌리고 엄마가 기대할 법한 태도를 취했다. 말 잘 듣고, 고분고분하고, 순종적인 태도.

"엄마⋯⋯."

하지만 장리팅은 엄마의 얼굴을 마주하자마자 말문이 턱 막혀서 입만 벌린 채 망설였다. 무슨 말을 해야 좋을까. 여자는 장리팅과 판에 박은 듯이 닮은 짧고 뚱뚱한 두 다리로 서 있었다. 드럼통처럼 굵은 허리는 두 모녀가 얼마나 게으르고 움직이기를 싫어하는지, 혹은 두 모녀가 얼마나 비슷한지 확실히 설명해주었다. 장리팅은 열일곱 번째 생일을 보내며 자신이 서서히 여인으로 성장하리란 사실을 자각한 뒤로 엄마를 보기가 두려워졌다. 마치 자신의 미래 모습을 보는 것 같았다. 평범하고, 상스럽고, 온종일 불만을 터뜨리지만 어떤 변화도 시도할 능력이 없는 그런 여인.

장리팅은 궁금했다. 엄마도 내심 그런 생각을 품고 있지 않을까? 나를 보면 과거의 자신을 보는 것 같다고 생각하지 않을까? 그래서 나 같은 딸이 너무 못마땅해 항상 싫은 티를 내는 게 아닐까? 그래서일까, 엄마는 장리팅의 눈치를 살핀 적이 없었다. 지금도 장리팅의 감정을 전혀 신경 쓰지 않고 다짜고짜 얼굴을 들이밀며 눈을 치켜떴다.

"저 사람들 말이, 자자지섬의 땅은 등급이 매겨져 있대. 사람도 마찬가지라서 각자의 등급에 맞는 땅에 가서 사는 거야. 그러니까, 내 평생 처음으로 너에게서 온전히 벗어날지도 모른다는 뜻이야."

엄마는 시큰둥한 얼굴로 코웃음을 쳤다. 장리팅은 어려서부터 엄마에게 이런 말을 수없이 들어서 익숙했다. 처음에는 상처를 입었지만 언제부터인가 '엄마는 지금 농담을 하는 것뿐이야'라며 자신을 위로하곤 했다. 엄마가 하는 말이 대부분 진심이라는 것을 알면서도 그랬다. 그러나 집을 잃은 지 얼마

안 된 지금, 엄마의 말은 귓속을 파고들며 예전처럼 큰 상처를 입혔다.

　"……저는 할머니랑 헤어질 수도 있는 거예요?"

　제삼자처럼 잠자코 있던 린위안이 불현듯 문제를 자각했다.

　"노인은 원래 가치를 인정받기 어려운 존재지."

　장리팅의 엄마는 직답을 피했다. 린위안을 똑바로 쳐다보지도 않았다. 그녀는 장리팅에게 눈을 흘긴 뒤 고개를 홱 돌렸다. 엄마의 의도를 깨달은 장리팅은 코를 문지르며 린위안을 뒤로하고 체육관의 다른 한편으로 뒤뚱뒤뚱 걸어가는 엄마의 큼직한 엉덩이를 따라갈 수밖에 없었다.

02

　　　　　　　진유롼과 엄마에게 있어 평범함은 최
대한 피해야 할 전염병이었다.

　실속 없이 겉만 화려하게 치장한 진씨 일가의 집을 보면 알
수 있었다. 주치산朱漆山 중턱에 자리 잡은 이들의 대저택은
세기말에 홀로 남은 듯한 별종 건물이었다. 진씨 일가는 개축
을 거부했다. 환경 친화적이고 효율이 좋은 현대 건축물로 개
조하길 원치 않았기에 옛 건축물의 섬세함과 대갓집 규수가
애써 자태를 유지하는 듯한 분위기가 고스란히 남아 있었다.
부지는 굉장히 넓지만 일부러 대부분의 땅을 놀렸다. 알차게
이용하지 않았고 꽃이나 나무조차 빽빽이 심지 않았다. 그러
나 낭비해야만 비로소 부유한 사람의 기품과 고급스러움이
드러나게 마련이다. 토지는 기부하거나 난민을 돕는 데 쓰지

도 않았다. 비천한 생명을 위해 구질구질하게 애쓸 이유가 없다고 생각했기 때문이다. 복잡한 문양이 조각된 아치형 대문 위에는 눈에 확 들어오는 편액이 걸려 있었다. 편액에 새겨진 글자 '진쇼'은 살아 움직이는 용처럼 힘찬 기세를 풍겼다.

진유롼은 기사가 운전하는 자가용 전기차를 타고 수직농장Vertical Farm 부속학교에서 나와 집으로 돌아가는 길이었다. 저 멀리 자신의 집 등불이 보였다. 명멸하며 반짝이는 등불은 숲속에 숨겨놓은 보석 같았다. 어느덧 집에 도착해 차에서 내린 그녀는 거금을 들여 분수대 옆에 세운 할아버지의 조각상을 지나쳤다. 할아버지의 조각상은 사실적으로 만들지 않았다. 실제 모습보다 훨씬 크고 건장하게 제작해 할아버지가 내심 자위하며 느꼈을 기쁨을 온전히 구현했다. 아무렴 어때? 후인들은 할아버지의 옹졸함은 모르고 조각상의 위엄만 기억할 텐데. 진유롼은 속으로 비웃으며 할아버지 복제품 머리 위로 새가 똥을 싸주길 은근히 바랐다.

진유롼은 치맛자락을 살짝 걸어 올리고 늘씬한 다리로 사뿐사뿐 걸으며 도도하게 현관에 들어섰다. 현관문은 엄숙한 분위기를 풍기며 열려 있고 집사인 옌은 문 앞에서 허리를 굽힌 채 공손히 기다리고 있었다. 허리 아래쪽이 살짝 아팠지만 말을 할 수 없었고 해서도 안 됐다.

"큰아가씨, 오셨어요?"

옌은 나이가 쉰에 접어들었지만 얼굴은 여전히 팽팽하고 차분했다. 유일하게 감정을 드러내는 것은 얼굴에 박힌 조그마한 두 눈뿐이었다. 살아오면서 산전수전을 다 겪어 웬만한 일에는 놀라지 않았지만, 오랜만에 진유롼을 보자 역시나 절로 두 눈이 휘둥그레졌다.

진유롼에게는 어떤 형용사를 갖다 붙여도 조금 부족한 것 같았다. 어떤 형용사로도 진유롼의 아름다움을 다 담아낼 수 없었다. 전날 밤에 잠을 설치거나 아픈 진유롼을 본다면 고개를 갸웃하겠지만 그건 일시적인 느낌에 불과하다. 진유롼의 어두운 면은 가끔 먹구름에 가려진 햇빛이고 잠깐 서랍에 넣어둔 진주다. 진유롼의 매력은 어느 누구도 그녀를 지나칠 수 없게 만들었다.

바로 지금처럼, 통로가 아무리 휘황찬란해도 진유롼은 온몸으로 빛을 발산했다. 단순히 나이가 어려서 피부가 매끈하고 광이 난다는 얘기가 아니다. 모든 것을 발아래 두고 보는 듯한 도도한 인상이 한몫했다. 진유롼은 표정을 차분하게 다잡고 목과 허리를 꼿꼿이 세웠다. 신체 부위 하나하나가 정성스럽게 깎아 만든 조각상인 양 그 자세가 전혀 힘들어 보이지 않았다. 조각된 신체는 마치 문신이나 독약처럼 피부에 조금

씩 스며들어 진유롼과 하나가 됐다.

그때, 진유롼 뒤에 서 있는 또 다른 소녀가 살짝 한숨을 쉬었다. 역시 눈치 빠른 옌은 즉각 반응했다.

"둘째 아가씨도 오셨어요?"

진유롼은 키가 크고 호리호리해서 바람에 흔들리는 갈대 같았다. 반짝이는 작은 다이아몬드가 촘촘히 박힌 연노란색 시폰 롱스커트가 현관으로 스며든 차가운 바람에 날려 나비처럼 하늘하늘 나부꼈다. 등불에 비친 그 모습은 모두의 시선을 사로잡는 진귀한 예술 작품처럼 보였다. 반면 어깨를 움츠린 채 언니의 뒤를 따르는 진유홍은 수수한 회색 티셔츠에 기장이 긴 짙은 남색 청바지를 입었다. 그녀는 눈치 보듯 구부정한 자세로 옌에게 고갯짓을 했다. 습관적으로 턱을 높이 치켜드는 진유롼과 달리 진유홍은 그저 조그마한 코로 조용히 숨을 내쉴 뿐이었다.

진유홍도 예쁘지 않은 건 아니었다. 외모는 청초한 편이었다. 자연 반곱슬이라 모근 쪽이 살짝 봉긋한 까만 긴 머리를 흐트러짐 없이 목 뒤에 딱 붙도록 포니테일로 낮게 묶었다. 두 눈 사이의 콧대는 낮고 평평했다. 표정은 거의 없는 데다 자기 집에 왔으면서도 자신이 진씨 집안의 저택에 들어올 자격이 있는지 의문을 품은 얼굴이었다. 하지만 진유롼은 달랐다. 눈빛이 무척 도발적이었다. 봉 고데기로 얇게 컬을 넣어 정돈한 연갈색 긴 머리를 자연스럽게 등 뒤로 늘어뜨린 모습은 세차게 쏟아지는 폭포를 연상케 했다. 눈썰미가 있는 사람이라면 진유롼과 진유홍은 전혀 자매 같지 않다는 것을 알아챌 터다. 오히려 대갓집의 귀한 큰아씨와 몸종 같았다.

"식당으로 가면 되지? 음."

진유롼은 옌의 대답을 기다리지 않고 계속 앞으로 걸어갔다. 진유홍은 아무 말도 못 하고 황급히 뒤쫓았다. 옌은 어느 정도 거리를 두고 두 자매의 뒤를 따랐다. 옌의 걸음걸이는 정밀한 계산의 결과였다. 벌린 거리가 너무 멀거나 가깝지 않고 어느 한쪽으로 치우치지도 않아 노련함이 여실히 드러났다. 사실 진씨 집안의 저택은 사용인使用人이 굳이 있을 필요가 없었다. 모든 인력은 일찌감치 인공지능으로 대체할 수 있었다. 하지만 대저택의 지리적 위치와 진씨 일가의 권세는 매우 안전하고 고귀하기에, 사람들은 그 일자리를 두고 앞다투어 높은 가격을 불렀다. 배경과 연줄은 물론이고, 재력까지 있어야만 사용인 자리를 꿰차서 진씨 집안의 인간 장식물이 될 수 있었다. 항간에는 누군가 진씨 집안 사용인을 암살하기 위해 암시장에서 살인청부업자를 고용했다는 소문이 돌기도 했다. 그래야 결원이 생겨서 다시 사람을 구할 테니까. 살인

청부업자 고용은 갈 데 없는 서민의 희망을 사는 것이나 마찬
가지였다.

이런 상황으로 미루어 20년간 진씨 집안의 안살림을 돌보
고 있는 옌도 보통은 아니었다. 그녀는 앞에 있는 두 자매의
뒷모습을 슬쩍 바라봤다. 입으로 떠들지는 않지만 마음속에
는 나름의 정론이 있었다. 현실에서 주인에게 천대받는 모든
사용인은 사실 정신적으로 제 주인을 업신여기게 마련이라
는 것.

세 사람은 이리저리 꺾인 복도를 지나다가 어느 모퉁이에
서 몇몇 사용인과 마주쳤다. 사용인들은 아가씨들과 감히 눈
을 마주칠 엄두도 내지 못하고 고개를 숙였다. 길을 걷는 내
내 진씨 자매는 전혀 말을 섞지 않았다. 할 말이 없는 남남처
럼 보이지만 두 자매가 학교 기숙사에서 같은 방을 쓰는 룸메
이트라는 것은 집안사람 모두 아는 사실이었다.

식당에 도착했다. 제일 앞에 선 진유롼은 문 앞에 가만히
멈춰 섰다. 누군가 대신 문을 열어주길 기다리는 것이다. 옌
이 귓바퀴에 끼운 초소형 무전기에 대고 뭐라 속삭이자 식당
의 묵직한 호두나무 문이 안에서 밖으로 열렸다. 식탁 근처에
서 분주하게 일하던 사용인들은 일제히 일손을 멈추고 입구
에 나타난 사람을 향해 엄숙히 예를 갖췄다.

"사모님, 아가씨들……."

"아! 너 왔구나……"

옌의 보고가 끝나기도 전에 낭랑한 여자 목소리가 날카로운 화살처럼 공기를 가르고 날아들었다. 옌의 미간이 살짝 움찔했다. '너'라는 단어가 거슬렸지만 그녀도 주인을 향해 몸을 숙일 뿐 별말은 하지 않았다.

흔히 엄마를 보면 딸이 왜 지금의 모습으로 자랐는지 깨닫기 마련이다. 딸은 대개 엄마를 본뜬 반제품이다. 진유롼은 의심의 여지 없는 엄마의 딸이었다. 두 사람은 같은 거푸집에서 나온 물건처럼 똑 닮았다. 광대뼈 아래 볼이 들어간 각도, 오뚝하고 잘 다듬어진 코의 모양, 눈썹을 치켜올릴 때 미간 가운데에 잡히는 잔주름까지 비슷했다. 진유롼의 눈짓과 미소를 조목조목 살펴보면 그녀의 엄마가 한창때 얼마나 아름다웠을지 대충 상상할 수 있을 것이다.

당연히 편안히 풀어져 있어야 할 일요일 저녁이건만, 진씨네 안주인은 제 집에 있으면서도 한껏 차려입은 차림새였다. 금테 두 줄이 빈틈없이 둘린 공주풍 드레스를 입고 우아한 흰빛이 감도는 진주 목걸이를 걸었으며 머리는 꽤 오랜 시간을 들여 정성스레 손질한 것 같았다. 진유롼은 엄마의 쌍꺼풀을 응시했다. 섬세하게 여러 색을 겹쳐 칠한 아이섀도에는 분명

27

엄마의 신중함은 물론이고 내면의 절망도 얼마간 담겨 있었다. 진유롼은 속으로 코웃음을 쳤다.

하지만 진유롼의 얼굴은 한 번도 바람 든 적 없는 창문처럼 깊숙이 숨겨둔 속내를 전혀 내비치지 않았다. 대신 고개를 살짝 끄덕인 뒤 반짝이는 두 눈을 크게 뜨고 아래에서 위로, 왼쪽에서 오른쪽으로 엄마를 훑어볼 뿐이었다. 그러고는 긴 식탁 너머로 걸음을 옮기며 일부러 다정한 어조로 엄마의 말을 바로잡았다.

"'우리' 왔어요."

그렇게 말할 때 진유롼의 맑은 눈빛은 흔들림이 없었다. 여전히 식당 입구에 멀뚱히 서 있는 진유홍에게 눈길조차 주지 않았다. 하지만 강세를 넣어 발음한 '우리'라는 말은 진유홍의 가슴을 정확히 파고들었다. 깜짝 놀란 진유홍이 언니를 돌아봤다. 그녀의 눈은 한바탕 쏟아진 폭우에 불어난 시냇물처럼 감격으로 가득 차 있었다.

큰아가씨가 오늘 밤 기분이 괜찮은가 보네. 옌은 사모님 손에서 비어 있는 와인 잔을 받아들며, 사모님이 다정한 척 다가가 큰딸을 끌어안는 모습을 차가운 눈으로 지켜봤다.

"아, 그래. '너희' 왔구나."

진유롼은 우아하고도 신속히 엄마의 품에서 빠져나와 곧

장 자기 자리에 가서 앉았다. 사용인들은 손을 한창 바삐 움직이는 와중에도 정신은 딴 데 쏠려 있었다. 사모님이 이내 둘째 아가씨를 돌아보며 '안녕'이라고 하는 냉담한 말소리에 다들 혀를 내둘렀다. 긴 식탁 저편에서 물을 따르는 사용인과 은그릇을 놓는 사용인이 빠르게 눈빛을 교환했다. 음, 적어도 오늘 밤에는 사모님이 둘째 아가씨를 완전히 무시하진 않았네. 그러나 정작 진유홍은 한숨을 쉬었다. 엄마의 포옹이든 따뜻한 말 한마디든 어떠한 관심도 기대하지 않은 터라 오히려 의심이 들었다. 엄마가 또 무슨 속셈이지?

"아빠는 오늘 밤에도 당연히…… 같이 식사 안 하시겠죠?"

진유롼이 무심한 척 불쑥 한마디 던졌다. 원래는 모두가 자리에 앉으면 엄마가 과장되게 괴로운 표정을 지으며 유감스러운 말투로 입을 떼곤 했다. 아빠는 피치 못할 사정이 있어서 우리 가족의 일요일 저녁 식사에 함께하지 못했고, 이로인해 본인도 무척 속상해하고 있다고. 아빠는 멀리에서도 딸들에게 깊은 애정을 드러냈다. 그럼 진유롼은 장단을 맞추어 짐짓 속상한 표정을 짓고 아빠의 상습적인 결석일랑 개의치 않는다는 듯이 다시 엄마와 다정한 척 이야기를 나누었다. 하지만 오늘은 그런 상투적인 극본을 뒤엎었다. 마치 엄마에게 은근슬쩍 엄포를 놓는 것 같았다.

마침 옌에게서 술잔을 돌려받던 엄마는 조금 당황한 기색이었지만 금세 침착함을 되찾았다. 암투가 시작됐군. 냅킨을 든 진유홍의 손가락이 살짝 떨렸다.

"어쩔 수 없잖니. 오늘 아주 중요한 접대가 있다고 하시네."

진유롼의 엄마는 지금 딸에게 해명하고 싶은지, 아니면 스스로를 설득하고 싶은지 사실 본인도 알지 못했다. 음식이 나왔다. 그녀는 포크로 그릇에 놓인 방울토마토를 쿡 찔렀다. 그러나 힘을 너무 세게 주는 바람에 방울토마토가 터지면서 즙이 접시 가득 튀었다. 마치 피 같았다. 옆에서 시중을 들던 사용인이 얼른 다가와 냅킨을 깨끗한 것으로 바꿔주었다. 엄마는 혼란이 벌어졌음에도 눈 하나 깜짝하지 않았다. 진유롼은 피식 웃었다.

큰아가씨 1점. 옌이 허리를 최대한 곧게 펴고 벽난로 옆에 서서 모녀의 전쟁을 지켜보며 대신 점수를 매겼다.

"엄마는 혼자 이 큰 집을 지키는 게 속상하지도 않아요?"

처음부터 무섭게 몰아치는 언니의 공세에 진유홍은 안절부절못했다. 긴 식탁 한쪽 구석에 앉은 그녀는 어깨를 안으로 말고 상체를 살짝 움츠렸다. 그렇게 아무도 눈길을 주지 않길 바라며 자신을 최대한 숨겼다. 진유롼은 수류탄 같은 말을 던지자마자 앵두처럼 작은 입술 밖으로 혀를 내밀어 포크 끝에 달린 베이비콘을 건드렸다. 푹 익어 말랑말랑해진 베이비콘은 그녀의 혀에 저항할 수 없었다. 진유란은 아까부터 구석의 분재 옆에 서 있는, 새로 온 젊은 남자 사용인을 눈여겨봤다. 가슴 근육과 팔뚝, 굵은 허벅지까지. 진유란은 큰 눈으로 그를 지그시 쳐다봤다. 풍성하고 긴 속눈썹이 움직일 정도로 눈을 깜빡이며 혀로 입술 바깥쪽을 핥았다. 남자 사용인의 얼굴이 대번에 붉게 달아올랐다. 그러자 진유란은 재빨리 눈길을 거두었다. 남자 사용인이 반응을 보이는 순간 그런 장난에 싫증이 나버렸다. 진유란에게 세상의 모든 사람은 데리고 놀고 도전하는 장난감에 지나지 않았다.

"여기 있는 사람들 중에 아빠가 오늘 저녁에 집에 있을 거라고 기대한 사람은 아무도 없을걸요?"

진유란은 눈앞의 접시를 보듯 고개를 반쯤 숙이고 두 눈만 치켜뜨 맞은편에 앉은 엄마를 빤히 쳐다봤다. 과하게 공들인 화장과 너무 격식을 차려 손질한 머리를 눈으로 쭉 훑으며 생각했다. 정말 못 봐주겠군.

"이봐, 너! 사장님이 마지막으로 집에서 잔 게 대체 언제였는지 말해봐."

진유란이 지목한 사람은 아까 본 젊은 남자 사용인이었다. 진유란은 입꼬리에 조롱기를 한껏 담아 질문을 던지며 순가락으로 와인 잔을 톡 두드렸다. 남자는 어쩔 줄을 몰라 하며 황급히 옌을 돌아봤다.

아직 선선한 4월임에도 옌은 목덜미의 잔털 사이로 간간이 땀이 배어나는 느낌이 들었다. 하지만 애써 자세를 유지하고 가만히 서서 고개만 살짝 저었다. 그 질문에는 대답하면 안 된다는 뜻이었다. 식당은 잠시 침묵에 잠겼다. 진유롼의 엄마는 화를 참고 있는지, 가만히 술잔을 들고 있을 뿐이었다. 대답을 듣지 못한 진유롼은 짓궂은 눈으로 왼편에 있는 진유홍을 돌아보며 애교스럽게 물었다. "너도 아빠가 매번 어디로 사라지는지 궁금하지 않아? 안 그러니…… 내 동생아?"

진유홍은 마치 눈앞에 놓인 전채 요리에 얼굴을 박을 것처럼 의자 깊이 몸을 묻고 허리를 더 숙였다. 이 대저택에서 아예 사라지고 싶은 것 같았다. 오늘 언니가 왜 이 전쟁에 굳이 자신을 끌어들이는지 도무지 이해할 수 없었다. 진씨 집안 두 모녀의 전쟁에서 진유홍은 언제나 방관자였다.

그러나 진유롼은 동생을 놓아줄 생각이 전혀 없었다. 손을 뻗어 수저를 잡고 있는 동생의 오른손을 잡더니 부드럽게 자신의 가슴 위로 가져왔다. 상당히 위협적인 의미가 담긴 동작이었다. 절대 자신을 무시하지 말라는 경고이자 위협이었다. 당황한 진유홍은 쭈뼛쭈뼛 고개를 돌려 엄마를 쳐다봤다. 의견을 구하는 눈빛을 보냈지만 엄마는 눈앞의 아스파라거스를 상대하는 데 집중하고 있었다. 또 일부러 진유홍을 외면하는 동시에 진유란의 도발까지 무시하려는 것 같았다. 결국 진유홍은 마지못해 고개를 살짝 끄덕였다. 진유홍은 언니에게 맞장구치는 쪽을 선택했고 속으로는 엄마가 이 일에 연연하지 않기를 바랐다. 그럼 자신은 별 손해를 입지 않을 것이다. 더군다나 순진하게도 자매가 같은 노선을 지킬 수 있으리라 생각했다.

엄마는 태연하게 식사를 할 뿐이었다. 입을 벌리지 않은 채로 아스파라거스를 오물오물 씹었다. 한 입 두 입 음식물을 넘기자 드디어 기력이 회복되고 전투력도 충분히 쌓였는지, 냅킨으로 입가를 닦고 고개를 들었다. 그녀는 한결같이 우아한 자태를 유지하며 진유홍을 돌아보고 물었다. "둘째야, 그래서 말인데 너 **살이 더 쪘니?** 아까 식당에 들어올 때 보니까 허리가 더 두꺼워졌더라. 지금 허리가 도대체 몇 인치니? 몸매 관리는 열심히 하고 있어?"

"지금 쟤 허리 27인치예요. 기숙사 옷장을 뒤져서 치마에 붙어 있는 사이즈를 봤거든요. 지금 상태로는 재킷이나 드레스를 입을 때 L 사이즈에 몸을 욱여넣을 수밖에 없겠는데요. 좀 심하죠?"

진유롼은 기다렸다는 듯 불쑥 끼어들더니 참지 못하고 피식 웃었다. 진유홍은 언니가 자신을 조롱하고 배신할 거라는 생각은 하지 못했다. 이렇게 빠르고 득달같이 얼굴을 바꿀 줄이야. 진유홍은 밥그릇을 든 채로 굳어버렸다. 입에 들어간 소고기는 이미 반쯤 씹었지만 더 이상 씹을 수 없었다. 얼굴이 벌겋게 달아올랐다.

"쯧쯧! 그래서야 되겠니? 이제 허리는 두 딸을 둔 엄마인 나보다 네가 더 두껍구나. 아니, 여자애가 어떻게 M 사이즈가 넘는 옷을 입니? 무슨 여자애가 그래? 정말 납득이 안 되는구나. 그렇게 자기 관리를 안 하는 네가 어떻게 우리 집안의 딸이라고 할 수 있겠어? 우리 셋이 밖에 나가면 창피하지 않겠니? 아직도 현실 파악이 안 돼? 내가 다 부끄럽구나!"

이건 아름답지만 잔혹한 진유롼이 가장 즐기는 장난이었다. 은근슬쩍 엄마를 자극해 자기애에 타격을 입히면 자존심강한 엄마의 분노는 결국 반항할 방법을 모르는 진유홍에게 모조리 쏟아졌다. 옌은 진유홍의 오른편으로 슬쩍 다가갔다. 일부러 허리를 크게 굽히고 물을 따라주며 두 자매 사이를 갈라놓았다. 진유홍은 옌의 의도를 알아챘다. 하지만 옌의 도움은 없는 것보다 나을 뿐이고 마음으로 보내는 응원에 지나지 않았다. 진유홍은 창백해진 입술을 파르르 떨며 옌을 향해 씁쓸한 미소를 지어 보였다.

옌은 고개를 끄덕인 뒤 몸을 돌려 옆에 있는 진유란을 바라봤다. 진유란이 어릴 때부터 자라는 모습을 쭉 지켜본 터라 언제부터인가 예쁜 몸의 껍데기 속에 못된 심보가 슬며시 생겨난 것을 잘 알았다. 옌도 만만한 상대는 아니었고 진유란의 약점을 훤히 꿰고 있었다. 진유란은 늘씬한 몸매를 유지하고 예뻐 보여야 한다는 부담감 때문에 이번 생에서 음식을 적으로 만들었다.

"큰아가씨는 오늘 입맛이 좋은가 봅니다."

사실 진유란은 음식을 거의 건드리지 않았다. 대구 살 조금과 감자를 두어 번 파먹었을 뿐이다. 하지만 옌의 한마디는 진유란의 가슴속에 박힌 가시를 건드렸다. 진유란은 무표정했지만 옌은 그녀가 내심 동요했다는 것을 알아챘다. 아니나 다를까, 30초가 채 지나기도 전에 진유란은 침을 꼴깍 삼키며 말했다. "메인 요리는 치우고 후식 과일을 내줘. 배가 불러서 더는 못 먹겠네. 디저트도 필요 없어."

옌의 왼쪽 눈썹이 움찔했다. 조금 미안한 마음이 들었는지도 모른다. 하지만 옌은 사용인으로서 큰아가씨의 분부에 따라 순순히 음식을 치웠다.

"어머! 어쩐지 너는 언제 봐도 항상 몸매가 날씬하더라! 둘째야, 봤니? 네 언니를 좀 보고 배우렴!"

진유환의 엄마가 또다시 신이 나서 끼어들었다. 진유환이 음식을 낭비한다며 나무라지 않았고 오히려 그녀의 절제력을 칭찬했다. 진유홍은 마지못해 순순히 젓가락을 내려놓고 음식이 거의 그대로 남은 접시가 눈앞에서 사라지는 모습을 아쉬운 얼굴로 지켜봤다. 물론 직접적인 지시는 없었으니 접시를 꼭 치워야 하는 건 아니었다. 그러나 아무런 눈짓도 하지 않은 사모님의 눈짓은 절대 거역할 수 없는 명령이었다.

이것이 바로 부잣집 여자들의 가식으로 가득한 만찬이었다. 한 상 가득 맛있는 요리를 차려놓고는 정작 먹는 것은 5분의 1도 안 된다. 부잣집 여자들은 자신이 여신이나 선녀라고 생각하지만 사용인들이 보기에는 그저 잡귀일 뿐이었다. 지나치게 겉치레에 신경 쓰고 음식을 낭비해 요리사들의 노고는 7월 보름의 푸두普渡† 준비 같았다. 차라리 음식을 귀신들에게 바치기라도 했다면 아깝지 않았을 것이다.

진유홍은 고픈 배를 달래며 언니를 째려봤다. 조금 화가 치밀었다. 하지만 진유환은 무슨 상관이냐는 듯이 접시에 놓인

---

† 중화권에서 조상의 혼령과 귀신을 달래기 위해 7월 보름 중원절에 올리는 제사.

자바사과 한 조각을 쥐처럼 오물오물 베어 먹을 뿐이었다.

"듣자 하니, 이번에 기후 난민 몇 명이 우리 학교로 전학 온다면서요?"

"아, 맞아. 작은 섬에 살던 애들 중에 성적이 특출한 학생 몇 명이 온대. 섬 이름이 뭐라더라? 됐다, 그런 게 뭐가 중요하겠니."

진유란의 엄마는 기분이 좀 나아졌는지 재잘대기 시작했다. 늘어난 말수로 보아 지금 퍽 외로운 듯했다. 온 집안에 사용인이 가득해도 딸들이 집에 오지 않으면 사소한 잡담이라도 나눌 사람이 없었다.

"안 그래도 정말 그 애들을 받아줘야 하냐고 네 아빠한테 물어봤거든? 너도 알다시피 그 애들은 자자지섬 출신도 아니고 여기서 자라지도 않았는데, 본성이 어떨지 누가 알겠니? 전염병이라도 옮기면 어떡해."

진유란의 엄마는 침을 튀기며 열변을 토했다. 자기 의견이 무척 중요하다고 여기는 듯했다. 그때, 옌의 눈에 젊은 여자 사용인이 작게 하품하는 모습이 포착됐다. 그녀는 오른손 검지를 들어 허공에 일자를 그리며 주의를 주었다.

"근데 네 아빠 말이, 나라의 정책이라 어쩔 수 없대. 개중에는 정말 우수한 인재도 있을지 모르니까. 그럼 장차 나라의 발전에 큰 도움이 되겠지."

"그 애들…… 정말 불쌍해요."

진유홍은 지금 음식을 먹지 않고, 엄마에게 질책당하거나 살찔 만한 행동을 하고 있지 않으니 안전한 줄 알았다. 그래서 지금이 의견을 내기에 적합한 때라고 생각했지만, 착각이었다. 비록 기어 들어가는 목소리로 중얼거렸지만 말이다.

"흥! 불쌍하면 뭐 어떡할 건데?!"

엄마는 마치 진유홍이 무슨 상스러운 말이라도 한 것처럼 살벌하게 노려봤다.

"그 애들이 불쌍하다고 생각해? 해수면은 계속 높아질 텐데, 모든 사람에게 살 곳이 보장된다고 대체 누가 확신할 수 있겠어? 자기 집은 바닷물에 잠기지 않는다고 누가 장담할 수 있을까? 불쌍해? 그 애들을 동정하기 전에 너 자신부터 돌아봐. 그 초록색 팔찌를 차는 게 쉬운 일이라고 생각진 않겠지?"

감정을 애써 억누르는 듯했으나 엄마는 세게 쥔 디저트 스푼을 블루베리 요거트에 신경질적으로 찔러 넣었다. 진유란은 엄마의 행동에 조금 놀랐지만 의자에 앉은 자세를 바꾸지 않고 침착하고 무심하게 엄마를 쳐다봤다. 식당에 있는 모든 사람의 손목에 채워진 팔찌가 초록빛을 띠었다. 진씨 집안이라는 간판을 짊어진 이들은 결혼 여부나 혈연, 직업에 관계없이 보살핌을 받고 이리저리 뒹굴며 생존했다. 이것은 진씨네 안주인의 강점일 수 있지만 결점이기도 했다.

"둘째 아가씨, 받으세요. 포장한 음식이에요."

진씨 집안의 일요일 저녁 식사는 항상 일찍 끝났다. 다들 형식적으로 일을 해치우는 것 같았다. 진유란은 깨작깨작 먹고 진유홍은 별로 말을 하지 않았다. 오직 진씨네 안주인만이 지칠 때까지 쉬지 않고 떠들었다. 그런데 요즘은 그녀조차 말수가 줄었다. 그도 그럴 것이 남편의 부재는 연극의 여왕이 분위기를 띄우는 기술에 중요한 관중이 빠진 격이라 어느 정도 맥이 빠질 수밖에 없었다. 그래서 식사 자리는 일찌감치 정리됐다.

자매는 현관에서 차를 기다렸다. 한 명은 서 있고 한 명은 앉아 있었다. 그때 마침 옌이 다가와 진유홍에게 오늘 저녁 식사 때 먹지 못한 음식을 건넨 것이다.

"아! 잘됐다. 감사합니다!"

그제야 진유홍의 표정이 풀어졌다. 드디어 진씨 일가의 대저택을 떠나게 되어 한시름 돌린 터라 무심결에 소녀다운 해맑은 어조로 대답했다.

"큰아가씨, 겸사겸사 큰아가씨 몫도 쌌어요. 원하시면 가져가세요."

옌이 허리를 굽히고 고개를 숙인 채 작은 소파에 앉아 있는 진유롼에게 말했다. 지금 옌은 진유롼의 얼굴을 똑바로 쳐다보지 못했다. 솔직히 말하면 진유롼이 어떤 반응을 보일지 확신할 수 없었다.

"됐어. 차라리 배고프고 말지."

길쭉한 리무진 전기차가 빙 돌아서 저택의 현관문 앞으로 왔다. 진유롼은 옌에게 눈길조차 주지 않고 싱그러운 향기만 남긴 채 지체 없이 차에 올랐다. 진유홍은 언니를 따라 차에 올라탄 다음 옌에게 손을 흔들며 인사했다. 차 문이 닫혔다.

이제 저택의 현관문 앞에는 홀로 달빛을 받으며 서 있는 옌밖에 없었다. 그녀는 적당히 힘을 빼고 편안한 자세를 취했다. 그리고 점차 멀어지는 차를 눈으로 배웅하며 진유롼이 남긴 말을 곱씹었다. **차라리 배고프고 말지.** 언제나 배고픈 상태를 유지하는 진유롼. 옌에게 진유롼의 속내는 진유롼 자체만큼이나 신비롭고 풀기 힘든 수수께끼였다.

03

        장리팅은 엄마를 따라 체육관을 나와 야외 농구장으로 갔다. 총을 들고 철모를 쓴 군인들이 허리를 곧게 펴고 농구 골대 옆에 세 줄로 서 있었다. 땡볕에서 꽤 오래 대기한 모양이다. 자오얼섬은 정부에서 크게 신경 쓰지 않는 조그마한 섬이다 보니, 진짜 군대는 물론이고 굳은 표정을 한 남자들이 이렇게 잔뜩 모여 있는 모습을 볼 일이 드물었다. 기후 난민들이 체육관에서 밀물처럼 쏟아져 나오자 똑같이 무장한 다른 군인들이 체육관 뒤쪽에서 소리 없이 나타나 모든 사람을 겹겹이 에워쌌다.

    "다들 모였습니까?"

    위아래 한 벌의 다홍색 정장을 입은 중년 여자가 단상 위로 불쑥 나타났다. 장리팅은 단상에서 멀리 떨어져 있어 중년 여자의 얼굴이 잘 보이지 않았다. 굴곡이 거의 없이 쭉 뻗은 몸의 윤곽만 확인할 수 있었다.

농구장 맨 앞에 대형 LED 스크린이 세워져 있었다. 중년 여자가 왼팔을 들어 요란하게 흔들었다. 허공을 나는 손끝의 밝은 초록색 매니큐어는 폭풍우가 막 지나고 하얀 구름이 떠오른 뒤쪽의 푸른 하늘과 대비되어 유난히 또렷하게 반짝였다. 스크린에 불이 들어오고 자자지섬과 주변을 둘러싼 작은 섬들이 표시된 지도가 나타났다. 초록색, 노란색, 빨간색, 검은색, 총 네 가지 색으로 칠해진 땅이 여러 구역으로 조각나 있어 마치 수많은 헝겊 조각을 덕지덕지 붙인 낡은 이불 같았다. 장리팅은 지도에서 원래 살던 집을 찾아봤다. 자오얼섬은 주변의 몇몇 섬들과 함께 검은색으로 칠해져 있었다. 수지 해에 검은 깨가 우수수 떨어져 있는 것 같았다. 그제야 장리팅은 집이 정말 없어졌다는 것을 실감했다. 문득 가슴이 너무 욱신거렸다.

"다들 지대가 높고 바다에서 멀리 떨어져 있어 더는 태풍과 폭우를 걱정하지 않아도 되는 안전한 거주지에 배정되기를 기대하고 있을 겁니다. 유감입니다만, 우리는 여러분께 그건 불, 가, 능 하다는 말씀을 드려야겠습니다. 전 세계가 해수면 상승에 시달리고 있습니다. 더군다나 우리나라는 섬나라라서 원래 국민들이 살 만한 땅이 부족했습니다."

중년 여자의 목소리는 단조롭고 감정이 실려 있지 않았다. 여기까지 듣고 나자 장리팅은 자신이 저 여자를 좋아할 수 없을 거라고 단정했다. 기후 난민은 나라에 필요 없는 짐이라서 순전히 골칫거리만 늘었다고 여기는 듯한 짜증스러운 말투 탓인지도 모른다. 아니면 요즘 살 집이 없는 사람이 수두룩하니까 너희는 그냥 참고 시키는 대로 하라는 듯한 거만한 말투 때문일 수도 있다. 주변에 있는 어른들이 초조해하며 수군대기 시작했다. 분위기가 조금 뒤숭숭한 가운데, 장리팅은 사람들 너머 멀지 않은 데 서 있는 린위안과 린위안의 할머니를 발견했다. 린위안은 얼굴에 걱정이 가득한 반면 할머니는 평소와 다름없이 침착한 표정이었다. 중력 외에 어떤 걱정거리도 그녀의 얼굴에 주름을 새길 수 없을 듯했다.

"대부분 이 지도가 뭘 의미하는지 눈치챘을 겁니다. 지도에 검은색으로 칠해진 땅은 이미 바닷물에 잠긴 지역입니다. 빨간색이 칠해진 땅은 해안 지대인데, 전문가에 따르면 머지않아 바닷물에 잠길 확률이 매우 높습니다. 아마 이 빨간색 땅도 곧 사라질 겁니다."

장리팅은 중년 여자의 말을 들으며 지도를 다시 살펴봤다. 노란색으로 표시된 구역은 남은 국토의 절반 이상을 차지해

비중이 가장 컸다. 검은색으로 칠해진 지역도 만만치 않았다. 전 국토의 3분의 1이 이미 바닷물에 잠긴 것이다. 드문드문 보이는 초록색은 지도에 포인트를 준 것처럼 몇몇 작은 구역만 차지했을 뿐이다.

"다들 구조됐을 때 전자 팔찌 받으셨죠? 우리는 이미 여러분의 정보를 다 수집했고 나이, 성별, 교육 수준, 특기 그리고 결혼 상태 등을 통해 여러분의 국가적 가치를 분석했습니다."

중년 여자는 '국가적 가치'라는 말을 할 때 아래턱을 치켜올렸다. 마치 나라를 대표하는 자신은 전쟁 같은 경쟁이 벌어지는 이번 싸움판에 뛰어들지 않아도 되는 특권을 가졌다고 여기는 듯했다.

"일단 여러분에게 위로의 말을 전합니다. 하지만 원치 않는 지역에 배정됐다 해도 너무 낙심할 필요는 없습니다. 그건 현재의 가치일 뿐이고 누구나 앞으로 성장하고 바뀔 수 있습니다. 미래가 바뀔 가능성이 전혀 없진 않으니까요."

중년 여자는 난민들을 집합시켜놓고 자세한 설명은 그냥 건너뛰었다. 다들 지도와 팔찌를 보고 알아서 모두 파악했으리라 여기는 모양이었다. 중년 여자는 번개 같은 속도로 단상에서 내려갔다. 희미한 연기 한 줄기가 무장한 군인들 사이로 사라졌다. 난민들은 고개를 돌려 서로를 쳐다봤다. 장리팅도 영문을 몰라 어리둥절해하는 순간, 난민들의 손목에 채워진 팔찌에 불이 들어왔다.

장리팅은 초록빛을 뿜는 팔찌에 떠오른 검은색 굵은 글씨를 확인했다. '저연령, 가임 여성, 수리 능력 우수. 건강 상태 보통, 과체중(신체 질량 지수 BMI=25.3kg/㎡). 초록색 2구역 수직농장 부속학교 기숙사로 배정.'

자신이 과체중이라는 노골적인 지적에 진땀을 빼고 있는데 옆에서 엄마가 마구 쏟아내는 상소리가 들렸다. 장리팅이 고개를 숙이자 엄마의 노란색 팔찌가 눈에 들어왔다.

"어디 봐! 네 팔찌에는 뭐라고 쓰여 있어?"

장리팅도 엄마의 팔찌에 뜬 정보가 궁금했지만 지금 엄마의 상태를 보니 물어볼 엄두가 나지 않았다. 괜히 꼬투리 잡혀 욕이나 먹을까 봐 두려웠다. 그래도 팔찌 색을 보면 엄마와 같은 구역에 배정되지 않았다는 것은 확실히 알 수 있었다. 초록색 구역이 노란색 구역보다 좋다는 거야 엄마도 분명 알 것이다. 장리팅은 반사적으로 두 손을 등 뒤로 숨겼지만 이런 행동은 오히려 엄마의 부아를 돋우었다.

"정말 이해가 안 돼. 네가 왜 더 안전한 고지대에 배정된 거야? 내가 그동안 얼마나 힘겹게 살아왔는데! 고생고생하며 열 달을 품어 널 낳았고, 너 때문에 네 아빠한테 버림받았지만 나 혼자 널 이렇게 키웠어. 근데 이게 보상이라고? 이런 때에 너는 또 어떻게 날 버릴 수 있어? 언제든 바닷물에 잠길 수 있는 데서 나 혼자 외롭게 죽을 날이나 기다리라는 거야?"

엄마한테 낳아달라고 한 적 없잖아. 날 위해 고생하라고 한 적도 없고. 그리고 노란색 구역이라고 당장 물에 잠기는 것도 아닌데 왜 이렇게 불쌍한 척하는 거야? 장리팅은 속으로만 말대꾸를 했을 뿐 실제로는 한마디도 하지 못했다. 처음에는 엄마와 헤어져야 한다는 사실에 조금 속상했다. 하지만 장리팅의 엄마는 곧 이별할 자식을 두고 아쉬워하거나 안전한 곳에서 살 수 있게 된 딸을 축하해주는 여느 엄마들과 달랐다. 늘 신경질적이고 자기 신세가 처량해진 것은 순 장리팅 탓이라고 온 힘을 다해 원망했다.

장리팅은 곰곰이 생각해보았다. 엄마를 버린다는 자책감보다 엄마에게서 벗어날 수 있어 다행이라는 마음이 더 강했다. 더군다나 길길이 날뛰는 엄마에게서 해탈하는 데는 일찍이 도가 텄다. 장리팅은 엄마의 악다구니를 무시하고 다른 사람들에게 시선을 돌렸다. 멀지 않은 곳, 군중 사이로 단연 돋보이는 린위안의 창백한 얼굴이 눈에 들어왔다.

장리팅은 원래 움직이는 것을 끔찍이 싫어했다. 어찌나 게을러터졌는지 두 다리를 움직여 린위안에게 먼저 다가가고 싶지도 않았다. 결국 장리팅은 린위안을 향해 팔을 흔들며 소리쳤다. "여기! 린위안, 넌 어느 색으로 배정됐어? 너도 초록색이야?"

장리팅은 어디까지나 재난 속에서 살아남은 어린 소녀일 뿐이었다. 주변에 무장 군인들이 있어서 경계심이 드는 동시에 마음이 편하기도 했다. 목숨을 건지고 새 생명을 얻었다는 사실에 긴장이 풀렸는지, 그렇게 외친 뒤에야 자신이 지금 너무 많은 사람들의 이목을 끌었다는 것을 깨달았다. 사람들의 눈빛에는 부러움과 질투, 심지어는 원망과 분노도 뒤섞여 있었다. 지금 이 자리에 있는 기후 난민들의 팔찌는 대부분 노란색 혹은 빨간색이었다. 초록색은 진귀한 보물처럼 손에 꼽았다.

눈치가 빠른 린위안은 일단 조용히 하라는 뜻으로 검지를 입술에 가져다 댄 다음 이쪽으로 오라고 손짓했다. 장리팅은 팔찌 찬 손을 바지 주머니에 찔러 넣고 고개를 숙인 채 조금 힘겹게 인파를 헤치며 린위안에게 다가갔다. 원래 장리팅이 생각하는 린위안은 한없이 냉정하고 은근히 남자애 같은 분위기를 풍기는 여장부였다. 그러나 지금 린위안의 눈가에는 눈물이 그렁그렁 맺혀 있었다. 장리팅은 황급히 린위안의 손목을 잡고 팔찌를 확인했다. 한여름에 열린 수박의 껍질 같은 초록색이었다. 마음을 누르던 무겁고 커다란 바위가 스르륵 떨어졌다.

장리팅은 린위안의 팔찌에 떠 있는 정보를 읽었다. "저연령, 가임 여성, 전체 성적 우수. 건강 상태 최상, 표준 체중(신체 질량 지수 BMI=18.9kg/㎡). 초록색 2구역 수직농장 부속학교 기숙사로 배정." 장리팅은 이해가 가지 않았다. "너 평가 엄청 좋아 보인다. 이 정도면 훌륭한 거잖아. 그리고 우리, 같은 구역에 배정됐어. 근데 왜 이렇게 걱정이 한가득이야?"

"린위안은 날 걱정하는 거란다."

장리팅은 몸을 살짝 틀어 린위안 너머로 시선을 던졌다. 등이 굽은 할머니가 보였다. 할머니의 쭈글쭈글한 손목에는 좀처럼 외면할 수 없는 빨간색 팔찌가 채워져 있었다. 린위안에게는 할머니 외에 다른 가족은 없었고 두 사람은 서로 의지하며 살아왔다. 장리팅이 생각하기에 할머니는 그런대로 정정한 편이었다. 하지만 그런 평가는 평화로운 시기에나 의미가 있을 것이다.

"60세 이상 노인. 직업 없음. 부정맥, 고혈압, 당뇨병의 세 가지 만성질환을 앓고 있음. 흠, 내가 한낱 늙은이로 묘사된 것 같구나."

할머니는 살짝 빈정거리는 말투로 팔찌에 적힌 글을 읽었다. 마치 슈퍼마켓에서 돼지고기 포장지에 인쇄된 문구를 읽는 것 같았다.

"역시 사람은 어느 정도 나이를 먹으면 별 쓸모가 없어. 정부도 나름 똑똑한 거야. 이런 해법을 생각해내다니. 아무래도 비상 시기니까 비상한 방법을 써야지."

할머니는 밝게 말했다. 오히려 린위안과 장리팅이 자신들을 위로하는 듯한 할머니의 말에 어떻게 대꾸해야 할지 몰라 우물거렸다.

"아니면, 우리가 할머니의 팔찌를 몰래 바꿔치기할까?"

"바보 같기는." 기후 난민들이 체육관 밖으로 나와 야외 농구장에 집합한 지 이미 시간이 꽤 흘렀다. 할머니는 허리를 살짝 굽히고 오른쪽 무릎을 주무르기 시작했다. 자신이 나이를 많이 먹어서 오래 서 있기 힘들다는 것을 알고 있었다. 린위안이 얼른 다가가 할머니를 부축했다.

"난 정말 늙었고 넌 아직 젊어. 너의 인생은 확실히 내 인생보다 훨씬 가치가 있지."

"하지만 이건 불공평해요."

"사람은 자원이 풍족한 시대에나 도덕적인 여유가 생기고 평등과 정의를 실현하는 거야."

"너희구나? 정원이 몇 명 안 되는 초록색 팔찌를 가져간 애들이? 맞지?"

장리팅이 막 입을 떼려는 순간, 털이 무성하고 커다란 손 하나가 별안간 그녀의 어깨를 덥석 잡았다. 화들짝 놀라 무슨 반응을 하기도 전에 커다란 손이 장리팅의 몸을 억지로 돌려 세웠다. 장리팅은 중심을 잃고 비틀거렸다. 하마터면 넘어질 뻔했다.

"저기요! 뭐 하시는 거예요?!"

장리팅은 아직 어리둥절한 상태였지만 린위안의 목소리에 담긴 분노를 느낄 수 있었다. 몸을 바로 세우고 눈앞에 있는 사람을 쳐다봤다. 커다란 손의 주인은 예전에 이웃집에 살던 황씨 아저씨였다.

장리팅은 원래 황씨 아저씨를 두려워했다. 항상 불그스름하고 이목구비가 마음대로 흩어져 있는 각진 얼굴뿐 아니라 걸핏하면 술에 취해 고래고래 외치는 큰 목소리도 무서웠다. 장리팅의 엄마보다 나이가 별로 많지 않은데도 항상 술에 절어 살아서 얼굴이 폭삭 삭아 보였다. 장리팅은 황씨 아저씨의 팔찌를 확인했다. 빨간색이다. 야생동물의 본능과도 같은 마음이 깊은 온천에서 끓어오르는 열기처럼 불쑥 솟구쳤다. 두려움을 느낀 장리팅은 본능적으로 엄마가 원래 서 있던 곳을 돌아봤다. 하지만 엄마는 보이지 않았다.

"너희 둘 다 초록색 팔찌구나? 마침 잘됐네, 나랑 내 딸한테 팔찌를 넘겨라." 황씨 아저씨의 말투에 분노가 가득 담겨 있었다. "도저히 이해가 안 된단 말이지. 내 딸은 분명 너희랑 같은 나이인데 왜 노란색 구역에 배정된 거야? 내 딸이 너희보다 뭐가 부족해서?"

황씨 아저씨가 한 발 한 발 다가왔다. 콧구멍에서 뿜어져 나오는 더운 김이 장리팅의 얼굴을 스쳤다. 떨어져 있는데도 콧김에 서린 시큼한 냄새가 느껴졌다. 장리팅은 황씨 아저씨의 딸이 누군지 알고 있었다. 다른 반의 통통한 여자애인데, 성적이며 운동신경이며 전부 형편없는 데다 얼굴도 예쁜 편은 아니었다. 소녀의 소심한 마음이 이번에도 빠르고 모질게 움직였다. 장리팅은 최소한 황씨 아저씨의 딸은 이겼다는 생각에 조금 우쭐했다.

장리팅의 상념이 허공 속으로 흩어져 희미해지려는 찰나였다. 방금 전만 해도 황씨 아저씨의 사나운 얼굴을 보고 있던 그녀의 얼굴이 피로 뒤덮였다. 키가 작고 다부진 군인이 쥐도 새도 모르게 황씨 아저씨 뒤로 다가와 어떠한 경고나 주의도 없이 그의 심장을 정확히 조준하고 총을 쏜 것이다. 빠르게 하강하는 매의 날카로운 울음소리 같은 단 한 발의 총성이 울려 퍼졌다. 구경하거나 기회를 노리고 몰려온 기후 난민들은 하나같이 겁에 질려 장리팅과 린위안에게서 멀찍이 물러났다.

장리팅은 놀라서 얼어붙었다. 총을 쏜 군인은 별말을 하지 않았다. 철모 아래로 보이는 가늘고 긴 두 눈으로 장리팅을 한 번 쳐다봤을 뿐이다. 양심의 가책이나 위로의 감정은 딱히 느껴지지 않았다. 뒤따라온 무장 군인들이 시체를 신속히 군중 밖으로 끌어냈다. 바닥을 쓸며 지나가는 황씨 아저씨는 다 낡은 붓 같았다. 농구 코트에 자신이 찬 빨간색 팔찌와 같은 선홍빛 점선을 띄엄띄엄 그리며 모든 난민에게 경고를 보냈다.

인파가 사방으로 흩어졌다. 이제 아무도 구시렁대지 않았다. 어느 누구도 감히 팔찌 색에 불만을 표시할 엄두를 내지 못했다.

"얼굴에 묻은 피 좀 닦아."

누군가 장리팅의 얼굴에 수건을 던졌다. 어디선가 불쑥 나타난 엄마였다.

"너도 참, 그냥 멀뚱히 서 있던데. 바보같이 꼴이 그게 뭐야?"

장리팅의 엄마는 장리팅의 눈을 의미심장하게 바라봤다. 엄마의 눈빛에서 장리팅은 설명할 수 없는 복잡한 감정을 느꼈다. 분노와 불만, 그러나 동시에 엄마로서 가질 법한 관심도 있었다. 내 착각인가? 그래, 착각일 거야. 하지만 확신은 없었다. 장리팅은 엄마를 오래 쳐다볼 엄두가 나지 않아서 황급히 시선을 돌려 고개를 푹 떨구었다.

"나중에는 내가 정말 너에게 의지할 수밖에 없을지도 모르겠네. 어쨌든 너는 내 인생의 유일한 희망이야."

"빨간색 팔찌를 찬 사람들은 이쪽으로 오세요!"

무장 군인들이 난민을 분류하기 시작했다. 빨간색 1구역, 노란색 1구역, 초록색 1구역. 장리팅은 눈앞에서 난민들이 이쪽저쪽으로 이동하는 모습을 지켜봤다. 강제로 빨간색, 노란색, 초록색 구역에 들어가 살게 된 사람들이 교차로 신호등을 따르듯 직진하고, 우회전하고, 일시 정지했다. 특히 빨간색 팔찌가 이렇게 외치는 것 같았다. '위험, 위험하니 주의하십시오.'

장리팅은 오른손으로 수건을 잡고 얼굴을 닦았다. 아무리 닦아도 피비린내가 가시지 않았다. 태풍이 자오얼섬을 덮친 날 밤이 떠올랐다. 강한 바람이 마당의 나무를 뽑고 방의 유리창을 깨뜨리던 밤. 광풍이 몰아치는 소리가 귓전을 울리고 퍼붓는 폭우가 얼굴을 때리던 밤. 빗방울은 지금 황씨 아저씨의 핏물처럼 튀었다. 곧 닥칠 엄청난 재난을 예고하는 것 같았다.

섬이 바닷물에 잠기면 새는 날개를 펼치고 물고기는 물보라에 휩쓸린다. 그리고 집은 어두운 밤 속으로 사라진다.

04

장리팅은 얼마 안 되는 살림살이를 담은 낡은 여행용 캐리어를 끌고 학교 기숙사 1층 로비에 들어섰다. 초록빛으로 반짝이는 팔찌는 통행증이자 열쇠였다. 로비에는 불이 환히 밝혀져 있고 천장은 4층 건물 높이였다. 난해한 책들이 로비의 벽 전체를 빼곡히 메우고 있었다. 장리팅은 오늘 많은 학생을 만날 줄 알았다. 자신이 재미없는 사람이라는 것을 잘 아는 그녀로서는 정말 긴장되는 일이다. 소녀를 형형색색의 유리구슬에 비유한다면, 장리팅은 가장 눈에 안 띄는 유리구슬일 것이다. 허리가 아파 죽겠다며 곡소리 내는 청소부 할머니가 대청소할 때나 겨우 허리를 굽혀 수납장 바닥 깊숙한 곳을 쓸다가 찾아내는 그런 유리구슬.

이 학교 기숙사 소녀들이 과연 장리팅을 좋아할까? 어떤 학교에서 생활하든 좋은 성적 못지않게 다른 친구들에게 찬사와 부러움을 받는 것도 중요하다. 기후 변화라는 큰 문제가 닥쳤다 해도 소녀들의 세계에서는 도전과 변화를 용납하지 않는다. 사실 장리팅은 전혀 긴장할 필요가 없었다. 로비에 가로로 쭉 늘어선 하얀 가죽 소파에 앉아 있는 사람은 아무도 없었다. 적막한 느낌마저 들었다. 아마 일요일 저녁이라 다들 각종 모임에 간 모양이었다.

장리팅은 여행용 캐리어를 끌어당기며 2층으로 향하는 나선형 계단을 올랐다. 마지못해 올라가는 사람처럼 발걸음이 힘겨웠다. 원래 운동을 좋아하지 않으니 어쩔 수 없었다. 출발하기 전에 장리팅은 엄마에게 앞으로 같이 살 수도 없으니 학교에 가서 짐 푸는 일을 도와주지 않겠냐고 물었다. 엄마는 아쉬워하면서도 시샘이 묻어나는 말투로 말했다. "아, 모르겠네. 이제 너는 가장 안전한 초록색 구역에 살 수 있는 **상위층**이잖아. 노란색 구역에 사는 나 같은 중위층이 초록색 구역에 들어갈 수 있을까?"

진짜 못 들어주겠네. 엄마의 말에서는 질투심이 묻어났지만 또 한편 맞는 말이었다. 초록색 구역 주민은 빨간색과 노란색 구역에 들어갈 수 있지만 반대의 경우는 불가능했다. 정부 공무원 말에 따르면 관리의 편의성 때문이란다.

"내가 초록색 구역에 들어가려고 하면 들개 취급을 받고 무장 군인에게 쫓겨나지 않겠어? 엄마는 이미 충분히 불쌍한 처지인데, 뭐 하러 그런 수모를 자초하겠니?"

엄마의 표정은 무척 억울해 보였다. 장리팅이 초록색 구역에서 살게 된 것이 장리팅의 잘못이라도 되는 듯했다.

"넌 초록색 구역에서 살 만큼 똑똑하니까 분명 혼자 알아서 잘할 거야. 안 그래? 나는 언젠가 네가 나를 돌볼 수 있는 날이 오기를 기대할게."

마지막 말을 건넨 엄마의 표정이 차갑게 굳었다. 심지어 말이 끝나자마자 엄마는 매정하게 몸을 돌렸다. 장리팅은 내심 두려워서 엄마에게 조금이나마 위로를 받지 않을까 하고 기대했었다. 하지만 지금 이 감정을 어떻게 표현해야 할지 몰랐다. 엄마는 나를 잘 몰라서 저러는 걸까, 아니면 애초에 알려고 하지도 않는 걸까? 결국 장리팅은 그런 기대를 마음속에 묻어두고 강인한 척 행동할 수밖에 없었다.

장리팅은 1층과 2층 사이 층계참 모퉁이에 멈춰 서서 손목에 채워진 초록색 팔찌를 내려다봤다. 원래 떠 있던 글귀는 사라지고 지금 가야 하는 목적지가 떠 있었다. '여학생 기숙사 313호실.' 장리팅은 계단을 마저 올라가 짐을 바닥에 내려놓고 주변을 살폈다. 아무도 없었지만 누군가 벽 너머에서 속삭이는 소리가 어렴풋이 들렸다. 이번 층에 있는 방 번호는 모두 '2'로 시작했다. 장리팅은 여기에 어떤 소녀들이 살고 있을지 궁금해하며 계속 계단을 올랐다.

린위안은 어느 방에 배정됐을지 모르겠네. 헤어진 지 얼마 안 됐지만 벌써 린위안이 보고 싶었다. 수직농장과 부속학교는 인샤銀匣 산맥의 주치산에 있어 정부에서 셔틀버스를 배정했지만 린위안은 타지 않고 장리팅과 따로 움직였다. 일단 할머니를 빨간색 구역에 모셔다드리고 저녁에 학교로 가겠다고 했다. 린위안은 언제나 삶에 대한 명확한 기준을 가지고 있는 것 같았다. 장리팅은 린위안과 같이 있을 때 비로소 용기를 얻었다. 달리 말하면 린위안의 용기에 전염됐다. 장리팅 입장에서는 호가호위†라고 볼 수도 있다. 린위안이 곁에 없으면 자신은 아무것도 아닌 기분이 들었다.

장리팅은 거친 숨을 몰아쉬며 가까스로 3층에 도착했다. 3층은 아래 두 층보다 훨씬 컸다. 눈앞에 몇 갈래 복도가 굽이굽이 펼쳐졌다. 이 정도면 방이 수십 개는 되겠어. 장리팅은 순간 어떻게 반응해야 할지 몰라 넋이 나간 채로 멀거니 서 있었다. 사실 이건 굉장히 쉬운 임무였다. 하지만 장리팅은

† 남의 권세를 불려 위세를 부린다는 뜻.

자신이 재빨리 해법을 찾아내고 환경에 적응하는 소녀가 아님을 잘 알았다. 수학 성적이 우수하다고 해서 생활력까지 뛰어난 것은 아니다. 장리팅은 어떤 상황에 처해도 여유가 넘치는 린위안과 달랐다. 린위안이 필요했지만 지금 린위안은 여기 없었다.

그때, 민소매 상의에 운동복 반바지를 입은 키 크고 늘씬한 소녀가 저 멀리 복도 끝에서 구세주처럼 걸어왔다. 귀에 이어폰을 꽂은 그녀의 상반신이 높게 올려 묶은 포니테일과 함께 경쾌하게 흔들렸다. 운동화를 신은 것으로 보아 운동하러 가는 길인 모양이었다. 장리팅은 고개를 들고 소녀를 쳐다봤다. 자신을 돌아봐주길 간절히 바라는 행동이었다. 하지만 소녀는 키가 한참 큰 데다 시선이 정면을 향해서 두 사람이 엇갈리는 순간에는 장리팅을 무시하는 느낌마저 들었다. 소녀는 장리팅의 존재를 의식하지 못했는지 거침없이 스쳐 지나갔다.

장리팅은 소녀를 불러 세워도 될지 몰라 조금 망설였다. 괜히 주눅이 들었지만 이 소녀가 사라지면 다음 사람이 언제 나타날지 모를 일이었다. 장리팅은 뒤돌아서 소녀의 뒤를 쫓아갔다. 눈 딱 감고 용기를 끌어모아 오른손으로 소녀의 오른쪽 어깨를 스치듯 톡 두드렸다. 참으로 조심스럽고 비굴한 동작이었다. 소녀는 번개라도 맞은 양 화들짝 놀랐다. 부드러운 포니테일이 장리팅의 팔을 훑고 지나갔다. 사납게 치켜뜬 소녀의 커다란 두 눈이 장리팅을 노려봤다.

"너, 뭐 하는, 거야?"

이어폰은 여전히 소녀의 귀에 꽂혀 있었다. 장리팅을 상대하기 위해 이어폰을 뺄 생각조차 없는 듯했다. 장리팅은 주춤했지만 꿋꿋이 손가락으로 자신의 귀를 가리켰다. 소녀는 그제야 마지못해 이어폰을 빼고 아주 짜증스러운 표정을 지었다.

소녀의 얼굴에 자리 잡은 오밀조밀한 이목구비가 눈에 띄었다. 피부는 광이 나는 것처럼 새하얗고 고왔다. 여긴 학교 기숙사지만 소녀가 입은 간편한 평상복은 고급스러웠다. 재단이 잘돼서 그런가? 아니면 옷감이 좋아서? 꾸밈에 대해 잘 모르는 장리팅도 지금 자신을 위아래로 훑어보고 있는 소녀가 자신과 같은 세상을 사는 사람이 아니란 사실은 알 수 있었다. 소녀가 뺀 이어폰에서 음악 소리가 계속 흘러나왔다.

"저기…… 313호실이 어디 있는지 알아?"

"아! 너 이번에 새로 온 기후 난민이구나, 맞지?"

장리팅은 소녀가 '난민'이라는 단어를 언급할 때 비웃듯이 올라가는 입꼬리를 봤다. 마치 조그마한 무당벌레가 팔의 솜털을 건드리고 지나간 것 같은 희미한 미소였다. 어쩌면 소녀 본인조차도 알아채지 못했을 희미한 미소.

"네 방이 어디인지 가르쳐주기 전에, 우선 공용 화장실 위치부터 알려줄게. 오른쪽 두 번째 복도의 끝에 있어. 공용 화장실은 깨끗이 쓰도록 해."

그렇게 말하고 나자 소녀의 입가에 걸린 멸시의 기색이 한껏 선명해졌다. 하지만 장리팅은 오늘 밤에 자고 일어난 뒤에야 이 소녀가 왜 비웃었는지 깨달을 것이다. 지금은 초조한 상태라서 마음속에 생겨난 불쾌한 감정을 애써 외면하고 문제는 자신에게 있다고 생각했다. 항상 내가 문제야. 장리팅은 자신이 너무 예민하다는 사실을 알았다. 기왕 새로운 환경에 놓였으니 이런 나쁜 습관을 고쳐야 한다고, 항상 이렇게 쓸데없는 생각에 사로잡히면 안 된다고 마음을 다잡았다. 이 학교에 오자마자 여자아이들에게 미움을 사고 싶지 않았다.

따돌림을 당할까 봐 걱정하는 마음은 모든 소녀에게 있어 가장 큰 불안의 씨앗이었다.

"그리고, 넌 우리가 지금 어디에 있는지 알기나 해? 여기에는 첨단 기술의 발명품이 있어. 바로 엘리베이터라고 하지."

하지만 소녀는 엘리베이터가 어디 있는지 알려줄 생각이 전혀 없는지 다시 이어폰을 꽂고 몸을 휙 돌려 가버렸다.

소심한 성격을 무릅쓰고 말을 걸었건만 헛수고가 되고 말았다. 장리팅은 하는 수 없이 혼자서 긴긴 복도를 걸으며 방을 찾았다. 323, 322, 321. 벽에 붙어 있는 문패를 따라 숫자를 거꾸로 세며 중간 중간 걸려 있는 사진들을 유심히 살폈다. 경치 좋은 몇몇 명소가 눈에 들어왔다. 처음 눈에 들어온 것은 고풍스러운 분위기의 적산호 사당 사진이었다. 신령스러운 나무들에 에워싸인 사당은 자자지섬에서 해발고도가 가장 높은 산봉우리에 있어 그야말로 국민의 '안전'에 대한 정신적인 상징이 되었다. 하지만 대부분의 사진에는 더는 이 세상에 존재하지 않는 장소가 담겨 있었다. 이를테면 이미 3년 전에 바다에 잠긴 호수와 이 호수를 끼고 만들었던 생태 보전 지역, 지층의 함몰과 염화로 부서진 해안가 암석 등이었다.

몇 주가 지나면 자오얼섬의 모습과 풍경을 담은 사진도 여기 걸리겠지. 장리팅은 온 섬에서 자라던 파초나무와 크고 작은 시냇가를 떠올렸다. 자오얼섬은 지난 1년 동안 죽음의 문턱에서 힘겹게 발버둥 치고 있었는지도 모른다. 섬에 놀러 오는 관광객 수가 급감했다. 현지에 자리 잡은 대기업 계열사들은 일찍이 문을 닫고 도망치듯 떠나갔다. 많은 주민이 자오얼섬을 떠나겠다고 했지만 대부분 말뿐이었다. 기필코 달아나겠다고 선언하던 이들은 하나같이 자자지섬의 집값을 알아본 뒤로 입을 다물었다.

장리팅의 엄마도 그런 사람들 중 하나였다. 이주 비용을 감당할 수 없다는 것을 깨달은 날 장리팅을 무섭게 노려보다가 대뜸 따귀를 한 대 후려쳤다. 장리팅은 그날 본 엄마의 표정과 얼얼하던 뺨의 느낌을 잊을 수 없었다. 깊이 잠든 꿈속에서도 종종 엄마의 번들거리고 차츰 처지고 있는 통통 부은 얼굴을 보았다. 그날 손찌검을 한 엄마는 원망을 토해내듯 한숨을 푹 쉬며 장리팅을 탓했다. "다 너 때문이야. 너 때문에 내가 이런 인생에서 벗어날 수가 없어."

나 때문에 아빠가 엄마를 떠났어. 나 때문에 엄마가 즐겁지 않아. 나 때문에 엄마가 자오얼섬을 떠날 만큼 돈을 모으지 못했어. 다 나 때문이야. 나 때문에 엄마의 삶이 더 나아지지 못하고 자오얼섬처럼 전부 바닷속으로 가라앉았어.

다 나 때문이야. 그런데 내가 무슨 자격으로 여기 살 수 있을까?

장리팅은 313호실 앞에 도착했다. 하지만 마음은 불안했다. 죄다 잘못된 것만 같았다. 장리팅은 자신에게 어떤 가치가 있는지 알 수 없었다. 자신이 여기 올 가치가 있다는 사실을 납득할 수 없었다. 지금 얻은 것은 겨우 학교 기숙사의 침대 한 칸뿐인데도 말이다.

장리팅은 한동안 방문 앞을 서성이며 상황을 살폈다. 문 너머로 요란한 음악 소리가 쿵쿵 울렸다. 어느 악단에서 바리톤

음역대의 목소리를 낼 법한 남자가 목이 쉬도록 고함을 지르고 있었다. 기다리다 보니 손에 땀이 배어나고 머리카락이 뒷목에 달라붙었다. 음악이 끝나고 다음 곡이 흘러나오기 전 잠깐 정적이 흐르는 순간, 장리팅은 얼른 손을 들어 방문을 힘차게 두드렸다.

음악 소리가 멎었다. 누군가 발을 질질 끌며 문 쪽으로 다가왔다. 장리팅은 문손잡이가 돌아가는 소리를 들으며 저도 모르게 침을 꼴깍 삼켰다. 문이 철컥 소리를 내며 열렸다. 장리팅은 짙은 스모키 화장을 한 맵시 있는 소녀가 나올 줄 알았다. 그러나 고개를 살짝 숙이고는 깜짝 놀랐다. 눈앞에 서 있는 소녀는 키가 작고 포동포동했다. 납작한 콧등에 가는 금테 안경을 걸치고 불쌍한 고양이처럼 장리팅을 올려다보고 있었다. 장리팅은 자신이 꽤나 키가 작다고 생각한 터라 자신보다 더 작은 사람이 있을 줄은 몰랐다.

두 소녀는 서로 얼굴을 마주 봤다. 분위기가 조금 어색하게 굳어졌다. 방에서 나온 소녀는 팔짱을 끼고 한껏 방어적인 태도를 취했다. 둘 다 사람을 사귀는 데 서투른 듯했다.

"안녕, 내 이름은 장리팅이야……."

소녀는 장리팅의 이름을 듣고도 팔짱을 풀지 않았고 얼굴에서 경계심을 지우지 않다. "……장江은 강물, 리鲤는 잉어,

팅庭은 정원이란 뜻이야." 소녀의 태도에 당황한 장리팅은 쓸데없이 시간을 들여 자기 이름을 설명했다. 그렇게 이름 풀이를 마치자 지나치게 자세히 설명했다는 것을 깨달았다. 무슨 교과서를 읽는 것 같잖아? 장리팅은 첫 만남에서 못난 모습을 보였다 싶어 자신의 어리숙함을 자책했다.

"난 자오얼섬에서 온 기후 난민이야. 내가 너와…… 같은 방에 배정된 것 같은데?"

"아, 맞다! 그런 일이 있었다고 들은 것 같아!"

그제야 영문을 알았다는 듯이 소녀의 얼굴이 편하게 풀어졌다.

"학교에서 금요일 수업이 끝날 때쯤 자오얼섬의 기후 난민 몇 명이 전학 온다고 공지했는데…… 이렇게 빨리 올 줄은 몰랐어."

소녀는 갑자기 들떠서 낯선 사람을 꺼리던 태도가 사라졌고 장리팅이 방 안으로 들어올 수 있도록 친절하게 몸을 틀었다. 심지어 불쑥 손을 내밀어 짐을 들어주려 했다. 장리팅은 황급히 몸으로 짐 가방을 보호하며 거절의 뜻으로 손을 내저었다. 소녀의 갑작스러운 친절이 불편해지기 시작했다.

"나는 리즈주라고 해."

리즈주의 말투는 경쾌했다. 활발한 태도와 빛나는 두 눈으로 명랑한 성격을 충분히 드러냈다. 장리팅에게는 분명 기뻐해야 할 일이다. 그러나 이 룸메이트에 대해 뭐라 표현하기 힘든 이상야릇한 느낌이 살짝 들었다.

길고 좁은 313호실은 공간이 그리 넓지 않았다. 두 개의 벙커 침대가 한쪽 벽에 나란히 붙어 있고 그 아래에 책상이 하나씩 놓여 있었다. 옷을 걸 수 있는 아담한 옷장도 두 개 보였다. 그러나 모든 가구에 온갖 잡동사니가 가득하고 침대 사다리에는 속옷들이 어지럽게 걸려 있어서 장리팅은 어느 쪽이 자기 침대인지 분간할 수 없었다.

좁은 방 한구석에 굳이 긴 소파까지 가져다놓은 리즈주는 은근히 자신의 공간을 보호하려는 것처럼 장리팅을 뒤쫓아 헐레벌떡 뛰어 들어왔다. 리즈주는 발육이 좋지 않은 어린아이처럼 키가 작아서 변기 뚜껑을 엎어놓은 듯한, 귀밑 높이 단발과 숱 많은 일자 앞머리가 더욱 부각됐다. 옆얼굴에는 관자놀이부터 턱까지 여드름이 쪼르륵 돋아나 있고 이마와 미간은 여드름 흉터로 가득했다. 솔직히 말하면 얼굴형은 장리팅보다 훨씬 못했다. 장리팅이 가장 싫어하는 각진 사각형 얼굴이었다. 리즈주는 슬리퍼도 벗지 않고 소파에 털썩 드러누운 채 팔걸이에 걸친 다리를 껄렁껄렁 흔들었다. 장리팅은 리즈주의 발목이 절대 가늘지 않은 데다 종아리가 무처럼 굵은 것을 보고 오히려 안도의 한숨을 내쉬었다.

"정말이지, 너희 집에 그런 일이 생겨서 유감이야."

"……고마워."

어쩌면 이 모든 일이 나쁘기만 한 것은 아닐지도 몰라. 장리팅은 원래 조금 걱정했었다. '난민'인 자신이 현대적이고 수준 높은 이 엘리트 학교에 들어와서 너무 볼품없어 보이거나 유난히 겉돌까 봐 마음을 졸였다. 그러나 눈앞에 있는 이 작고 투박한 소녀 리즈주는 자신처럼 평범해 보였다. 남들에게 썩 환영받을 것 같지도 않았다. 장리팅은 일단 마음이 놓였다. 동시에 조금 미안한 마음도 스쳤다. 자신이 이렇게 남을 꺼리는 마음으로 다른 소녀를 재보았다는 것에 죄책감을 느꼈다.

"일단 짐부터 정리할래? 조금 이따 주변 시설을 소개해줄게. 어, 짐은 일단 아무 데나 놓아도 돼. 네가 이렇게 일찍 들어올 줄 몰라서 미처 정리를 못 했더니 방이 좀 엉망진창이네. 조금 이따 네 침대랑 책상을 정리하고 옷걸이도 몇 개 찾아줄게. 솜이불은 가져왔어? 안 가져왔어도 괜찮아. 사감 선생님한테 달라고 하면 되니까. 아니면 우선 내 꽃무늬 이불을 빌려줄게."

기숙사 방은 생각보다 크지 않았다. 화려하지 않고 창문도 없어서 공기가 후텁지근했다. 무엇보다 방 안에 욕실이나 화장실이 없었다.

"그럼, 우리는 씻으려면 어디로 가야 해?"

장리팅의 질문에 리즈주는 자신이 그 일을 책임져야 한다고 여기는 듯 얼굴을 붉히며 말까지 더듬었다.

"너, 너도 알아챘구나. 사실 어쩔 수 없는 일이야. 아무래도 좋은 방은 많지 않으니까 결국 누군가는 화장실이 없는 방에서 지내야 해. 솔직히 말하면 나쁠 건 없어, 안 그래? 적어도 우리는 화장실 청소 당번을 정하지 않아도 되잖아. 아예 청소를 할 필요가 없고……."

"어, 그러니까 대체 어디서 씻는 건데?"

말을 끊지 않을 수 없었다. 뜻밖에도 장리팅은 리즈주에게 짜증을 내기 시작했다. 지금껏 복잡한 감정들에 시달려왔고 그중 가장 큰 감정은 슬픔이었다. 집을 잃어서 슬펐고, 엄마와 헤어져서 슬펐고, 선택의 여지가 거의 없어서 억지로 새로운 인생을 시작하도록 내몰린 자신의 처지가 슬펐다. 그녀의 슬픔은 한편으로 다른 걱정거리와 뒤섞였다. 새로운 친구를 사귀지 못할까 봐 걱정됐고 새로운 환경에 적응하지 못할까 봐 걱정됐다. 리즈주가 성가시게 느껴지는 것은 장리팅의 기분과는 전혀 관계가 없을지도 모른다. 그래, 순전히 리즈주가 말이 너무 많기 때문일 거야.

"밖으로 나가서 오른쪽 끝까지 쭉 가면 표지판이 나올 거야. 조금 멀어. 대략 2분 정도 걸릴걸? 그래도 아침 일찍 가면 이용하는 사람이 많지는 않아. 아아아, 맞다…… 자, 이거 받아."

장리팅은 의심스러운 눈으로 리즈주가 손에 쥐여준 둘둘 말린 종이를 바라봤다. 이 선물은 쉴 새 없이 떠드는 리즈주의 말처럼 조금 강압적이었다.

"그게 말이지, 네가 꼭 받아야 하는 건 아니야. 나도 대충 그런 거라 정확하진 않아. 하하하, 그래도 학교랑 수직농장 부지를 합치면 꽤 넓으니까 어느 정도 너에게 도움은 될 거야."

장리팅은 리즈주가 대충 그렸다는 지도를 펼쳤다. 아마 건물은 실제 비율대로 그리진 않았을 것이다. 하지만 종이에 그어진 한 획 한 획에서 정교함이 느껴졌다. 다양한 색으로 공간을 구분하기도 했다. 장리팅은 과분한 친절에 놀랐는데 한편으로는 소름이 끼쳤다. 리즈주는 만난 적도 없는 룸메이트를 위해 이렇게까지 신경을 썼다. 정말 마음이 착해서 그럴 수 있지만 다른 가능성도 있다. 아마 리즈주는 친구가 별로 없을 것이다. 그래서 본 적도 없는 장리팅에게 잘 보이려고 많은 시간과 노력을 들인 것이다.

"아무래도 내가 직접 설명해주는 게 좋겠어. 너 혼자서는 못 알아볼 수도 있으니까. 넌 가장 남쪽에 있는 정문으로 들어온 거야. 수직농장은 다섯 개 건물이 십자 모양 비슷하게 배치된 단지야. 가운데에 있는 본 건물이 여러 작물을 재배하는 곳이고 층수도 가장 높아. 내 기억으로는 아마 80~90층은 될걸? 일부 층에서 실습수업을 하는데, 나머지 층은 우리에게 딱히 중요하진 않아. 지금 우리가 있는 학교 기숙사는 서쪽 건물에 있어. 여학생이 아래쪽 층을 쓰고 남학생이 위쪽 층을 쓰고 있지." 리즈주가 어깨를 으쓱했다. "예전에 정전된 적이 있었대. 그럼 엘리베이터를 쓸 수가 없잖아. 그 많은 계단을 어떻게 오르내렸을지 생각만 해도 끔찍해. 차라리 남자애들이 고생하는 게 낫지. 물론 위층에서 보는 경치가 좋다고 듣긴 했는데 나는 잘 몰라. 초대를 받아본 적이 없거든. 있지, 어떤 여자애들은 사감 눈을 피해 위층에 올라가기도 한다더라? 진짜 말도 안 돼."

리즈주의 표정은 굉장히 미묘했다. 자신은 하지 못한 일이라 질투하는 것 같기도 했다. 그러나 리즈주는 자신이 너무 나갔다는 생각이 들었는지 얼른 원래 주제로 돌아왔다.

"우리가 수업을 듣는 교실은 북쪽 건물에 있어. 교사 연구센터, 선생님들이 쓰는 사무실과 숙소도 다 같은 건물에 있고. 동쪽 건물은 우리랑 별 상관이 없는 상업용 건물이야. 중간에 캡슐형 아파트가 있는데, 여기서 일하는 사무직 근로자들에게 임대해주고 있어. 마지막으로 남쪽 건물에는 신선식품 마트랑 매점이 있고, 바깥 사람들에게 개방하는 관광 구역도 있어. 동서남북의 건물에 있는 연결통로는 중심에 있는 수직농장 본 건물과도 연결되어 있어. 휴! 대충 소개는 끝났다! 내가 한 말을 기억하고 지도를 보면 길을 잃진 않을 거야."

바로 그때, 뒷주머니에 넣어둔 휴대전화가 울렸다. 장리팅은 구제라도 받은 양 황급히 메시지를 확인했다. 린위안이었다.

- 나 301호실에 있어. 넌 어디야?

- 내가 그쪽으로 갈게.

장리팅은 잽싸게 자판을 두드려 글자를 입력했다. 이내 고개를 들자 리즈주가 은근한 눈빛으로 바라보고 있었다. 장리팅은 자신을 친절한 사람이라고 생각했고 일부러 남을 밀어낸 적은 한 번도 없었다. 그러나 오늘은 불과 몇 분 사이에 리즈주에게 반감을 품었다는 사실을 깨달았다. 어디서 비롯된 반감인지도 알게 됐다. 어쩐지 낯설지 않은 절망감이었다. 스스로를 개 혓바닥이라고 생각하는 소녀가 자존심을 다 내던진 채로 서슴없이 이 세상을 핥고 주변의 모든 사람에게 마구 애교를 부리며 관심을 구걸할 때 생기는 감정이었다. 아직 다 자라지 않은 골든리트리버가 두 눈만 동그랗게 뜬 채 나를 만져달라고, 나를 좋아해달라고, 나를 사랑해달라고 소리 없이 부르짖듯이.

이렇게 과부의 갈망과 같은 심리는 가끔 소녀들에게도 나타난다. 성인 여자의 갈망이 향하는 대상은 남자지만 소녀들이 갈망하는 대상은 대개 같은 무리다. 친구에게 인정받고 싶은 소녀들의 갈망은 마음으로 교합하고자 하는 욕망과 비슷하다. 월경할 때 느끼는 비린내 같은 절망감이 리즈주에게 전해졌다가 되돌아왔다. 장리팅은 자신을 보는 듯한 기분에 부끄러운 나머지 짜증이 났다. 리즈주가 잠시 멀리 떨어져주기를 바랐다.

오늘 먹은 게 별로 없어서 속이 조금 메스꺼웠다. 장리팅은 리즈주와 눈이 마주치지 않도록 일부러 고개를 돌리고 말했다. "자세히 설명해줘서 고마워. 근데 지금은 나처럼 오늘 기숙사에 들어온 친구를 만나러 301호실에 가야 해."

"아, 원래는 오늘 우리가 같이 할 일이 뭔지 말해주려고 했는데……."

장리팅의 길을 막으려는 듯이 상체를 살짝 기울이고 오른손을 뻗은 리즈주는 멈칫하더니 곧 손을 거두었다.

"잠깐, 301호실이라고?"

"응, 맞아. 왜?"

"아니……." 리즈주는 말은 그렇게 했지만 눈빛은 어떤 기묘한 감정이 담겨 탐조등처럼 반짝였다.

"그냥, 거기는 여신의 방이거든."

05

          장리팅은 301호실 문 앞에 서 있었다. 사실 속으로 우습다고 생각했다. 여신? 진심으로 하는 소리인가? 오른손은 허공에 멈춰 있었다. 도대체 어떤 강도로 문을 두드려야 하는지, 이른바 '여신'을 어떤 태도로 알현해야 하는지 고민하는 참인데, 문이 벌컥 열리는 바람에 화들짝 놀랐다. 더없는 위용이 느껴지는 얼굴이 눈앞에 나타났다. 눈썹 위로 곡선을 그리는 짧은 앞머리, 고데기를 사용해 안으로 살짝 컬을 넣은 뺨 옆의 애교머리가 눈에 들어왔다. 머리 길이는 남자애들처럼 짧게 친 린위안만큼은 아니고 아주 세련되게 다듬은 어깨 높이의 단발이었다. 머릿결은 정성껏 관리한 티가 났다. 멋대로 움직이는 가르마의 잔머리 몇 가닥까지 단단히 고정할 셈인지 귀 뒤로 머리핀 몇 개가 야무지게 꽂혀 있었다. 자신을 애써 억누르는 절제감이 느껴졌다. 두 개의 버들잎처럼 가늘고 긴 눈썹에 눈은 봉안이었다. 눈꼬리가 위로 올라갔고 옹골찬 이마는 봉긋이 솟아 있었다. 아주 입체적이고 오밀조밀한 얼굴을 가진, 차가우면서도 강한 자제력이 느껴지는 소녀였다.

"비, 켜!"

소녀의 발음은 전혀 거침이 없었다. 미간은 움직이지 않았지만 장리팅을 향해 서슴없이 눈을 부릅떴다. 장리팅은 말없이 길을 비켰다. 별로 놀라지는 않았다. 당연히 받을 거라고 예상하던 대우였으니까. 이런 취급은 그녀의 일상이었다. 리즈주가 그토록 상냥하게 대해준 것이야말로 아주 낯선 일이었다.

"어, 리팅! 왔어?"

린위안은 문 앞에서 벌어진 소란을 듣고 기다렸다는 듯이 방에서 뛰어나왔다. 린위안이 날 구하러 왔어. 장리팅은 가슴이 두근거렸다. 나비가 배 속을 날아다니는 것 같았다. 장리팅은 자연스럽게 린위안을 보며 미소 지었다. 문 앞까지 나온 린위안은 방금 나간 소녀의 등을 향해 손을 흔들며 말했다. "다녀와, 마커웨이, 발표 준비 잘하고."

마커웨이가 고개를 돌렸다. 미소로 화답하진 않았지만 린위안을 향해 살짝 고개를 까닥였다.

장리팅은 배 속의 나비가 죽어가고 있다는 것을 깨달았다. 사체는 빠른 속도로 부패해 질투심으로 변질됐다. 질투하는 건가? 그래, 질투심이야. 장리팅은 자신이 질투하면 안 된다는 것을 분명히 알았다. 이건 원래 지극히 당연한 일이다. 린위안은 언제나 장리팅보다 인기가 많았고 친구를 사귀는 데 능숙했다. 둘이 처음 만났을 때도 그랬다. 하지만 두 소녀 모두 새출발을 앞둔 지금, 장리팅은 내심 자신이 너무 뒤처지지 않기를 바랐다. 린위안에게 버림받지 않았으면 좋겠다고 생각했다.

린위안은 문을 닫으면서 장리팅을 방 안으로 이끌었다. 장리팅은 같은 여학생 기숙사인데 방 크기가 이 정도로 차이가 난다는 것이 의아했다. 이렇게 대놓고 불공평할 수 있다니, 어른들은 대체 무슨 생각인 거야. 이 방은 313호실보다 족히 네 배는 컸다. 햇살이 시원한 바람과 함께 활짝 열린 창문으로 들어와 장리팅의 피부에 쌓인 눅눅한 습기를 거두었다. 방의 네 귀퉁이에는 각각 커다란 침대가 놓여 있었다. 다만 밑에 책상이 설치된 벙커 침대가 아니었다. 책상과 침대는 협탁을 사이에 두고 조금 떨어져 있었다. 또한 각자의 책상 옆에는 독립된 책장이 세워져 있었다. 책장에는 교과서가 있었지만 장리팅이 부러워하는 소녀의 전유물도 일부 보였다. 형형색색의 머리띠, 패션 잡지, 반짝반짝 빛나는 목걸이, 그리고 아무렇게나 엎어져 있는 솜 인형도 몇 개.

린위안은 짐을 풀다가 방 안에 있는 또 다른 방으로 걸어가서 문을 열었다. 장리팅도 바짝 따라가서 보니 욕실이었다. 거의 313호실 크기만 한 욕실 한가운데에 큼직한 욕조도 놓여 있었다. 욕조 옆으로 걸어간 린위안은 미간을 찌푸린 채 자신이 가져온 세면용품을 어디에 놓아야 할지 궁리하며 이리저리 자리를 잡아봤다. 하지만 안타깝게도 다른 룸메이트들이 쓰는 온갖 용기로 꽉 차서 린위안이 사용할 공간이 전혀 없었다.

린위안은 어깨를 으쓱하더니 하는 수 없이 자기 물건을 욕조 옆 바닥에 내려놓았다. 나보다 마음이 넓고 털털해서 저런 쓸데없는 일에 별 신경을 안 쓰겠지. 장리팅은 욕실 문 앞에 서서 린위안의 행동을 눈여겨보며 그렇게 생각했다. 때마침 몸을 바로 세운 린위안은 자신을 보는 장리팅에게 눈을 힘껏 찡긋하고는 짐짓 놀란 척 과장되게 휘파람을 불었다.

"오호."

"알았으니까 그만해."

"네 방은 어때?"

"아, 너희 방보다는 훨씬 작아. 그래도 새 룸메이트가 아주 착한 여자애라 다행이야. 이름은 리즈주. 리즈주가 나를 여러모로 도와주겠다고 했어. 주변에 뭐가 있는지 소개해주고 청소도 도와주겠대. 게다가 날 위해 지도도 그려줬어. 그리고 우리 방은 딱 우리 둘만 써."

장리팅은 자신의 처지가 서글펐지만 린위안에게 동정을 받고 싶진 않았다. 린위안이 자신을 불쌍하게 생각하지 않길 바랐다. 무엇보다 졌다는 것을 인정하고 싶지 않았다. 장리팅은 자기 자신도 잘 아는 이 고질병이 너무 싫었다. 체면 때문에 친한 친구에게도 솔직히 속내를 털어놓지 못하는 것 같았다. 어, 사실은 룸메이트가 마음에 안 들어. 너무 질척대는 것 같아. 나에게 잘 보이려고, 좋은 인상을 남기려고 무지하게 애쓰더라고. 이런 상황이 완전 짜증 나. 내 방도 별로야. 너무 좁고 어두침침한 데다 환기도 안 돼. 무엇보다 네 방과 비교하니까 내 방이 왜 더 볼품없어 보이는 걸까?

하지만 안타깝게도 장리팅은 이런 말을 입 밖으로 꺼낼 용기가 없었다. 걸핏하면 투덜거리는 여자애처럼 보이기 싫어서 참는 거라고 자신을 달랬다. 하지만 장리팅은 알고 있었다. 사실 자신은 나약하고 허영에 사로잡혔을 뿐이라는 것을.

"오, 괜찮네. 난 오늘 마커웨이라는 애밖에 못 만났는데, 괜찮은 아이 같아. 공부도 열심히 하더라고. 일요일 저녁인데도 수업 준비에 여념이 없어."

장리팅은 린위안과 오랫동안 알고 지낸 터라 그 말이 진심이라는 것을 알았다. 린위안은 어떤 감상이나 누군가에 대한 호불호는 언제나 솔직하고 직설적으로 말하기 때문에 이번에도 장리팅의 감정을 신경 쓰지 않고 마커웨이를 좋게 평가했다. 마커웨이에 대한 장리팅의 첫인상은 눈부시게 빛나고 친해지기 힘든 깍쟁이라 무섭다는 것이었다. 장리팅은 보잘것없는 자신의 모습에 더 자괴감을 느꼈고 마커웨이 앞에 서기만 해도 열등감이 솟구칠 것 같았다. 하지만 절대 린위안에게 이런 속내를 털어놓지는 않을 것이다. 이 일로 린위안에게 따지지도 않을 것이다. 장리팅은 자신의 속내가 너무 복잡하다는 것을 깨닫고 또 저도 모르게 자책했다.

린위안은 굉장히 능률적이었다. 장리팅과 대화하면서도 손은 여전히 바쁘게 움직이며 짐을 정리했다. 장리팅과는 달랐다. 장리팅은 먼저 기숙사에 도착했음에도 아직 짐을 풀지 않았고 물건을 어디에 두어야 할지 정하지도 못했다. 하지만 아직 방으로 돌아갈 생각이 없었다. 마땅히 해야 할 일을 하고 싶지 않았고 돌아가서 리즈주를 마주하고 싶지도 않았다.

장리팅은 린위안의 침대에 드러누워 천장을 올려다봤다.

소녀의 천진난만한 낭만이 눈에 들어왔다. 천장의 LED등 옆에는 불을 끄면 반짝반짝 빛나는 야광별 스티커가 몇 개 붙어 있었다. 음, 적어도 이 방 애들은 분위기가 있네.

"리즈주 말이, 이 방은 '여신의 방'이래. 여신은 마커웨이를 말하는 거겠지? 정말 예쁘고 눈에 확 띄더라."

장리팅은 뒤이어 '나중에 리즈주를 소개해줄게'라고 말하려 했지만 입을 다물었다. 린위안의 룸메이트에 비하면 정말 어디 내놓기 부끄러운 룸메이트였다.

"푸하하하."

린위안이 호탕하게 웃음을 터뜨렸다. 장리팅의 말이 웃기기도 하고 터무니없다고 여기는 것 같았다. 역시 유쾌하고 거리낌 없는 린위안답게 자기 자신을 깎아내렸다.

"그럼 나는 뭐라고 불리려나? 여신 옆에 있는 시녀?"

"그럴 수도 있지."

장리팅은 몸을 돌려 두 팔로 가슴 아래를 받치고 엎드렸다. 린위안과 할머니가 함께 찍은 사진이 책상에서 가장 눈에 띄는 자리에 놓여 있었다. 한쪽 옆에는 자오얼섬의 사진들이 가득했다.

"네가 자오얼섬의 이 많은 명소를 사진으로 남겼을 줄은 몰랐어."

"응, 전부 다 소중한 추억이잖아."

장리팅이 그중 한 장을 꺼냈다. 린위안이 장리팅 뒤에서 그네를 밀어주는 사진이었다. 이건 언제 찍었더라? 아마 초등학교 졸업 며칠 전이었지? 우리 이때 참 친했는데. 엄청 단순하고 즐거웠지. **서로가 가장 친한 친구**라는 사실에 한 치의 의심도 없었고 말이야. 당시의 장리팅은 자신감이 많았다. 시시때때로 걱정을 달고 사는 지금과는 달랐다. 장리팅은 린위안과의 관계가 달라졌을지 모른다는 은근한 느낌이 들었지만 왠지 회피하고 싶었다. 린위안이, 심지어 자신조차 변했다는 것을 인정할 수 없었다. 이런 생각을 떨치려면 린위안이 가장 신경 쓰는 화제를 꺼낼 수밖에 없었다.

"그럼 너희 할머니는 지금 어떠셔?"

"할머니? 그 생각만 하면 화가 치밀고 걱정이 되지." 린위안은 손을 멈추더니 미간을 찌푸리며 장리팅을 돌아봤다. 아직 다 개지 못한 청바지가 침대에 널려 있었다. "빨간색 구역은 지대가 낮을 뿐 아니라 사는 집도 부실해 보여. 어떻게 설명해야 할지 모르겠는데, 마치…… 집을 물에 한 번 담갔다 뺀 것 같아."

어쩌면 정말 물에 빠졌던 것일지도 모르지. 장리팅은 그렇게 생각했지만 입 밖에 내지는 않았다.

"상상이 되는지 어디 들어봐." 린위안의 표정은 무척 심각했다. "빨간색 구역에는 진료소나 병원이 없어. 심지어 경찰서나 소방서도 없어. 정부에서 모든 공공기관을 상대적으로 안전한 고지대로 옮기는 거야 이해해. 근데 그럼 빨간색 구역은 버려진 거나 다름없잖아? 예전 주민한테 들었는데, 지금은 의사들이 왕진도 거의 오지 않는대. 그럼 도움이 필요한 사람들은 대체 어떻게 해야 해?"

"……미안해."

장리팅은 그냥 미안하다고 말했다. 달리 어떤 말을 해야 좋을지 몰랐다. 그렇다면 나는 지금 상황에 만족해야 하는 걸까? 그래, 당연히 감사해야지. 물론 여기서 살아가다 보면 피할 수 없는 문제들에 부딪히겠지만 최소한 늦지는 않았으니 정부가 금방 내치진 않을 거야. 나이로 실용 가치를 판단한다면 정부는 적어도 나보다 엄마를 먼저 버리지 않을까? 장리팅이 상념에 잠긴 사이, 린위안은 문손잡이가 돌아가는 소리에 감전이라도 된 양 펄쩍 뛰고는 문으로 급히 다가갔다. 먼저 자기소개를 하지 않으면 미래의 룸메이트들이 깜짝 놀랄까 봐 걱정하는 듯했다.

"안녕! 나는…… 앗!"

린위안은 인사를 건네며 걸어가다 발을 헛디뎌 넘어질 뻔했다. 린위안의 느닷없는 호들갑에 상념에서 깨어난 장리팅은 사진의 바다에서 벗어나 문 쪽으로 몸을 기울였다.

바람이 싱그러운 향기를 싣고 열린 방문을 통해 밀려들었다. 순간, 장리팅은 자신이 헛다리를 짚었다는 것을 깨달았다. '여신'이라는 인물에 대해 헛다리를 짚은 것이다. 살면서 본 가장 예쁜 소녀가 문 앞에 서 있었다. 이렇게 흠 잡을 데 없이 완벽한 외모를 가진 사람이 정말 존재하다니, 그야말로 살아 있는 바비 인형 같았다. 넋이 나간 장리팅과 린위안은 문 앞에 멍하니 섰다.

여신은 오뚝한 코를 살짝 들어 올리고 천천히 고개를 돌렸다. 마치 누군가 자신에게 보고하거나 소개해주기를 기다리는 듯했다. 누구나 여신을 보면 저도 모르게 다가가 그녀의 기사가 되길 원할 것이다. 처음 보는 그녀의 새하얀 얼굴이 몹시 도도하고 차갑다 해도 말이다.

"난 린위안이라고 해. 새로 온 룸메이트야."

장리팅은 찰나에 여신의 까만 눈 속에서 계산기가 돌아가는 것을 포착했다. 마치 자기 자신과 빠르게 바둑 한 판을 둔 것 같았다. 여신의 입꼬리가 빠르게 위로 올라갔다. 어떤 극단이 먀오커우廟口에 가설무대를 단숨에 지어 올린 듯 한순간에?? 얼굴 가득 미소가 번졌다.

"아, 너희가 이번에 새로 온 기후 난민이구나. 맞지?"

여신의 목소리는 달콤했고 공격성 따위는 느낄 수 없었다. 위압적이던 마커웨이와는 달랐다. 하지만 장리팅은 온몸에 소름이 끼쳤다. 어쩌면 쓸데없이 의심이 많은 것인지도 모른다. 다만 비유하자면 마커웨이는 무기 같았고 여신은 독약 같았다.

"둘 다 잘 왔어. 나는 진유롼이야."

진유롼은 린위안과 악수하기 위해 오른손을 우아하게 뻗었다. 멀리 있는 막대 장난감을 잡으려는 샴고양이를 연상케 하는 자태였다. 본래 활발하고 털털한 린위안은 뜻밖에도 대번에 얼굴을 붉혔다. 진유롼의 눈빛은 웃는 듯도 하고 아닌 듯도 했다. 가까운 사이가 될 거라고 확신하는지 린위안의 시선을 더욱 대담하게 즐겼다. 마치 남자에게 추파를 보내는 것 같았다.

여기서 무슨 말을 할 수 있을까? 장리팅도 린위안처럼 눈부시게 빛나는 진유롼에게서 눈을 떼지 못했다.

06

장리팅은 이른 아침부터 3층 공공 베란다로 걸어갔다. 며칠째 잠을 제대로 못 자고 새벽같이 깨기 일쑤였다. 산에 짙은 새벽안개가 끼어 있었다. 장리팅은 자오 얼섬이 있던 쪽을 내다봤지만 안개 때문에 아무것도 보이지 않았다. 우뚝 솟은 수직농장 건물들은 외관 전체가 유리였다. 본 건물과 조그마한 인공 호수를 에워싼 네 개의 건물은 마치 손을 맞잡은 듯 구름다리로 연결됐다. 건물 사이사이에 나무가 꽤 많이 심어져 있어 농장 밖으로 숲이 펼쳐진 것 같았다. 바람이 살랑살랑 불어오자 장리팅은 바스락거리는 소리에 둘러싸였다. 누군가 귓속말을 속삭이는 것 같았다.

오늘 장리팅은 수업에 지각했다. 리즈주가 나가야 할 시간에 맞춰 알람을 설정해두었기 때문에 사실 지각할 이유가 없었다. 리즈주는 나이 많은 행랑어멈처럼 몇 분 뒤에는 교실로 가야 한다며 닦달했고 방을 나온 뒤에도 그림자처럼 장리팅의 뒤에 딱 붙어 있었다. 이미 오래전부터 알고 지내던 사이처럼, 두 사람이 가장 친한 친구라도 된 것처럼 굴었다. 장리팅은 불과 며칠도 안 돼서 그런 행동이 불편해졌다. 심지어 가끔은 혐오감이 들기도 했다. 실은 장리팅도 예전에 똑같은 행동을 한 적이 있었다. 그녀가 달라붙은 대상은 린위안이었다. 그러나 지금 린위안은 진유롼과 마커웨이 무리의 일원이 됐다. 여신의 시녀와 같은 존재가 된 것이다. 장리팅은 그 사실이 몹시 못마땅했다.

장리팅은 리즈주를 떼어놓으려고 어쩔 수 없이 공용 화장실에 숨었다. 달리 좋은 방법이 없었기 때문이다. 리즈주는 정말 끈질기게 쫓아왔다. 장리팅은 변기 뚜껑에 앉아 두 입술을 앙다물고 일부러 끙끙대는 소리를 냈다. 화장실 밖에서 연신 서성이는 리즈주의 발소리가 들렸다. "너 대체 뭘 먹은 거야?" "괜찮아?" "배 말고 또 아픈 데 있어?"

장리팅은 여전히 리즈주를 상대하고 싶지 않아서 두 눈을 부릅뜨고 화장실 문에 쓰여 있는 낙서를 구경했다. '진유롼이 ×××랑 잤다.' 이 낙서에는 앞뒤로 두 명의 이름이 나왔다. 글씨체는 엉망이지만 '진유롼'이라는 세 글자는 이름의 주인 못지않게 존재감이 강해서 이 낙서가 말하는 대상이 여신이라고 믿고 싶었다. 누군가 여신과 자는 것이 아니라 여신이 누구와 자는 것, 여신은 영원히 행위의 주체일 것이다. 장리팅은 어이없다는 듯 피식 웃었다.

물론 이 낙서가 믿을 만한지, 이 말이 무엇을 의미하는지는 확신할 수 없었다. 지금 확신할 수 있는 것은 문 밖에 있는 리즈주가 무척 성가시다는 것뿐이다. 금붕어 귀신이 씌었는지 좀처럼 다물지 않는 입과 졸졸 쫓아다니는 집착 어린 행동이 너무 짜증 났다. 장리팅은 리즈주의 세 가지 질문 중 딱 하나에만 대꾸하기로 하고 다 죽어가는 소리를 꾸며냈다. "아으으, 아직도 배가 너무 아파."

"괜찮아? 도와줄 사람을 좀 불러올까?"

리즈주는 진심으로 걱정하는 것 같았다. 하지만 미안함은 잠시였고 장리팅은 이렇게 말했다. "정말 괜찮아. 예전에 다니던 학교에서도 이런 적 있었어. 의사 선생님 말로는 학업 스트레스가 너무 심해서 그렇대. 긴장하면 쉽게 위장 경련이 온다고 하더라고."

이 말은 사실이었다. 이 병을 뭐라고 하더라? 맞아, 과민성 대장증후군. 장리팅은 이 증상으로 병원에 실려가 링거를 맞은 적도 있었다. 엄마는 그런 사소한 학업 스트레스조차 감당하지 못하냐면서 성가시다고 핀잔했다.

"너 먼저 가. 나는 혼자 있는 시간이 필요해. 정말이야. 네가 자꾸 재촉하면 마음이 불편해서 배가 더 아플 거야."

거짓말이 아니었다. 정말로 혼자 숨 돌릴 시간이 필요했다. 리즈주는 더 버티지 않았다. 발소리가 점점 멀어지다가 더는 들리지 않자 장리팅은 슬그머니 화장실 문을 열었다. 기숙사 건물 전체가 조용했다. 학생들은 대부분 북쪽 건물에 있는 교실로 간 모양이었다. 장리팅처럼 이 시간에 감히 기숙사에 남아 있을 사람은 아무도 없었다.

장리팅은 가방을 메고 긴 복도를 따라 천천히 걸었다. 리즈주는 장리팅의 친한 친구이자 보호자처럼 행동했다. 그러나 장리팅은 사실 자신이 리즈주보다 강자라는 것을 일찍이 눈치챘다. 장리팅은 리즈주가 '친구 없는 소녀'로 전락하는 것을 막아줄 사람이었다. 친구가 없는 소녀들은 가장 서글픈 비주류였다.

장리팅은 계단을 내려갔다. 각 건물은 2층에 설치된 구름 다리로 이어져 있었다. 수직농장에서는 어떤 건물에 들어가든 팔찌를 스캔해야 한다. 사람들의 출입을 면밀히 감시하기 위해 이런 시스템을 만들었다. 감응기에 팔찌를 갖다 대고 구름다리로 나가는 문을 밀어 열자 바람이 끼쳐 들었다. 단지 중심에 있는 본 건물을 아래에서 위로 쭉 올려다봤다. 거대한 원탑을 보는 것 같았다. 장리팅은 복도를 따라 걸었다. 건물 외부에 설치된 유리 커튼월이 햇빛과 주변을 에워싼 나무의 색깔을 반사해 건물에 아름다운 초록색 외투를 드리웠다. 겉모습은 '수직농장'의 이미지와 꼭 맞아떨어졌다.

처음에는 북쪽에 있는 교실로 갈 생각이었으나 일부러 반대 방향으로 걸었다. 여기 온 지 며칠 되지도 않았는데 벌써 수업에 빠질 줄은 몰랐다. 엄마가 알면 분명 실망하겠지.

장리팅은 정부에서 부여한 '초록색 구역 계급' 덕분에 남들이 자신을 좋아하든 말든, 남들에게 인기가 있든 없든 신경 쓰지 않아도 될 거라 생각했다. 새로운 환경에 들어왔으니 새로운 마음가짐으로 새롭게 시작할 줄 알았다. 그러나 수직농장에 들어오자마자 자신이 틀렸음을 깨달았다. 특히나 린위안과 자신이 각각 배정받은 방과 룸메이트의 차이를 확인하고 자신이 틀렸음을 더 실감했다.

소녀들이 부여받은 것들은 본질적으로 지위의 차이, 처한 위치의 높낮이를 의미했다. 다들 개의치 않는 척하지만 사실 모두가 똑똑히 보고 있다. 누가 가장 인기가 많고 누가 친구가 없는지, 누가 은근히 선생님에게 미움을 받고 누가 만인의 숭배를 받는 여왕인지 다 알지만 노골적으로 드러내지 않는다. 소녀들은 누구나 차별 없이 대해야 한다고 배운다. 상냥하고 예의를 갖추는 '여성스러움'을 길러야 한다고 배운다. 그러나 어떤 세계에서든 사람은 저마다 매겨진 값어치가 있다는 것을, 열등한 사람과 엮이지 말고 가능한 한 우등한 사람과 어울려야 한다는 것을 너무나 잘 알고 있다.

그러다 보니 소녀들은 일찌감치 야성동물의 본능 같은 것이 자연스럽게 훈련됐다. 상대가 나와 같은 등급인지, 같은 가치를 지녔는지 한눈에 알아볼 수 있다. 진유환이 방으로 돌아온 순간, 장리팅은 자신이 졌다는 것을 깨달았다. 어느 누가 이렇게 눈부신 여자아이 앞에서 머리를 숙이고 굴복하지 않을 수 있을까? 그날 밤 이후로 린위안은 진유환의 주변을 맴돌다시피 했다. 이것저것 질문을 던지며 호기심을 가득 드러냈다. 장리팅은 린위안이 자신의 그런 면을 알아채지 못했을 거라 생각했다. 설령 알아챈다 해도 전혀 신경 쓰지 않겠지만.

그날 진유환 뒤로 진유홍이 들어왔다. 린위안, 진유환, 진유홍, 마커웨이가 한 방을 쓰는 것이다. 장리팅은 어쩌면 301호실이 하나의 작은 사회일지도 모른다고 생각했다. 진유홍은 언니에 비해 그다지 거리감이 느껴지지 않았다. 솔직히 말하면 평범한 편이었다. 린위안과 진유환이 방 한쪽에서 딱 붙어 대화를 나누고 있을 때, 장리팅과 진유홍은 꿔다놓은 보릿자루처럼 옆에 있었다. 진유홍은 들고 온 가방에서 밀폐 용기를 꺼내더니 장리팅에게 같이 먹겠냐고 물었다.

"좋아."

이미 늦은 시간이었지만 장리팅은 배가 고팠다. 아침 일찍 셔틀버스를 탔고 엄마는 먹을거리를 챙겨주지 않았다. 하는 수 없이 정부에서 셔틀버스에 마련해둔 구호 식량으로 배를 채웠다. 소녀에게 생리적인 배고픔은 영혼의 배고픔보다 파괴력이 떨어지지만 한편으로는 더 쉽게 채워진다.

장리팅은 린위안과 대화를 나누는 진유롼에게서 눈을 떼지 못해 실수로 빵을 너무 크게 찢었다. 진유홍이 그 모습을 보고 말했다.

"괜찮아."

다 안다는 듯한 눈빛이었다. 마치 "오, 괜찮아. 아주 정상적인 반응이거든. 언니의 매력을 거부할 수 있는 사람은 거의 없지"라고 말하는 것 같았다. 그때, 진유롼이 고개를 홱 돌리더니 이 늦은 시간에 뭘 먹고 있는 두 사람을 경멸하듯 째려봤다. 진유홍에게 소리 없이 경고하는 것 같았다. 하지만 진유홍은 아랑곳하지 않았고 진유롼은 금세 시선을 거두었다.

"근데 솔직히 말하면…… 나는 네가 네 언니보다 예쁘다고 생각해."

"하하하!"

진유홍은 입안에 음식물이 가득한 채로 폭소를 터뜨렸다. 장리팅은 이 여자아이가 조심스럽고 내성적이지만 어느 정도 쾌활한 면이 있을지도 모른다고 생각했다.

"위로할 필요 없어. 괜찮아."

"진심으로 한 말이야. 네 언니는 화려한 편이고, 너는 보면 볼수록 자연스러운 매력이 느껴져. 그래서 더 친화력이 있는 것 같아. 난 너의 눈이 마음에 들어."

"그런데 언니랑 내가 함께 방에 들어왔을 때, 너도 화려한 언니에게 시선을 모조리 빼앗겼잖아? 다들 나랑 친하게 지내고 싶다고 해. 어쩌면 내가 너무 평범해서 그럴지도 몰라. 부담스럽지 않은 거지. 하지만 사실은 다들 언니처럼 되고 싶을 거야."

"……그래, 그렇긴 하네."

장리팅은 숟가락으로 아이스크림 케이크를 푹 떴다. 진유홍에게 이건 어디서 난 음식이냐고 묻지 않았다. 세상에, 근데 이거 진짜 맛있다.

"언니의 동생으로서 하는 말인데." 자제해야 한다는 사실을 깨달은 걸까, 진유홍이 숟가락을 멈추었다. "언니처럼 되

고는 싫지만 네가 언니만 못하다는 것을 빨리 인정하고 일찌
감치 굴복하는 편이 좋을 거야. 그래야 여기서 살아남기가 쉬
워져."

"그거 있잖아, 네 언니야?"

"뭐가 내 언니야?"

"여신."

"응, 그리고 마커웨이가 여왕이야."

장리팅은 어안이 벙벙했다. 여긴 뭐 이렇게 직위가 많아?
도대체 누가 그런 호칭을 붙인 걸까? 진유훙은 또다시 손을
뻗어 디저트를 퍼먹었다. 자신의 언니와는 다르게 음식의 유
혹을 거부하지 못했다.

"근데 두 사람은 단짝인 거지? 그럼, 누가…… 지위가 더 높
은 거야?"

"맞혀봐. 누구일 것 같아?"

진유훙은 숟가락을 핥으며 낮은 목소리로 어물쩍 되물었
다. 장리팅은 누구의 말이 더 큰 힘을 발휘할지 짐작이 가지
않았다. 말에 큰 힘이 실린 소녀는 보통 모순되는 몇 가지 특
징을 지니게 마련이다. 야성적이어야 하지만 저속하면 안 된
다. 조금 교활해야 하지만 위선적이면 안 된다. 외모가 예뻐
야 하지만 너무 색기를 흘리면 안 된다. 공부를 잘해야 하지

만 거기에 너무 집착하면 안 된다. 웃는 모습은 사랑스러워야 하지만 화낼 때는 조금 귀여운 느낌이 있어야 하고, 또 놀 때는 화끈해야 한다. 무엇보다 어른들이 보고 싶어 하는 완벽한 모습을 정확히 표현해야 한다. 장리팅은 자신이 그런 사람일 리 없고 영원히 그렇게 될 수도 없음을 알았다. 꾀가 부족하기 때문이다. 꾀를 낼 만한 기지가 부족하다고도 할 수 있다.

"시간이 좀 지나면 알게 될 거야. 네가 여기서 살아남아 오래 머물 수 있다면 말이야."

진유훙, 의외로 재미있네. 장리팅은 생각했다. 언니의 그늘 아래에 살면서 일찍이 생존 법칙을 찾아낸 것 같았다.

장리팅은 어느새 남쪽 건물에 도착했다. 정문에서 가장 가까우며 주로 일반 대중과 외국인 관광객에게 개방되는 건물이었다. 리즈주가 지도에 규모가 큰 매점이 있다고 써놓은 것이 기억났다.

장리팅은 팔찌를 스캔하고 자동 회전문을 지나 건물에 들어섰다. 통로 입구에는 백화점처럼 이 건물을 찾아온 방문객을 위해 친절하게 층별 안내도를 세워놓았다. 1층에는 생태교육관과 관광안내소가 있다. 2층부터 4층에 걸쳐 자리 잡은 신선식품 마트와 식당은 서로 연결되어 있는 것 같았다. 5층에는 매점, 6층에는 3D 프린팅 센터가 있다. 7층 위로는 '직원 숙소/외부인 출입금지'라고 적혀 있었다.

장리팅은 계단을 찾아서 5층으로 올라갔다. 특별히 뭘 살 생각은 없고 아직 교실에 가기 싫을 뿐이었다. 평일이라 그런지 방문객이 많지 않았고 몇 안 되는 사람들이 바삐 돌아다녔다. 장리팅은 사람들의 팔찌 색에 주의를 기울였다. 역시나 예외 없이 똑같은 초록색이었다.

매점의 진열창은 크고 환했다. LED 전광판에 떠올랐다 사라지는 글자는 상품을 주문하는 방법을 안내하고 있었다. 우선 매점에서 필요한 재료를 구입하고 3D 프린팅 센터로 가면 원하는 대로 물건을 제작할 수 있다고 했다. 예를 들면 자율주행 승용차를 어떤 식으로 맞춤 제작할 수 있는지 알려주었다. 장리팅은 잠시 넋을 놓고 전광판을 보다가 느릿느릿 안으로 들어갔다. 입구와 가장 가까운 코너에는 수많은 가전제품과 전자제품이 진열되어 있었다. 자세히 들여다보니 매장에서 주문하고 3D 프린팅 센터에서 제품이 완성되기까지 걸리는 시간이 제품 위쪽에 명시되어 있었다. 이를테면 '전자동 세탁기: 30분' '휴대전화: 5분' 같은 식이었다. 매장에는 전시품이 있을 뿐 실제 판매용 상품이 없다는 뜻이다.

장리팅은 진열대 사이에서 두리번거리며 직원들의 움직임

을 주시하고 사방에 있는 감시 카메라의 위치를 확인했다. 감시 카메라는 오른쪽 의류 코너 위에 두 개, 장난감 코너에 한 개가 있었다. 직원은 거의 없고 로봇 몇 대가 통로를 오가며 물건을 나르는 모습만 보였다.

"아가씨! 필요한 거 있어요?"

뒤에서 남자의 나직한 목소리가 불쑥 들려왔다. 한창 액세서리 코너 선반에 있는 목걸이를 구경하던 장리팅은 너무 몰두한 나머지 남자의 목소리에 화들짝 놀랐다. 목걸이를 몸에 대보려고 반쯤 뻗은 손도 황급히 거두었다. 이내 고개를 홱 돌렸다가 제법 가까이 다가온 남자를 보고 저도 모르게 뒷걸음질 치다 등이 진열대에 쿵 부딪쳤다.

"어어어, 조심해요. 미안해요, 일부러 놀라게 하려고 한 건 아니었는데."

남자는 키가 크고 건장하며 서른 살 남짓 되어 보였다. 그는 노련하게 장리팅의 얼굴에서 불안의 감정을 읽어냈는지 서둘러 한 발짝 물러나며 손사래를 쳤다. 위협할 의도가 없다는 뜻이었다. 까무잡잡한 얼굴에 볼이 푹 꺼졌고 콧날은 예리한 칼날처럼 뾰족하고 높아서 언덕진 얼굴 위로 찌를 듯 솟아난 것 같았다. 말을 할 때면 옆얼굴 근육이 오른쪽 입꼬리를 끌어당겨 새하얀 치아가 조금 드러났다. 마치 낚싯바늘에 걸린 것 같았다. 유난히 희고 반짝이는 치아가 그런 얼굴과 함께 어우러지니 오히려 거슬리는 느낌이 들었다. 남자는 장리팅을 바라보며 억지로 짜낸 듯한 미소를 지었다. 자신은 믿어도 된다고 설득하려는 것 같았지만 눈동자에는 웃음기가 없었다. 미소를 지으면 덩달아 두 눈꼬리 부위가 짓눌리게 마련인데, 그의 눈꼬리는 냉정하게도 아무런 변화가 없었다.

"팔찌가 초록색인데 처음 보는 얼굴이네. 새로 왔어요?"

남자의 시선은 장리팅의 얼굴에서 떠나지 않았다. 남자는 낚싯바늘에 무언가 걸렸음을 확인하고 나일론 줄을 감은 뒤 끌어올릴 준비를 하는 듯했고 장리팅은 여기에 걸린 물고기였다. 남자는 지금 이 시간에 여기 나타난 장리팅이 대체 어떤 부류의 여자아이인지 신중히 추측하는 것 같았다. 장리팅은 지금까지 살면서 성인 남자에게 이렇게 오랫동안, 이렇게 그윽한 시선을 받아본 적이 없었다. 사실상 이성에게 이런 눈길을 받는 것이 처음이라 어쩔 줄을 몰랐다. 고장 난 메트로놈이 똑딱똑딱 소리를 내듯 심장이 마구 날뛰었다.

진정하자, 진정해야 해. 장리팅은 애써 진유롼의 얼굴을 떠올렸다. 보통 남자들은 나처럼 볼품없는 여자 말고 진유롼처럼 고급스럽고 세련된 얼굴을 좋아하잖아. 장리팅은 서서히 자신의 심장을 다스리는 데 성공했다. 한편으로는 심장의 고뼈를 단단히 조여서 자신의 통제 범위 안으로 끌어온 것이 서글프기도 했다. 피가 솟구쳐 얼굴이 빨개지려는 것을 간신히 억눌렀다. 진유롼이 이 순간 부적이 된 것 같았다.

"얼마 전에 기숙사로 이사 왔어요."

"직원 기숙사요?"

"아니요, 학생 기숙사요."

장리팅은 남자가 일부러 모르는 척 묻고 있음을 어렴풋이 느꼈다. 수직농장 부속학교 학생은 교복을 입을 필요가 없다. 그렇다 해도 갓 열일곱이 된 몸에서 풍기는 풋풋한 학생의 냄새는 감춰지지 않을 텐데 이 남자가 어떻게 모를 수 있느냔 말이다.

"축하해! 너도 그 애들 중 하나구나. 자질이 뛰어난 학생이니까 나라의 기둥이 되겠지!"

혐오감을 담아 빈정대는 듯한 말투였다. 그러나 남자의 표정을 살펴도 혐오감의 단서는 찾을 수 없었다. 정말 사람을 헷갈리게 하는 남자였다.

"어…… 고마워요."

"나는 여기 매점의 점장인 왕얼둥이야. 넌 이름이 뭐야?"

왕얼둥은 이렇게 물으며 굵고 튼실한 오른손을 내밀었다. 장리팅은 잠시 머뭇거렸다. 왕얼둥의 이런 행동은 자신을 꽤

나 존중하는 것처럼 느껴졌다. 마치 자신을 어른으로 대하는 것 같았다. 그래서 장리팅은 너무 오래 고민하지 않고 손을 내밀어 힘차게 악수를 했다. 그러나 왕얼둥은 악수를 하는 게 아니라 손을 쥐어짜는 것 같았다.

"저는 장리팅이고…… 자오얼섬에서 온 기후 난민이에요."

"그런 일이 있어서 나도 유감이야. 그 섬의 뤼무綠墓 유적지를 참 좋아했는데."

왕얼둥은 자오얼섬이 낯설지 않은 것처럼 말했다. 장리팅은 고개를 갸우뚱했다. 좀 놀랍기도 하고 기쁘기도 했다.

"아, 나는 예전에 훙섬烘島에 살았거든. 동질감을 느껴서 그래. 난 국내의 모든 산호초 섬에 관심을 가지고 있어."

왕얼둥은 장리팅의 얼굴에 떠오른 의혹의 감정을 읽고 알아서 해답을 내놓았다. 훙섬은 전국에서 가장 먼저 물에 잠긴 산호초 섬이다. 당시 장리팅은 어렸지만 떠들썩하게 알리던 뉴스 기사들을 아직 기억했다. 많은 사람이 기후 난민의 정착이나 위험 지역에 지불하는 구제 보조금을 두고 논쟁을 벌였다. 기후학자들의 경고는 훙섬이 잠기고 나자 더는 부인할 수 없는 현실로 변했다. 거의 모든 사람이 해수면 상승 때문에 불안해하기 시작했다.

그럼 이 남자는 자자지섬에 머문 지 꽤 오래됐겠네? 무슨 특별한 재주가 있어서 그렇게 오랫동안 여기 머물 수 있었던 걸까? 장리팅은 왕얼둥에게 호기심이 생겼다. 어쩌면 이 남자가 이곳 생활에 적응할 수 있는 방법을 알려줄지도 모른다.

"좋아, 이제 너에게 솔직히 말해줘야겠지? 사실 이 건물 정문 바로 위에 감응기가 있어서 네가 건물에 들어올 때 팔찌가 스캐닝됐어. 누구든 건물에 들어오면 관련 정보가 곧장 서버와 내 태블릿에 전송돼. 그러니까 방금 너에게 한 질문은 그냥 널 시험하기 위한 거였어. 나에게 솔직히 대답하는지 확인한 것뿐이야."

장리팅은 뺨을 한 대 맞은 기분이 들었다. 팔찌는 그저 통행증이자 사람들의 출입을 단속하는 기기인 줄로만 알았다. 본인도 모르게 모든 행적이 기록되고 있을 줄은 전혀 생각지 못했다.

"아무도 안 알려줬구나? 우리가 찬 팔찌는 활력 징후와 먹는 음식, 가는 장소까지 모니터링하는데, 이 데이터는 모두 정부의 건강 정보 클라우드로 전송돼. 모든 의료 정보를 거기에 수집해두었다가 공공기관이 요청하면 분석하고 열람할 수 있게 해줘."

"분석? 왜요?"

장리팅은 기숙사 방에 들어가면 편히 쉬도록 잠시 팔찌를 끄를 수 있다는 이야기만 들었다. 다른 때는 항상 차고 있어야 했다. 팔찌는 자신이 초록색 구역에 들어올 자격이 있는 주민임을 증명했다. 처음에는 그런 사실이 내심 뿌듯했고 팔찌가 일종의 전리품처럼 느껴졌다. 인생에서 다시없을 영광의 순간이 찾아왔다고 생각했다.

"팔찌는 너의 심박수, 호흡수, 혈당치, 체지방률과 근육량 등을 수집해. 전염병이 도는 지역에 들어갈 때 따로 해야 하는 예방접종이 있는지도 알려줘. 건강이 좋지 않은 사람은 초록색 구역에 머물 자격이 없으니까. 나중에 또 어떤 섬이 사라져서 새로운 기후 난민이 대거 들어오면, 건강이 좋지 않은 사람들은 노란색 구역으로 배정될 거야. 예전에 어떤 학생이 이런 정책에 항의하다가 투신자살한 적이 있어서 규제가 좀 완화됐어. 그래서 기숙사 방에 들어가면 잠시 자유를 누릴 수 있는 거야. 자살한 학생 이야기가 나와서 말인데……."

왕얼둥이 손에 든 태블릿을 보며 미간을 찌푸렸다. 화면에 경고 창이 하나 뜨더니 빨간불이 쉬지 않고 번쩍였다. "너희의 행적을 모니터링하는 것은 심리 상태와 행동의 충동성을 평가하는 조치이기도 해. 그러니까 반장과 담임교사는 지금 네가 수업을 빼먹고 원래 있어야 할 교실에 있지 않다는 경고성 안내를 진즉 받았을 거야. 빨리 교실로 돌아가는 게 좋겠어. 규칙을 잘 지키는 착한 학생이 되어야 언제나 비교적 안전하거든."

장리팅은 큰 충격을 받았다. 뒤탈이 그렇게 클 줄은 몰랐다. 아주 사소한 행동들이 전체적인 평점에 영향을 미쳐 자신이 초록색 구역에서 쫓겨날 수도 있다는 것은 상상도 하지 못했다. 장리팅은 헐레벌떡 몸을 돌려 움직였다. 하마터면 통로 초입에서 진열대를 청소하고 있는 청소 로봇과 부딪힐 뻔했다.

"잠깐 기다려!"

왕얼둥이 부랴부랴 달려가는 장리팅의 등에 대고 불쑥 소리를 질렀다. 깜짝 놀란 장리팅은 몸을 휘청이며 걸음을 멈췄다. 다만 왕얼둥의 속셈을 알 수 없어서 고개는 돌리지 않고 몸만 살짝 틀었다.

"여기는 사라진 우리의 고향 섬에 비하면 안전하지만 믿을 만한 사람이나 자유는 없어. 만약 이야기를 나누고 싶다면 날 찾아와."

장리팅은 감격했다. 하지만 동시에 죄책감도 들었다. 왕얼둥은 자신이 오늘 매점에 와서 배회한 진짜 이유를 모를 것이다. 장리팅은 그건 계속 비밀로 묻어두기로 했다.

07

장리팅은 엘리베이터를 타고 북쪽 건물 7층에 도착했다. 이어 부리나케 교실 뒷문으로 달려가서 슬그머니 안쪽을 살폈다.

교실은 꽤 컸고 타원을 반으로 자른 모양이었다. 장리팅은 이 수업을 듣는 학생이 이렇게 많을 줄은 몰랐다. 평소에 본 적 없는 얼굴이 여럿 눈에 띄는 걸로 보아 몇 개 반이 한 곳에 모여 수업을 듣는 것 같았다. 장리팅은 문틀 뒤에서 한참을 두리번거렸지만 도무지 빈자리를 찾을 수 없었다. 하는 수 없이 몸을 낮추고 살금살금 교실 뒷줄로 다가가 긴 의자 맨 끝에 앉아 있는 소년에게 속삭였다. "안으로 조금만 들어가줘." 소년은 못마땅한지 콧김을 뿜고 마지못해 장리팅의 뜻대로 엉덩이를 옆으로 옮겼다.

긴 의자는 이미 꽉 차 있었던 터라 다른 학생들도 억지로 자리를 옮겨야 했다. 잠시 작은 소란이 벌어졌다. 교실 맨 앞에 앉은 마커웨이는 이 소란에 영향을 받지 않아야 하지만 직감적으로 고개를 돌렸다. 매의 눈빛을 연상케 하는 날카로운 시선이 장리팅 주위로 마구 쏟아졌다. 장리팅 앞에는 머리카락을 양 갈래로 땋은 소녀가 앉아 있었다. 마커웨이와 눈이 마주친 그녀는 살짝 고개를 까딱이더니 어떤 정보가 담긴 수신호를 보냈다. 마커웨이는 마침내 소란의 원흉을 확인하고 냉철한 눈으로 장리팅을 사납게 노려보았다.

장리팅은 신경 쓰지 않았다. 지금 그녀의 관심은 온통 교단에 서 있는 사람에게 쏠렸다. 어찌나 눈부신 빛을 발산하는지 남자 버전 진유롼을 보는 듯했다. 이마가 살짝 보이도록 성기게 내린 앞머리 때문에 눈썹이 거의 보이지 않았고 양쪽 옆머리는 짧게 다듬어져 있었다. 소녀처럼 희고 깨끗한 피부에 은은하게 혈색이 돌았다. 체격이 건장한 편은 아니었다. 과할 만큼 몸에 꼭 맞는 나일론 바지를 입어서 하체가 굉장히 부실해 보였다. 하지만 소년의 미소는 정말 예뻤다. 크지 않은 한 쌍의 도화안은 고양이의 눈처럼 길고 가느스름하며 눈꼬리는 살짝 치켜 올라갔다. 눈동자의 검은자와 흰자가 아주 또렷하진 않지만 미소를 지으면 두 눈이 초승달처럼 가늘게 휘어졌다. 장리팅은 생각했다. 속눈썹은 저 남자애가 나보다 긴 거 아니야? 소년이 꼭 장리팅을 향해 미소 짓지는 않았지만 장리팅은 얼굴이 붉어지고 심장이 콩닥콩닥 뛰었다.

소년은 교단에 서서 선생님의 질문에 대답하고 있는 것 같았다. 장리팅은 넋이 나간 얼굴로 소년의 도톰한 입술이 곧 먹힐 가리비처럼 열리고 닫히는 모습만 빤히 바라봤다.

"훌륭해, 진장거. 오늘은 여기까지 하자. 수업 끝."

장리팅은 교실에 들어와 앉은 지 얼마 되지 않았다. 그러니까 남쪽 건물 매점에서 꽤 오랜 시간 머물렀다는 뜻이다. 장리팅은 그제야 자신이 맞닥뜨릴 문제가 무엇인지 알게 됐다. 교실 맨 앞자리에서 마커웨이가 잽싸게 자기 물건을 정리한 뒤 씩씩대며 다가왔다. 진유롼은 유유히 그녀의 뒤를 따랐다. 하늘색 레이스가 달린 치맛자락이 발걸음을 따라 나풀거렸다. 린위안은 앞선 두 사람과 살짝 거리를 두고 맨 뒤에 있었다.

"이봐, 너, 전학생! 오늘 교실에 왜 이렇게 늦게 들어왔어? 수업 시간에 매점에는 뭐 하러 간 거야?"

마커웨이가 장리팅에게 바짝 다가왔다. 거리가 너무 가까워서 상대방의 몸에서 나는 은은하고 부드럽고 산뜻한 향을 맡을 수 있었다. 장리팅은 마커웨이 앞에서 달아나지 않으려면 애써 용기를 끌어모아야 했다. 솔직히 말해서 마커웨이는 굉장히 예쁜 여학생에 속했다. 적어도 장리팅에 비하면 큰소리치고도 남을 미모였다. 그러나 진유롼 옆에서는 순식간에 가치를 잃었다. 누구라도 마찬가지일 것이다. 진유롼은 두 소녀와 살짝 거리를 둔 채 길고 구불구불한 제 머리카락을 손가락으로 무심히 돌돌 말고 있었다. 진유롼이 마커웨이보다 머리 하나만큼 크다 보니, 장리팅은 어렵지 않게 마커웨이의 어깨 너머로 천상의 느낌을 풍기는 진유롼의 얼굴을 볼 수 있었다. 곰곰이 생각에 잠긴 그녀는 마치 다른 시공간에 있는 것 같았다.

"나는……."

장리팅은 말문이 막혔다. 오전에는 왕얼둥의 말에 큰 충격을 받고 자신은 여전히 외부인이라는 것을 불현듯 깨달았다. 수직농장과 학교에는 알게 모르게 수많은 규칙이 있지만 자신은 아직 잘 알지 못했다. 더군다나 지금 마커웨이는 장리팅이 매점에 다녀왔다는 것을 알고 있었다. 요컨대 마커웨이가 반장이라는 뜻이다. 장리팅은 마커웨이가 더 무서워졌다.

원래 멀찍이 있던 린위안은 어느새 진유롼 뒤에 서 있었다. 하지만 남 일이라는 듯 이 대화에 낄 생각이 없어 보였다. 물론 린위안에게 장리팅을 두둔하거나 도와줄 책임은 없다. 하지만 적어도 자오얼섬에서 같이 지내던 고향 친구라고 부드럽게 소개할 수는 있지 않을까? 그럼 마커웨이가 새 룸메이트인 린위안을 봐서 선심을 베풀지 않을까?

"너도 알겠지만, 수업에 지각하거나 결석하면 벌점을 받아." 마커웨이의 표정은 엄숙했다. 말이 굉장히 빨라서 약간 숨이 가쁜 것처럼 들렸다. "네 개인 점수가 깎일 뿐만 아니라 너희 조도 같이 불이익을 받아."

예전이었다면 린위안은 이 상황에서 장리팅을 위해 나섰을 것이다. 장리팅 앞에 서서 대신 해명했을 것이다. 그러나 오늘은 아무 말이 없었다. 장리팅의 시선은 마커웨이에게서 진유롼을 지나 린위안에게로 향했다. 그러나 린위안은 진유롼의 어깨에서 조용히 쉬고 있는 나비인 양 시선을 돌렸다. 마커웨이 때문인가? 아니면 진유롼 때문에? 장리팅은 도대체 알 수가 없었다. 린위안이 왜 예전과 다르게 이 여자애들 앞에서 애써 몸을 낮추는 거지?

"장리팅은 오늘 아침에 몸이 안 좋아서 교실에 늦게 들어온 거야. 그렇지, 팅팅†? 이제 몸은 좀 괜찮아졌어?"

어디에선가 튀어나온 리즈주가 부랴부랴 장리팅 대신 해명했다. 그러고 보니 방금 리즈주는 그녀를 팅팅이라고 불렀

---

† 중국에서는 친근함의 표시로 이름의 특정 글자를 반복해서 부름.

다. 이럴 때는 보통 자신을 위해 급히 나서준 친구에게 감동하기 마련이다. 하지만 좀체 정이 가지 않는 리즈주의 얼굴을 보니 그런 마음이 생기지 않았다. 장리팅은 지금 고개를 쳐들고 있는 리즈주의 얼굴 구석구석을 똑똑히 볼 수 있었다. 두 눈썹은 팔자 모양으로 축 처졌고 이마에는 새로 생긴 여드름과 여드름이 남긴 흔적이 마구 뒤섞여 있었으며 입술 위에는 솜털이 무성했다. 장리팅은 마커웨이의 표정을 살폈다. 리즈주가 끼어드는 순간, 단순히 짜증스럽기만 하던 마커웨이의 표정은 경멸로 바뀌었다.

장리팅은 바로 마커웨이의 표정을 읽어냈다. 그것은 '아, 너희 둘이 친구구나' '이제 보니 너희는 같은 부류였네'라고 말하는 듯한 표정이었다.

사실 이건 리즈주가 꼭 감당해야 하는 일은 아니었다. 소녀들은 언제나 서로 점수를 매기고 남을 평가한 다음 자신이 어떤 점수대 친구와 어울릴 수 있는가를 근거로 자신의 처지를 파악한다. 절친한 친구는 자신의 가치를 비추는 거울 같은 평가표라서 우정에는 계급이 있게 마련이다. 진유환과 마커웨이는 의심의 여지 없이 금자탑의 꼭대기다. 반면 리즈주는 아마 나약하게 태어난 탓인지 관심을 받지 못하는 비주류가 됐다. 이제 막 여기 온 장리팅의 점수는 아직 결정되지 않은 물음표 상태였다. 모두가 그녀를 관찰하고 저울질했다. 음, 외모가 그리 예쁘진 않네. 근데 무슨 재주가 있나? 재미있는 앤가? 똑똑한가? 성적이 엄청 좋은가? 이런 애는 어떤 수준의 친구를 사귈 수 있지?

이것은 외톨이가 될까 봐 무척 두려운 장리팅에게 생사가 달린 관문이나 마찬가지였다. 그런데 처음부터 불리했다. 시작하자마자 리즈주라는 룸메이트 패를 뽑은 것이다. 장리팅은 모두가 보는 앞에서 리즈주를 잘라내기라도 해야겠다고 일찌감치 마음먹었다. 리즈주에게 이용당하고 싶지 않았다. 처음부터 '리즈주의 절친한 친구'라는 꼬리표를 달고 싶지 않았다. 그러지 않으면 앞으로 학교생활이 정말 녹록지 않을 것이다.

"아니, 거짓말이었어, 즈주. 난 잠시 혼자 있을 시간이 필요했거든."

장리팅은 마커웨이에게 전염이라도 된 것처럼 모두가 보는 앞에서 리즈주를 헌신짝처럼 버렸다. 상황에 따라 태도가 돌변하는 능력은 소녀들의 몸에 새겨진 본능이라고 할 수 있다.

리즈주의 얼굴이 대번에 창백하게 질렸다가 이내 벌겋게 달아올랐다. 눈가에 맺힌 눈물이 곧 떨어질 듯했다.

"왜 거짓말한 거야? 나 오늘 아침에 진심으로 걱정했다고!"

"미안, 네가 좀 성가셔서 그랬어."

옆에서 구경하는 학생들이 꽤 많았다. 누군가 참지 못하고 피식 웃음을 흘렸다. 아마 장리팅이 이렇게 직설적으로 말할 거라고는 예상하지 못했을 것이다. 그러나 장리팅은 나름 돌려 말했다고 생각했다. 여전히 잔인한 사람은 되고 싶지 않았다. 장리팅이 원하는 자신의 인물평은 유쾌하고 친근하며 착한 소녀였다.

장리팅은 여봐란듯이 린위안을 쳐다봤다. 마음은 두려웠지만 어쨌든 솔직하게 생각을 밝혔고, 린위안은 그런 장리팅을 돌아보지 않을 수 없었다. 강제로 이 전쟁 상황에 맞닥뜨린 그녀의 눈은 의아함으로 가득했다. '좀 성가셔서 그랬어'라는 장리팅의 말에 관심을 빼앗긴 또 다른 사람이 있었다. 바로 옆에서 내내 무심하게 구경하던 진유롼이었다.

진유롼은 말없이 마커웨이를 지나 장리팅 앞에 서서 이리저리 흘겨봤다. 장리팅은 진유롼을 똑바로 쳐다볼 엄두가 나지 않았다. 어쩔 수 없이 시선을 돌려 진유롼의 조그마한 귓불을 뚫고 나온 귀걸이를 쳐다봤다. 그런 와중에도 진유롼이 무심결에 흘린 사악한 미소는 놓치지 않았다.

"네가 학교 기숙사에 들어온 첫날, 우리 본 적 있지? 너 그때 펑퍼짐한 자주색 긴팔, 긴바지 운동복 입지 않았어?"

"그랬을걸?"

장리팅은 자신이 무엇에 놀랐는지 알 수 없었다. 진유롼이 자신을 기억해서? 아니면 그날 자신이 입었던 옷까지 기억해서?

"그럼, 넌 내 이름 기억해?"

진유롼이 상냥하게 물었다. 팜파탈처럼 매혹적인 목소리지만 마지막에 콧소리가 섞인 앳된 음성이 흘러나와 전체적인 어조를 비단처럼 부드럽게 끌어올렸다. 장리팅은 사람 마음을 흔드는 진유롼의 눈동자를 들여다봤지만 대체 무슨 속셈인지 짐작이 되지 않았다. 시야에 마른침을 꼴깍 삼키는 린위안의 모습이 잡혔다.

"알지…… 진유롼."

"너 린위안의 오랜 친구잖아, 맞지?"

"응."

"너 린위안이랑 많이 친하지? 린위안이 요 며칠 네 이야기를 많이 했어."

장리팅은 린위안이랑 친하냐는 질문에 잠시 머뭇했다. 어떻게 대답해야 할지 잘 몰랐다. 이 상황에서 그런 질문은 좀 난처한데. 장리팅은 대답을 구하듯 린위안 쪽으로 시선을 돌렸다. 린위안은 이번에는 시선을 피하지 않고 잽싸게 눈을 한

번 찡긋했다. 그렇게 잠깐 눈을 마주친 뒤에는 바로 시선을 떨구었지만.

괜찮아. 장리팅은 린위안의 신호를 그렇게 이해했다.

"우리는 예전에…… 정말 많이 친하긴 했어. 내 말은, 여기 오기 전인 자오얼섬에서. 지금은 기숙사 방이 달라서 같이 어울릴 시간이 별로 없는 것 같아."

"그렇다면." 입을 뗀 진유롼은 간들간들 손을 흔들며 허리를 살짝 숙이더니 장리팅의 텅 빈 오른손을 잡았다. 같이 춤을 추자고 제안하는 것 같았다.

"우리 방으로 옮겨. 우리랑 같은 방에서 지내자."

결코 명령 같지 않은 말이었다. 그러나 한편으로 거절할 틈을 허용하지 않는 듯한 말투였다. 장리팅은 어안이 벙벙했다. 무슨 속셈인지 이해가 되지 않았다. 마커웨이를 돌아보니 눈을 희번덕거리고 있었다. 진유롼의 제안을 받아들일 수 없는 모양이지만 딴소리를 하지는 않았다. 반면 린위안은 적잖이 놀라고 기쁜 얼굴이었다. 다만 일부러 꾸며낸 듯 조금 지나치게 기뻐하는 듯했다.

"정말? 그래도 돼?"

장리팅은 열심히, 정말 최선을 다해 목소리에 흥분이 묻어나는 것을 가까스로 억눌렀다. 진유롼은 조금 전에 잡았던 장리팅의 손을 가볍게 흔들며 말을 이었다. 두 사람은 함께 자란 소녀이자 가장 절친한 친구 같았다.

"당연히 그래도 되지. 이건 그냥 **사소한 일**이잖아."

마지막 말은 장리팅에게 한 말이 아니었다. 해맑은 미소를 머금고 린위안을 돌아보며 이렇게 말한 진유롼은 장리팅의 손을 탁 놓고 몸을 돌렸다. 그러나 몇 걸음 걷다 말고 무슨 생각이 떠올랐는지 유쾌하면서 도도한 말투로 한마디 툭 던졌다. "고마워할 필요 없어." 은방울이 굴러가는 듯한 웃음소리가 책상들 사이에서 맑게 울려 퍼졌다.

그건 분명 장리팅에게 한 말이었다. 하지만 장리팅은 고맙다고 말한 적이 없었다. 내가 고마워할 필요가 있나? 마땅히 고맙다고 해야 하나? 이 모든 일이 마치 은혜를 베푸는 행위 같았다. 물어본 적도, 원한 적도 없지만 거절할 수 없는 그런 은혜.

린위안은 진유롼이 보고 있지 않다는 사실을 확인한 뒤 장리팅을 향해 힘껏 고개를 끄덕이며 입꼬리를 끌어 올렸다. 하지만 금세 몸을 돌려 교실을 나갔다. 들킬까 봐 걱정하는 것 같았다. 소녀들은 친구와 함께하는 놀이를 가장 좋아한다. 장리팅은 그 사실만 알 뿐 예상하지 못한 게 있었다. 린위안은 그런 놀이에 재능이 있을지도 모른다. 장리팅이, 혹은 장리팅과 자신 둘 다 그것을 필요로 할 때 특히.

"다음에는 지각하지 마. 이래라저래라하는 게 아니라 너랑 같은 조 친구들을 위해 대신 말하는 거야. 정말 남들한테 나쁜 인상을 주고 싶은 건 아니지? 웅덩이를 흐리는 미꾸라지처럼 보이고 싶진 않잖아?"

마커웨이는 장리팅이 결석할 뻔한 일을 두고 더는 따지고 싶지 않은 듯했다. 이 상황에서 무슨 말을 해야 할지 모르는 것일 수도 있다. 장리팅이 느닷없이 새 룸메이트가 되게 생겼으니 말이다. 마커웨이는 김이 샜는지 코를 문지르며 진유란의 뒤를 따라갔다.

"축하해." 공개적으로 망신을 당한 리즈주는 주목받는 소녀들이 모두 떠나자마자 한달음에 달려와 시샘 어린 말을 던졌다. "네가 무슨 대단한 장점을 가졌기에 여신이랑 친구들 눈에 들었는지 모르겠다."

"무슨 말을 그렇게 해?" 장리팅은 일부러 정색하고 날 선 목소리로 반문했다. "그리고 난 아직 걔들 방으로 옮기겠다고 대답하지도 않았어."

"정말? 가기 싫어?"

리즈주는 장리팅의 말을 듣자 얼굴이 다시 환해졌다. 방금 절망의 밑바닥으로 떠밀렸지만 장리팅이 애매하게 내비치는 실낱같은 희망에 저도 모르게 기뻐 어쩔 줄을 몰랐다. 이것이 바로 리즈주가 비호감인 이유였다. 너무 목말랐고 지나치게 솔직했다. 그래서 진짜 속마음뿐만 아니라 약점까지 한눈에 훤히 보였다. 소녀는 주먹이나 칼이 아니라 우정과 신체 언어 그리고 오락가락하는 마음을 마주해야 한다. 소녀의 세계에서 우정은 일종의 무기다. 우정을 쌓고 파괴함으로써 상대를 공격할 수 있다.

"당연히 가고 싶지. 그냥 네 앞에서 일부러 뜸 들여본 거야."

장리팅은 새삼 깨달았다. 자신은 아직 먹이사슬의 최하위로 떨어지지 않았고 리즈주를 조련할 수도 있다. 어쩌면 이런 놀이에 자질이 있는지도 모른다. 장리팅은 자신이 이 놀이를 좋아하는지 아닌지는 알 수 없지만 남들을 따라 이 놀이판에 들어섰다는 사실은 확신했다.

08

　　소녀는 보통 혼자 있을 때 가장 진실한 모습이 나타난다. 혼자 있으면 다른 사람 눈치를 볼 필요가 없고 아직 미성숙한 자신의 자존감을 두고 남들이 가타부타 할까 봐 걱정할 필요가 없기 때문이다. 혼자가 된 소녀는 쉽게 외로움을 느낀다. 하지만 그런 순간은 자신을 가장 잘 들여다볼 수 있는 시간이자 가장 자유롭고 독립적인 시간이다.

　　두 소녀가 사이좋게 '우리'가 될 때, 둘 사이는 정확히 균형을 이룬 상태다. 두 소녀의 눈에는 오직 둘만 존재한다. 서로를 잘 챙길 수 있고 다른 사람과 사물의 방해도 받지 않는다. 아주 솔직히 애정을 표현할 뿐 아니라 상대가 주는 애정도 느낄 수 있다.

　　세 소녀가 무리를 이루면 상황이 복잡해진다. 3은 소녀를 가장 쉽게 질투에 빠뜨리는 숫자다. 으레 한 명은 소외되고 자칫 무시당하는 존재가 되게 마련이다. 3은 2 더하기 1이다. 가장 소외되기 쉬운 1이 되기를 원하는 사람은 없다. 하지만 보통 누군가는 1로 전락하고 만다. 무리의 비밀을 공유할 사람의 수를 정하자면 2가 가장 이상적이다. 바로 나와 상대방이다. 비밀을 반복해서 떠들면 듣는 사람은 지겨워하기 십상이고 비밀이 새어 나갈 위험도 높아진다.

네 소녀의 어울림은 한 둥지 속의 구렁이 알들이 부화하는 것과 같다. 각자 꿍꿍이를 품은 새끼 구렁이들이 언제 껍질을 깨고 나올지 모르기 때문에 상황은 재미있어진다. 통제 불능이라고도 할 수 있다. 소녀들은 언제나 둘씩 다닌다. 그러다 누구와 특히 친해지면 그 사이는 고정불변일 뿐 아니라 확고한 사실이라고 착각한다. 그러나 현실은 그렇지 않다. 2는 유동적이고 피상적이다. 2는 네 명으로 구성된 무리 안에서 시시각각 변하고 영원히 한결같은 사람은 없다. 다들 무리의 다른 친구가 **변덕스러운 자신과 다르게 한결같으리라.** 착각한다. 그러나 변심은 사실 모든 인간의 고질병이다. 어느 정도 나이가 되면 소녀의 우정은 대부분 지속되기 어렵다. 습관적으로 자신을 업신여기고 불신하는 동시에 다른 친구에게는 너무 높은 기대를 걸기 때문이다.

장리팅은 이제 기묘한 세계에 들어섰다. "'여신의 무리'에 들어간 걸 축하해." 진유홍은 이렇게 묘사했다.

장리팅이 린위안의 방으로 옮기면서 아무런 피해도 끼치지 않은 것은 아니었다. 아니, 모두가 원하는 바를 얻는 것은 확실히 진유롼의 방식이 아니었다. 그녀는 301호실에 침대를 하나 더 놓아달라고 요청하지 않았다. 기존 공간을 장리팅에게 나눠주는 대신 여동생인 진유홍에게 방을 바꾸라고 했다.

두 사람이 방을 바꾸기로 한 날, 진유홍은 뜻밖에도 아침 일찍 짐을 챙겨서 찾아왔다. 애초에 장리팅과 약속했던 시간보다 무려 두 시간이나 빨리 온 것이다. 장리팅은 몹시 난감했다. 개인 물건이 많진 않았지만 그렇다고 서둘러 짐을 싸진 않았다. 진유홍은 짐을 313호실 문 앞에 쌓아두고 몸만 들어오더니 장리팅의 의자에 앉아서 그녀가 짐 싸는 모습을 지켜봤다.

진유홍은 도와주겠다는 말도 없이 가만히 앉아서 보기만 했다. 차라리 다행이었다. 도와주겠다고 나섰다면 장리팅은 더욱 난감했을 것이다. 리즈주는 진유홍이 방문을 두드렸을 때 **불결한 공간**에 있기 싫다고 둘러대고는 밖으로 나갔다. 장리팅은 생각했다. 옆에서 짐 싼다고 먼지가 풀풀 날리는 상황을 질색하는 듯했지만 사실은 나를 **불결하게** 여기는 게 아닐까.

방에 단둘이 남은 장리팅과 진유훙은 침묵 속을 이리저리 부유했다.

방 안은 무척 조용하고 썰렁했다. 장리팅은 진유훙이 마구화를 내거나 울며불며 소란을 피울 줄 알았다. 하지만 그런 과장된 감정과 긴장감은 전혀 드러나지 않았다. 진유훙은 그저 두 손을 머리 뒤에 댄 채 눕다시피 의자에 앉아 있었다. 편안하고 자유로운 느낌이 묻어나는 자세였다. 심지어 무척 즐거워 보이기까지 했다.

"있지, 난 가끔 우리 언니를 보면서 진심으로 감탄해. 언니는 불가사의한 마력이 있어서 주변 사람들을 고분고분하게 만들거든. 마치 사람들의 등에 보이지 않는 줄이 매달려 있는 것 같고, 언니는 꼭두각시 조종사처럼 매일 매시간 줄을 당기느라 바빠. 본인의 인간적인 매력과 외모를 이용해서 이리저리 줄을 당기거나 늦추지. 그래서 대부분의 사람들이 언니가 기대한 대로, 언니가 보내고 싶은 곳으로 가게 돼."

숨도 쉬지 않고 말을 쏟아낸 진유훙은 조금 들떠 보였다. 말을 하는 동안 두 손은 가슴 앞에서 경쾌하게 춤을 췄다. 장리팅의 눈에는 보이지 않는 교향악단을 지휘하는 것처럼 보였다.

"언니가 가는 곳마다 항상 회오리바람이 몰아쳐. 너도 옆에서 오래 지내다 보면 알게 될 거야. 언니가 만들어낸 화려한 폭풍은 모든 것을 만신창이로 만들어. 그 폭풍의 한가운데에 들어가거나 폭풍이 지나간 뒤에는 아무것도 남지 않는 거지."

진유훙이 고개를 가로저었다. 장리팅은 뭐라고 대꾸해야 할지 몰라서 들고 있는 수건을 접고 또 접을 뿐이었다. 그래도 나는 진유란이 참 부러워. 장리팅은 이 말을 토해내지 않고 삼켰다. 지금은 진유훙에게 속마음을 털어놓을 때가 아니었다.

"참, 있잖아, 너랑 린위안은 정말 친해?"

"응."

진유훙은 무슨 말을 할 듯 말 듯 미묘한 분위기를 풍겼고 반짝이는 두 눈을 연신 깜빡거렸다. 사실 진유훙의 눈에는 얼핏 언니의 그림자가 담겨 있었다. 그러나 진유훙은 자신을 지키기 위해 이런 사실을 단단히 숨겼을 것이다.

"네 친구한테 꼭 알려줘, 우리 언니한테 너무 기대하지 말라고."

"왜?"

"방을 옮기면 두 사람이 어떻게 지내는지 잘 지켜봐. 그럼 알게 될 거야."

"쟤가 네 언니한테 너무 알랑대는 거 아니야?"

소리 없이 돌아와 방문 앞에 서 있던 리즈주는 진유훙에게 깜빡한 물건이 있다고 설명했다. 하지만 장리팅은 리즈주가 무얼 깜빡했는지 알 수 없었다. 어쩌면 두 사람의 대화를 몰래 엿들으러 왔는지도 모른다. 리즈주는 장리팅에게 눈길 한 번 주지 않았다. 진유훙과만 대화하고 싶은 모양이었다.

진유훙은 피식 웃었다. 언니가 없을 때는 말이 많아졌다. 표현도 훨씬 솔직하고 날카로워졌다.

"사실 이상할 게 없는 일이지. 그럼 너한테 물어볼게. 너라면 어땠을 것 같아? 잔뜩 신이 나서 301호실로 방을 바꾸고 내 침대에서 자지 않았겠어?"

장리팅은 한창 짐을 정리하다 말고 고개를 들었다. 리즈주가 무언의 긍정을 표했을 때, 활짝 웃는 진유훙의 얼굴이 눈에 들어왔다. 장리팅은 문득 깨달았다. 이제 방관자가 될 수 있는 진유훙은 사실 남의 불행을 대단히 즐기고 있는 것이다. 반면 자리가 바뀐 장리팅은 진유환의 폭풍 속에서 살아야 했다.

장리팅은 기대되면서도 떨리는 마음을 품고 301호실로 옮겨 갔다. 앞으로 학교생활이 드라마틱하게 바뀔 줄 알았다. 풍요롭고 떠들썩하고 다채로운 또 다른 세상을 만나리라 생각했다. 하지만 실제로는 전혀 그렇지 않았다. 장리팅은 오히려 군대에 들어온 것이 아닐까 생각했다.

마커웨이의 자명종은 가장 먼저 울렸다. 마커웨이는 자명

종이 울리자마자 껐지만 장리팅은 잠에서 깼다. 작은 침대에서 큰 침대로 옮기고 아직 잠자리가 어색해 깊이 잠들지 못했다. 창밖을 보니 하늘은 아직 어둑어둑했다. 장리팅이 침대 머리맡에 둔 자명종은 5시 30분을 가리키고 있었다. 마커웨이는 양치질과 세수를 마치고 운동화를 신은 뒤 조용히 문을 열고 혼자 밖으로 나갔다.

두 번째로 장리팅을 깨운 자명종은 6시에 울렸다. 몸을 일으킨 사람은 진유롼이었다. 그러나 바로 침대를 벗어나지 않고 솜이불에 앉아 자그마한 목소리로 뭔지 모를 신비로운 의식을 진행했다. 장리팅은 더 이상 잠을 청할 수 없어서 마지못해 일어나 앉았다. 새벽빛에 비쳐 진유롼이 한쪽 다리를 머리 위로 끌어올리려 애쓰는 모습이 보였다. 얼굴은 온통 새하얬다. 솔직히 말해서 좀 엽기적이다 못해 약간 우스꽝스러운 장면이었다.

"넌 더 자도 돼. 조만간 적응될 거야."

진유롼의 목소리에는 여전히 졸음기가 남아 있어서 목이 쉰 것처럼 들렸다.

"지금 뭐 하는 거야?"

"요가 수련이랑 팩."

진유롼은 대답하면서 높이 든 다리를 내리고 반대쪽 다리로 같은 동작을 취했다. 린위안은 여전히 미동도 없이 달게 자고 있었다.

"말하는 김에 알려주자면, 마커웨이는 아침 조깅 하러 갔고 6시 30분쯤 돌아와. 6시 30분에서 7시 사이에 나랑 마커웨이 가 돌아가면서 씻을 거야. 네가 평소에 그렇게 일찍 일어나진 않을 거 아니야? 그러니까 더 자. 7시가 지나야 너희가 화장 실을 쓸 수 있어."

장리팅은 순순히 자리에 누웠다. 하지만 머릿속은 이런저 런 생각으로 복잡했다. 마커웨이는 어젯밤에 위층 자습실에 갔고 장리팅이 잠들기 전까지도 돌아오지 않았다. 진유롼은 분명 저녁 먹은 뒤에 운동을 했고 잠들기 전에도 침대에서 스 트레칭을 했다. 두 소녀의 자기 관리는 놀라운 수준이었다. 그에 비하면 린위안과 장리팅은 내키는 대로 사는 부류였다.

장리팅은 이내 잠이 들었다. 다시 눈을 떴을 때는 이미 7시 30분이었다. 어쨌든 이번에는 자신이 설정해놓은 자명종 소 리에 깨어났다. 주변을 둘러보니 모든 침대가 텅 비어 있고 화장실에서 물이 떨어지는 소리만 들렸다.

장리팅은 침대에서 내려왔다. 그녀의 침대는 욕실에서 가 장 가까운 데 있었다. 사실 가만히 앉아서 기다리면 되는데 진유롼과 마커웨이 두 사람에게 마구 호기심이 분출한 터라 우선 마커웨이의 책상으로 다가갔다. 책은 책장에 더 꽂을 자리가 없을 만큼 많아서 몇 권은 침대에 아무렇게나 널려 있었다. 책상 쪽 벽에 가득 가지런히 붙어 있는 메모지에는 공부진도와 쪽지시험 일정이 빼곡히 적혀 있었다. 순간, 장리팅은 화들짝 놀랐다. 일정이 너무 빽빽한 쪽지시험 때문인지, 아니면 마침 화장실에서 나온 린위안이 불쑥 자신을 부른 탓인지는 알 수 없었다.

"화장실 써도 돼."

한창 남의 책상을 훔쳐보던 장리팅은 황급히 시선을 떼고 아무 일도 없었다는 듯이 창가에서 화장실 쪽으로 유유히 걸어갔다.

"얘네 둘은 아침 일찍부터 어디 간 거야?"

"마커웨이는 공부하러 또 자습실에 갔어." 린위안은 이런 상황이 익숙한지 느긋하게 로션을 퍼서 얼굴에 발랐다. "진유란은 누구랑 아침밥 약속이 있다고 했고."

"와, 그렇게……."

장리팅은 입을 다물었다. '성실하다'와 '인기 많다'를 한 문장에 넣어 전혀 다른 두 여자애를 동시에 칭찬하기란 꽤나 어색한 일이었다. 다행히 그렇게 설명하지 않아도 린위안은 바로 알아들었다.

"어쩔 수 없지. 한 명은 반장이자 영원한 1등이고, 한 명은 아름다운 사교계의 여왕이니까."

장리팅은 처음에는 린위안이 농담을 하는 줄 알았지만 이내 아주 진지하다는 것을 깨달았다. 이보다 더 진지할 수는 없을 터였다. 린위안은 모두가 인정할 만한 사실이라고 생각하는 것은 아주 진지하게 말했다.

"마커웨이는 웬만해선 기말고사, 중간고사 1등을 놓치지 않아. 한시도 공부를 쉬지 않는 걸 보면 그럴 만해. 그 애 아빠가 동쪽 상업용 건물에서 종합 병원을 운영하신다고 들었어. 굉장히 유명한 개업 의사래. 그리고 엄마는 이 학교의 교장 선생님이잖아. 아직 우리는 뵌 적이 없지만 말이야. 너도 한번 상상해봐, 마커웨이가 얼마나 큰 압박을 느끼겠어? 나는 단순히 이렇게 상상만 해도 소름이 돋아."

"그럼 진유롼은?"

장리팅은 마음속에 도사린 호기심을 도저히 숨길 수 없었다. 자신과는 전혀 다른 세계를 사는 듯한 두 사람에 대해 더 많이 알고 싶었다. 두 사람은 자신과는 다른 경지, 자신이 이번 생에는 오를 수 없음을 아는 그 경지에 오른 것 같았다. 장리팅은 그 엄청난 격차에 오히려 매료되었다. 모두의 부러움을 자아내는 진유롼과 마커웨이의 모습 이면에는 엄청난 노력이 숨어 있는 것 같았다. 학교는 두 사람이 빛을 발하는 무대이고, 여학생 기숙사는 두 사람의 무대 뒤 공간이라고 할 수 있지 않을까? 아니, 신단에 더 가까웠다. 오로지 여신만을 위한, 사적인 공간에 가까운 신단. 여신은 그곳에서 비밀스러운 일을 준비한다. 변신을 준비한다. 평범한 사람에서 신으로 변신하기 위해 준비하는 것이다.

그럼, 왜 장리팅일까? 진유환은 왜 장리팅을 선택한 걸까? 왜 눈부시게 빛나는 그들의 사적인 모습을 감추지 않고 장리팅에게 보여주려는 걸까?

"진유환이 뭐?"

장리팅의 질문에 멈칫한 린위안은 한참이 지나서야 입을 뗐지만 대충 얼버무렸다. 장리팅은 이상한 느낌이 들었다. 원래 린위안은 이러지 않았다. 일단 입을 열면 무척 솔직했다. 하지만 진유환이라는 이름이 나오자 뭔가 감추는 기색을 풍겼다. 다른 사람과 진유환에 대해 공유하고 싶지 않은 듯했다.

"와, 다행이다! 너 아직 있었네!"

진유환에 대한 궁금증이 아직 풀리지 않았는데 진유환이 불쑥 방에 들어왔다. 손에는 종이봉투가 들려 있었다. 장리팅은 진유환의 얼굴을 바라봤다. 그렇게 일찍 일어나서 요가를 하는 것도 모자라 이토록 공들여 화장을 하고 머리카락을 풍성하면서도 부드럽게 손질했다니. 입고 있는 분홍색 실크 원피스는 주름 하나 없었다. 반면 장리팅은 아직 세수도 하지 않았고 잠옷 상의 밑단은 허리 매듭이 풀린 운동복 바지 밖으로 반쯤 삐져나와 있었다.

"네가 제일 좋아하는 과일잼 크루아상 두 개 가져왔어, 받아!"

진유롼은 방긋방긋 웃으며 종이봉투를 린위안의 손에 쥐여주었다. 린위안은 놀란 것 같았는데 한편으로는 조금 부끄러워했다. 진유롼은 고개를 돌려 장리팅을 보더니 목소리 톤을 확 낮춰서 건조하게 말했다.

"정말 미안. 네가 뭘 좋아하는지 몰라서 네 아침거리는 안 챙겼어."

"아니야, 괜찮아! 네가 내 생각을 해준 것만으로도 정말 감동했어!"

장리팅은 허둥대며 연거푸 손사래를 쳤다. 다만 반응이 너무 구차했던 걸까. 린위안은 괜히 어색했는지 종이봉투의 입구를 펼치며 장리팅에게 말했다. "너 하나 먹을래?"

장리팅은 반사적으로 거절하려 했지만 린위안의 호의를 짓밟고 싶지도 않았다. 솔직히 말하면 배가 좀 고프긴 했다. 나가지 않고 누군가 가져다준 음식을 먹는 것은 굉장히 행복한 일이 틀림없다. 진유롼은 에나멜 메리제인 구두를 잠시 벗고 곧은 자세로 침대에 앉아 백조처럼 우아한 목을 돌려 생각에 잠긴 표정으로 장리팅의 옆얼굴을 빤히 쳐다봤다. 심연 같은 눈동자가 반짝 빛났다. 진유롼은 마치 신비한 검은 고양이 같았다.

"그건 좋은 생각이 아닌 것 같은데."

진유롼은 자기 자신에게 속삭이듯 아주 작게 말했다. 그러나 가까이 서 있던 장리팅은 똑똑히 들었다. 순간 얼굴이 벌겋게 달아올랐다. 장리팅은 간신히 고개를 돌려 진유롼을 똑바로 쳐다봤다. 빈정대는 의도가 있는지 궁금했지만 웃는지 마는지 모를 두 눈에 도대체 어떤 속내가 담겨 있는지 알 수 없었다. 호의인지 무시인지 확인할 길이 없었다. 이미 엄마의 얼굴에서 숱하게 본 눈빛 중 하나였다.

"안 먹어? 그래, 그럼 내가 다 먹는다."

찰나에 벌어진 진유롼과 장리팅의 접전을 전혀 의식하지 못한 린위안은 종이봉투를 책상에 올려놓고 크루아상 하나를 입에 문 채 머리를 빗기 시작했다.

"있지, 너 머리 스타일 좀 바꿔볼래? 내가 보기에 컬을 넣고 살짝 탈색하면 좀 더 개성이 살아나고 예쁠 것 같아. 옆에서 보는 네 얼굴선이 엄청 예쁜 거, 너도 알지?"

진유환은 팔꿈치를 무릎에 대고 두 손으로 조그마한 얼굴을 받친 채로 아무 일도 없었다는 듯이 장리팅에게 이런 제안을 했다. 남의 외모나 머리색에 대해 대놓고 이러쿵저러쿵 하는 사람이 있다고? 장리팅의 머리를 스친 첫 번째 생각이었다. 게다가 진유환의 말에는 사실 강한 공격성이 숨겨져 있었다. 지금은 개성이 없을 뿐만 아니라 예쁘지도 않다는 뜻이 아닌가. 장리팅은 지금껏 뒤에서 수군대는 아이들밖에 보지 못했다. 물론 장리팅 본인도 마찬가지였다. 진유환처럼 거침없이 말을 쏟아낼 용기를 가지고 솔직하게 남을 평가할 수 있는 여자애는 없을 것이다.

　그러나 장리팅은 진유환이 한 말을 싫어할 수 없었다. 특히나 진유환이 움직일 때마다 등 뒤에서 자연스럽게 찰랑이는 긴 연갈색 머리는 형광등 불빛 아래에서 눈부시게 반짝였다. 어쩔 수 없는 거야. 장리팅은 애써 자신을 설득했다. 예쁜 소녀는 태어날 때부터 특권을 가진다. 남들보다 한 단계 높은 지위에 당연하게 올라서는, 남의 발언권을 마음대로 짓밟을 수 있는 특권 말이다.

　"나도 원래 고데기가 있었어. 근데 태풍으로 자오얼섬이 물에 잠긴 날, 그것까지 챙길 겨를이 없었어."

　"그랬구나. 그럼 날 믿고 남쪽 건물 매점에 가서 새로 사."

"생각해볼게."

"아니면, 오늘은 일단 내 거 빌려줄까?"

진유롼이 침대 머리맡 선반으로 손을 쭉 뻗더니 고데기를 찾아서 건넸다. 여신은 오늘 장리팅에게 말도 안 되는 친절을 베풀었다. 장리팅은 눈물이 날 것 같았다.

"응, 고마워! 난 일단 세수 좀 하고 올게!"

장리팅은 진유롼의 고데기를 자신의 책상에 올려놓고 폴짝거리며 욕실에 들어갔다. 수도꼭지를 트는 순간, 마음이 물소리를 따라 기뻐 날뛰며 노래를 불렀다. 진유롼이 방을 옮겨서 같이 지내자고 했을 때, 전혀 동요하지 않은 줄 알았다. 하지만 실제로는 너무 큰 기대를 품으면 안 된다고, 덤덤하게 행동해야 한다고 애써 자신을 다독였을 뿐이었다. 사실 속마음은 감격으로 가득했다. 무관심과 무시의 그늘에서 자신을 구해준 진유롼에게 깊이 감격했다. 앞으로 무조건 진유롼이나 마커웨이의 그늘 아래에서 살아야 한다 해도 기꺼이 그렇게 할 생각이었다.

나 정말 운수가 트였나? 진유롼이 나에게서 어떤 매력을 본 거지? 외모는 아닐 텐데. 성격이 마음에 든 걸까? 장리팅은 얼굴에 가득 폼클렌징 거품을 발랐다. 너무 흥분해서 노래를 흥얼거릴 뻔했다. 앞으로 좋은 일만 있을 거라고 생각하니 기쁨을 주체할 수 없었고 한편으로는 수줍기도 했다.

그러나 장리팅이 얼굴에 물방울이 맺힌 채로 신나게 욕실을 나서는 순간, 침실은 텅 비었고 아무도 없다는 것을 알게 되었다. 린위안과 진유롼은 기다리지 않았다. 둘이 짝이 되어 먼저 나간 모양이었다. 아침 식사도 남기지 않았다. 남은 거라고는 장리팅의 책상에 놓인 고데기뿐이었다. 장리팅은 마음이 복잡했다. 이 상황을 어떻게 받아들여야 할지 알 수 없었다. 원래는 진유롼과 함께 교실에 갈 줄 알았다. 여신의 곁에 선 조연으로 인정받고 그렇게 보이기를 바랐다. 그나마 조연 자리를 하나 얻었다고, 더 이상 무명의 단역이 아니라고 생각했다. 조금 서운하기는 했지만 여전히 기분은 좋았다. 물살이 거친 바다에서 파도에 두들겨 맞고 이리저리 휩쓸리는 조그마한 배처럼 양가감정이 마음속에서 접전을 벌였다.

09

        장리팅은 이처럼 일상의 관심사를 진 유롼에게 맞추었다. 어쩌면 그저 현실을 도피하기 위해서일지도 모른다. 도피하려는 현실은 장리팅을 초록색 구역에 머물 수 있게 하는 요소이자 스트레스의 근원, 바로 학업 성적이다. "한 우리에 있는 개들이 전부 훌륭하다면 너만 평범해서는 안 돼. 그럼 네가 **잡종**에 불과하다는 얘기야." 장리팅의 엄마는 딸을 셔틀버스에 태우기 전에 이런 말을 남겼다. 장리팅은 엄마가 자극하려는 것인지, 아니면 단순히 빈정대는 것인지 도저히 알 수 없었다.

    월요일 아침, 책을 들고 교실로 가던 장리팅은 문득 밀려드는 압박감에 구역질이 났다. 지금껏 살면서 순위를 두고 경쟁하는 일에 거부감이 없었고 자신의 성적이 오르고 떨어지는 것도 별로 걱정하지 않았다. 그러나 성적이 정부가 한 사람의 국가적 가치를 판단하는 데 직접 영향을 끼치고 거주지를 결정하는 지금, 등수는 생사와 직결된 문제가 된 것 같았다.

장리팅이 수업 시간에 딱 맞춰 교실에 들어섰을 때, 류 선생님은 이미 교단에 서 있었다. 교실에 온 지 한참 된 것 같았다. 담임교사 류난리는 서른 살 남짓의 여자였다. 스스로 나이를 밝힌 적은 없지만 눈가 잔주름과 탄력을 잃은 목의 옅은 주름은 그녀가 그리 젊지 않다는 사실을 은연중에 드러냈다. 그래도 굵은 뿔테 안경 너머로 여전히 앳된 모습이 감춰져 있어서 겉으로 보이는 것만큼 나이가 많지는 않을지도 몰랐다.

교실이 와자지껄 소란한 가운데, 오늘 류 선생님은 어두운 붉은색 체크무늬 원피스를 입었다. 실수로 한 치수 크게 샀는지 허리에 넓은 금색 꽈배기 벨트를 대충 맨 차림이었다. 다만 너무 낮은 위치에 허리선을 잡고 꽉 조여서 볼품없어 보이고 5 대 5 상하체 비율이 더욱 도드라졌다. 대오리를 쐐기형으로 엮은 샌들을 신었는데, 발가락이 너무 길어서 억척스럽게 신발 밖으로 툭 튀어나왔다. 가장 눈에 띄는 것은 머리 스타일이었다. 저렇게 컬을 얇게 넣은 머리는 관리하기가 매우 힘들어서 웬만해서는 예쁘게 손질할 수 없었다. 특히 여유는 없는데 애써 멋 부리는 사람에게는 적합하지 않다. 이를테면 장리팅의 엄마나 류 선생님처럼 착실하지만 따분하고 답답한 사람에게 그렇다.

류 선생님은 피곤한 기색이 역력했다. 인생에 대한 열정을 잃고 자신을 돌보는 데 별 신경을 쓰지 않는 기색, 이건 장리팅 본인에게도 있었다. 이런 사람은 진유환을 부러워한다. 진유환이 언제나 심혈을 기울이고 전력을 다해 자신을 정교하게 무장하는 것을 부러워한다.

장리팅은 진유환을 찾았다. 교실 한가운데에 앉아 있어서 어렵지 않게 찾을 수 있었다. 진유환은 옆자리의 린위안에게 눈짓을 하더니 과장되게 눈을 치켜떴다. 장리팅은 분명 누군가를 조롱하는 거라고 짐작했다. '류 선생님은 대체 무슨 생각으로 옷을 저렇게 입었지?' 린위안도 맞장구치며 '풉' 소리를 내더니 배꼽을 잡고 키득거렸다. 왼손을 진유환의 오른쪽 어깨에 얹기까지 했다. 두 소녀는 이마가 거의 닿을 것처럼 가까워 아주 정다워 보였다. 장리팅은 두 사람을 보며 질투하는 사람이 자신만은 아니라는 것을 깨달았다. 진유환의 왼편에는 마커웨이가 있었다. 세 사람은 함께 앉아 있었지만 마커웨이는 둘로 구성된 무리에게 은근히 소외되는 것 같았다.

"너희는 어떻게 생각할지 모르겠는데."

교단에 선 류반리가 다들 조용히 하라는 뜻으로 목을 가다

들었다. 장리팅은 원래 진유홍의 옆에 앉고 싶었지만 리즈주가 있었다. 불쾌한 기분으로 헤어진 예전 룸메이트와 다시 어울리자니 조금 머쓱할 것 같았다. 하는 수 없이 구석 자리를 골라 말없이 앉았다.

"나는 지난주에 치른 과목별 쪽지시험 성적을 보고 납득할 수가 없었어."

그래봤자 겨우 쪽지시험 성적이잖아요. 장리팅은 속으로 투덜거렸다. 다만 마음의 준비가 채 되기도 전에 책상에 놓인 작은 태블릿은 지난주에 치른 과목별 쪽지시험의 평균 점수를 띄웠다. 모든 학생의 이름이 나열되어 있고 지금까지 본 쪽지시험의 각 점수와 총점, 평균, 개인별 성적 순위가 상세히 적혀 있었다. 아주 명확하고 빈틈이 없었고 어느 누구의 우수함은 물론 부진함도 가려지지 않았다.

장리팅은 새파랗게 질린 얼굴로 자신의 등수를 확인했다. 뒤에서 세는 것이 더 빠르다고 할 만큼 전체 석차가 높지 않기 때문만은 아니었다. 무엇보다 류 선생님이 반 전체 학생을 몇 개의 조로 나누어 조원들 간의 총점과 순위까지 매겼다는 데 놀랐다. 모든 학생의 점수가 까발려져 숨을 수가 없었다. 장리팅의 조원들은 이제 조 성적을 떨어뜨린 그녀를, 조 꼴찌를 한 그녀를 공공연히 미꾸라지라고 부를지도 모른다.

주변에서 누군가 수군대기 시작했다. 장리팅은 불안에 떨었다. 내 뒷담화가 아닐까 신경이 쓰였고 필사적으로 자신을 위로했다. 나는 괜찮다고, 나는 새로운 환경에 온 지 얼마 안 돼서 아직 적응하지 못했을 뿐이라고, 다음에 열심히 하면 된다고, 한 번의 쪽지시험 순위는 아무런 의미도 없다고 위로했다. 한편으로는 열등감을 느꼈다. 나랑 비슷한 처지에 놓인 린위안은 왜 여전히 나보다 성적이 훨씬 앞서는 걸까? 정말 내가 형편없다는 뜻인가? 자기 의심은 올이 나간 검은 스타킹에 생긴 작은 구멍이다. 한 번 올이 나가면 실은 걷잡을 수 없이 풀리고 또 풀려 가장 비밀스럽고 가장 빛이 들지 않는 곳까지 구멍이 번지게 마련이다.

"물론 지난주 시험의 반 1등도 특별히 칭찬해줘야겠지? 마커웨이."

류난리가 교단에 서서 말했다. 열정을 담으려고 애쓰는 듯도 하고 아이들을 구슬리려는 것 같기도 한 말투였다. 마커웨이의 얼굴에 기쁨이 살짝 스쳤다가 번개처럼 자취를 감췄다. 그러고는 원래의 냉정한 표정으로 돌아갔다. 방금 돌이 하나 떨어졌음에도 잔물결이 전혀 일지 않는 호수 같았다.

"하지만 가장 중요한 상은 아무래도 평균 점수에서 1등을 한 조가 받아야겠지. 21조. 우리 다 같이 21조에서 개인 성적이 가장 높은 푸췌췌를 앞으로 불러서 축하해줄까?"

푸췌췌는 보잘것없는 외모에 가는 금테 안경을 꼈고 머리카락을 고무줄로 대충 묶은 통통한 여학생이었다. 대부분의 시간 동안 의자에 앉아 공부만 하고 운동은 전혀 하지 않는 다른 여자애들처럼 종아리가 굵고 부어 있어서 튼실하게 자란 무를 연상케 했다. 푸췌췌는 단상으로 올라가 모두의 박수를 받고 내려왔다. 기쁨을 주체할 수 없는지 자기 자리로 돌아가는 걸음걸이가 조금 비틀거렸다. 결국 진유홍의 옆을 지나가던 순간 실수로 책상 모서리에 부딪혔다.

"아! 정말 미안해!"

푸췌췌는 들뜨고 신난 목소리로 사과했다. 진유홍은 그저 고개를 까딱이며 미소 지었다. 오히려 반대쪽 옆에 앉은 리즈주가 고개를 들고 푸췌췌를 사납게 노려봤다.

이 광경을 모두 지켜본 장리팅은 다시 고개를 숙이고 손에 든 태블릿을 확인했다. 진씨 자매는 예상과 달리 성적이 꽤 좋은 편이었다. 총점은 진유홍이 진유환보다 조금 높았지만 차이는 크지 않았다. 리즈주의 성적은 장리팅만큼 처참했다. 두 사람은 반에서 성적이 거의 바닥을 쳤다. 친구 사이의 모든 경쟁은 시간제한이 없고 피를 흘리지 않는 전쟁과 같았다. 경쟁 종목은 외모, 몸매, 성적, 꾸밈새, 인기였다. 장리팅은 처음에 자신이 왜 리즈주와 같은 방에 배정됐는지 이해되기 시작했다.

"기후 난민 몇 사람이 새로 들어오기도 했으니, 내 직무에 따라 현실을 알려야겠구나."

류난리는 치마를 정돈한 다음 의자에 등을 기대고 앉았다. 두 다리는 완전히 붙이지 않았다. 편안해 보이려고 애쓰는 느낌을 주는 자세였다. 학생들과 마음을 나누고 싶은 것 같았다. 난데없이 간곡하게 타이르는 인자한 엄마라도 된 양 억지로 연출한 친밀감을 풍겼지만 장리팅은 오히려 불쾌감만 들었다.

"너희가 이해할 수 있는 현실에 대해 말해볼게. 모든 사람이 살 수 있는 안전한 땅이 점차 사라지고 있어. 그래서 사회 질서와 형평성을 유지하기 위해 새로운 평점 제도를 도입한 거야. 너희 나이에서는 **성적**이 가중치가 아주 높은 항목이야. 성적은 너희가 똑똑한지 아닌지, 장차 나라에 오랫동안 공헌할 수 있을지 없을지 증명해줘. 물론 건강 항목도 있지만, 솔직히 말해서 건강은 성적만큼 중요하진 않아. 알아들었니? '**성적**'보다 중요한 건 없어."

류난리의 말투는 부드러웠다. 하지만 너무 강세를 주어 발음한 탓에 목소리가 교실에 메아리쳐서 위협적인 느낌이 들었다.

"너희가 졸업하고 성인이 된 후에도 계속 초록색 구역에 살면서 결혼도 하고 싶다면, 사회구조가 안정될 수 있도록 국가에 더욱더 공헌하면 돼. 여학생은 나중에 아이를 낳으면 초록색 구역에서 살 가능성이 더 높아질 거야."

장리팅 양옆에 있는 소녀들이 한숨을 쉬거나 고개를 설레설레 저었다. 요즘 여자애들은 이런 화제를 좋아하지 않았다. 꽤 오래전부터 절반이 넘는 가임기 여성이 결혼을 원하지 않았다. 차라리 동성 친구와 함께 집을 빌리거나 땅을 사서 같이 지내는 쪽을 선택했다. 결혼은 결코 경제적으로 독립한 여성의 필수품이 아니었다. 그러나 연해 지역과 작은 섬이 하나둘 바다에 잠기자 정부에서는 각종 새로운 규범을 정하기 시작했다. 사람들의 거주지를 통제하고 인구 비율을 조정하려했다. 예를 들면 애를 많이 낳으라고 독려하는 동시에 노골적으로 노인을 포기했다. 노인이 아니라면 누구를 포기해야 할까? 예전에는 허울 좋은 명분이 없어서 아무도 감히 대놓고 말하지 못했다. 그러나 **토지 자원이 부족하다**는 그럴싸한 명분이 생긴 지금, 온 사회가 순풍에 돛 단 배처럼 거침없이 나아갔다. 더는 가식적으로 행동할 필요가 없었다.

류난리는 비호감으로 분류될 사람은 아니었다. 좋은 사람은 모두 사회의 톱니바퀴다. 사회에서 마땅히 실행해야 하는 규율은 모두 좋은 사람이 추진한다. 하지만 좋은 사람 뒤에 있는 존재는, 좋은 사람이 열심히 밀어주는 대상은 좋은 사람에게 딱 붙어 있고 거대하지만 전체 모습은 아무도 엿볼 수 없는 괴수가 아닐까? 좋은 사람은 대개 일에 몰두하는 톱니바퀴라서 탐조등처럼 이런 일을 제대로 분별할 수 없다.

"선생님, 질문 있어요."

진유롼이었다. 이번에도 팔꿈치를 책상에 대고 두 손으로 얼굴을 받친 자세였다. 목소리는 물을 머금은 양 나긋나긋하고 부드러웠다. 장리팅은 불길한 예감이 들었다.

"응? 말해보렴."

"그럼 선생님은 왜 결혼 안 해요?"

진유롼이 이 말을 하는 순간, 누군가 요란스레 휘파람을 불고 이내 몇몇 학생이 웃음을 터뜨렸다. 류난리는 이 질문을 전혀 예상치 못했는지 잠시 아연해지고 두 귀가 벌겋게 달아올랐다.

진유롼은 턱을 아래로 당기고 눈을 동그랗게 떴다. 다들 왜 웃는지 전혀 모르겠다는 듯 억울한 표정이었다.

"선생님이 그렇게 말씀하셨잖아요. 여자애들은 꼭 결혼해서 아이를 낳아야 한다고요. 나이가 너무 많으면 아이를 못

낳는 거죠? 근데 제 기억으로는 선생님도 아직 아이를 안 낳으셨잖아요?"

진유롼의 표정은 겉보기에 순진무구했고 말투도 무척 부드러웠다. 그러나 말에 악의가 가득 깔려 있다는 것은 장리팅도 알아챌 수 있었다.

류난리가 진유롼을 쳐다봤다. 당황해서 어쩔 줄 모르는 모습이 마치 법관의 신문에 제대로 대답하지 못하는 범죄자 같았다. 장리팅은 류 선생님이 그렇게 어수룩하진 않으리라 생각했다. 어떻게 대답해야 할지 생각해본 적이 없지는 않을 것이다. 단지 누군가 이렇게 대놓고 캐물을 거라고 예상하지 못했을 뿐이리라.

"이 말씀은 드려야겠어요, 선생님. 우리 이제 수업 시작해야 돼요. 귀한 시간을 이미 너무 많이 낭비했어요."

마커웨이가 무표정한 얼굴로 불쑥 말을 뱉었다. 사실을 말할 뿐 쓸데없는 이야기에는 별 흥미가 없다는 태도였으나 말투에는 서늘한 기운이 배어 있었다. 화를 내지 않았음에도 위엄이 느껴졌다. 그래서 마커웨이가 입을 여는 순간 교실에 있는 모든 학생이 입을 다물었다.

"그래, 맞아. 우리 얼른 수업 시작하자."

류난리는 한시름 놓은 듯했다. 뒤돌아 교단을 보고 선 그녀의 긴장된 어깨가 아래로 축 처졌다. 보아하니 이 화제는 더 이야기하지 않고 어물쩍 넘어갈 것 같다. 류난리는 은근슬쩍 위기에서 구해준 마커웨이가 무척 고마울 것이다.

진유롼은 왼쪽에 있는 마커웨이를 돌아보며 미간을 찌푸렸다. 그녀의 개입이 탐탁지 않은 듯했다. 마커웨이는 진유롼을 한번 흘겨봤다. '왜? 난 너 안 무서워'라고 말하는 듯한 태도였다. 진유롼은 무슨 말을 하려는지 도톰한 윗입술을 달싹였지만 결국 관두었다. 그리고 말없이 고개를 숙인 채 자신의 손가락 끝 네일아트를 바라봤다.

"너 말이야, 대체 언제부터 노력할 거야? 자꾸 이런 식으로 조 성적에 피해 주지 마."

장리팅은 수업을 듣는 내내 집중하지 못했다. 마음이 허탈했다. 그도 그럴 것이 자오얼섬에서 나름 상위권에 속했던 자신이 여기서는 바닥을 깔아주는 처지로 전락한 현실을 도저히 납득할 수가 없었다. 그래서 수업이 끝난 뒤에도 계속 자리에 앉아 침울하게 풀이 죽어 있었다. 그렇게 넋을 놓고 있는데 한 무리가 다가와 장리팅을 에워쌌다. 소녀들의 공격은 언제나 소리 없이 발동되다 보니 상대는 미처 손쓸 새 없이 당하고 만다. 선두에 선 사람은 마커웨이였다. 표정이 무척 냉담해서 춥지도 않은데 소름이 돋는 스산한 느낌을 주었다.

"나는……."

장리팅은 난데없는 공세에 화들짝 놀랐다. 이마에서 땀이 배어나기 시작했다. 당장 일어나 달아나고 싶었지만 엉덩이가 의자에 붙어서 꼼짝도 하지 않았다. 몸이 뻣뻣하게 굳은 채로 애써 침착한 표정을 지어낼 수밖에 없었다.

"……나는 이 환경에 아직 적응하는 중이야. 시간을 조금만 더 줘."

"시간? 지금 우리가 사는 이 나라의 자자지섬에는 제일 부족한 게 시간인데, 설마 모르는 건 아니지?

장리팅은 놀랄 수밖에 없었다. 수업 시간에는 다들 자기 자신을 아주 잘 숨겼다. 두루두루 잘 지내고 얌전하고 예의를 차렸다. 성적이 떨어지고 부진한 열등생을 모두 이해하고 배려해주는 것 같았다. 아무도 비난의 눈초리를 보내지 않았다. 그러나 수업이 끝나고 어른들이 보이지 않자 득달같이 다가와 그녀를 포위하고 험한 질문을 퍼부으며 다그쳤다. 어쩌면 학생들이 서로 심사하고 채찍질하게 만드는 것이 류난리의 의도인지도 모른다. 학생들이 격렬하게 싸울수록 선생님이 관리하기에는 더욱 수월해질 테니까.

"근데 솔직히 말하면…… 적어도 내가 우리 반 꼴찌는 아니

142

잖아."

변명 같지만 실제로 이 교실에서 자신처럼 홀로 공격받고 있는 사람은 없었다. 그래서 바늘방석에 앉은 것처럼 안절부절못하면서도 이 여자애들이 일부러 자신을 노리고 찾아왔다는 생각을 지울 수 없었다.

"그러니까 네 말은, 우리가 일부러 트집을 잡는다는 거야?"

"넌 네가 뭐라도 되는 줄 아나 봐."

"우리가 그렇게 한가한 줄 알아? 참 나."

소녀들은 쉴 새 없이 장리팅에게 온갖 말을 쏟아내며 성질을 부렸다. 마치 벌통을 들쑤신 분위기였다.

"우리가 굳이 널 찾아와 **경고**하는 것이, 네가 **기후 난민**이라서 그렇다고 생각하는 거야?"

이렇게 직접 꼬집어 말한 사람은 지금껏 한마디도 하지 않던 마커웨이였다. '경고'를 발음할 때는 이 단어를 잇새로 밀어내듯 유독 힘주어 말했다. 이를 바드득 가는 듯한 느낌마저 들었다. 장리팅은 겁에 질려 있었는데, 그 순간에는 오히려 좀 어이가 없어서 웃음이 나오려 했다. 장리팅은 자신이 표적이 됐음을 분명히 인지했다. 한 소녀가 표적이 되고, 소외되고, 따돌림을 당하는 원인은 다양할 것이다. 얼굴이 너무 못생겨서 혹은 잘 꾸미지 못해서 그럴 수 있다. 집안이 너무 부자라서 그럴 수도 있지만 너무 가난해서 그럴 수도 있다. 집단 따돌림이 발생하면 경위를 알 수 있을 것 같지만 사실 원인이 없는 경우가 허다하다. 장리팅은 이런 생리에 대해 아주 잘 알았다. 그래서 마커웨이가 기후 난민이라는 자신의 신분을 언급했을 때, 오히려 뻔한 거짓말로 둘러댄다고 느꼈다.

장리팅은 반사적으로 교실을 쭉 둘러봤다. 대부분 교실을 나갔고 일부만 삼삼오오 모여 있었으나 지금 무슨 일이 벌어지고 있는지 보지 못한 것처럼 행동했다. 장리팅은 자신이 린위안을 찾고 있는 줄 알았다. 하지만 이내 그렇지 않다는 것을 퍼뜩 깨달았다. 그녀의 두 눈은 진유롼을 찾고 있었다. 린위안은 지금 마커웨이로부터 자신을 지켜줄 능력이 없다는 사실을 직감했다. 하지만 진유롼은 가능할 것이다. 어쨌든 여긴 자오얼섬이 아니니까.

"솔직히 말하면 어느 정도는 사실이야. 우리는 널 표적으로 삼았어. 어떤 면에서는 확실히 네가 짐작하는 바와 같을 거야. 너는 난민 신분이니까."

장리팅은 오히려 어리둥절해졌다. 마커웨이가 이렇게 시원시원하게 그 사실을 인정할 거라고는 생각지 못했기 때문이다.

"울려는 거야? 제발 그러지는 마. 난 여자애가 우는 걸 가장 혐오하거든."

마커웨이는 허리를 꼿꼿이 세우고 장리팅에게 다가갔다. 높은 데서 상대를 내려다보는 분위기를 풍겼다.

"너희 기후 난민들이 어떻게 여기에 들어올 수 있었다고 생각해? 다른 사람을 밀어내기까지 하면서 말이야. 너희가 오기 전에는 다른 학생들이 있었고, 다른 여학생들이 기숙사에서 지냈어. 그런데 너희에게 이곳의 생활공간을 주기 위해서 거기 있던 친구들을 쫓아낸 거야. 그러니까 우리는 너희를 볼 때마다 이런 상황을 일종의 경고로 볼 수밖에 없어. 다음 차례는 우리 중 한 명이지 않을까, 하고 생각하면서."

장리팅의 두 눈이 마커웨이를 지나 뒤편에 일렬로 서 있는 소녀들을 향했다. 그들은 사나운 눈빛으로 장리팅을 노려보고 있었다. 흡사 흉악하게 으르렁거리는 하이에나 무리가 죽음을 눈앞에 둔 사냥감 하나를 주시하는 것 같았다. 장리팅은 동물 다큐멘터리에서 봤던 사냥꾼들이 떠올랐다. 동물들이 생존을 위해 싸울 때의 모습이 지금 이 상황과 비슷하지 않을까.

"그러니까 너 자신이 너무 잘났다고 생각하지 말고, 우리를 대단하다고 우러러보지도 마. 어쩌면 굳이 널 찾아와서 **특별히 노력해야 한다**고 경고하는 건 오지랖일지도 몰라. 그래, 나 자신만 잘하면 되겠지. 그래서 내가 너희 같은 부류를 가장 싫어하는 거야. 언제나 자신이 가장 힘든 약자인 줄 알고 남들이 부드럽게 대해주기만을 바라는 너희 말이야. 짜증 나? 다들 무지하게 바빠. 다들 생존의 압박에 시달리느라 기후 난민을 괴롭힐 만한 여유가 없다고. 내 말뜻 알아들었어?"

마커웨이가 속사포처럼 말을 쏟아낼 때, 뒤에 있는 소녀들은 누구 하나 끼어들지 못하고 잠자코 있었다. 마커웨이의 입을 통해 자신들의 감정을 충분히 털어낸 것 같았다. 반면 마커웨이는 자신이 이렇게 많은 말을 했다는 것이 못내 견디기 힘든 듯했다. 이윽고 마커웨이가 신호를 보내자 모든 소녀가 장리팅의 눈앞에서 뿔뿔이 흩어졌다.

홀로 교실에 남겨진 장리팅은 안도의 한숨을 내쉬었다. 역경을 딛고 돌아온 듯한 착각이 들었다. 그런데 얼굴에 주근깨가 있고 두꺼운 양장본 책 몇 권을 품에 안은 소녀가 교실을 나갔다가 금세 돌아와 장리팅 앞에 섰다. 머리를 양 갈래로 땋았는데, 너무 꽉 묶어서 팽팽하게 당겨진 두피가 아플 것 같았다.

소녀는 우물쭈물 뜸을 들였다. 장리팅은 그녀를 방어적으로 노려보며 아직 다 털어놓지 못한 원망이 남은 걸까 하고 생각했다.

"마커웨이 말이야, 사실 마음은 착해. 오랫동안 지켜보면 알 수 있을 거야. 단순히 엄격한 애처럼 보이겠지만 좀 딱딱하고 융통성이 없어서 그래. 아마 너무 똑똑해서 그럴지도 몰라. 그래서 우리가 마커웨이를 반장으로 뽑은 것이기도 해. 넌 마커웨이 앞에서 절대 너 자신을 숨길 수 없을 거야."

소녀는 마른침을 삼켰다. 굳이 돌아와서 장리팅에게 이런 말을 하는 이유는 용기를 북돋아주기 위해서일 것이다.

"그리고…… 아까 걔가 으름장을 놓은 것처럼 보여도 사실 널 보호하려는 거야. 만약 마커웨이가 그렇게 공개적으로 너를 '처분'하지 않았다면…… 누군가 몰래 널 괴롭히고 건드릴지도 몰라."

두 사람이 대화를 나누고 있는데 앞문이 삐걱 소리를 내며 활짝 열리더니 누군가 고개를 내밀었다. 류난리였다. 그녀는 문 앞에서 두리번거리다 뜻밖에 두 사람을 발견하고 엉겁결에 말실수를 했다. "아직 안 끝났니?" 그러고는 허둥지둥 나가며 문을 닫았다.

안 끝났냐고? 뭐가 안 끝나? 장리팅의 마음속에서 의문이 꼬리에 꼬리를 물고 일어났다.

소녀는 다시 장리팅의 얼굴을 돌아보고 입구를 가리키며 말했다.

"알겠어?"

"뭘 알아?"

"류 선생님은 다 계획이 있었던 거야. 평생 결혼도 안 하고 애도 안 낳았는데, 나라의 정책이 이렇게 빨리 변할 줄 어떻게 알았겠어."

"그러니까……." 장리팅은 고개를 옆으로 돌리고 궁금했던 것을 물었다. "선생님이 우리에게 결혼해서 애 낳으라고 설득하는 건 너무 심하게 모순되는 거 아니야?"

"너 정말 순진하게 선생님이 진심으로 우리를 위해서 한 말이라고 생각하는 거 아니지?"

소녀의 어조는 갈수록 격앙됐다. 지나치게 꽉 묶어 땋은 머리도 목 뒤에서 이리저리 흔들렸다.

"너 설마, 선생님이 계속 초록색 구역에 머물 수 있는 가치가 뭔지 생각해본 적 없어? 바로 우리야! 학생은 곧 선생님의 업적이야. 우리의 성적은 선생님이 초록색 구역에 계속 머물 수 있을지를 결정한다고!"

장리팅은 그제야 깨달았다. 류 선생님이 어째서 다시 교실로 돌아와 상황을 확인하며 '아직 안 끝났니?'라고 물었는지도 짐작이 갔다.

학생들, 여기 있는 소녀들은 나이가 많고 아이를 낳지 않은 미혼 여성의 국가적 가치를 드러냈다. 류난리는 마치 원예가가 나무 막대기를 잔뜩 준비하듯 다양한 규칙을 세워야 한다. 그래야 덩굴들이 규칙을 따르며 위로 쭉쭉 성장할 테니까. 선생님의 책임은 바로 학생들을 성장시켜 국가가 기대하는 모습의 텃밭을 가꾸는 것이다.

장리팅은 섬뜩한 기분이 들었다. 오늘 느낀 허탈감, 고립감, 무력감 그리고 어찌해야 할지 모르는 복잡한 감정이 한꺼번에 밀려들었다. 어쩌면 그녀도 수직농장에서 자라는 한 그루 농작물에 지나지 않을지도 모른다.

10

새로운 일상을 맞닥뜨린 장리팅에게
기쁜 일이 전혀 없는 것은 아니었다. 예를 들면 매주 두 번 수
직농장에 실습을 나가는데, 전날 밤에 잠을 설칠 만큼 들뜨곤
했다.

장리팅이 관람 안내인에게 들은 설명에 따르면, 전체 수직
농장 건물은 기능에 따라 다양한 구역으로 나뉜다. '종말의
땅굴'이란 별칭으로 불리는 종자 저장고에는 100만 세트가
넘는 농작물 종자가 냉동 상태로 보관돼 있다. 품질관리실험
실에서 전문성을 갖춘 직원들은 모든 농작물의 영양 상태를
세심하게 기록하고 병충해가 생기지 않도록 관리한다. 수산
양식장과 가축 관리소에서 나오는 배설물은 농산물의 유기
비료로 사용된다. 또한 학생들의 출입이 금지된 통제 구역도

일부 있다. 예를 들면 수직농장의 전체 시설 운영을 제어하는 중앙관제실과 플라스마 아크 가스화Plasma Arc Gasification를 통해 폐기물을 처리하는 관리 본부다. 동식물에서 먹을 수 없는 부위는 퇴비로 만들고 이 과정에서 발생된 메탄은 에너지로 전환해 건물의 각 층에 공급한다.

학교의 관리 부서 직원들, 즉 사무실 책상 앞에 앉아 있는 담임교사와 행정 직원들은 자신들이 이 학교를 관리한다고 늘 착각한다. 순진하게도 한 학교가 조직의 규칙에 따라 수월하게 운영된다고 생각한다. 하지만 학교는 유기체나 다름없다. 위로 쭉 뻗은 거목이나 촉수를 펼친 사자갈기해파리와 같다. 소녀들의 귀에서 귀로 전해지는 타액, 원한, 유언비어, 서로 교환하는 눈빛에 담긴 미련, 증오, 교감 그리고 쪽지에 담긴 우정, 거절, 상처는 모두 기숙사 방 안에서 혹은 방과후 교실 복도에서 나타난다. 소녀들 사이에서 벌어지는, 권력을 둘러싼 포섭과 다툼은 모두 어른들 눈에 보이지 않는 장소에서 벌어진다. 인간관계야말로 소녀들의 학교생활에 있어 가장 중요한 형태다.

바로 이런 이유로 장리팅은 수직농장에 있을 때 비로소 진정 편안함을 느꼈다. 수직농장에는 무리 지어 다니는 사람, 성적과 등수에 대해 말하는 사람, 기후 난민이라는 그녀의 신분을 두고 떠드는 사람이 없다. 교실에서 배정된 조는 수직농장에 오면 분해되어 다른 반 학생들과 뒤섞이기 때문에 수직농장에서 학교는 잠시 존재하지 않는 것처럼 느껴진다. 수직농장을 거니는 사람들은 대부분 여기서 일하는 직원과 연구원이다. 그래서 장리팅은 도대체 나를 좋아하는지 꺼리는지 의심하게 만드는 눈초리와 칭찬처럼 들리지만 사실은 공격적인 말에서 잠시나마 벗어날 수 있었다.

46층의 수경 재배Hydroponics 온실 구역은 자연광을 본뜬 매립형 LED 조명이 바닥에서 천장까지 쭉 설치되어 있어 굉장히 환했다. 선반 층층마다 설치된 직사각형 재배 베드에서 농작물이 자라고 있었다. 장리팅 근처에는 시금치와 상추가 있고 온실 끝자락에서는 토마토와 가지 등 가짓과 식물이 가득 자라고 있었다. 이동할 때 방진복과 신발 덮개가 슥슥 스치는 소리가 나긴 하지만 온실은 전체적으로 고요한 편이었다. 무들은 통풍 구멍이 뚫린 재배용 받침대의 구멍을 하나씩 차지하고 편히 쉬고 있었다. 마치 교실에 얌전히 앉아 있는 학생들 같았다.

사물인터넷IoT 센서는 농작물과 환경을 지속적으로 모니터링했다. 자료를 수집하고 정리한 다음 중앙관제실로 전송해 인공지능에게 데이터 분석 방법을 학습시켰다. 인공지능은 상황에 따라 온실 설비의 불빛, 물, 비료를 조절해 농작물의 생장에 가장 유리한 환경을 만들었다. 장리팅은 고개를 숙인 채 손에 든 태블릿을 이리저리 터치하며 수질과 습도 수치에 착오가 없는지 재차 확인했다. 사실 무료하고 별 의미도 없는 작업이었다. 인공지능이 전자동으로 조작하는 모니터링 시스템은 이미 정확도가 100퍼센트에 가까웠지만 장리팅은 무척 흥미로워서 피곤한 줄도 모르고 몰두했다. 어쩌면 말 못 하는 농작물을 볼 때 오히려 마음이 편하고 치유되는 느낌을 받기 때문인지도 모른다.

"농작물이 아주 잘 자라지?"

뒤에서 부드럽고 차분한 남자의 음성이 들렸다. 왼쪽 상반신에서 멀지 않은 곳에서 들려오는 목소리였다. 장리팅은 상대의 따스한 입김에 귀의 솜털이 흔들리는 것을 느꼈다. 인정하고 싶지 않았지만 솜털의 흔들림 속에 분명 큰 기쁨이 어려 있었다. 몸을 돌렸을 때 눈앞에 아주 근사한 얼굴이 머물러 있다는 것을 알고 나니 더더욱 그랬다. 소년은 장리팅의 두 눈을 똑바로 바라보며 반짝이는 미소를 지었다. 장리팅의 심장박동은 두 배 가까이 빨라졌다. 넌 네가 이렇게 잘생겼다는 거 아니? 장리팅은 저도 모르게 정신이 아득해지며 그렇게 생각했다. 그리고 침착한 척하며 손에 든 태블릿을 꽉 쥐었다.

　장리팅 같은 소녀는 맑은 정신을 유지할 때가 드물다. 무릇 자신감이 없고 눈에 잘 띄지 않으며 항상 자신의 존재 가치를 부정한다. 그래서 누군가 귓가에 입김을 불고 손가락을 까딱이면 기꺼이 그 사람을 따라갈 것이다. 장리팅은 언젠가 이 잘생긴 얼굴을 본 기억이 났다. 하지만 당장 이름이 떠오르지는 않았다.

　"응. 여기는 저, 저, 정말 신기한 곳이야. 모든 농작물이 한 건물에서…… 자라고."

　장리팅은 말을 얼버무렸다. 아무 말이나 뱉은 것 같았다. 자신감이 없어 문장을 제대로 맺지 못한 자신이 정말 못났다고 생각했다. 린위안이 있었다면 이런 상황이 펼쳐지진 않았을 텐데. 아마 우아하게 미소 짓고 간결하게 대답하며 자연스럽게 처신했을 것이다. 유쾌한 사람이 되는 데는 침묵과 정적이 적절히 필요했다. 결국 장리팅은 또 자책하기 시작했다. 나는 항상 한 번에 너무 많은 말을 해. 허술하고 미련한 구석을 드러내기만 할 뿐 제대로 하는 게 없어.

　하지만 소년은 장리팅을 비웃거나 그녀의 대답에 짜증을 내지 않았다. 오히려 새하얀 치아가 드러나도록 활짝 웃었다. 저 미소에 격려의 의미가 조금 담겨 있을지도 몰라. 속으로

154

소년의 선의를 이렇게 해석하니 장리팅의 얼굴이 저절로 붉어졌다.

"여기 생활에는 좀 적응됐어?"

장리팅은 소년의 질문에 의아했다. 대부분의 학생은 '처음 보는 얼굴인데' '너 새로 온 기후 난민이야?', 이런 말로 대화를 시작했다. 그러나 눈앞의 소년은 단도직입적으로 근황을 물었다. 마치 장리팅의 처지를 제 손금 보듯 훤히 꿰고 있는 것 같았다. 장리팅은 뜻밖의 관심에 들떠 어쩔 줄 몰랐다. 놀랍고 기쁜 마음에 자꾸만 자신에게 물었다. 그럼 이 남자애는 날 관찰하고 있었던 거야? 나에 대해 알아본 거야?

소녀의 감정은 언제나 봄이다. 장리팅의 마음속 봄날은 끊임없이 방송되는 연속극처럼 달콤하고 길었다. 자신이 너무 꿈에 부풀었다는 것을 알면서도 주체하지 못하고 마음속에 그런 기대를 심었다. '나는 널 지켜보고 있어.' 소년은 이런 말을 한 적이 결코 없었다. 그러나 사람의 관심이 갈급한 장리팅은 자기만의 각본을 한없이 써 내려가기 시작했다.

"응, 잘 적응해야지. 어쨌든 남들과 달리 적어도 살 곳은 있으니까."

장리팅은 마침내 용기를 내서 시선을 올리고 소년을 자세히 살펴봤다. 소년은 고급스러운 느낌을 풍겼다. 이런 고급스러움은 대체 어디서 오는 걸까? 뭐라 표현할 수가 없었다. 소년이 입고 있는, 빳빳하게 잘 다린 셔츠 때문일까? 콧등에 얹힌 까만 뿔테 안경 때문일까? 아니면 웃을 때 눈꼬리에 자잘한 주름이 생겨 차분하면서도 진실해 보이기 때문일까? 또래 남자애들은 땀샘이 지나치게 발달해서 그런지 대부분 지저분하고 단정하지 않았다. 옷은 체육복 상의나 오래 입어서 다 늘어나고 허옇게 바랜 라운드넥 티셔츠를 입는 경우가 태반이었다. 가끔 뭘 잘못 먹었는지 멀쩡히 셔츠를 입더라도 예외 없이 장아찌처럼 구겨져 있었다.

소년의 시선은 장리팅에게서 떠날 줄을 몰랐다. 집중한 눈빛이 계속 그녀의 얼굴에 머물렀다. 그래서 장리팅은 마음의 문을 닫지 못했다. 짧은 시간 동안 하염없이 말이 흘러나왔다.

"하지만 학업 경쟁에는 정말 적응이 안 돼. 넌 안 그래? 그러니까 내 말은, 토지 자원이 부족하다는 이유로 우리에게 무언가를 해야 한다며 너무 강요하는 것 같아. 잘 모르겠어…… 어쩐지 좀 버거운 느낌이야. 나는 남들의 걸음을 도저히 못 따라가겠어."

장리팅은 소년의 표정을 확인할 것도 없이 자신이 또 말을 너무 많이 했다는 것을 깨달았다. 어쩌면 소년은 그저 선의로 지나가는 길에 말을 걸었을지도 모른다. 진지하게 이야기를 나누며 시간을 보낼 생각은 없었을지도 모른다. 장리팅은 또 상대방이 자신과 친구가 되고 싶어 한다고 멋대로 넘겨짚으며 이토록 쉽게 속마음을 털어놓았다. 그럼 상대방은 으레 당황하거나 난처해한다. 이 남자애는 나에 대해 이렇게 많이 알고 싶지 않았을 텐데. 이 남자애는 나에 대해 알아볼 생각이 없었을 텐데. 이 남자애가 나랑 친구가 되고 싶을 리 없잖아. 장리팅은 자신의 열정적인 반응이 부끄러웠다. 하지만 교양 있는 이 소년은 실수로 물색없이 행동했더라도 빠르게 속내를 감추고 서로를 위해 자연스럽게 빠져나갈 길을 찾을 것이다.

"난 진장거라고 해."

아, 그때 교단에 서 있던 멋진 남자애구나. 장리팅은 이제야 그 이름이 떠올랐다. 진장거가 금빛으로 빛나는 모습을 교단 아래에서 올려다보던 때가 생각났다.

"나는 장리팅이야."

"알아."

나는 널 아는데, 너도 내 이름을 안다고? 와. 장리팅은 마음이 요동쳤다. 그래도 표정은 잘 제어해서 이런 작은 속마음은 드러나지 않았다.

"다른 층에 가볼 기회는 아직 없었지?"

장리팅은 고개를 끄덕였다.

"나는 예전에 28층 아쿠아포닉스^Aquaponics랑 수산 양식장 Aquacluture에 가봤는데, 거기가 훨씬 재미있어. 재배 베드 안에서 수생식물 말고도 틸라피아, 새우, 비단잉어 같은 물고기를 같이 키워. 맞다, 민물가재도 있어. 정말 훌륭한 상리 공생 시스템이지. 너도 거기에 다녀오면 분명 계속 생각날 거야."

신나게 말을 늘어놓는 진장거는 마치 춤을 추는 듯했다. 두 팔이 문장을 따라 허공에 한 줄 한 줄 호선을 그려 몸이 곧 공중으로 날아오를 것 같았다. 장리팅은 진장거의 얼굴을 빤히 바라봤다. 눈앞에 있는 이 사람에게 더 깊이 빠져들었다. 그의 말을 더 많이 듣고 싶고 그와 더 많은 시간을 보내고 싶어 견딜 수가 없었다.

"상리 공생이 뭐야?"

고심해서 찾은 화제는 아니었다. 그저 이에 대해 진장거의 설명을 듣고 싶었다.

"음, 식물이 물고기를 돕고 물고기가 식물을 돕는 그런 거…… 우리 반 친구들 간의 관계랑 비슷할지도 모르겠네?"

진장거는 무슨 이유인지 말을 마치고는 고개를 갸웃하며 미소 지었다. 표정이 왜 그래? 뭐 알고 하는 소리야? 장리팅은 속으로 투덜대면서 한편으로는 진장거가 참 귀엽다고 생각했다.

장리팅은 자기도 모르는 사이 완전히 긴장을 풀었다. 학생들은 수직농장의 여러 층에서 실습을 했다. 이렇게 되면 린위안을 만날 수 없지만 같은 구역에 배정된 반 친구가 거의 없어서 확실히 숨통이 트였다. 일렬로 늘어선 묘목들 사이에 숨으면 사람을 상대할 필요가 없어 홀가분했다. 더군다나 지금은 말이 잘 통할 것 같은 진장거가 눈앞에 나타났다. 장리팅은 허리를 굽히고 아직 다 기록하지 못한 수치를 확인했다. 콧노래가 절로 나왔다.

　뜻밖에도 진장거가 덩달아 몸을 숙이더니 팔을 장리팅의 몸 가까이 두었다. 거리가 너무 가까워서 장리팅은 진장거의 몸에서 나는 은은한 바디워시 냄새를 맡을 수 있었다. 진장거는 장리팅의 행동을 유심히 관찰했다. 장리팅은 자신을 지켜보는 시선이 부끄러워서 습관적으로 몸을 뒤로 빼려고 했다. 이런 상황에서는 피하는 게 익숙했지만 막상 그렇게 하자니 좀 아쉬웠다. 결국 몸이 약간 굳은 채로 모처럼 찾아온 이 순간을 탐했다.

　"그럼 너는 왜 병원 실습은 선택하지 않았어?"

　"……피가 무서워."

　학생들에게는 실습 장소를 선택할 자유가 있었다. 선택지에는 병원과 수직농장이 있는데, 어쨌거나 이 두 분야 전공은 앞으로도 쭉 수요가 많을 것이다. 같은 방을 쓰는 네 소녀 중 마커웨이만 병원을 선택했다. 장리팅은 자신이 겁이 많다는 것을 인정하는 동시에 병원 실습을 고른 마커웨이의 용기에 탄복했다. 물론 실습자 정원은 수직농장보다 병원이 훨씬 적었다. 장리팅은 자신이 병원 실습에 선발될 가능성이 희박하다는 것을 일찌감치 자각했다.

"솔직히 말하면, 나도 그래."

장리팅은 진장거가 속마음을 터놓을 줄은 몰랐다. 더군다나 그는 무척 수줍은 미소를 지어 보였다. 저 미소에서는 아침에 먹었던 아삭아삭하고 맛있는 아스파라거스 맛이 나겠지. 그렇게 생각하자 두 뺨이 물감을 뿌린 듯 확 달아올랐다. 장리팅은 그 모습을 들킬세라 얼른 고개를 돌리고 손가락으로 죽어라 태블릿 화면을 눌렀다. 삑삑 기계음이 울렸다.

"여기서 하는 일이 병원 일에 비해 평범해 보여도…… 아무튼 우리는 각자의 자유의지에 따라 원하는 것을 선택했잖아."

"무슨 뜻이야?"

"마커웨이의 아빠는 의사야. 교장 선생님은 마커웨이가 수직농장을 선택하면 용납하지 않겠지. 진유롼은…… 넌 아직 그 애 집안을 잘 모르지? 진유롼의 아빠는 수직농장의 주요 경영자 중 한 분이야. 이 땅의 상당 부분이 원래 진유롼 집안의 소유였어. 수직농장은 진유롼 아빠랑 정부가 합작해서 경영하는 셈이지. 그래서 두 딸의 앞날은 분명 부모님이 진즉에 정해두셨을 거야. 그러니까 그 **여자애**가 아무리 기대에 못 미쳐도 학교는 건드릴 수 없어. 어느 누구도 감히 건드리지 못해."

그 **여자애**? 두 사람 모두 답을 알기에 굳이 꼬집어 말할 필요가 없었다. 장리팅을 보며 진지하게 말하는 진장거의 눈 속에 의미심장한 빛이 스쳤다. 어쩐지 경각심을 주려는 것 같았다. 경고일지도 모른다. 물론 진장거가 또 물 흐르듯이 자연스럽게 새로운 화제를 꺼낸 것을 보면 순전히 장리팅의 오해일 수도 있다. 수직농장에서 흔히 볼 수 있는 점적 관개 시스템Drip Irrigation에 대한 대화가 시작됐다.

장리팅은 그 이야기를 들으며 아무렇지도 않다는 듯이 반응했다. 하지만 고개를 홱 돌려 얼굴이 진장거의 시야에서 벗어나는 순간, 마음 한구석에 모처럼 쌓아올린 기쁨이 작물에게 물을 주듯 줄줄 새어 나가고 있음을 깨달았다. 그 **여자애**와 너는 같은 세계에 속한 사람이 아니야. 알아, 나도 안다고. 장리팅의 마음속에 질투심이 일었다. 사실은 무력감 때문에 쓰라린 마음이 더 강했다. 어쩔 도리가 없는 일이기에.

11

　　　　　진장거와 진유롼은 반짝반짝 빛나는
사람이자 어두운 밤을 밝히는 등불이었다. 반면 장리팅은 불
속으로 뛰어드는 한 마리 나방이었다. 오직 빛을 바라볼 때만
자신의 존재 의미를 느끼는 나방. 장리팅은 자오얼섬에서 지
낼 때는 그런 점을 의식한 적이 없었다. 어쩌면 마음속 깊이
인정하기 싫었는지도 모른다. 아니면 사람과 사람이 그토록
처참하게 차이가 날 수 있다고는 생각지 못했을 수도 있다.
　진장거는 사실 자신이 아주 잘생겼다는 것을 아는 남학생
이었다. 복도를 걷는 그를 보면 머리에 플래시를 달고 있는
게 아닐까 하는 의구심이 들었다. 진장거는 언제나 무대 중심
에 서 있는 것 같았다. 모든 이의 시선이 자신에게 쏠려 있다
는 것을 아는 듯했다. 모자와 안경은 항상 장식용이었다. 처

음에는 진장거가 모자를 쓰면 머리를 며칠 안 감았나 하고 제 멋대로 짐작했다. 오른쪽으로 비스듬한 앞머리는 귀와 가까워질수록 길었고 짧게 깎은 왼쪽 옆통수에는 면도칼로 그은 듯한 평행선 세 줄이 있었다. 장리팅은 급기야 그의 머리 길이를 조용히 기록하기 시작했다. 모근이 원래 머리색을 절대 드러내지 않는 멋진 금발을 보며 며칠 간격으로 염색을 할까 추측하기도 했다. 장리팅은 자신이 빈정대는 거라고 생각했지만 실제로는 진장거에게 지나친 관심을 쏟고 있었다.

장리팅은 늘 진장거를 주시했고 기회만 생기면 복도든, 교실이든, 수직농장이든 따라다녔다. 그러다 보니 자신이 진장거를 깊이 안다는 착각에 빠졌다. 스토커는 본인의 행동을 낭만이 넘치는 미련이자 애정이 가득한 일종의 보호 행위라고 생각한다. 하지만 사실 남들 눈에는 구질구질하게 훔쳐보는 거나 다름없다. 훔쳐보는 것은 이렇게나 중독성이 강하다. 햇빛도 안 드는 어두운 구석에 숨어 홀로 감동하지만 정신은 혼미해지고, 또 그럴수록 더 깊이 빠져든다.

"너 요즘 왜 이렇게 바빠?"

린위안이 요즘 예전과 달리 기숙사에 잘 들어오지 않는 장리팅에게 물었다. 뭔가 눈치를 챘을지도 모른다.

하지만 장리팅은 린위안에게 말해주고 싶지 않았다. 이유는 모르지만 린위안이 이성 문제에 있어 별 도움이 안 될 거라는 생각이 들었다. 린위안은 연예인에게 열광하지 않고 우상을 섬기지 않으며 이성에게 관심도 없다. 여자애인데도 의지가 강철 같을 뿐만 아니라 선머슴처럼 굴었다. 이성 문제는 잘 모를뿐더러 이해할 필요도 없을 것이다. 장리팅은 고개를 설레설레 저었다. 속내를 숨기기 위한 고갯짓이지만 외려 더 수상한 냄새를 풍겼다.

"별거 아니야. 그냥 필요한 책 찾으러 도서관에 가느라 바빴어. 너도 알다시피 내 성적이 형편없잖아. 이렇게라도 하지 않으면 시험 성적으로는 평생 남들을 못 이길 것 같아서."

린위안이 고개를 갸우뚱했다. 옆얼굴의 날렵한 곡선이 마치 물음표를 그리는 것 같았다.

"기숙사 방 안에서 인터넷을 연결하면 도서관 사이트에 바로 접속할 수 있잖아, 몰랐어?"

린위안은 장리팅이 그런 사실을 모르는 줄 알고 호의를 베푼 것이었다. 그러나 장리팅은 기분이 상한 듯 표정이 한껏 일그러졌다. 학교 도서관에 종이 책은 없었다. 땅이 부족해서 책을 보관할 공간도 거의 사라졌기 때문이다. 모든 책은 일찌감치 전자책으로 바뀌었다. 수직농장에서는 무선 네트워크를 사용해 도서관 애플리케이션을 실행하면 도서관의 모든 정보를 열람할 수 있었다.

"난 그래도 실물 책이 더 좋더라고. 그래서 하루에 한 번은 책 박물관을 쭉 둘러보고 앉아 있어."

실제로 도서관은 특별히 소장 가치가 있는 초판본을 따로 보관했다. 흡사 골동품 같은 책들이었다. 장리팅은 린위안에게 거짓말했다는 생각에 조금 찔렸지만 악의는 없으니 괜찮다며 합리화했다. 진장거는 마음의 위안을 얻는 존재이자 드넓은 바다에 떠 있는 나무토막으로 여겼을 뿐이다. 사실 장리팅은 심리가 불안하고 진장거에게 슬며시 사로잡힌 지금 상태가 좋다고 생각했다. 잠시나마 삶이 단단히 중심을 잡을 수 있게 해주니까. 어쩌면 좀 더 자란 뒤에야 이것이 사랑이 아님을, 심지어 호감이라고도 할 수 없음을, 그저 미련에 지나지 않는다는 사실을 깨달을지도 모른다. 하지만 지금 장리팅에게는 그것이 **필요**했다. 자신이 살아가는 가운데 주목하고 흠모할 대상이자 목표가 되어줄 사람이 필요했다. 자신을 수줍게 만들어줄 사람이 필요했다. 이것은 열등감을 가진 이들이 무의식중에 추구하는 자학적인 성향이나 마찬가지다. 장리팅이 동경하는 대상은 처음에는 린위안이었다가 나중에 진유롼으로 바뀌었다. 진장거는 최근에 등장한 새로운 목표일 뿐이다.

잠깐의 여유 시간에 무심히 이야깃거리를 던진 것뿐이었을까. 린위안은 더 묻지 않고 옷장에 기댄 채 물건을 정리하며 운동하러 갈 거라고 말했다.

오후의 햇살이 방 안에서 소리 없이 떠들었지만 대리석 바닥은 여전히 서늘했다. 방에 혼자 남은 장리팅은 내리쬐는 햇볕에 기분이 조금 몽롱해졌는지 과장되게 호기심 어린 표정을 짓고 휘적휘적 걷다가 진유롼의 책상 앞에 서서 어지럽게 흩어진 잡동사니를 둘러봤다. 책상 한편이 화장품으로 가득 차 있었다. 장리팅은 허리를 숙이고 라벨에 적힌 글자를 읽었다. 메이크업 베이스, 파운데이션, 펄 프라이머, 파우더. 대부분 모르는 단어였다. 그래도 비싸서 살 수 없는 고가의 유명 브랜드 이름 정도는 알았다. 다양한 병과 단지에 든 화장품들을 어떻게 사용하는지는 모르지만 진유롼이 이중에서 어떤 립스틱을 바르는 모습은 본 적 있었다. 색이 정말 예쁜 그 립스틱을 발견하자 저도 모르게 손이 나갔다.

"너, 뭐 하는 거야?"

애교와 비음이 섞인 목소리가 오른쪽 귀로 날아들었다. 장리팅은 소스라치게 놀라며 고개를 획 돌렸다. 진유롼이었다. 사실 진유롼은 조금 떨어져 있었지만 등 뒤로 깍지를 끼고 상체를 살짝 숙이고 있어서 위압감이 들었다. 장리팅이 움찔하는 바람에 놓친 립스틱은 바닥으로 굴러 떨어졌다.

"아, 미안. 일부러 놀라게 하려던 건 아니었어. 근데 네가…… 이렇게 겁이 많을 줄은 몰랐네."

진유롼의 말투는 굉장히 부드러워서 공격성이 전혀 느껴지지 않았다. 그러나 장리팅의 두 눈을 똑바로 쳐다보는 표정은 새매처럼 날카로웠다. 장리팅은 진유롼의 말에 은근히 자괴감이 들면서 왜 그렇게 놀랐을까 자책했다. 여기는 자신의 방이기도 한데 말이다.

이윽고 정신이 돌아온 장리팅은 그제야 립스틱이 안 보인다는 사실을 깨닫고 허둥지둥 몸을 숙여 바닥을 살폈다. 진유롼이 화를 낼 줄 알았지만 허리를 꼿꼿이 세우고 내려다볼 뿐이었다. 장리팅을 훑어보는 그녀의 미간에 주름이 잡혔다.

"아, 내 립스틱이 마음에 들었구나?"

진유롼은 그렇게 말하면서 얼굴 근육을 풀었다. 그리고 얼굴에 박힌 별똥별 같은 눈으로 교활하게 웃었다.

"말해봐, 너 좋아하는 사람이 누구야?"

장리팅은 진유롼의 말에 깜짝 놀라 고개를 홱 돌렸다. 하마터면 목이 꺾일 뻔했다. 진유롼은 그 반응을 보고 자신의 짐작이 틀림없다고 확신했을 것이다.

"누군데, 말해봐. 말해주면 내가 도와줄게."

진유롼은 정말 기이한 매력을 가졌다. 당장이라도 속마음을 꿰뚫어 볼 것 같았고 어떻게 해야 상대가 거절할 수 없는지 잘 알았다. 진유롼의 말은 꿈틀대는 기다란 구더기처럼 아무도 모르는 장리팅의 상처를 슬그머니 뚫고 들어갔다.

"너…… 절대, 다른 사람한테 말하면 안 된다."

장리팅은 꼴깍 침을 삼켰다. 순간, 진유롼은 자신이 어떻게 해야 하는지 잘 아는 듯 바로 표정과 태도를 바꿨다. 환하게 웃던 아리따운 얼굴은 다림질한 것처럼 펴지고 자상한 언니처럼 다정한 미소가 번졌다.

"안 해, 절대 말 안 할게. 맹세해."

장리팅은 그런 진유롼을 보며 마음속 충동을 억누르지 못하고 금붕어가 뻐끔뻐끔 거품을 뱉듯 털어놓았다.

"……진장거야."

장리팅조차도 자신이 왜 이러는지 알 수 없었다. 진유롼을 믿는 걸까? 그 정도는 아니었다. 다만 다 털어놓고 싶은 욕망이 마음에 가득했던 것이다. 자오얼섬이 바다에 잠긴 그날 밤의 이야기처럼. 장리팅은 누구에게도 그날의 이야기를 하지 않았다. 린위안에게 말하지 않았고 자신과 함께 있던 엄마에게도 말한 적 없었다. 따지고 보면 그들은 같은 어려움을 겪었으니 장리팅의 기분을 잘 공감할 수 있다. 그러나 장리팅은 말하고 싶지 않았다. 혹시 그들이 부담을 느끼진 않을까, 엄마에게 왜 이렇게 예민하냐는 핀잔을 듣진 않을까, 걱정됐기 때문일지도 모른다. 장리팅은 여전히 그날 밤을 희미하게 기억했다. 습하고 차가운 빗물이 피부를 때리고, 고인 물이 발목까지 차오르고, 하늘의 벼락 소리와 겁에 질린 사람들이 길가에서 토해내는 날카로운 비명이 한데 뒤섞였던 그날 밤을. 장리팅은 지붕이 사라진 집 안에서 고개를 들고 구멍이 뚫린 것 같은 하늘을 볼 수 있었다. 그 순간 느낀 공포는 뼛속 깊이 새겨져 오래도록 사라지지 않았다.

그러나 사람들은 그런 이야기를 꺼내지 않았다. 다들 재건을 논의하느라 바빴고 미래를 향해 적극적으로 나아가야 한다고 목청을 높였다. 장리팅이 잃은 것, 장리팅의 걱정과 두려움에 대해서는 아무도 말하지 않았다. 어른들은 언제나 근심 어린 소녀의 하소연을 꾀병 환자의 우는소리로 치부하는 것 같았다. 그래서 장리팅은 진유롼 앞에서 팔팔 끓인 물, 끓어 넘치는 국이 된 기분이었다. 남모를 온갖 걱정거리가 바다 깊은 곳에 뒤엉켜 있다가 솟구쳐 오른 거품처럼 하나하나 수면 위로 떠올랐다.

"아, 너 보는 눈이 있구나. 진장거는 내 사촌 오빠야."

진유롼이 신나게 손뼉을 치며 발을 콩콩 굴렀다. 신고 있는 비싼 털 슬리퍼가 더러워질지도 모른다는 걱정 따윈 하지 않았다. 다만 눈꼬리가 조금 내려갔고 표정은 의미심장했다.

"근데 말이지…… 진장거는 예쁜 여자를 제일 좋아해."

진유롼은 말을 채 맺기도 전에 걱정거리가 생긴 양 고개를 갸웃하며 곰곰이 생각에 잠기더니 이내 해맑게 웃으며 허리를 굽히고 책장 깊숙한 데서 먼지가 잔뜩 묻은 비닐봉지를 꺼냈다. 장리팅은 무척 궁금했지만 다가갈 용기는 없어서 멀찍이 떨어져 진유롼의 움직임을 지켜볼 수밖에 없었다.

"이건 내가 예전에 막 샀던 저렴이 화장품인데, 오랫동안 안 썼어. 이거 다 너 줄게. 우리 엄마가 가장 즐겨 하는 말이 있어. 자기랑 같이 있으면 분명 예뻐질 거라고, 반드시 예뻐져야 한다고. 이 말을 너에게도 해줄게. 널 아주 예쁘게 꾸며서 변신시켜줄게. 어때?"

장리팅은 오늘 진유롼의 태도에 기쁘고도 불안해서 어떻게 반응해야 할지 몰라 우물쭈물했다.

"괜찮으니까 사양하지 마."

진유롼은 옷장 앞으로 가서 홍귀목으로 된 문을 활짝 열었다. 엄마가 딸의 품을 활짝 열어젖히는 것 같았다. 장리팅은 여전히 두려웠지만 옷장 속 원피스는 너무나 매력적이었다. 독사를 마주한 이브의 심정이 어땠을지 알 것 같았다.

"우리 엄마는 말이야, 나를 꾸미는 걸 제일 좋아했어. 근데 엄마가 골라준 옷이 썩 마음에 안 들 때도 있었지. 그러니까 직접 골라봐. 어떤 옷이 마음에 들어?"

진유롼은 어찌나 들떴는지 춤을 추는 것 같았다. 가녀린 허리가 생기발랄하게 한들대서 한 마리 뱀을 보는 것 같았다. 다채로운 옷으로 가득한 옷장 앞에 선 장리팅은 도무지 결정을 내리지 못했다. 솔직히 말하면 결정할 엄두가 나지 않았다. 두려웠다. 세련되고 우아한 진유롼에게 자신의 취향을 드러내기가 두려웠다. 진유롼이 비웃거나 자신의 심미안을 조롱할까 봐 두려웠다.

"잘 모르겠는데…… 그냥 네가 골라줄 수 있어?"

장리팅이 소심하게 물었다. 은연중에 또다시 진유롼에게 주도권을 넘기며 자신을 구차하게 낮췄다는 것은 깨닫지 못했다. 소녀들이 상대의 자신감을 박살 내는 것은 더할 나위 없이 간단한 일이다. 소녀들은 대개 상대를 짓밟기 전에 이미 자기 자신을 무참히 짓밟은 경험이 있다. 그래서 어떻게 해야 상대의 연약한 내면을 건드릴 수 있는지, 어떻게 해야 상대가 자기 자신을 의심하게 되는지 소녀들만큼 잘 아는 사람은 없다.

"좋지!"

진유롼은 두 팔을 걷어붙이며 시원하게 대답하고는 지체

없이 기장이 긴 원피스를 골랐다. V 자 네크라인 전체에 공정이 복잡해 보이는 미색 레이스가 달리고, 풍성한 퍼프소매가 더해진 은은한 풀색 원피스였다. 전부 장리팅이 겁내던 요소였다. 키가 별로 크지 않고 피부색도 하얀 편이 아님을 알기에 이런 화려한 스타일이 자신에게 어울린다는 걸 믿을 수 없었다. 이 옷은 감당할 수 없을 것 같았다.

그러나 장리팅은 이런 우려를 표하기는커녕 입도 벙긋할 수 없었다. 반대로 린위안이라면 "이건 나한테 안 어울려"라며 연신 투덜댔을 것 같았다. 그러나 장리팅은 의문을 제기할 엄두가 나지 않았다. 조금이라도 충돌을 불러일으킬 의사를 표현할 용기가 없었다. 진유롼은 장리팅이 흔쾌히 받아들였다 믿고, 이리 와서 이 긴 원피스를 입어보라며 아주 자연스럽게 손짓했다.

장리팅의 펑퍼짐한 엉덩이가 원피스의 허리 부분을 간신히 통과했다. 진유롼이 뒤에서 지퍼를 올려주었다. 그러나 겨우 반쯤 올라간 지퍼는 난감하게도 등 아래 부분에서 턱 걸리고 말았다. 장리팅은 진유롼이 쯧 하고 나직이 혀를 차며 계속 거칠게 지퍼를 채우는 소리를 들었다. 너무 창피하고 속이 타들어가서 눈물이 날 지경이었다.

"됐다, 지퍼는 더 이상 안 올라가. 일단은 어쩔 수 없으니까

이러고 있어."

진유롼은 장리팅을 홱 돌려 세워 마주 봤다. 장리팅은 넘어질 것처럼 몸이 기우뚱해서 진유롼이 처음 지은 표정을 볼 겨를이 없었고 얼굴 가득 쌓아 올린 미소만 보았다.

"괜찮네. 지퍼를 안 올려도 앞에서 보니까 아주 예쁘잖아? 물론 네 허리가 조금만 더 가늘면 좋겠지만. 그래도 이 정도면 괜찮아."

장리팅은 긴 원피스가 꽉 껴서 아무래도 좀 불편했다. 눈앞에 전신거울이 없다 보니 자신이 어떻게 보이는지 몰라서 전적으로 진유롼의 평가에 의존하는 수밖에 없었다. 진유롼의 말은 일종의 우월감이 담긴 것처럼 들렸다. 하지만 깎아내리는 말 바로 뒤에 칭찬이 이어져서 그 느낌이 맞는지도 확신할 수 없었다.

진유롼은 장리팅 뒤에 서서 노래를 흥얼대며 머리를 빗겨주었다. 장리팅은 안경이 벗겨진 상태라 진유롼의 표정과 행동을 볼 수 없었다. 그러나 통통대며 귓속으로 파고드는 음표를 통해 그녀의 기분이 좋다는 것을 짐작할 수 있었다. 아니면 장리팅이 그렇게 기대하는 것일지도 모른다.

"자, 치맛자락을 잡고 내 앞에서 한 바퀴 돌아봐."

진유롼은 뒤로 한 발짝 물러나 자신의 성과를 유심히 살폈다. 무척 자랑스러운 모양이었다.

"넌 정말 예쁜 아이야. 안 그래? 내 말이 맞지? 우리 다음에 같이 옷 사러 가자."

진유롼은 두 손을 가슴 앞으로 모으고 바다사자처럼 박수를 쳤다. 자신에게 치는지 장리팅에게 쳐주는지는 알 수 없었다. 장리팅은 즐거웠다. 가슴속에서 심장이 맹렬히 고동쳐 쓰러질 것만 같았다. 진유롼은 장리팅이 예뻐지도록 도와줬다. 장리팅이 진장거에게 **환심**을 살 수 있도록 도와줬다. 지금 장리팅은 무엇이 자신을 더 즐겁게 하는지 알 수 없었다. 진유롼과 진장거 중 대체 누구를 더 좋아하는 걸까.

12

        장리팅은 진장거에 대한 미련과 진유
롼에 대한 관심 덕분에 오히려 5월 말에 열릴 사친회에 주의
를 기울이게 되었다.

  장리팅은 사친회 자체가 두렵진 않았다. 엄마가 류 선생님
을 처음 만나는 것도 두렵지 않았다. 다만 엄마가 자신의 생
활을 살펴본다는 것이 두려웠다. 정부의 처분에 따라 수직농
장 부속학교에 온 뒤로 딱 한 번 엄마가 있는 노란색 7구역에
가봤다. 노란색 구역은 해발이 조금 낮은 것 말고는 거리의
경치나 건축물에 있어 초록색 구역과 별 차이가 없었다. 요즘
바람이 없고 비도 내리지 않는 데다 극도로 건조하고 더워서
그럴지도 모른다. 엄마에게 듣기로는 최근 노란색 구역에 비
가 잘 내리지 않아 돌아가며 제한 급수를 한다고 했다. 하지

만 그건 초록색 구역의 걱정거리가 아니었다. 장리팅은 신경 쓰고 싶지 않았다.

정부는 노란색 7구역 전체에 사회 주택을 지었다. 굉장히 높은 건물들이 산비탈을 따라 빽빽이 늘어서 있었다. 이미 오후 3시가 지났지만 햇살은 여전히 지독했다. 엄마는 모자도 쓰지 않고 앞장서서 힘겹게 비탈을 올랐다. 장리팅은 차마 엄마의 뒷모습을 똑바로 쳐다볼 수 없어서 멀찍이 거리를 벌리고 짐 가방을 든 채 좁다란 길을 따라 걸었다. 다 똑같은 모양의 가지런한 발코니 난간 때문에 환공포증이 생길 것 같았다.

노란색 7구역의 경치를 보고 있자니 뜻밖에도 자오얼섬이 떠올랐다. 자오얼섬에서 살았던 것이 이미 오래전 일 같았지만 실제로는 겨우 한 달 조금 지났을 뿐이었다. 등에 땀이 살짝 배어났다. 자오얼섬이 그립냐고 묻는다면 모순적이지만 선뜻 대답할 수 없었다. 전혀 그립지 않다고 하기엔 약간 미련이 남은 듯했다. 특히 엄마와 함께 오직 서로를 의지하며 살던 그때, 비좁은 주방에서 몸을 부대끼며 밥을 짓고 정신없이 살던 나날을 생각하면 더 그랬다. 하지만 진정 그 시절이 마음에 남는다고 하기엔, 장리팅은 성가시게 하는 엄마에게 자주 넌더리가 났다. 우리 둘밖에 없었으니까. 우리 둘만 남았으니까. 장리팅은 엄마에게 남은 유일한 출구였다.

장리팅의 아빠는 일찍이 두 모녀를 '포기'했다. 엄마의 표현을 빌리자면 그랬다. 반면 아빠는 장리팅에게 "난 그 **여자**와의 **결혼**에서 벗어나는 거야"라고 설명했다. 결혼과 가정은 결국 같은 말 아닌가? 장리팅은 내내 그런 의문을 품었다. 사실 부모님이 헤어지는 일은 자신과 관련이 없었다. 아빠는 장리팅을 버릴 생각이 전혀 없다며 진지하게 못 박아 말하지 않았던가. 그러나 실제로는 장리팅이 중학교에 들어간 뒤에야 아빠와 다시 연락이 닿았다. 그동안 어디에 있었던 걸까? 장리팅은 아빠에 대한 기억이 거의 없다 보니 초등학생 때는 아빠를 그다지 믿지 않았다. 아빠와 엄마 중에 도대체 누가 거짓말을 하는지 몰라 계속 흔들렸다. 소녀들이 품는 의혹이 언제나 어른들의 해명을 얻는 것은 아닌 듯했다. 그나마 다행인 것은 장리팅이 더 이상 참을 수 없는 마지막 순간에 아빠를 이용해 엄마를 이기는 방법을 확실히 익혔다는 점이다.

정부가 엄마에게 배정한 집은 굉장히 작았다. 소형 아파트처럼 방 하나, 거실 하나, 화장실 하나가 전부인, 애초에 혼자 사는 곳으로 설계한 집이었다. 엄마는 장리팅을 위한 방을 따로 마련해두지 않았고 장리팅도 기대하지 않았다. 집에는 에어컨이 없었다. 장리팅은 이미 땀범벅이었다. 그렇다고 집 안이 바깥보다 시원하진 않았다.

엄마는 침실에 이부자리를 폈다. 하지만 장리팅은 그다지 편하지 않았다. 요즘 훌쩍 자라서 엄마랑 가까이 붙어 있자니 어색했다. 그래서 여름용 매트 하나를 거실로 끌고 나갔다.

"정말 거실에서 자려고?"

엄마의 목소리는 선풍기 바람 소리 때문에 분명하지 않았다. 이불에 대고 중얼거리는 것 같았다.

"선풍기는 한 대밖에 없어."

사실 엄마는 꽤 괜찮은 직업을 가지고 있었다. 장리팅도 최대한 엄마에게 걱정 끼치지 않도록 괜찮은 성적을 유지했다. 그럼에도 불구하고 엄마는 자신의 인생을 두고 원망을 늘어놓았다. 특히 우울해지면 더 그랬다.

"그때 널 임신하지 않았더라면, 속도위반 결혼을 하지 않았더라면 지금 내 인생은 분명 크게 달라졌겠지?"

엄마는 장리팅의 등에 대고 그렇게 말하면서도 절대 한숨은 쉬지 않았다. 전혀 흥분하지 않았다는 듯, 진정 연연해서 묻는 게 아니라는 듯 말투가 항상 단조롭고 직설적이었다. 인내심을 가지고 장리팅이 돌아보기를 기다리고 또 기다리다 딸이 상처와 난처함이 뒤섞인 복잡한 표정으로 돌아보면, 바로 이때라는 듯 한숨을 푹 내쉴 것이다. 장리팅은 초등학교를 졸업하기 전까지 엄마의 이런 말들 때문에 자주 당황하고 자책했다. 밤에 이불 속에 숨어 눈물을 흘리는 날이 많았다. 그때 장리팅은 매일같이 상상했다. 언젠가는 누군가, 아니면 어떤 사건이 엄마와 나를 이 작은 세계에 가둔 철창을 부숴주지 않을까? 그럼 도망갈 수 있겠지? 장리팅은 자신이 엄마의 인생에 꾸준히 치명상을 입혔다고 믿어 의심치 않았다. 그래서 걸핏하면 자신의 출생과 존재를 부끄럽게 여겼다.

너를 낳지 말았어야 했는데. 장리팅은 이것이 엄마의 속마음이라는 것을 알았다. 한 번도 입 밖에 내지는 않았지만 말이다.

장리팅은 엄마의 넋두리에도 아랑곳하지 않고 말없이 매트를 현관 앞으로 끌고 갔다. 현관 앞 공간이 너무 좁아서 발가락이 신발장에 닿았다. 장리팅은 좀 참자고 자신을 다그치며 번데기처럼 몸을 웅크릴 수밖에 없었다. 거실의 칠흑 같은 어둠 속에서 잠을 청하는데 깊은 잠에 빠진 낡은 가구들이 숨을 들이쉬고 내쉬는 소리가 들렸다. 벽이 너무 얇아서 벽 너머 이웃집에서 나는 소리도 들을 수 있었다. 누군가 흙을 뚫고 나온 땅속 요정처럼 마룻바닥에 대고 속삭이는 것 같았다. **청경채는 샀어? 아니, 늦었어. 내일은 더 일찍 일어나서 택시 타야 해. 청경채.** 장리팅은 문득 수직농장이 떠올랐다. 상쾌한 온실과 풍요로운 농산물이 생각났다. 301호실의 부드럽고 큰 침대와 세수를 마친 소녀들의 싱그러운 향기가 생각났다. 진유롼이 쓰는 샴푸의 벚꽃 향, 마커웨이가 쓰는 바디워시의 풋사과 향, 린위안이 쓰는 땀억제제의 우유 향. 장리팅은 그들에게 녹아들기 위해 매점에 가서 라벤더 향이 나는 제품을 찾았다. 그러나 지금은 얼굴이 온통 땀에 젖어 있었다. 장리팅은 몸을 일으켰다. 되는대로 세수라도 할 작정이었다. 어둠 속을 더듬으며 엄마의 욕실에 들어가 수도꼭지를 틀었다. 맙소사, 정말 단수가 됐네.

자오얼섬에서 린위안의 집과 장리팅의 집은 그리 멀지 않았다. 중간에 좁은 골목 하나를 두고 있었다. 장리팅은 집 대문을 열고 나오면 으레 왼쪽으로 돌았다. 길을 따라 늘어선 레몬유칼립투스나무 이파리를 쭉 만지며 지나가면 레몬 냄새가 섞인 강렬한 시트로넬라 향이 간간이 풍겨왔다. 장리팅의 오른 손가락 냄새를 맡으면 린위안의 집에 다녀왔는지를 알 수 있었다. 장리팅은 초등학교에 막 입학했을 때 엄마와 함께 자오얼섬으로 이사했다. 아빠가 두 모녀를 버리고 떠났을 무렵일 것이다. 린위안네는 장리팅의 엄마가 발길을 줄이고 싶어 하는 집이었다. 그들 역시 한 여성이 홀로 한 소녀를 키우는 집이기 때문이다. 다른 점이 있다면 린위안은 할머니의 손에 컸다는 것이다.

린위안의 집은 크지 않았다. 집 어디에서도 린위안 엄마의 사진은 찾아볼 수 없었다. 돌벽에는 대부분 린위안의 독사진이 걸려 있고 린위안과 할머니가 같이 찍은 사진이 간혹 끼어 있었다.

"넌 지금까지 엄마를 한 번도 못 봤어?"

린위안이 고개를 끄덕였다. 두 사람은 이웃이 준 낡은 인형을 가지고 놀고 있었다. 린위안은 여기저기 뒤져 가위를 찾아내더니 일단 어깨까지 오는 인형의 긴 머리를 질끈 묶었다. 자를 작정이었다.

"긴 머리는 정말 너무 성가셔."

린위안은 혐오스럽다는 듯 말했다. 그때 자오얼섬은 1년 내내 무더웠다. 봄, 가을, 겨울이 여름에게 잡아먹혔다. 린위안은 숏커트를 쳐서 뒤에서 보면 남자애 같았다.

"넌 어떻게 우리 엄마랑 하는 말이 똑같냐."

흐릿한 어린 시절의 기억 속에 있는 엄마의 뒷모습은 언제나 어깨를 넘는 긴 머리였다. 엄마는 열기로 가득한 주방에서도 머리를 풀어헤쳤다. 음식을 식탁에 옮길 때 보면 엄마의 정수리는 반들반들했고 진한 기름 냄새가 났다. 머리카락도 솥에 같이 넣고 볶은 것 같았다. 장리팅은 배고픔을 견디며 엄마와 함께 아빠의 귀가를 기다렸다. 그녀의 작은 발은 언제나 식탁 밑에서 초조하게 동동거렸다. 너무 배가 고파

견딜 수 없으면 엄마의 머리카락 속으로 파고들었다. 통마늘 향, 고추의 매운 향, 돼지고기 누린내 그리고 냄새가 다 날아가 아주아주 연한 샴푸 향을 간간이 맡을 수 있었다. 그럼 엄마는 장리팅을 때리는 시늉을 했다. 두 모녀는 점점 식어가는 음식들 앞에서 한바탕 웃고 떠들었다.

엄마의 긴 머리는 어린 시절의 상차림이자 한 여자의 복인 청춘이었다. 그러나 아빠가 두 모녀를 떠나 멀리 가버린 뒤로 엄마는 자신이 가진 여자의 모든 특징을 혐오하게 된 것 같았다. 사실 긴 머리를 좋아한 적이 없고 단지 아빠가 좋아했기 때문에 길렀을 뿐이라고 말했다. 장리팅은 아빠가 떠난 뒤로 다시는 엄마의 머리에서 음식 냄새를 맡을 수 없었다. 엄마는 각양각색의 치마를 모조리 옷장 깊숙한 곳에 꼭꼭 숨겼다. 본래 부드럽게 말하던 말씨를 버렸다. 남자와 가까워지고 더 나아가 남자를 유혹하기 위한 수법을 더는 쓰고 싶지 않은 듯했다. 어쨌든 엄마를 주저앉히고 마음 아프게 한 것은 남자이니 말이다. 엄마는 자신의 연약함도 혐오하기 시작했다. 자신이 **버림받은** 원인을 그런 기질 탓으로 돌렸다. 그래서 장리팅이 연약한 모습을 보이면 끔찍이 싫어했다. 내심 장리팅이 남자처럼 강해지길 바랐다.

린위안이 바비 인형에 흥미를 잃은 것이 그맘때였다. 일찌감치 할머니를 따라 시장에 가서 일손을 도와야 했기 때문일 것이다. 그래서 장리팅과 소꿉놀이를 할 시간이 많지 않았다. 린위안은 장리팅 엄마의 작은 버전 같았다. 장리팅은 속으로 생각했다. 나보다 린위안이 우리 엄마의 딸로 더 어울릴 거야.

그 후로 린위안의 머리는 척박한 농지의 작물처럼 한 번도 길게 자라지 않았다. 보통은 옆머리를 수박 껍질처럼 짧게 쳤다. 옷은 기장이 긴 탱크톱 상의와 남성복 브랜드의 운동복 반바지를 가장 즐겨 입었다. 피부는 타서 까무잡잡했다. 린위안에게 제일 먼저 휘파람을 불기 시작한 쪽은 사실 남자애들이 아니라 그녀를 우상처럼 떠받드는 여자애들이었다. 여자애들은 린위안의 튼실한 종아리에 대해 떠들고 건강한 구릿빛 피부 덕에 더욱 도드라지는 하얀 치아에 대해 이야기했다. 린위안이 난간에 멋지게 앉아 바람을 쐬고 있으면 몰래 사진을 찍었다. 속으로 린위안과 성행위하는 장면을 그려보고, 린위안이 사실은 자신들을 좋아할 거라고 상상했다. 이런 열광적인 분위기는 린위안이 고등학교 농구부 주장으로 선발되고 절정에 달했다.

학교에는 언제나 린위안에 관한 온갖 소문이 떠돌았다. 린위안이 여자를 좋아한다든가, 린위안이 엉덩이 위쪽에 몰래 문신을 새겼다든가. 소녀들은 잡담을 늘어놓으며 한 사람의 전체 모습을 짜깁기했다. 그중에서도 린위안의 엄마에 관한 소문은 큰 부분을 차지했다. 린위안은 고등학교에 입학한 뒤로 더는 엄마에 대한 이야기를 피할 수 없었다. 고등학교 천당川堂† 높은 곳에 린위안과 닮은 여자의 사진이 걸려 있었다. 통로를 드나드는 사람들에게 환희 웃어주는 사진 속 여자가 린위안의 엄마임을 가장 먼저 알아본 것은 뜻밖에도 린위안이 아니었다. 린위안이 농구 연습을 하려고 농구부 친구들을 거느리고 기세 좋게 천당을 지나던 어느 날, 수다스러운 키 작은 남자애가 걸핏하면 수업을 빼먹고 교문을 빠져나가 담배를 피우는 불량배 뒤에 숨어 화살을 쏘듯 말을 툭 던졌다.

"야, 린위안! 천당 사진 속에 있는 너랑 비슷하게 생긴 여자 말이야, 너희 엄마겠지? 넌 네 엄마가 누군지 전혀 모른다며? 넌 너한테 엄마가 있는지 없는지도 몰라?"

사실 이건 그다지 창피한 일이 아니다. 그러나 남자애들 사이에서 한바탕 폭소가 터졌다. 여름날의 해일 같은 웃음이 린위안을 향해 밀려들었다. 린위안이 울음을 터뜨릴 것 같은 얼굴로 굳어버렸다, 그냥 무표정한 얼굴로 눈만 깜빡였다, 당

---

† 학교 내 정문과 뒤뜰을 연결하는 통로이자 홀hall 같은 공간. 국가 원수나 교장 사진을 걸어놓음.

장 도망칠 것처럼 얼굴이 파래졌다가 하얗게 질렸다, 린위안이 그렇게 말한 키 작은 남자애를 흠씬 두들겨 팼다…… 온갖 소문이 무성했다. 당시 현장에 없었던 장리팅은 오로지 남들이 하는 얘기만 듣고 머릿속에서 모든 장면을 재구성했다. 여자애들이 근처에서 구경하며 쑥덕쑥덕 떠드는 모습이 떠올랐다. 정작 화면에서 가장 초점을 두어야 할 린위안은 자꾸만 흐리게 보였다.

학교에서 장리팅의 집으로 돌아가는 길에는 네 갈래 작은 교차로가 있었다. 인근의 풀은 모두 시들었고 개똥마저 햇볕에 말라 부서졌다. 그중 세 갈래 넓은 길은 아스팔트로 포장되어 있고 가장 눈에 띄지 않는 한 갈래는 좁은 진흙길이었다. 평소 드나드는 사람이 별로 없는 길이었다. 길 끝에 마구 뒤엉킨 잡초가 무성하고 '**통행금지**'라고 쓰인 나무 팻말이 세워져 있었다. 외지인은 그 좁은 길 앞에서 걸음을 멈출 것이다. 황폐한 구역을 지나 조금 더 걸어가면 죽은 길이 다시 살아나지만 이건 지리에 익숙한 현지인만 알 것이다. 장리팅은 걷고 또 걸었다. 목적지는 몇 걸음 더 가면 나오는 작은 공터였다. 그리고 거기에는 잎이 무성한 자바사과나무가 있었다.

장리팅은 저 멀리 보이는 비밀 아지트에서 린위안을 찾았다. 린위안은 뒷무릎을 나뭇가지에 걸고 허공에 거꾸로 매달려 있었다. 머리가 아래로 가게 매달린 시체 같았다. 장리팅은 린위안의 표정을 똑똑히 보려고 목을 돌렸다. 고집스러워 보였지만 풀 죽은 기색은 감출 수 없었다.

"넌 왜 할머니에게 안 물어봐?"

"뭘 물어봐?"

장리팅은 나무 아래에서 으깨진 자바사과 잔해를 치운 다음 치마를 정돈하지도 않고 털썩 주저앉았다. 책상다리를 하고 가방에서 방울토마토가 든 봉지를 꺼내 자바사과 조각이 조금 묻은 무릎에 펼쳤다. 방울토마토를 하나 집어 입에 넣고, 좀 더 큰 것을 골라 린위안을 향해 위로 던졌다. 린위안은 잽싸게 한 손으로 방울토마토를 잡아서 곧장 입에 넣었다.

"네 엄마 말이야."

"그건 뭐, 별로 물어볼 게 없어."

린위안은 맑은 바람을 따라 몸이 흔들리도록 내버려두었다. 누군가 천으로 성대를 조이기라도 한 듯 목소리가 매우 답답하게 들렸다.

"할머니의 기분을 상하게 하고 싶지 않아."

"아, 남의 기분을 상하게 하는 걸로는 나를 이길 수 없을 텐데."

린위안은 힘겹게 목을 돌려 장리팅을 쳐다봤다. 입꼬리가 살짝 움찔했다. 웃기 싫은 것 같았지만 결국 참지 못하고 웃음을 터뜨렸다. 그런 린위안의 모습을 보고 장리팅은 마침내 속으로 안도의 한숨을 내쉬었다.

"계속 그 자세로 있을 거야? 너랑 이야기하려면 고개를 돌려야 해서 힘들어."

그제야 린위안은 튼튼한 팔로 나뭇가지를 잡아 상체를 다시 올리고 미끄러지듯 내려왔다. 아주 날랜 얼룩 고양이 같았다. 린위안이 장리팅의 왼팔을 잡으며 나란히 앉았다. 장리팅도 허물없이 방울토마토 봉지를 린위안의 다리 위로 옮겼다.

"……고마워."

"뭐가 고마워?" 장리팅이 눈을 흘겼다. "내 넋두리를 제대로 들어보려고 나무에서 내려온 거 아니야?"

장리팅은 자조하듯 이렇게 말했지만 속으로는 린위안이 없었더라면 누구 앞에서 이런 모습을 보여줄 수 있을지 모르겠다고 생각했다. 당시 장리팅은 남들이 보기에 자신이 그다지 재미있거나 친해지고 싶은 친구가 아니라는 사실을 차츰 깨닫고 있었다. 지금 같은 모습을 끌어낼 수 있는 사람은 거의 없었다. 심지어 장리팅은 엄마 앞에서도 본모습을 보여주기 힘들었다.

"우리 엄마는 소문 같아. 나는 소문의 **딸**이고."

린위안은 발치의 왕바랭이 잡초를 뽑으며 조금 넋이 나간 사람처럼 말했다.

"너도 알다시피, 엄마는 나와 전혀 상관이 없는 것 같으면서도 내 인생에 불쑥불쑥 나타나. 영혼이 사라지지 않는 귀신 같아."

"엄마는 다 그러지 않아?" 장리팅은 적당한 말을 골라 비유를 시도했다. "그러니까, 엄마들은 죽었든 살았든 뒤를 따라다니는 영혼 같은 거지."

'죽었든'이라는 말을 듣는 순간, 풀을 뜯던 린위안의 손이 움찔했다. 장리팅은 자신이 말실수했다는 것을 깨달았다.

"미안해."

"괜찮아." 린위안은 고개를 저었다. "내가 지금껏 엄마 이야기를 하지 않은 이유는 정말 엄마에 대한 기억이 없어서야. 할머니도 원래 엄마 이야기 하기를 싫어했어. 그래서 물어볼 필요가 없다고 생각했지. 오늘은 그냥 좀 당황했을 뿐이야. 어떻게 반응해야 할지 모르겠더라고."

장리팅이 보기에 린위안의 할머니는 완벽했다. 작은 키에 몸은 동글동글했고 미소가 무척 자상했다. 말투가 언제나 조곤조곤해서 린위안과는 거의 싸운 적이 없을 것 같았다. 할머니는 린위안의 엄마 이야기를 하지 않았지만 린위안의 엄마

같았다. 그저 조금 나이가 들고 허약할 뿐이었다. 할머니는 린위안이 어떻게 꾸미고 어떤 옷을 입든 좋아했다. 린위안이 하고 싶어 하는 일이라면 무엇이든 찬성했다. 엄마가 없는 린위안은 오히려 더 자유롭게 지냈다. 사실 장리팅은 내심 불공평하다고 생각했다.

린위안의 할머니는 늘 꽃무늬 앞치마를 둘렀고 잘하는 요리가 몇 가지 있었다. 닭고기, 소고기, 돼지고기 등 어떤 식재료라도 그녀의 손이 닿으면 이리저리 들볶인 끝에 갖가지 별미가 되었다. 할머니는 집 마당 한구석에서 텃밭 한 뙈기를 가꾸었다. 장리팅에게 신선한 잎채소를 조금 챙겨주면서, 엄마에게 전해주라고 했다. 요리에 쓰라는 것이었다. 장리팅의 엄마는 가끔 린위안의 할머니가 촌스럽다고 싫은 티를 냈다. 할머니가 준 야채가 별로라며 트집을 잡으면서도 전부 가져다가 요리해 먹었다.

오늘같이 후텁지근한 더위는 오래 견뎠으나 물은 더 기다릴 수 없었다. 장리팅은 갑자기 자신이 미워지기 시작했다. 엄마도 미워졌다. 자신이 이곳에 속하지 않는다는 것을 깨달았다. 이 가구들만 봐도 자신은 결코 이곳의 일부가 아님을 알 수 있었다. 장리팅은 집이 없었다. 바닷물에 잠긴 자오얼섬을 내버리고 수직농장의 기숙사로 이사했을 때만 해도 이 모든 일이 오래가지 않을 줄 알았다. 장리팅은 어리석게도 여전히 엄마가 있는 곳을 집이라고 부를 수 있다고 생각했다. 하지만 오늘 엄마와 함께 집에 있는 지금, 엄마가 살지만 자신의 물건은 거의 찾아볼 수 없는 집에 누운 지금 장리팅은 어떠한 소속감도 느끼지 못했다.

장리팅은 요즘 들어 엄마에게 걸핏하면 말대꾸를 했다. 엄마는 예전부터 지금까지 비슷비슷한 연극 공연을 했다. 이를테면 습관적으로 떠드는 넋두리 같은 것이다. 혼자 아이를 키우는 것이 얼마나 서글픈 일인지, 자신이 얼마나 운이 나쁜지 하소연했다.

장리팅이 늘 그랬듯이 울분을 삼키고 "맞아요, 엄마 고생 많았죠"라며 맞장구를 치면 혹은 어릴 때처럼 응석을 부리면서 이따 등을 두드려주겠다고 말하면 두 모녀의 전쟁은 벌어지지 않는다. 그러나 장리팅은 한살 두살 나이를 먹을수록 이런 연극에 지쳐갔고 혀는 생각의 통제를 받기도 전에 거들먹대며 빈정거렸다. "네, 엄마는 세상에서 제일 위대하고 제일 대단하세요."

"너, 지금, 뭐라고, 했니?"

지나치게 예민한 엄마가 장리팅의 말에 숨겨진 불만을 알아채지 못할 리 없었다. 솟구치는 샘물처럼 곧 폭발할 것 같은 장리팅의 이 은근한 도발에 엄마도 무심결에 목소리가 높아졌다.

"하루 종일 그렇게 불평하지 않아도 된다고요. 엄마는 내 인정을 받을 필요가 없어요. 진짜 짜증 난다는 거, 알기나 해요?"

장리팅이 자신의 머릿속에 슬쩍 들어가 본다면 이성의 끈이 고열에 녹아 끊어지는 모습을 볼 수 있을 것이다. 아무 이유 없이 기타 줄 하나를 뽑아 자르는 것 같았다. 산 아래로 거칠게 굴러 떨어지며 몸뚱이가 불어난 분노의 눈덩이가, 자신이 '엄마의 약점'이라고 이름 지은 산기슭의 작은 집을 부수는 모습을 강 건너 불구경하는 방관자처럼 가만히 지켜보는 것 같기도 했다.

그럼 엄마는 분노가 폭발해 들고 있던 과도로 위협하며 장리팅에게 가까이 다가갈 것이다. 손에 든 무기를 휘두르며 흥분한 목소리로 소리칠 것이다. "내가 어쩌다 이런 딸을 낳았을까! 넌 그냥 나가 죽어!"

그러나 이런 상황은 영원히 장리팅의 머릿속에서만 벌어질 것이다. 장리팅은 현실에서 그런 시나리오를 구현할 용기가 없었고 자신이 효성스러운 딸이라고 생각했다. 효성스러운 딸의 가장 기본적인 겉치레는 엄마와 소리를 지르며 싸우지 않는 것이다. 결국 장리팅은 우울하게 대답한다. "아니에요."

장리팅은 온통 캄캄한 어둠 속에서 벽을 따라 엄마가 있는 방으로 살금살금 걸어갔다. 환기를 하려고 엄마는 방문을 닫지 않았다. 얇은 목판 침대에 대자로 누워 있는 엄마가 보였다. 자다가 오줌이라도 싼 것처럼 침대는 땀으로 축축이 젖어 있었다. 엄마가 입은 리넨 바지는 통이 아주 넓어서 종아리가 거의 다 드러났다. 종아리 피부는 구렁이 비늘처럼 거칠고 거뭇한 데다 땀으로 흥건했다. 땀 냄새가 나는 것 같았다. 엄마는 나직이 코를 골았다. 코 고는 소리와 선풍기 돌아가는 소리가 주거니 받거니 하며 깊은 밤중에 노래 한 곡을 지을 기세였다.

"나는 우리 **엄마의 그림자** 같아. 무슨 말인지 알아?"

린위안은 소문의 딸이고 장리팅은 엄마의 그림자였다. 두 소녀가 사람들에게 자신을 소개할 때 하는 말, '**엄마의 딸**'과 같은 말이었다.

"엄마는 정말 성가신 생물이야."

린위안은 음험한 결론을 내렸다. 장리팅은 자신의 엄마를 진정으로 안다고 할 수 없는 린위안이 그 말에 얼마나 진심을 담았는지 알 수 없었다. 눈물이 터질 것 같았지만 참고 린위안과 눈빛을 교환했다. 이윽고 두 소녀는 동시에 요란하게 웃음을 터뜨렸다. 장리팅은 찰나에 깨달았다. 자신들은 엄마를 가차 없이 모질게 평가하는 반면 **아빠** 이야기는 하지 않는다. 아빠와 함께 찍은 사진이 거의 없듯이 아빠는 애초에 존재하지 않는 것 같았다. 곁에 있는 시간이 가장 짧은 아빠라는 사람은 가장 희미한 그림자를 가졌지만 가장 많은 사랑을 받는다.

엄마의 침실 앞 그늘에 숨어 있던 장리팅은 문득 심한 허기를 느꼈다. 그러나 오늘은 엄마가 차려준 저녁을 아주 배불리 먹었다. 가짜 허기일 수도 있지만 몸속 깊은 곳에는 확실히 공허가 도사리고 있었다. 몸속에 괴수 한 마리가 살고 있는 듯했다. 아무도 먹이를 주지 않아 큰 소리로 울부짖는 괴수의 비명은 장리팅을 오래도록 따라다니는 이명이 되었다.

장리팅은 깊이 잠든 엄마의 모습을 계속 지켜봤다. 마음이 조금 저릿했다. 코가 시큰하면서도 저속한 엄마가 창피했다. 장리팅은 진유롼을 떠올렸다. 진유롼의 새하얗고 가냘픈 발목에 솟은 복사뼈를 떠올렸다. 그녀의 섬세한 치장과 미소를 떠올렸다. 자신에게 **"넌 정말 예쁜 아이야"**라고 했던 말을 떠올렸다. 엄마의 세계에서 예쁜 아이는 일찌감치 사라졌다. 지나치게 뜨겁고 어디에서나 볼 수 있는 척박함만 남았다. 장리팅은 진유롼이라는 존재 자체만 부러워하는 게 아니었다. 진유롼의 소유, 그녀를 대표하는 모든 것이 부러웠다. 장리팅은 이제 이 집에 속하지 않았다. 속하고 싶지도 않았다. 장리팅은 위로 올라가기 위해 노력하고 성장해야 한다는 것을 알았다. 수직농장의 농작물처럼 초록빛 온실 안에서 무럭무럭 자라야 했다.

장리팅은 날이 밝는 대로 떠나기로 결심했다. 엄마를 벗어나자고, 서둘러 돌아가 최선을 다해 공부하자고 마음먹었다.

13

사친회를 여는 목적은 류난리와 학부
모들이 만나 중간고사 이후 학생들의 성적에 대해 이야기하
기 위해서다. 아마 장리팅, 린위안과는 상대적으로 큰 관련이
없는 행사일 것이다. 중간고사는 3월 말에 치렀는데, 그들이
수직농장에 오기 전이다. 또 어쩌면 두 사람과 밀접한 관련이
있을지도 모른다. 중간고사 성적이 바닥을 치는 소녀들의 자
리를 장리팅과 린위안이 대신하게 될지 누가 알겠는가.

장리팅은 사친회 당일에 자신만 속을 태운 게 아님을 알
게 됐다. 마커웨이는 손톱을 마구 물어뜯었고 진유롼은 방에
서 연신 서성거렸다. 마커웨이는 별수 없었다. 원래 여러 강
박 행동을 보였고 오늘도 어김없이 완벽주의가 도진 것이다.
좀 이해가 되지 않는 사람은, 늘 우아하고 여유롭던 진유롼이

었다. 아침 댓바람부터 날개에 불이 붙은 공작새처럼 굴었다. 여전히 도도해 보였지만 자꾸만 구겨지는 미간과 시도 때도 없이 입술을 짓누르며 내는 쯧쯧 소리에 장리팅은 그녀가 초조해한다는 것을 한눈에 알 수 있었다.

"마커웨이, 네가 내 속눈썹 고데기 가져갔어?"

진유롼이 던진 질문이 긴장된 분위기를 깨뜨렸다. 어조가 높고 날카로워서 장리팅은 화들짝 놀랐다. 그렇지만 돌아볼 배짱은 없어서 진유롼이 있는 쪽을 곁눈질로 흘끔거릴 뿐이었다.

"난 네 물건에 손 안 대거든."

마커웨이도 갑작스런 질문에 놀라 옷걸이를 든 손을 흠칫 떨었다. 그러나 역시 자신감이 넘치는 마커웨이답게 순식간에 침착함을 되찾았다.

"말도 안 돼! 근데 왜 내 눈에는 안— 보— 여—?"

"네가 그걸 어디에 두었는지 누가 알겠어?"

이렇게 대답한 마커웨이는 언짢은 기색이 역력했다. 진유롼이 공연히 소란을 일으킨다고 생각한 것 같았다. 진유롼은 분노를 발산할 대상이 없어서 쥐고 있던 롤빗을 책상 위로 거칠게 내던졌다.

방에 침묵이 다시 찾아왔다. 장리팅이 대충 파악한 바에 따르면, 원래 진유롼은 결코 마커웨이에게 따져 묻지 못한다. 보통은 진유홍에게 트집을 잡는데, 지금 진유홍은 다른 방으로 쫓겨났다. 린위안은 메이크업 베이스는커녕 언제나 맨얼굴로 다닌다. 장리팅은 대충 파운데이션을 바르긴 하지만 볼터치는 하지 않고 눈썹은 다듬지 않아 너저분했다. 짧은 속눈썹은 아무리 위로 잡아당겨 봐도 자꾸 처져서 속눈썹 고데기 같은 고급스러운 물건은 쓸 리 없다는 걸 한눈에 알 수 있다. 그러니 두 사람은 두말할 것도 없이 진유롼의 화풀이 대상이 될 수 없었다.

"넌 지랄 좀 하지 마, 어?"

마커웨이가 진유롼에게 쌀쌀맞게 말하고는 의자 팔걸이에 걸린 가방을 아래팔로 들어 올렸다. 이미 나갈 준비를 마친 모양이었다.

"너 지금 나한테 한 소리야? 이 **쌍년**아?"

장리팅은 침을 삼키다 사레가 들 뻔했다. 이번에는 린위안도 두 사람을 주시했다. 믿을 수 없다는 듯이 눈을 휘둥그렇게 뜨고 그런 말을 뱉은 진유롼을 쳐다봤지만 역시 끼어들 엄두는 내지 못했다. 이미 문 앞에서 신발까지 신은 마커웨이가 다시 몸을 돌리더니 방어적으로 팔짱을 끼고 진유롼을 쳐다봤다.

"너 뭐라고 했어? 이 창녀 같은 게?"

"그래, 너 같은 게 무슨 속눈썹 고데기를 쓰겠냐? 나처럼 예뻐지고 싶지? 잘 들어, 넌 영원히 나 같은 경지에 오를 수 없어. 호박에 줄 긋는다고 수박 되나."

"네가 뭐 얼마나 잘났길래 그런 말을 해? 넌 아무나 막 꼬드기고 자는 창녀잖아! 넌 네 엄마랑 똑같아."

"그래도 너랑 네 엄마보단 낫지. 집안 여자들이 다 재미가 없다니까. 네 엄마랑 넌 침대에서도 똑같겠지? 죽은 물고기처럼 말이야."

장리팅은 너무 놀라서 멍해졌다. 평소 멀끔하고 우아해 보이던 두 숙녀가 이렇게 상스러운 욕지거리를 퍼부을 거라고는 생각지 못했다. 한 명은 여신이고 또 한 명은 여왕이 아닌가. 장리팅은 지금까지 두 사람이 부딪치는 것을 본 적이 없었다. 서로를 필요로 하는 사이인 줄 알았다. 여신과 여왕은 서로를 돋보이게 하고 동맹을 맺어서 쌍방의 사회적 지위를 굳혀주는 줄 알았다.

"어쩌지?"

린위안이 근심 가득한 얼굴로 바싹 다가왔다. 장리팅은 린위안을 보며 고개를 저었다. 두 사람은 어찌할 바를 몰라 서로 얼굴만 쳐다봤지만 이내 전쟁이 벌어져 결단을 내릴 수밖에 없었다. 마커웨이가 장리팅의 책상에 있는 필통을 집어 진 유롼에게 던진 것이다. 날아간 펜 몇 자루가 린위안의 몸 위 로 떨어졌다. 이것은 린위안이 나서서 두 사람을 갈라놓을 구 실이 됐다.

아침에 벌인 소란으로 같은 방을 쓰는 네 소녀는 사친회에 늦었다. 사친회 장소로 가는 길, 마커웨이는 얼굴이 새파랗게 질려 있었다. 진유롼은 연신 거울을 보며 화장 상태를 확인했 다. 두 사람은 서로를 거들떠보지 않았다. 이상하게도 평소와 다른 두 사람의 행동에 장리팅은 오히려 기분이 가벼워졌다. 또한 오늘 같은 자리에서는 진장거를 만날 수 있지 않을까 하 여 저도 모르게 기대에 부풀었다. 특별히 오늘은 화장까지 했 다. 진장거에게 화장한 모습을 보여주고 싶었다. 열심히 꾸미 면 나도 나름 볼만하지 않을까?

사친회가 열리는 장소는 평소 잘 쓰지 않는 대회의장이었 다. 선생님들의 사무실과 기숙사가 있는 층보다 높은, 북쪽 건물의 맨 꼭대기 층에 있어 평상시 학생들은 출입할 수 없었 다. 오로지 엘리베이터를 타야 들어갈 수 있고 신분을 확인하 는 관문을 몇 차례 통과해야 했다.

방에서 가장 늦게 나온 터라 엘리베이터에는 네 소녀뿐이 었다. 기숙사 방에서 나온 학생들은 엘리베이터에서도 감시 카메라에 노출된다는 것을 알기에 쥐 죽은 듯이 침묵했다. 장리팅은 진유롼의 옆얼굴에 땀방울이 살짝 배어났다는 것을 알아챘다. 항상 자신감이 넘치는 여신에게 지극히 보기 드문 모습이었다.

마침내 엘리베이터가 '띵—' 소리를 내며 열렸다. 천장에서 바닥에 이르는 대형 유리창을 뚫고 들어온 햇빛이 너무 강해서 눈이 부셨다. 60층이나 되는 건물이다 보니 그럴 수밖에 없었다. 장리팅은 저 멀리 창밖의 경치를 내다봤다. 주치산을 발아래에 두고 세상을 내려다보는 기쁨이 느껴졌다. 복도 바닥에 두꺼운 자수 카펫이 깔려 있고 이토록 넓은 통로가 지금은 텅 비어 있었다.

장리팅은 진유롼과 마커웨이의 뒤를 쫓았다. 회의장의 단단하고 커다란 문을 밀어 열자 입구 앞에 모여 있던 사람들이 일제히 고개를 홱 돌려 그들을 쳐다봤다. 장리팅은 회의장을 쭉 둘러본 뒤에야 오늘 여신과 여왕이 왜 그렇게 평소와 다르게 반응했는지 불현듯 깨달았다.

장리팅의 눈에 가장 먼저 들어온 것은 입구에서 멀지 않은 자리에 있는 여인이었다. 첫 순간에 옆얼굴이 보였는데 지나치게 젊어 보였다. 저런 여자는 어느 자리에서든 다른 여자들의 빛을 모조리 앗아갈 것이다. 여자는 상체를 꼿꼿이 세우고 앉아 있었다. 피부는 고산 침엽수림 속의 얼어붙은 호수처럼 매끄럽고 자체 발광하듯 새하얬으며 긴 머리는 자연스럽게 흘러내렸다. 가슴이 제법 파인, 어깨를 드러낸 윗옷 위로 드러난 쇄골은 길고 분홍빛이 도는 한 쌍의 얕은 접시 같았다. 여자가 고개를 옆으로 기울이고 입을 오므리며 웃을 때 장리팅은 기시감을 느꼈다. 여자는 진유환의 엄마였다. 머리를 뒤로 젖히는 요염한 자태와 무심코 들어 올린 손가락에서 진유환의 그림자가 어른거렸다.

이윽고 장리팅은 저도 모르게 짝 맞추기 게임을 시작했다. 이곳에는 뜻밖에도 남학생이 없었다. 다시 말해 진장거는 없었다. 쭉 둘러봤지만 아빠가 참석한 집은 없었다. 오직 소녀와 여인, 딸과 엄마뿐이었다. 소녀는 여인의 미성숙한 모방품이다. 폭우가 쏟아지는 수면에 비친 모습이자 어른의 세계가 깨뜨린 유리 조각이다. 딸은 술잔이고 엄마는 술이다. 엄마와 딸이 실내에서 서로 뒤섞였다.

모든 모녀는 유사성이 있다. 애써 숨기려 해도 여러 세부에서 근본적인 단서가 드러나게 마련이다. 이를 근거로 마커웨이의 엄마를 가려내는 것은 그다지 어려운 일이 아니었다. 그녀는 이 회의장에 있는 사람 중에서 장리팅에게 두 번째로 깊은 인상을 남겼다. 강한 카리스마를 풍겼고 이목구비는 입체적이지만 표정은 어두웠다. 콧날이 오똑해서 우울한 표정이 더 돋보였다. 머리는 바짝 당겨 묶고 과할 만큼 높이 틀어 올렸다. 모근이 얼굴 가죽을 가차 없이 잡아당겨서 얼굴 전체가 절로 팽팽하게 긴장돼 있었다. 상의는 단추를 끝까지 다 채워서 옷깃이 목 전체를 거의 감싸고 있었다. 저런 흐트러짐 없는 옷차림은 보기만 해도 숨이 막혀 질식할 것 같았다.

입구에 선 소녀들을 맨 먼저 의식하고 시선을 돌린 사람은 마커웨이의 엄마였다. 그러나 미소를 보이기는커녕 그들을 반기는 어떤 표정도 보여주지 않았다. 번개 같은 눈빛은 마지막에 마커웨이에게 고정되었는데 거기에 비난의 뜻이 담겨 있지는 않았다. 마커웨이는 일단 엄마와 눈을 마주쳤지만 이내 눈두덩을 내리깔아 시선을 피했다. 매서운 눈빛으로 이번 모녀의 각축전에서 승리를 거둔 마커웨이의 엄마는 허리를 곧게 세우고 다른 엄마들에게 주의를 돌렸다.

실제로 맨 먼저 두 팔 벌려 그들을 반긴 것은 진유롼의 엄마였다. 고가의 관리를 받은 듯 섬섬해 보이는 오른손을 사람들 사이로 곧게 뻗고 절친한 친구에게 인사하듯 부드러운 어조로 진유롼을 불렀다. 그녀는 자랑스러운 기색을 감추지 못했다. 사람들에게 "보세요! 얘가 내 딸이에요!"라고 목청 높여 뽐내는 것 같았다.

진유환은 자신을 부르는 소리에 순순히 응했다. 사람들은 엄마를 향해 걸어가는 딸을 자꾸만 흘끔거렸다. 진유환의 표정을 봐서는 기분이 좋은지 나쁜지를 알 수 없었다. 룸메이트 네 소녀는 잠시 헤어졌다. 장리팅은 슬그머니 엄마를 찾았고, 오래지 않아 발견했다. 장리팅의 엄마는 다른 의미로 눈부시게 빛났다. 시선을 끌지만 어쩐지 부끄러운 부류였다. 그녀는 어느 집 엄마인지 모를 옆 사람에게 큰 소리로 떠들고 있었다. 상대의 얼굴에는 미소가 걸려 있었지만 앙다문 입가에는 인내심이 드러났다. 감정이 폭발하지 않도록 꾹 참고 있는 듯했다. 장리팅은 조마조마한 마음을 안고 조용히 엄마에게 다가갔다. 그러나 자기만의 세계에 빠진 엄마는 고개를 돌리지 않았고 장리팅을 의식하지도 않았다. 가까이 가자 엄마가 뭐라고 떠드는지 똑똑히 들렸다. 엄마는 지금 자신의 주거 환경이 얼마나 형편없는지 불평하느라 바빴다. 처음에 자오얼섬에 정착한 것은 자신이 원해서가 아니라 정부가 지역의 공공 서비스를 맡겼기 때문인데 지금은 기후 난민으로 전락했다고 하소연했다. 성적이 좋고 앞날이 창창해 보이는 딸을 낳아도 자신에게 돌아오는 것은 없다고, 이렇게 긴 시간 바쁘게 살아온 자신이 과연 충분히 보상받을 수 있겠냐고 푸념했다.

엄마는 장리팅이 다가온 것을 알았지만 딸을 상대할 생각이 없을 뿐이었다. 뒤늦게 장리팅을 흘끗 쳐다보고 또다시 퉁명스레 불만을 토로하는 것을 보면 알 수 있었다. 장리팅은 참지 못하고 깊은 한숨을 내쉬었다. 강제로 엄마의 푸념을 듣고 있는 사람을 향해 말없이 고개를 까딱이며 미안한 마음을 전했다. 안타까우면서도 존경스럽다는 마음을 담아서. 하지만 그 사람도 장리팅을 전혀 거들떠보지 않았다. 인내심이 곧 바닥날 모양이었다.

출연 분량이 없는 장리팅은 무료하게 어슬렁거릴 수밖에 없었다. 홀로 이 모든 것을 방관하듯 목석처럼 한구석 벽에 기대선 린위안이 보였다. 장리팅은 호기심 어린 눈으로 한동안 린위안을 관찰했다. 쓸쓸해 보였지만 또 표정은 홀가분해 보였다. 린위안은 반에서 유일하게 보호자가 참석하지 않은 학생일 것이다. 장리팅이 손을 흔들며 다가갔다.

"할머니는?"

린위안은 콧노래를 흥얼거리고 있었다. 진유롼, 마커웨이와 달리 사친회에 참석조차 하지 않은 사람처럼 태평했다.

"아, 할머니 연세에 빨간색 69구역에서 여기까지 오기란 너무 힘든 일이야. 그래서 미리 류 선생님에게 허락을 받았어. 할머니는 참석하지 않아도 돼."

일반적인, 그러니까 정상적인 상황이라면 장리팅은 린위안을 동정했을 것이다. 그러나 조금 전에 엄마가 자신이 얼마나 억울한 인생을 살아왔는지 남들이 모를까 봐 걱정되는 사람처럼 끊임없이 제 처지를 불평하는 모습을 본 터였다. 사실 이곳 회의장에서 진정으로 동정할 만한 사람은 린위안밖에 없을 것이다. 린위안이라면 다들 진심에서 우러나온 동정을 건넬 것이다. 반면 사람들이 엄마에게 드러내는 동정에는 어느 정도 경시하는 마음이 섞여 있진 않을까 하는 의구심이 들었다.

장리팅은 몸을 돌려 진유롼이 서 있는 쪽을 바라봤다. 진유롼을 향한 부러움은 형태가 없는 귀신처럼 장리팅의 마음에서 떠나지 않았다. 급기야 진유롼이 그런 엄마의 딸이라는 것까지 부러워졌다. 장리팅은 이런 망상이 결코 옳지 않다는 것을 알면서도 진심을 담아 간절히 기도했었다. '오늘 엄마가 안 왔으면 좋겠다.' 지금 진유롼의 엄마는 일어나 있었다. 입고 있는 검은색 새틴 롱스커트는 엉덩이의 곡선을 잘 드러내는 옷감으로 알맞게 재단되어 있고 밑으로 내려갈수록 낙낙하게 퍼졌다. 치마의 옆 자락이 미묘한 위치까지 트여 있어 새하얀 허벅지가 보일 듯 말 듯 했다. 진유롼과 엄마가 가진, 사람을 유혹하는 능력은 그야말로 막상막하였다. 나란히 선 두 모녀는 친자매 같았다. 보는 사람으로 하여금 부러움과 더불어 압박감을 느끼게 하는 그런 친자매 같았다.

진유홍도 사실 엄마와 언니한테서 멀지 않은 곳에 서 있었지만 소외된 것처럼 보였다. 아무도 그녀를 거들떠보지 않았다. 장리팅조차도 진유홍이 자신의 시야에 들어와 있다는 것을 알아채지 못했다.

"류 선생님, 이제 다 모이지 않았나요? 얼른 시작해야 하지 않을까요? 이미 한참 늦어졌잖아요. 안 그래요?"

먼저 불쑥 말을 꺼낸 사람은 진유롼의 엄마였다. 장리팅은 의외라고 생각하진 않았다. 말투는 무척 부드러웠지만 전체적인 태도와 약간 치켜올린 턱의 모습에서 상대를 마음대로 조종하려는 기색이 느껴졌다.

"그럼…… 교장 선생님, 먼저 앞으로 나오셔서 한말씀 해주시겠어요?"

류난리는 진유롼 엄마의 말을 순순히 따랐지만 발언권은 마커웨이 엄마에게 넘겼다. 위아래 한 벌의 바지 정장을 입은 교장이 의자에서 천천히 일어났다. 진유롼의 엄마와 마찬가지로 도도한 태도가 은근히 드러났다. 그녀는 진유롼의 엄마를 흘끗 쳐다보고는 입고 있는 연청색 줄무늬 셔츠를 정돈했다. 빳빳하게 다림질된 정장 상의와 셔츠는 깐깐한 성격을 암시하는 것 같았다. 단정하면서도 경직된 선이 유독 두드러진 복장은 중성적인 분위기를 더욱 부각시켰다. 진유롼 엄마의 부드럽고 하늘하늘한 치마와 대비되어 두 사람이 같은 부류가 아니라는 것을 더 극명히 드러냈다.

린위안은 눈앞에서 연극이 공연되고 있음을 알아채고 장리팅에게 의혹 어린 눈빛을 보냈다. 소녀들은 언제나 자신이 누구를 좋아하지 않는지 분명히 말하지 않는다. '싫어한다'는 단어조차 쓰지 않는다. 마치 이 단어가 너무나 모욕적이고 악독해서 자신들의 순수함과 아름다움을 더럽힐 수 있다고 여기는 듯했다. 사실 이런 기술은 다 엄마에게 배운 것이다. 겉보기에 우아하고 고상한 여인일수록 부정적인 심리를 대놓고 드러내는 일은 드물다. 단지 몸짓과 눈빛, 누가 누구의 머리 스타일을 따라 하고 누가 누구에게 정장을 빌려주었는지를 두고 떠드는 방식만으로 호불호와 애증의 대상을 넌지시 드러낸다. 여인이든 소녀든, 여자들에게는 일벌이나 개미처럼 암암리에 소통하는 나름의 방식이 있다.

장리팅은 내심 우쭐한 마음이 들었다. 평소 린위안이 진유롼과 더 자주 붙어 다니지만 이제 자신에게는 진장거가 있다. 귓속말을 나누는 작은 새가 진유롼에 관한 많은 정보를 들려주었다. 그런 정보를 들음으로써 장리팅은 생각보다 자신이 진유롼과 더 가깝다고 착각하게 되었다.

"진유롼의 아빠가 원래 수직농장 부지의 절반을 가지고 있었대. 따지고 보면 학교는 수직농장에 딸린 시설이잖아."

장리팅은 린위안에게 머리를 내밀라고 손짓한 뒤 귀에 대고 조용히 속삭였다.

"근데 마커웨이의 엄마가 지금 학교의 관리자인 거지."

류뉜리는 단상에서 내려오기 전에 다들 조용히 하라는 뜻으로 두 손을 번쩍 들었다. 그녀의 옷차림은 늘 그랬듯이 엉망이었다. 장리팅은 그 옷차림과 동작이 마치 바다사자 같다고 생각했지만 자신이 진유롼처럼 자꾸만 옷차림으로 사람을 판단한다는 것은 깨닫지 못했다.

"여전히 여기 남아 있는 학생들을 보게 되어 정말 기쁩니다. 대부분은 낯익은 얼굴이네요. 진심으로 축하합니다. 그리고 새로 온 소녀들에게도 축하의 말을 전합니다. 이 대가족의 일원이 된 여러분을 환영합니다. 여러분이 계속 여기 머물 수 있으면 좋겠네요."

교장의 나직한 목소리는 나름의 분위기가 있는 데다 거부할 수 없는 위엄이 묻어났다. 반장인 마커웨이도 말할 때 보면 확실히 엄마와 같은 기질이 꽤 느껴졌다. 분위기와 태도가 대체로 비슷했다.

"여러분은 실제 실력이 있음을 증명해서 여기 남은 것입니다."

사실 실력, 즉 학업 성적으로 초록색 구역에 남은 것은 소녀들뿐이었다. 그들 뒤에 있는 엄마들은 지위와 처지가 각기 달랐다. 이를테면 장리팅의 엄마는 원래 여기 있을 자격이 없다. 장리팅은 곁눈질로 엄마를 슬쩍 쳐다봤다. 엄마의 낯빛이 살짝 바뀌었음을 한눈에 알아챘다. 다만 이해가 안 되는 것은 진유롼의 엄마였다. 예쁜 외모 말고 도대체 어떤 공로가 있어서 초록색 구역에 머물 수 있는 걸까.

"뛰어난 학업 성적 외에, 결혼도 여러분에게 특히 중요한 항목입니다."

'결혼'이라는 단어를 듣는 순간, 진유롼의 엄마가 살짝 헛기침을 하며 고개를 끄덕였다. 그 말에 전적으로 동의한다는 것 같았다. 다만 뭐라 말을 잇거나 맞장구치지 않고 그저 입꼬리를 끌어올려 희미하게 미소 지었다. 지금 회의장에 있는 수많은 사람들, 정확히 말하면 수많은 아내들은 그녀의 미소에 담긴 뜻을 알아챘다. 승리한 자신의 인생을 조용히 과시하고 있다는 것을 말이다. 사람들은 약속이나 한 듯이 일제히 진유롼의 엄마에게 시선을 집중했는데 거기에 어린 감정이 감탄인지 질투인지 분간하기는 어려웠다.

"진유훙, 리본이 풀렸구나. 너도 참, 내가 이런 것까지 말해 줘야 하니?"

진유롼의 엄마는 대뜸 목청을 돋우고 불쑥 진유홍에게 쏘
아붙였다. 말에 담긴 공격성을 반영하듯 상체가 살짝 흔들렸
다. 그러나 트집을 잡는 한이 있어도 손수 막내딸의 차림을
정돈해줄 마음은 없었다. 근처에 앉은 몇 사람이 슬그머니 웃
기 시작했다. 진유홍은 창피해서 고개를 숙였다. 뺨이 붉게
달아올랐다. 진유롼의 엄마는 모두가 자신을 보고 있다는 사
실을 알았고 자신을 향한 관심이 더 오래 지속되도록 공개적
으로 딸의 단점을 지적했다. 급기야 지켜보는 사람들은 그녀
가 진지하게 딸을 채찍질하는 좋은 엄마라고 떠받들었다. 이
는 결국 어떤 엄마가 흔히 사용하는 수법이 되었다.

"마지막으로 이 자리에 있는 모두에게 다시 한 번 강조하겠
습니다. 여러분은 반드시 현재뿐만 아니라 미래에도 국가적
가치가 있음을 증명해야 합니다. 그래야만 계속 초록색 구역
에 머물 자격이 있고 현재 정부가 여러분에게 투자하는 좋은
자원을 계속 누릴 수 있습니다."

이미 많은 소녀가 좀이 쑤시는지 몸을 들썩였다. 멍한 표
정을 짓거나 얼빠진 얼굴을 한 소녀들도 있었다. 몇몇은 자기
머리카락을 만지작거리느라 정신없고 또 몇몇은 곧 잠들 분
위기였다. 오직 마커웨이만이 고개를 빳빳이 들고 눈빛을 고
정하고 있었다. 마치 신단의 신에게 주목하듯 경외하는 얼굴

로 엄마를 뚫어지게 바라봤다. 하지만 엄마는 일장 연설을 늘어놓느라 바빠서 마커웨이가 있는 쪽으로는 한 번도 시선을 주지 않았다. 허리와 목을 곧게 세우고 의자에 단정히 앉아 있는 마커웨이는 엄마의 명령을 기다리는 충견 같았다.

"마커웨이는 정말 자기 엄마가 거느린 직원 같아."

린위안의 말이었다. 장리팅에게 한 말이라기보다는 객쩍은 혼잣말 같았다. 운동화를 신은 발로 바닥을 비비며 고개를 까딱이던 린위안이 회의장 한쪽으로 시선을 돌렸다. 진유롼은 그들과 제법 떨어진 자리에서 진유훙과 함께 각각 엄마 양옆에 앉아 있었다. 린위안의 행동에 한껏 주의를 기울인 장리팅은 린위안이 소리를 내지 않고 입술 모양으로 '안녕'이라고 하는 것을 봤다. 휴, 진유롼에게는 참 솔직하고 다정하네. 진유롼은 금방 린위안에게 응답했다. 그들이 있는 쪽을 향해 눈을 희번덕거리며 오른손으로 자신의 하얀 목덜미 근처를 휙 그었다. 목을 벤다는 뜻이다. "이거 너무 따, 분, 하, 지."라고 말하는 진유롼의 말투까지 상상할 수 있었다.

진유롼은 이런 자리를 우습게 여길 것이다. 다만 이런 반응에는 마커웨이를 은근히 조롱하는 의미가 많이 담겨 있었다. 린위안은 그런 관계에 관심 없는지 그저 진유롼을 향해 두 눈을 빛내며 입을 벌리고 웃었다. 장리팅은 실수로 촬영장에 뛰어든 행인이 된 것 같았다. 자신도 따라 웃어야 하는지 아닌지 긴가민가했다. 진유롼의 마음속에서 자신이 충분히 안정된 지위를 확보했는지, 절친한 친구처럼 진유롼의 우스꽝스러운 행동을 보고 웃을 자격이 있는지 확신이 서지 않았다. 결국 장리팅은 어쩔 줄 몰라 하다가 저도 모르게 진유롼을 향해 몸을 살짝 구부렸다.

그러나 장리팅은 바로 후회했다. 그 광경을 목격한 진유홍이 놀라서 눈을 휘둥그렇게 뜨고 빤히 쳐다보는 것이 아닌가. 장리팅은 당장 구덩이를 파서 자신을 파묻어야 할 것 같았다. 왜 이렇게 비굴하게 행동했지?

그때, 진유롼의 엄마가 나직이 한마디 했는지 진씨 자매는 순순히 고개를 돌려 원래 자세로 돌아갔다. 눈썰미가 있는 사람이라면 알아볼 것이다. 진유롼이 가끔은 망나니처럼 굴며 자신의 개성을 어느 정도 유지하려 해도 엄마 옆에 있으면 그저 엄마의 바비 인형 같다는 것을. 외모, 꾸밈새, 언행에서 엄마가 조각하고 다듬은 흔적을 찾아볼 수 있었다. 이로부터 완전히 벗어날 수 있는 소녀는 없다. 어려서부터 자신을 다듬고 두드리고 제련하는 엄마의 손길에서 완전히 벗어날 수 있는 소녀는 없다. 유전자를 절반만 받았다 해도 강제로 엄마의 복제품 인생을 살아야만 한다.

14

마커웨이의 엄마는 발언 시간을 너무 많이 차지하진 않았다. 다시 단상에 오른 담임교사 류난리는 조금 긴장했는지 목청을 가다듬었다. 그러자 뒤에 있는 대형 스크린에 전체 여학생의 성적 순위가 불쑥 공개됐다. 장리팅은 깜짝 놀라 숨을 훅 들이켰다. 습격을 당한 것 같았다. 어디 팔려 나간 기분이 들었다. 순진하게도 사친회의 목적이 성과 발표회가 아니라 선생님과 학부모 간의 소통 창구를 만드는 것이라고 생각했다.

류난리는 지금 하는 발표가 학생들을 언짢다 못해 심히 난처하게 만든다는 사실을 예상했을까? 그러나 학생들의 기분 따위는 아랑곳하지 않을 것이다. 자기가 통솔하는 학생들이 모두 특출한 성적을 낼 수 있음을 증명하는 것이야말로 류난리의 주된 목표일 테니까.

"발표를 시작하기에 앞서 짚고 넘어가야 할 것이 있습니다. 모든 학생은 다 같이 수업을 듣습니다. 불평등한 대우를 하거나 특정 인물을 챙기려는 마음은 없습니다. 그러나 남학생과 여학생을 분리해 최종 순위를 매기는 것은, 초록색 구역에서 필요로 하는 전문 인재의 성비에 맞게 일정 수의 학생을 탈락시켜 성별 균형을 유지해야 하기 때문입니다."

배후에서 큰 힘을 발휘하는 사람이라는 것이 무척 자랑스러운 듯 격앙된 어조였다. 그러나 장리팅은 여기저기서 새어나오는 웃음소리를 들었다. 사실 장리팅처럼 충격을 받은 사람은 많지 않았다. 학생들은 대부분 이런 상황에 일찌감치 적응해 더는 놀라지 않는 것 같았다. 심지어 일부 엄마들도 대수롭지 않다는 기색이 역력했다.

"저번 중간고사부터 최근 시험에 이르기까지 성적을 모두 합쳐서 순위를 냈습니다. 물론 몇몇 학생은 중간고사 성적 부진으로 탈락해 초록색 구역에서 퇴출됐습니다. 첫 번째 페이지 상위에 오른 이름은 두말할 나위 없는 우리의 자랑이지요. 이 학생들의 학부모님들께 축하를 전합니다."

마커웨이는 이변 없이 1등이었다. 본인 역시 그럴 줄 알았다는 듯 의연해 보였다. 그래도 엄마를 향해 시선을 짧게 던졌다가 얼른 거둬들였다. 엄마의 반응을 무척 신경 쓰는 듯했지만 감정을 대놓고 드러낼 용기는 없는 것 같았다.

"수석은 반전 없이 이번에도 마커웨이입니다. 역시 교장 선생님의 딸입니다!"

류난리가 특히 힘주어 발음한 단어는 '딸'이 아니라 '교장 선생님'이었다. 아첨하려는 의도가 다분한 말이었다. 다만 마커웨이의 엄마는 살짝 고개만 까딱일 뿐 변함없이 포커페이스를 유지했다. 류난리는 자신의 아첨이 통했는지 알 길이 없었다. 회의장 뒤편에서 누군가 박수를 치기 시작했지만 류난리가 손짓으로 제지했다.

"아니요, 박수칠 필요 없습니다. 이런 노력이 여학생의 본분이라는 것을 아이들에게 알려줘야 합니다. 우리는 아이들의 성과에 기뻐할 순 있지만 아이들을 우쭐하게 만들어서는 안 됩니다."

여학생의 본분. 장리팅에게는 더할 나위 없이 익숙한 말이다. 일전에 이와 비슷한 논조로 말한 사람은 바로 자신의 엄마였다. 엄마를 기쁘게 하는 일은 딸의 본분이고, 엄마가 행복하게 살 수 있도록 지난 불행을 보상해주는 것이 딸의 책임이라고 했다. 이런 말은 어릴 때부터 지금까지 늘 귓속과 머릿속을 맴돌았다. 장리팅은 지금껏 엄마의 이런 말에 반박하지 못했다. 그래서 지금 이 순간에도 단상 아래에서 이리저리 휘둘릴 수밖에 없었다.

또 하나 장리팅을 놀라게 한 것은 진유훙도 상위 10등 안에 들었다는 점이었다. 2등 밑으로는 모두 마커웨이에게 진 패장이자 패배자로서 특별한 인상을 남기기 힘들다 하더라도 진유훙은 탄식이 나올 만큼 존재감이 없었다. 일반적으로 뛰어난 성적은 사회생활의 유리한 조건 중 하나다. 그러나 진유훙은 좋은 성적을 올렸음에도 별 주목을 끌지 못했다.

성적 순위표의 다음 페이지가 공개되는 순간, 장리팅은 눈을 번쩍 떴다. 진유롼의 이름이 이번 페이지의 첫 자리에 등장했다. 그렇다면 진씨 자매는 성적이 별로 차이 나지 않는다. 적어도 두 자매의 외모와 매력 차이를 뒤집기에는 역부족이다. 진유롼의 석차는 정말 놀라웠다. 심지어 린위안보다 훨씬 높았다. 예쁜 외모는 능력에 대한 기대치를 어느 정도 깎아내렸다. 장리팅은 선입견을 품고 진유롼은 당연히 얼굴만 예쁜 꽃병일 거라고 쉽게 단정했다. 마커웨이의 이름이 스크린에 떴을 때, 소녀들은 가만히 있었다. 반면 진유롼의 이름이 튀어나오자 근처에 있는 소녀들이 진유롼의 어깨를 두드리며 소란스럽게 추켜세웠다. 진유롼이 환하게 웃었다. 자신의 네일아트를 만지작거리느라 여념이 없던 진유롼의 엄마는 이제야 이 즐거운 잔치에 참여하고 싶어졌는지 마침내 고개를 들었다. 두 딸에 대한 편애를 조금도 숨기지 않고 이렇게 노골적으로 드러냈다.

슬라이드가 아래로 내려가고 순위도 계속 내려갔다. 린위안의 이름은 중간쯤 등장했다. 그러나 린위안은 크게 신경 쓰지 않았다. 가족이 참석하지 않아서 누구 체면이 깎이진 않을까 걱정할 필요도 없으니 더 그랬을 것이다. 반면 장리팅은 좀처럼 자신의 이름이 나오지 않자 점점 구겨지는 엄마의 안색을 살폈다. 그녀의 속도 덩달아 타들어갔다.

"드디어 마지막 페이지군요. 솔직히 말해서 이 아이들은 좀 더 노력해야 합니다. 안전한 장소에서 지내며 안전을 보장받으려면 우선 자신이 그럴 만한 사람인지 증명해야겠지요."

류난리는 장리팅이 있는 쪽을 흘끔 쳐다봤다. 장리팅을 겨냥한 것은 아닐 수도 있다. 그저 꼴찌인 루쥔쥔이라는 소녀가 마침 장리팅 바로 뒤에 앉아 있어서 그랬을 뿐이리라. 그러나 장리팅은 불길한 예감이 들었다. 엄마가 류난리의 저 눈빛이 자신을 비웃는 거라고, 어디 내놓기 부끄러운 딸을 두어 참으로 딱하다고 비웃는 거라고 해석할 것 같았다. 엄마는 예전부터 어떠한 상황에서든 오직 자신에게 화살을 돌리는 능력을 가지고 있었다. 언제나 자신을 피해자로 간주했다. 엄마의 마

217

음속에서 장리팅은 언제나 직접적이든 간접적이든 적의 한 자리를 차지했다.

장리팅은 그제야 자신이 엄마의 분노를 한참 얕봤음을 절감했다. 성적이 그리 좋지 않을 수 있다 싶어 마음의 준비를 하긴 했지만 뒤에서 10등 안에 들 거라고는 미처 예상하지 못했다. 매주 보는 쪽지시험에서 자기 조의 순위가 거의 바닥까지 떨어진 건 사실이지만 성적이 이렇게까지 처참할 줄은 몰랐다. 어떻게든 초록색 구역에 남아야겠다고 이제 막 결심했는데, 이렇게 빨리 벼랑 끝으로 내몰릴 줄은 몰랐다.

"넌 도대체 뭐 하는 거야?"

엄마는 애써 목소리를 낮추는 듯했지만 마음속에 담긴 분노를 다 꺼뜨리지 못했다. 그 분노를 연료 삼아 말을 속사포처럼 거칠게 쏟아냈다.

"내가 뭐 한다고 너에게 큰 기대를 걸고 그렇게 고생해서 널 키웠을까 후회가 된다. 내가 널 위해 얼마나 많은 것을 희생하고 헌신했는데…… 내가 이 많은 사람들 앞에서 받을 수 있는 결과가 고작 이거란 말이야?!"

"쉿! 목소리 좀 낮춰요!"

장리팅은 안절부절못했다. 옆자리의 린위안이 두 모녀를 슬쩍 쳐다봤다가 얼른 시선을 돌렸다. 린위안의 동정을 느끼자 더 창피했다. 이러다 저 멀리 있는 진유환까지 쳐다볼까 봐 걱정됐다. 엄마는 언제나 일종의 절망감에 사로잡혔다. 그런 절망감은 상대를 메마르게 만들다 못해 숨 막히게 했다. 만약 지금 장리팅이 엄마였다면 따귀를 올려붙여서라도 엄마의 입을 다물게 했을 것이다.

"왜? 쪽팔린 짓을 해놓고 이런 말은 못 듣겠어? 남들이, 알까 봐, 겁—나—니—?"

장리팅이 반항할수록 엄마는 더욱 도발했고 본색을 숨기기를 포기했는지 자신도 모르는 사이 원래 목청으로 돌아갔다. 남들의 시선을 끌지 못할까 봐 안달이 난 듯 일부러 마지막 말을 길게 끌기까지 했다. 장리팅은 민망해졌고 주변 사람들까지도 이 낭패스러운 상황에 휘말릴 수밖에 없었다. 이 사태에 무감한 사람은 엄마 본인뿐이었다. **천박한 사람, 엄마는 왜 이렇게 천박한 거야?** 장리팅은 화가 치밀었다. 엄마를 마주 보기 싫어서 고개를 떨구었지만 곁눈으로 계속 엄마를 주시했다. 엄마의 입가에 아까 먹은 과자 부스러기가 말끔히 닦이지 않고 남아 있었다. 진유환이 멀리 앉아서 다행이었다. 오늘 진장거가 없어서 다행이었다. 별안간 마음속에 증오가 솟구쳤다. 장리팅은 자신이 창피한 상황에 놓였다는 건 알고 있었으나 여기 온 엄마가 훨씬 창피했다. 게다가 엄마는 딸의 바

219

람을 전혀 알아채지 못했다. 장리팅은 엄마가 당장 내 삶에서 사라져주기를, 나의 초록색 구역에서 멀어져주기를, 본인이 머물러야 할 노란색 구역으로 돌아가주기를 바랐다.

"학교에서 여러분의 성적 순위를 공표하는 이유는, 누군가에게 벌을 주거나 공개적으로 설교를 늘어놓으려는 것이 아닙니다. 학교는 그저 칭찬받을 만하고 본받을 만한 훌륭한 여학생을 표창하는 동시에, 공부에 소홀한 여학생에게는 어느 정도 경계심을 주려는 것뿐입니다."

류난리는 득의양양하게 강단에 서 있었다. 오늘 굉장히 뿌듯할 것이다. 임무를 훌륭히 완수했을 뿐 아니라 윗선에 제대로 눈도장을 찍었을 테니까. 장리팅은 속으로 욕을 퍼부었지만 어른들에 대한 원망을 드러내지 않았다. 그녀의 분노는 토막 난 사체였다. 장리팅은 아무도 모르게 사체 토막에 벽돌을 묶어 물이 한 방울도 튀지 않도록 깊은 바다 밑으로 내려보냈다.

사친회는 이제 막바지에 접어들었다. 초록색 구역에서 지내는 딸들의 생활에 관심을 기울이거나 딸들이 잘 적응하고 있는지 묻는 데 긴 시간을 할애하지 않았다. 그들의 건강, 그들의 마음 따위는 성적에 비하면 아무것도 아니었다. 나라의 존망이 달린 위급한 상황에서 그들의 앞날만큼 중요한 것은 없었다. 장리팅은 류난리를 찾아가 딸들의 상황이 어떤지 묻는 엄마가 있을까 싶어 눈여겨봤다. 그러나 류난리는 공식 연설을 마치고 온데간데없이 사라졌다. 자신의 임무는 이미 완수했으니 더는 학부모들을 상대하는 데 기운을 쓰고 싶지 않았을 것이다.

인파가 회의장 출입문 쪽으로 우르르 빠져나갔다. 진유롼은 짐짓 다정한 척 엄마에게 팔짱을 낀 반면 진유훙은 어김없이 뒤편에 떨어져 있었다. 세 사람은 복도에서 린위안과 장리팅 모녀를 마주쳤다. 린위안이 먼저 손을 들어 평소처럼 진유롼에게 인사했다. 그러나 진유롼은 딴사람이 된 양 차갑게 고개만 까딱였다. 린위안을 웃게 만들던 때와 전혀 다른 태도였다. 언제든 달아날 준비가 된 것처럼 신고 있는 웨지 힐 구두의 끝이 출입문을 향하고 있었다. 진유훙은 오히려 빠르게 걸어와 기꺼이 장리팅의 팔에 몸을 딱 붙였다. 마침내 자기 엄마와의 거리를 벌릴 수 있는 이유를 찾은 것 같았다.

"아, 유롼이랑 친한 친구들이니?"

진유롼의 엄마가 오른발을 앞으로 내디뎠다. 구두 굽이 꽤 높았지만 안정된 걸음걸이로 '또각' 소리를 냈다. 가슴골이 지나치게 드러나지 않게 단속한 가슴을 쭉 내밀고 허리를 곧게 편 채였다. 장리팅의 엄마는 압박감을 느꼈는지 상체를 살짝 움츠렸다. 당당한 위세를 떨치는 진유롼 엄마의 몸에서 짙은 향수 냄새가 끼쳐왔다.

장리팅의 엄마는 진유롼의 엄마를 훑어봤다. 마치 상대의 내력을 가늠하려는 것 같았다. 출입문 앞에 모인 이 작은 무리는 묘한 분위기를 가득 풍겼다. 진유롼은 내내 차갑고 가식적인 미소를 짓고 있었다. 장리팅은 어찌할 바를 몰라 한편에 움츠리고 있었다. 진유훙은 방관하는 제삼자나 인형처럼 한 발 물러나 있었다. 네 소녀 중 태연하다고 할 수 있는 건 린위안뿐이었다. 그녀는 윤활제처럼 매끄럽고 스스럼없이 대답했다. "저희는 4월이 지나고 이사 온 진유롼의 새 룸메이트예요. 저는 린위안이고, 이 친구는 장리팅이에요." 다만 진유롼의 친한 친구들인지 아닌지 묻는 함정 질문에는 직답을 피했다.

진유롼은 말을 잇지 않고 남 일인 양 가만히 있었다. 두 엄마 사이에 미묘한 긴장감이 흐르는 것 같았다. 서로 교류해야 할 책임이 있다는 건 알지만 말을 걸기가 썩 내키지 않는 듯했다. 다들 누가 먼저 누구를, 어떤 호칭으로 불러야 할지 몰라서 한동안 무거운 침묵이 흘렀다. 진유롼의 엄마는 신분상 언제나 다른 사람이 나서서 자신을 소개해주었는지 느긋하게 기다렸다.

결국 이 어색한 분위기를 참지 못한 장리팅이 쭈뼛쭈뼛 나서는 수밖에 없었다. 엄마는 적당한 화제를 찾지 못한 것 같왔다.

"이쪽은 저희 엄마예요."

"그래."

진유란의 엄마는 자기 뜻대로 되자 웃음꽃을 활짝 피웠다. 그러나 장리팅의 엄마와 계속 대화를 나눌 생각은 전혀 없는지 린위안을 돌아보며 질문을 던졌다. 린위안이 더 흥미를 끈 모양이었다. 장리팅은 민망해서 죽고 싶은 심정이었다.

"린위안, 그럼 너희 집 어른은 어디 계시니?"

"오늘 참석을 못 하셨어요."

단호하고 시원시원한 말투였지만 길게 설명하고 싶지 않은 듯했다.

그때, 마커웨이가 엄마를 뒤따르며 다가왔다. 장리팅은 권력의 저울이 살짝 기우는 것을 느꼈다. 진유란의 엄마는 입가에 경멸의 미소를 머금었다가 이내 상체를 마씨네 모녀 쪽으로 돌렸다. 만약 엉덩이에 꼬리가 달렸다면 지금 위로 올라갔을 것이다. 마치 전투에서 승기를 잡은 암사자 같았다.

"어머, 사모님! 사장님은 잘 계시죠?"

장리팅은 안 그래도 궁금했다. 도대체 진씨네 안주인과 교장 선생님 중에 누가 더 높을까? 처음에 진유란과 마커웨이 중에 누가 높고 누가 낮을지 궁금했던 것처럼. 진씨네 안주인은 결혼을 더 잘했고 남편이 큰 업적을 쌓은 반면, 마씨 집안은 딸의 성적이 더 훌륭했다. 진유롼이 마커웨이보다 훨씬 예쁘지만 마커웨이는 진유롼보다 성적이 더 뛰어나고, 진유롼이 인기가 많고 인간관계가 좋지만 마커웨이는 반장이었다. 그러나 진유롼의 엄마가 마커웨이의 엄마에게 위세를 부리듯 생글생글 웃으며 먼저 인사하는 것을 보니 외모가 상대를 압도했음을 알 수 있었다. 적어도 진유롼 엄마의 인식 속에서는 순위가 그렇게 매겨졌을 것이다.

배우자의 사업 성공 여부와 지위는 여전히 여자의 직업적 성취와 키워낸 자식의 우수성을 능가했다. 장리팅은 은연중에 이런 평가 시스템의 가중치를 유추해냈다. 어쩌면 괜히 복잡하게 생각한 것일지도 모른다. 그저 진씨 집안이 소유한 드넓은 고지대의 땅이 더 강력한 자본이기 때문일 수도 있다.

"잘 지내요. 병원 사업도 괜찮고요. 요즘에도 환자가 워낙 많다 보니 정신없이 바쁘네요."

마커웨이의 엄마는 표정 없이 굳은 얼굴로 대답했다.

"그렇구나. 저희 집 사장님도 잘 지내요. 수직농장의 생산 기술을 꾸준히 개량해서 국가의 농업에 참으로 큰 도움을 주었죠. 덕분에 수많은 빈곤한 국민들이 굶주림을 면했고요."

진유롼의 엄마는 온몸이 반짝반짝 빛났다. 머리 장식, 귀걸이, 목걸이, 손목시계 여기저기에 다이아몬드를 비롯한 보석이 박혀 있었다. 과연 그녀가 자신의 입에서 튀어나온 '빈곤'이란 단어가 무슨 뜻인지 진짜 이해하고 있을까 의구심이 들었다. 사전을 건네며 한번 찾아보라고 해야 하지 않을까? 진유롼의 엄마는 미소 짓고 있었지만 눈가에 잔주름이 하나도 없었다. 미동조차 없는 산 같은 영업용 미소였다. 린위안은 조금 언짢은 얼굴로 진유롼의 엄마를 물끄러미 쳐다봤다. 반면 장리팅은 문득 진유롼의 고충이 조금 이해됐다. 저런 여자 옆에 있는 모든 사람은 저 여자를 빛나게 하는 장식품으로 살아야 할 것이다. 남편과 남편의 사업, 딸과 딸의 미모는 모두 그녀라는 비단 위에 더하는 꽃에 불과하리라. 다만 그녀를 돋보이게 하기 위해 더해진 꽃은 그녀의 아름다움을 능가할 수 없다.

"정말 대단하세요. 마커웨이, 너 아직 유롼이 어머님께 인사 안 드렸지? 넌 애가 왜 이렇게 예의가 없니?"

마커웨이의 엄마는 대뜸 손을 뻗어 마커웨이의 등을 세게 밀쳤다. 마커웨이는 순간 몸이 앞으로 휘청 기울어서 하마터면 넘어질 뻔했다.

"저희 집안의 마커웨이가 계속 지금처럼 훌륭한 성적을 내고 **영원히 1등**을 놓치지 않으면 수직농장에 들어가 일할 수 있겠죠? 그랬으면 좋겠네요. 마커웨이는 분명 사장님께 큰 도움이 될 거예요."

마커웨이의 엄마는 역시 교장이었다. 티 나지 않게 무언가를 넌지시 자랑하는 데 능숙한 동시에 말에서는 숨길 수 없는 위엄이 묻어났다. 다만 눈치가 있는 사람이라면 그 말이 마커웨이 엄마가 의기양양하게 내뱉는 인사치레에 지나지 않는다는 사실을 알아챌 것이다. 마커웨이는 분명 농장 일을 하지 않고 아빠의 뒤를 이어 의사가 될 것이다. 수직농장은 마씨 집안이 아니라 진씨 집안의 세력권에 있는 기관이니까.

"두 분 다 정말이에요? 멋져요. 저 같은 평범한 사람은 뭐 자랑하고 싶어도 별로 자랑할 게 없네요."

지금 상황은 처음부터 꽤 억지스러웠다. 마커웨이는 두 엄마 사이에 끼여 서로를 공격하는 무기로 쓰였다. 두 여자는 보통 여자들처럼 차분히 일상 이야기를 나누지 못하고 오히려 무언가를 겨루는 듯했다. 그래서 장리팅 엄마가 털어놓은 때아니게 솔직한 진담은 뜻밖에도 승부가 나지 않는 지금의 교착 상태를 풀어주는 역할을 했다.

린위안은 참지 못하고 피식했다. 하마터면 소리 내어 웃을 뻔했다. 진유롼은 린위안을 향해 긴 속눈썹이 빠르게 움직이도록 눈을 깜빡였다. 자신도 우스꽝스러운 이 엄마들을 경멸하고 조롱한다는 뜻이었다. 진유홍은 고개를 돌렸다. 웃음을 참는 모습을 엄마에게 들킬까 봐 그랬을 것이다. 표정이 풀린 마커웨이는 아무 일도 없는 척 얼른 고개를 숙였다. 한편에 가만히 있던 장리팅만 울상이 됐다. 마음이 소리 없이 무거워졌다. 장리팅은 엄마가 기지를 발휘해 상황을 수습한 것이 아니란 점을 알았다. 엄마에게는 그럴 만한 경험과 지혜가 없다. 틀림없이 속으로 이렇게 생각했을 것이다. 나는 자랑할 만한 남편도 없는 데다 덜렁 하나 있는 딸도 잘난 구석이 없어. 도저히 면이 안 서네.

"우리 아이들이랑 다 같이 나가서 식사라도 할까요?"

진유롼의 엄마가 낸 제안이었다. 이 전쟁을 계속 이어가고 싶은 게 아닐까 하는 의문을 지울 수 없었다. 그러나 말은 그렇게 하면서도 진유롼의 손을 다정하게 잡아당기는 걸 본 장리팅은 자신이 섣부르게 넘겨짚었는지도 모른다고 생각했다. 진유롼의 엄마는 여전히 딸에 대한 애정을 드러냈다. 초점을 항상 자신에게 맞추는 것은 아니었다.

"아니요, 저는 바쁜 일이 있어서. 저 빼고 가세요."

마커웨이의 엄마는 제안을 단칼에 거절했다. 눈앞의 여자와 깊이 엮이고 싶지 않은 것 같았다. 급기야 매몰차게 몸을 돌리고 자리를 떠났다. 마커웨이는 고개를 돌렸다. 상처받은 표정을 보이고 싶지 않은 듯했다. 마커웨이의 엄마는 확실히 딸과 시간을 보내는 것이 썩 내키지 않는 듯했다.

진유롼의 엄마는 "그럼 어머님은요?"라고 선뜻 묻지 않았다. 그러나 남은 이들의 시선이 약속이나 한 것처럼 장리팅의 엄마에게 향했다. 장리팅은 엄마가 제안을 받아들이지 않기를 간절히 바랐다. 만약 엄마가 진유롼의 엄마와 식사하는 내내 함께한다면? 엄마가 자제력을 잃고 무슨 사고를 칠지, 또 얼마나 자신을 창피하게 만들지 도저히 상상할 수 없었다. 장리팅은 엄마와 함께 있는 시간이 줄어서 더는 얽히지 않게 해달라고 속으로 기도했다.

장리팅의 엄마는 잠시 고민하더니 의외로 알아서 말을 이었다. "그럼 저도 빠질게요. 노란색 7구역에 있는 집으로 돌아가려면 시간이 꽤 걸리거든요."

진유롼의 엄마는 이제 연기도 하고 싶지 않은지 즉시 장리팅의 엄마에게 잘 가라고 손을 흔들었다. 장리팅은 엄마의 대답을 듣는 순간, 가슴을 누르던 바위가 내려간 기분이 드는 동시에 모순적이게도 서운함을 느꼈다. 엄마가 오늘 학교에 온 것이 실질적으로 무슨 의미가 있는지 도통 알 수 없었다. 딸이 묵는 기숙사 방을 보자고 하지도 않고, 딸이 지내는 환경이 어떤지 묻지도 않고, 학교나 한번 둘러보자는 말도 하지 않고 이만 가겠다는 것이다. 딸의 생활에 관심을 쏟고 신경 쓸 생각이 전혀 없는 것 같았다. 어쩌면 장리팅의 성적이 너무 처참한 탓에 더는 굴욕을 자초하고 싶지 않아서 오래 머물 생각이 사라졌는지도 모른다. 역시 엄마에게 위안을 받을 거란 헛된 기대는 접고 오늘 밤 혼자서 형편없는 자신의 성적이나 잘 곱씹어야겠다고 장리팅은 생각했다.

"너희 엄마, 실제로는 좋은 분 같아."

남은 이들이 아래층으로 내려가려고 엘리베이터를 기다릴 때, 린위안이 진유롼에게 한 말이었다.

"아니, 그냥 심심해서 저러는 거야. 진짜야." 진유롼은 냉담한 얼굴로 대답했다. "너랑 장리팅은 엄마에게 흥미로운 새 장난감일 뿐이거든."

15

　　　　　장리팅은 진유훙의 침대에 대자로 누
웠다. 모로 누워 몸을 웅크린 진유훙의 왼쪽 종아리에 이불이
엉망으로 감겨 있었다. 정말 신기하고 잊을 수 없는 밤이었
다. 방금 술을 마시고 온 참이었다. 과음을 한 것은 장리팅뿐
일지도 모른다. 진유훙은 몇 번 홀짝거린 게 다였다. 엄마에
게 온전히 반항하진 못해도 계속 시도하는 것을 보면 어떤 면
에서는 확실히 엄마보다 분별이 있었다.

"마시렴, 술 마시기에 딱 좋은 행복한 밤이잖니?"
　다섯 소녀는 임시로 부른 화려한 리무진 전기차를 타고 수
직농장과 학교를 벗어났다. 차 안은 향수 냄새가 더욱 진동해
소녀들은 진유롼 엄마의 품에 안긴 듯했다. 장리팅은 통금 시

간이 지난 뒤에는 학교 밖으로 나간 적이 없었다. 그래서 가로수 옆을 지나갈 때 나뭇가지 사이로 이어진 크고 작은 조명이 소녀들을 환영하듯 차례로 밝혀지는 모습은 이번에 처음 보았다. 조명은 차가 멀어지면 다시 순서대로 착착 어두워졌다. 켜졌다 꺼지는 등불이 인샤 산맥의 윤곽을 그렸고 주치산 정상에 우뚝 솟은 수직농장 건물 단지는 불빛으로 환했다. 그야말로 눈에 확 띄는 외딴 섬의 등대나 밤중에 타오르는 눈부신 횃불 같았다. 장리팅은 저도 모르게 놀란 소리를 냈다.

"촌뜨기 아니랄까 봐."

"참 나."

"전력을 절약하는 거야."

마커웨이는 별것도 아닌 일에 놀라는 장리팅을 비웃었다. 진유롼도 덩달아 피식 코웃음을 쳤다. 진유훙은 낮은 목소리로 장리팅에게 친절히 설명해주었다. 그러나 장리팅은 그저 흥분될 따름이었다. 마치 신데렐라처럼 잠시나마 통제된 삶에서 달아나는 것 같았다.

"근데…… 저희는 아직 미성년자잖아요?"

마음에 어린 근심을 솔직히 털어놓은 사람은 린위안뿐이었다. 평소에 규칙을 가장 철저히 지키던 마커웨이마저 진유롼의 엄마가 건넨 술잔을 망설임 없이 받았다. 장리팅은 전혀 생각지 못한 모습에 적이 놀랐다. 이런 일은 이미 익숙해서 아무렇지 않은 것 같았다. 확실히 지금 마커웨이는 긴장이 많이 풀려 있었다. 더는 엄숙하고 단정하게 앉아 있지 않았다. 게다가 술을 한 번 입에 대자 마시는 속도가 빨라져 벌컥벌컥 들이켰다.

"너희가 말 안 하고 나도 입을 다물면, 누가 알겠니?"

진유롼의 엄마가 린위안을 향해 한쪽 눈을 찡긋했다. 이런 익살맞은 행동은 시도 때도 없이 자신의 매력을 발산하고 검증하려는 것 같았다. 장리팅은 차 안에 비쳐든 희미한 불빛으로 그 장면을 지켜봤다. 뜻밖에도 린위안은 얼굴이 붉게 달아올랐다. 그러나 진유롼은 그다지 즐겁지 않은 표정이었다. 얼굴 전체가 무너져 내릴 것 같았다.

"너희 엄마는…… 항상 그러셔?"

장리팅은 침대에 누워 진유롼 엄마의 진주 귀걸이를 만지작거렸다. 조명에 비쳐 매혹적인 빛깔을 띠는 진주 귀걸이를 입에 넣지 않도록 꾹 참아야 했다. 오늘 내가 미친 건가? 장리팅은 참지 못하고 이불 속으로 파고들어 깔깔거렸다. 오늘 밤에 있었던 일이 진짜라는 게 믿기지 않았다.

"무슨 뜻이야?"

진유홍은 안경을 벗어 침대 머리맡 선반에 올려둔 상태였다. 사실 그녀에게 안경은 꼭 필요한 물건이 아니었다. 다만 본인 말로는, 안경을 쓰면 공격성이 낮아 보여서 부드럽게 사람들 틈에 녹아들 수 있다고 했다. 진유홍은 두 손으로 나른하게 무릎을 감싸고 몸을 뒤척였다. 머리를 묶고 있던 끈이 끊어졌는지, 풀어 헤쳐진 긴 머리는 사방으로 쏟아지는 검은 물 같았다. 장리팅은 그런 진유홍의 모습을 보고 놀라 멍해졌다. 안경이라는 장막을 제거하자 진유홍의 외모가 꼭 엄마와 언니에게 밀린다고 볼 순 없었다. 잘 다듬고 꾸미면 그렇게 수수하진 않을 것이다.

"그러니까……."

장리팅은 너무 무례하지 않게 돌려 말할 수 있는 방법을 고민했다. 진유환의 엄마는 딸들의 자매가 되고 싶은 열망으로 가득 차 보였다. 아마 남들이 젊다고 칭찬해주길 바라는 거겠지? 아니면 늙어 보일까 봐 마음속 깊이 두려워하는지도 몰라. 방금 집에 초대를 받아 호사스러운 저녁까지 먹었으니 이건 예의에 어긋난 생각이 아닐까. 그러나 진유환의 엄마가 가식적으로 꾸며내던 아기 목소리를 떠올리자 속으로 그렇게 빈정거릴 수밖에 없었다.

적어도 장리팅에게 식사는 즐거운 일이었다. 그러나 진씨 자매에게는 그렇지 않을 것이다. 진유롼의 엄마는 언제나 무의식적으로 두 딸과 기싸움을 벌였다. 딸이 이기면 짓밟고 딸이 지면 조롱했다.

"너희 엄마가 왜 네 언니만 좋아하고 너는 별로 안 좋아하는지, 생각해본 적 있어?"

장리팅은 막상 말을 뱉고 나자 너무 직접적으로 말했나 싶었다. 그래서 사실 자신의 처지도 몹시 처량하다고 황급히 덧붙였다.

"내 말은, 우리 엄마도 날 별로 안 좋아하거든. 아무래도 나는 엄마가 자랑스러워할 만한 구석이 딱히 없으니까. 적어도 너는 나보다 성적이 훨씬 좋잖아. 얼굴이며 몸매며 다 나보다 예쁘고. 너에 비하면 나는 정말 장점이 하나도 없는 것 같아."

장리팅은 어떤 사람 앞에서든 항상 습관적으로 자신을 깎아내렸다. 상대가 비교적 온화한 진유훙이라 해도 마찬가지였다. 그러나 진유훙은 장리팅이 마지막에 덧붙인 말에 별 반응을 보이지 않았다. 오늘 밤에는 격려하고 싶은 마음도 없는 것 같았다.

"그럼, 당연히 생각한 적 있지."

진유훙이 두 눈을 가늘게 떴다. 귀여운 여우 같은 모습이라 머리를 쓰다듬고 싶은 충동을 불러일으켰다.

"내 생각에는, 진유롼이 나보다 성격이 사나워서 엄마에게 반항할 수 있는 것 같아. 실제로 그럴 일도 많고. 진유롼이 한 번 미치면 진짜 못 건드리거든."

"미치면?"

장리팅은 어리둥절했다.

"아직 못 느꼈어? 기숙사 방 바꾼 거…….' 진유홍은 말을 반쯤 하다가 눈치 빠르게 멈추었다. 그 얘기를 꺼내면 장리팅이 난처할 거라는 사실을 깨달은 것이다.

"아무튼, 우리 엄마도 어느 정도는 언니를 무서워할 거야. 그래서 꼭 언니를 편애해야만 하는 거지. 그래야 언니를 통제할 수 있거든. 그에 비하면 나는 좀 나약한 딸이잖아? 그래서 엄마는 나를 마음껏 억누르고 괴롭힐 수 있어. 어쨌든 나는 엄마의 뜻을 거역할 용기가 없으니까."

장리팅은 식사 자리에서 가장 인상 깊었던 장면을 떠올렸다. 식사를 마치고 진유홍이 디저트를 한 숟가락 더 먹으려는 순간이었다. 디저트는 맛없어 보이는 무설탕 저지방 치즈, 각양각색의 매력적인 조각 케이크와 수제 쿠키, 베리잼을 뿌린 우유 푸딩이었다. 장리팅은 푸딩을 몇 번이나 퍼먹었다. 잼이 너무 달긴 했지만 위에 얹은 베리류 과일은 귀하고 특수한 품종 같았다. 수직농장에서조차 쉽게 볼 수 없는 과일이다 보니 소녀로서는 정말 거부하기 힘들었다.

진유롼은 역시나 일찌감치 나이프와 포크를 내려놓았다. 평범한 소녀를 기준으로 보면 진유홍도 주식을 많이 먹는 편은 아니었다. 남은 배는 디저트로 채울 생각일지도 모른다. 하지만 그녀의 엄마는 생각이 다른지 굳이 한마디를 던졌다.

"진유홍, 너 지금 옷 사이즈가 어떻게 되지?"

솜사탕을 입에 문 장리팅은 사레가 들릴 뻔했다. 린위안은 조금 민망했는지 고개를 숙이고 급히 물을 마셨다. 그들은 엄마가 공개적으로 딸의 옷 사이즈를 거론하리라는 생각은 꿈에도 하지 못했다. 더군다나 저녁 식사 자리였고 딸의 친구들까지 함께 있는 상황이었다. 소녀들이 보기에는 명백한 악의가 담긴 질문이었다.

"내 기억으로는 L 사이즈였던 것 같은데, 맞니?"

"네."

진유홍은 비굴하고 소심할 뿐 바보는 아니었다. 엄마의 암시를 알아듣고는 쥐고 있던 숟가락을 순순히 내려놓았다. 구부정하게 앉아 고개를 푹 수그려서 이마가 곧 식탁 모서리에 박힐 것 같았다. 진유홍은 오늘 지나치게 신나서 고삐가 풀린 것을, 엄마의 잔혹한 성격을 잊은 것을 자책했다. 장리팅은 곁눈질로 구석에 서 있는 집사를 흘끔 쳐다봤다. 고개를 돌린 집사의 처진 속눈썹이 살짝 떨리는 것 같았다. 그래, 누구라도 이런 상황은 차마 볼 수가 없겠지.

"진유란, 너는? XS에서 S 사이를 유지하려고 노력하고 있지?"

"네."

진유란은 대꾸하기 싫었지만 엄마가 원하는 대로 천천히 고개를 끄덕이며 짧게 말했다. 눈을 들어 엄마를 바라보지 않았고 자기 여동생도 보고 싶지 않은 듯했다. 오늘 밤 룸메이트들이 모두 모인 이 자리에서 무슨 실수라도 할까 봐 말을 아꼈다.

"그래야지. 너희 둘 중에 적어도 한 명은 계속 S 사이즈 이하로 유지해야 해. 안 그러면 내 옷장에 있는 예쁜 옷들을 몇 년 뒤에 누구한테 물려주겠니? 전부 해외 유명 디자이너의 작품인데 그냥 버리기엔 너무 아깝잖아. 진유란, 그래도 너에게 입히려면 가슴 부분은 좀 줄여야겠어. 네 가슴 컵 사이즈는 더 이상 커지지 않을 것 같네."

엄마가 딸보다 작은 옷을 입는다. 엄마가 딸보다 몸매가 좋고 가슴도 풍만하다. 그녀가 말하지 않았다면 장리팅을 비롯한 다른 사람들은 전혀 몰랐을 내용이다. 별로 중요하게 여기지도 않았을 것이다. 신경 쓰는 것일수록 비교하게 되고 결핍

된 것일수록 자랑하게 마련이다. 보통 사람은 엄마와 딸을 같은 선상에 두지 않는다. 그러나 진유롼의 엄마는 그런 위험을 감수할 수 없었다. 딸들은 성장하는 중이고 소녀에서 여인으로 나아가고 있었다. 심지어 그중 한 명은 정말 예쁘게 자랐다. 엄마는 딸을 경쟁자로 삼으면 안 되지만 마음속에 자리 잡은 불안한 여인은 자꾸만 꿈틀거렸다. 진유롼의 엄마는 자신의 날씬한 몸매를 굳이 강조하고 지위가 흔들리지 않는다는 사실을 확인해야만 했다. 쪽에서 뽑아낸 푸른 물감이 쪽보다 더 푸를 수 있지만 이를 인정하는 것은 여자들에게 잔혹한 일이었다.

너는 왜 엄마한테 반항하지 않아? 장리팅은 묻고 싶었지만 고민 끝에 입을 다물었다. 무슨 자격으로 그렇게 물을 수 있을까? 자신조차 엄마에게 반항할 생각을 하지 않고 엄마에게서 달아나지 않았던가. 인생의 모든 문제에 해답이 있는 것은 아니니 그냥 묻지 않기로 했다. 사랑받지 못하는 두 딸, 실패한 두 딸은 학교 기숙사 방에 숨어 이런 대화를 나누었다. 장리팅은 자신들의 쓸쓸함을 절감했다. 그러나 술을 마셔서 그런지, 오히려 자신과 처지가 비슷한 사람이 있다는 것에 위안을 느꼈다. 2인분의 외로움은 사람을 그다지 두렵지 않게 만드는 것 같았다.

장리팅은 은색으로 나비가 새겨진 작고 동그란 진주 귀걸이에 다시 집중했다. 엄지와 검지로 쥐고 귀걸이에게 장난치듯 손목을 이리저리 돌렸다. 날개 문양이 매우 섬세해서 마치 진주를 등에 진 나비가 곧 바람을 타고 날아오를 것 같았다. 정말 예쁜 귀걸이였다.

장리팅은 진유롼의 엄마가 왜 자신에게 이 귀걸이를 주었는지 이해가 되지 않았다. 식사 자리를 마무리할 무렵, 진유롼의 엄마가 의자를 뒤로 밀며 일어서자 왼쪽 귀에서 귀걸이가 떨어졌다. 귀걸이는 데굴데굴 굴러 몇 개의 의자를 지나쳐 하필이면 장리팅의 발치에 멈췄다. 장리팅은 얼른 허리를 숙여 귀걸이를 주웠다. 그러고는 별 생각 없이 곧장 진유롼의 엄마에게 내밀었다.

"여기요."

장리팅은 그렇게 말하면서 진유롼 엄마의 눈을 들여다봤다. 장리팅을 돌아보는 순간, 묵직하고 짙은 갈색을 띠는 두 눈에 한 줄기 빛이 빠르게 스쳐 지나갔다. 장리팅은 그 빛이 풍기는 간교함에 혀를 날름대는 독사가 떠올라 저도 모르게 몸서리를 쳤다.

그러나 뱀은 금세 자취를 감췄다. 대신 영리하고 따스한 눈빛이 떠올랐다. 장리팅은 지나치게 예민한 것이 자신의 고질

병임을 알지만, 이 여자들에게는 가면이 너무 많다는 생각이 어렴풋이 들었다. 내가 또 착각하는 건 아닐까?

"고맙구나. 그건 그냥 너에게 줄게. 나머지 한쪽도 같이."

진유롼의 엄마는 미소를 머금고 오른쪽 귀걸이를 뗐다.

"이 귀걸이를 차면 분명 얼굴이 더 예뻐 보일 거야."

"귀걸이, 진유롼에게 돌려줄 거야?"

장리팅은 진유홍이 내내 눈을 가늘게 뜨고 있어서 잠든 줄 알았다. 그러나 뜻밖에도 장리팅의 행동을 하나하나 지켜보고 있었다.

"이걸 왜 진유롼에게 돌려줘?"

장리팅은 진유홍의 질문에 깜짝 놀라서 무심결에 진주 귀걸이를 꼭 쥐었다. 방어적인 대답에서 탐욕이 드러났다. 이 귀한 선물을 돌려주고 싶지 않았다. 오늘, 더 나아가 요 며칠 동안 느낀 상실감을 메우려면 이 허영심이 필요했다.

"진유롼은 예전부터 엄마의 모든 보석과 액세서리를 좋아했어. 네가 가진 진주 귀걸이도 예외는 아니야. 진유롼은 언젠가 그게 다 자신의 손에 들어올 거라고 생각할 거야. 엄마도 물론 그렇게 생각하고.

"넌 안 갖고 싶어?"

넌 불공평하다고 생각 안 해? 장리팅은 마음속으로 소리쳤다. 그러나 겉으로는 침착하게 의문을 제기했다.

진유훙은 크게 하품을 했다.

"내가 갖고 싶다 해서 뭐가 달라져? 이 세상에는 갖고 싶어도 가질 수 없는 물건이 차고 넘쳐."

진유훙은 몸을 돌려 천장을 바라보고 누웠다. 조금 풀이 죽은 것처럼 보였는데 또 한편 그런 감정에 익숙해진 것 같았다. 빼앗지 않는 것과 빼앗을 능력이 없는 것은 경우에 따라 동전의 양면과도 같다.

"세상에 갖지 못할 물건은 없다고 생각하는 사람은 진유롼 같은 부류밖에 없어. 그러니까 내 말대로 미친 진유롼은 건드리지 마. 더 무서운 건 진유롼이 도대체 언제 미치는지, 뭐 때문에 미치는지는 아무도 모른다는 거야. 그래서 나는 진유롼이 원하는 걸 모두 양보해서 나를 지키는 방법과 진유롼의 길은 절대 막으면 안 된다는 사실을 일찌감치 깨쳤어. 진심으로 충고하는데, 너도 그렇게 해. 우리 엄마의 진주 귀걸이는 그냥 언니에게 줘. 진유롼은 그게 원래 자기 물건이고 아무도 빼앗을 수 없다고 생각할 거야."

"그럼 너희 엄마는 왜 이걸 나에게 준 거야?"

장리팅은 억울해하는 기색이 역력했다. 이 선물은 정말 돌려주기 싫었다. 자신이 진유롼 집안의 귀걸이를 달고 교정을 거닐면 얼마나 많은 부러움의 시선이 쏟아질지 충분히 상상할 수 있었다.

"그건 나도 잘 모르겠어. 모녀의 게임에 널 끌어들이고 싶은지도 모르지. 진심으로 널 위해서 하는 말인데, 절대 끼어들지 마. 절대 두 사람의 게임에 참여하지 마. 내 말 들어."

문 밖에서 누군가 가방을 뒤지는 소리가 희미하게 들렸다. 리즈주가 돌아온 것이다. 장리팅은 곧장 진유홍의 침대에서 뛰어내렸다. 리즈주가 돌아왔으니 이제 301호실로 돌아갈 시간이었다. 암류가 파도치는 여신과 여왕의 비밀 궁전으로 돌아가야 했다. 진유홍은 자연스럽게 침대 전체를 차지하고 누웠다.

"아, 장리팅." 장리팅은 진유홍의 침대 발치에 쪼그리고 앉아 신발을 신고 끈을 묶었다. 진유홍은 침대에 누운 채로 눈을 가늘게 뜨고 장리팅을 지켜보고 있었다. 장리팅은 진유홍의 치마 속 팬티가 얼핏 보였지만 시선을 떼지 않았다. 그럴 필요가 없다고 생각했다. 이것은 진유홍이 드러낸 신뢰의 표시일지도 모른다.

"오늘 사친회에서 있었던 일은 유감이야. 근데 솔직히 말해서 정말 여기 남고 싶다면 더 노력해야 해. 그애들, 아니 우리의 마지막 페이지에 너무 자주 머물면 안 돼."

진유홍의 목소리는 점차 작아져서 웅얼거리는 것 같았다.

"우리가 여기서 시도 때도 없이 줄 세워진다는 건 너도 모르지 않을 거야. 하지만 우리도 남들을 줄 세우느라 정신없잖아. 우린 그렇게 **비열해**. 그래서 남을 짓밟고 자기 자신도 짓밟아. 진유롼과 마커웨이는 피라미드 꼭대기에 있어. 나랑 너 그리고 리즈주는 최하층에 있고. 안 그래? 눈치 못 채진 않았을 거야."

장리팅은 솔직히 인간관계는 자신이 리즈주보다 낫다고 생각했다. 그러나 오늘 본 성적표에서 석차는 리즈주가 더 높았다. 장리팅이 자주 어울리고 친하다고 생각하는 사람 중에 그녀처럼 치욕스럽게 마지막 페이지로 추락한 사람은 아무도 없었다. 물론 본인은 인정하고 싶지 않겠지만.

"우리 엄마도 그래. 엄마는 먹이사슬의 최상위 포식자이자 승리자야. 하지만 너희 엄마는 아니지. 그래서 노란색 구역에 배정된 거야. 네가 하루 빨리 이 사실을 분명히 이해하고 받아들인다면 어떻게 해야 이 서글픈 사실과 평화롭게 공존할지, 더 나아가 어떻게 해야 살아남을지 알게 될 거야. 그럼 좀 더 즐겁게 지낼 수 있어."

장리팅은 결국 얇은 이불을 끌어와 진유홍의 하반신을 덮어주었다. 막 방을 나서려는 순간, 마침 리즈주가 스쳐 지나갔다. "안녕!" 장리팅은 다정하게 인사를 건넸지만 리즈주는 눈길도 주지 않았다. 예전에 장리팅이 살던 313호실의 방문이 등 뒤에서 거칠게 닫혔다. 장리팅은 아무도 없는 복도에 덩그러니 버려진 기분이 들었다.

16

장리팅은 공용 화장실에 숨어서 진유
란의 엄마가 준 진주 귀걸이를 만지작거렸다. 313호실에서
나왔지만 이렇게 일찍 301호실로 돌아가고 싶지 않았다. 화
장실 타일과 한 몸이 된 것처럼 꼼짝하지 않고 홀로 변기 뚜
껑에 앉아 진유훙이 했던 말을 조용히 곱씹었다. '네가 정말
여기 남고 싶다면…….' 장리팅은 분명 초록색 구역에 계속
머물고 싶었다. 여기가 아니라면 어디에 갈 수 있을까?

그때, 누군가 공용 화장실 출입문을 벌컥 열고 뛰어 들어왔
다. 다급하면서도 또렷한 구두 소리가 바닥을 울렸다. 소리가
너무 커서 장리팅은 화들짝 놀랐다. 이 늦은 시간에 누구지?

장리팅은 변기 뚜껑 위에서 몸을 동그랗게 말았다. 너무 궁
금했지만 변기에서 내려와 문틈으로 밖을 내다볼 용기가 나

지 않았다. 괜히 무슨 소리를 내서 지금 들어온 사람의 주의를 끌까 봐 겁이 났다. 이윽고 옆 칸의 문이 열리는 소리, 변기 뚜껑을 급하게 열어젖히는 소리, 누군가 변기에 대고 거칠게 토하는 소리가 들렸다. 기숙사 3층에서 지내는 소녀임이 틀림없다. 그러나 장리팅은 누구인지 알 길이 없었다.

잠시 후 또 누군가 화장실 출입문을 열고 안으로 들어왔다. 이번 소녀의 신발은 더 높고 날카로운 소리를 냈다. 발걸음이 느긋해서 놀라진 않았지만 오히려 첫 번째 소녀가 들어왔을 때보다 더 꺼림칙한 기분이 들었다. 토하는 소리가 잠시 멎고 힘껏 코 푸는 소리가 들렸다. 나중에 들어온 차분한 느낌을 풍기는 소녀는 소리의 메아리를 따라 먼저 들어온 소녀가 있는 칸을 찾았다. 구두 굽 소리가 우뚝 멈췄다. 나중에 온 소녀가 가차 없이 조롱을 쏟아냈다.

"토할 때 위산이 역류하면서 코로 들어가잖아. 그 느낌 참 거북하지. 안 그래, 마커웨이?"

화들짝 놀란 장리팅은 비명을 지를까 봐 얼른 제 입을 틀어막았다. 하마터면 변기통에서 떨어질 뻔했다. 다만 장리팅은 무엇 때문에 놀랐는지 알 수 없었다. 몰래 공용 화장실에 숨어서 토하는 마커웨이 때문에? 아니면 뒤따라 들어온 소녀가 진유롼이라서?

"신경 꺼."

토해서 그런지 마커웨이의 목소리는 잠기고 힘이 없었다. 그래도 은근히 들끓는 고집이 담긴 말투는 여전했다.

"다 토해냈지? 너라면 오래전부터 그 기술에 도가 텄을 것 같은데."

이런 상황에서도 진유롼은 비아냥대는 것을 잊지 않았다. 마커웨이는 화장실 칸의 문을 열고 밖으로 나갔다. 수도꼭지가 비틀리며 열리는 소리, 뒤이어 물이 쇄쇄 쏟아지는 소리가 들렸다.

"근데 말이야, 목구멍에 손가락을 넣어서 억지로 토하면 정말 건강에 안 좋아. 체중을 조절할 다른 방법을 생각해보는 건 어때?"

"너처럼 거의 굶어 죽을 듯이 아무것도 먹지 말라는 거야?"

물소리가 멈추고 이번에는 마커웨이가 조롱으로 맞받아쳤다. 진유롼은 낮게 코웃음을 흘려 응수했다.

"아, 우리 엄마 앞에서 몸매로 조롱당하느니 굶어 죽는 편이 훨씬 낫지. 나는 절대 진유훙 같은 처지로 전락하고 싶지 않거든."

"그건 그렇고, 넌 내가 오늘 밤에 억지로 토하러 올 줄 어떻게 알았어?"

마커웨이가 페이퍼 타월을 뽑았는지 디스펜서가 덜커덩 돌아가는 소리를 냈다. 숨어 있는 장리팅의 이마에 땀방울이 숭숭 맺혔다. 여전히 손에 진주 귀걸이를 꼭 쥐고 있어 땀을 닦을 수 없었다. 장리팅은 롤러코스터를 탄 기분이었다. 지금 엄청난 비밀을 알게 된 것 같았다. 평소에는 자신을 엄히 단속하다가 공용 화장실에 숨어 먹은 것을 억지로 토하는 모범생 여왕이라니. 장리팅은 기분이 짜릿했다. 너무 흥분돼서 눈앞이 아찔할 정도였다.

"그야 어렵지 않지. 라자냐 때문에 알았어. 내가 보기에 넌 원래 그런 거 안 좋아하는데 뚱뚱하고 멍청한 장리팅이 아무렇지 않게 두 숟가락을 푹 떠먹으니까 덩달아 흔들린 것 같더라고. 쯧, 너도 우리 집 요리사가 요리를 꽤 잘한다는 건 인정하지?"

엄청난 비밀을 엿보는 기쁨은 물속의 거품이 빠르게 수면 위로 올라와 터지는 것과 같았다. 장리팅은 지금 진유롼의 입에서 자신의 이름이 나올 줄은 몰랐다. 더군다나 인신공격을 당하고 욕까지 먹었다. 지금 진유롼의 얼굴을 직접 보진 못했지만 경멸을 담은 표정은 충분히 상상할 수 있었다. 은근히 류 선생님을 조롱하던 그런 표정일 것이다. 진유롼이 날 좋아하지 않았나? 저번에는 나를 열심히 꾸며주기도 했잖아? 장리팅은 여전히 현실을 부정했지만 손이 떨리기 시작했다. 눈가에 눈물이 고였다.

"하지만 난 널 알아. 네가 참지 못하고 먹으면 나중에 분명 후회할 줄 알았지. 그래서 짐작한 거야."

마커웨이가 한숨을 푹 쉬었다.

"내가 장리팅 같은 녀석한테 '선동'당할 줄이야."

장리팅은 너무 놀라서 실소를 흘렸다. 이것은 울고 싶은 충동을 억누르기 위한 행동에 불과했다. 당장 문을 열고 뛰쳐나가야 하는 걸까? 지금 내가 여기 있다고, 방금 너희의 대화를 한마디도 빠짐없이 다 들었다고 말해야 하지 않을까? 장리팅이 조금만 더 용기를 냈다면 곧장 밖으로 나갔을 것이다. 진유롼 네가 나를 평가하는 말을 들었다고, 마커웨이의 비밀을 알았다고 말했을 것이다. 그리고 진주 귀걸이는 진유롼 너에게 돌려주지 않겠다고, 이건 너희 엄마가 먼저 선물한 거라고, 그러니까 엄연히 나 장리팅의 소유라고 확실히 입장을 밝혔을 것이다. 마음속으로 진유롼과 절교하고 부드럽지만 단호한 어조로 네가 나에 대해 뒷말을 해서 속상하다고 말했을 것이다. 팔을 걷어붙이고 나서서 자신을 방어했을 것이다. 그럼 두 사람은 더 이상 친구가 되지 못하고 그저 룸메이트로 남을 수밖에 없을 것이다.

그러나 장리팅은 자신이 그렇게 하지 못한다는 것을 알았다. 우린 그렇게 비열해. 그래서 남을 짓밟고 자기 자신도 짓밟아. 진유홍의 말이 맞았다. 자신들은 남에게 짓밟혀도 가만히 있고 자기 목소리도 내지 못했다. 린위안이라면 달랐을 것이다. 어쩌면 문을 박차고 나가 자신을 위해서든 장리팅을 위해서든 진유롼의 따귀를 때리는 일도 불사할지 모른다. 그러나 안타깝게도 린위안은 여기 없고 장리팅은 영원히 린위안이 될 수 없다. 장리팅은 자신이 이렇게 비열하다는 것을 새삼 깨달았다.

"운동을 더 할 수 있잖아. 솔직히 말하면 억지로 토하느니 그게 더 건강한 방법이지."

"지금보다 운동량을 늘리면 공부하는 시간이 줄어들 거야…… 안 돼."

"그건 그렇고, 넌 왜 그렇게 몸매에 집착해? 너희 엄마는 우리 엄마랑 다르잖아. 너희 엄마가 신경 쓰는 것은 대부분 학업 성적 아니야?"

진유롼의 말투는 어느새 서서히 누그러졌다. 원래 말 속에 담겨 있던 서슬 퍼런 살기가 빠져나가고 마커웨이에게 동질감을 느끼는 듯한 부드러움이 깃들었다. 장리팅도 느껴본 적 없는 부드러움이었다.

"나는 사실 체중에 집착하지 않아. 단지…… 최대한 많은 것을 통제하고 싶을 뿐이야. 이 역시 통제 욕구겠지? 사실 나는 항상 불안해."

마커웨이도 태도가 덩달아 부드러워졌고 진유롼 앞에서 모처럼 약점을 솔직히 드러냈다. 두 소녀는 더 이상 날을 세우며 대립하지 않았다. 화장실은 잠시 침묵에 잠겼다. 요란하게 쿵쾅대던 장리팅의 심장은 수도꼭지에서 물방울이 뚝뚝 떨어지는 박자와 보조를 맞춰 점점 가라앉았다. 그냥 이렇게 있자. 장리팅은 생각했다. 기왕 숨었으니까 아예 여기 없었던 셈 치는 거야. 그럼 자고 일어나서 내일이 되면 우리는 아무 일도 없었던 것처럼 행동할 수 있어. **그래도 진유롼은 날 많이 좋아할 거야.** 생각은 그렇게 했지만 눈물이 뺨을 타고 흘러내렸다. 그럼에도 불구하고 장리팅은 거짓된 평화 속에서 사는 길을 택했다.

"아침에 너한테 화낸 일은 정말 미안해. 너도 알다시피 오늘 같은 자리가 꼭 사람을 예민하게 만들잖아."

"괜찮아, 이해해."

진유롼 같은 사람도 사과를 할 줄 아는구나. 기회가 된다면 장리팅도 여신이 화를 누르고 고개를 숙인 모습을 직접 보고 싶었다. 대체 어떤 모습일까? 진유롼이 자신을 '뚱뚱하고 멍청'하다고 했을 때, 장리팅은 그저 속상하고 난감할 뿐이었다. 그러나 지금 두 소녀의 대화를 듣고 있으니 더욱더 짙은 쓸쓸함이 밀려왔다. 진유롼은 마커웨이를 진심으로 대하지만 장리팅에게는 아니었다. 두 소녀는 서로 격한 욕설과 조롱을 퍼붓지만 결국에는 화해할 수 있다. 그거야말로 진정한 우정의 일부다. 어쩌면 진유롼이 주는 상처가 깊을수록 애정도 깊다는 뜻일지 모른다. 바꿔 말하면, 진유롼이 장리팅에게 겉으로 친절하고 과장된 칭찬을 건네는 것은 가식 어린 사교 예절에 불과하다. 장리팅은 불현듯 깨달았다. 자신은 영원히, 영원히 그들 무리의 일원이 될 수 없다는 것을. 자신은 그들의 세계, 겉보기에 밝고 아름다워서 사람들이 동경하는 그들의 세계에 절대 녹아들 수 없다는 것을. 진유홍의 말은 잔혹했지만 정곡을 찌르는 충고였다. 장리팅은 그 명백한 사실을 잘 알지만 마음 깊이 부정하고 싶을 뿐이었다.

"참, 오늘 너희 어머니가 뜬금없이 진주 귀걸이를 장리팅한테 주셨잖아…… 일부러 그러신 거야?"

"응, 뻔하지. 엄마는 계산이 빨라. 닳고 닳은 사람이라 분명히 내가 장리팅을 끔찍이도 싫어한다는 것을 진즉 눈치챘을 거야. 내가 좋아하는 귀걸이를 받아내겠다고 장리팅한테 비굴하게 행동할지 시험하려는 거겠지. 참 치사하고 가식적인 늙은 여우라니까!"

장리팅은 머리로는 속상해하면 안 된다고 자신을 달랬지만 몸은 속절없이 떨렸다. 진유환은 지금 저 말을 하면서 예쁜 얼굴에 노골적으로 질색하는 표정을 씌웠겠지? 아니면 반감을 숨기려고 가짜 웃음을 짓고 있으려나? 그도 아니면 평소에 날 대할 때처럼, 언제나 환한 미소를 짓고 있지만 속내를 통 짐작할 수 없는 표정을 짓고 있을까?

"너는 장리팅을 그렇게 싫어하면서 왜 진장거한테 그 애랑 친해지라고 한 거야? 장리팅은 분명히 진장거가 진심으로 자기랑 친해지고 싶어 한다고 착각할 텐데. 하하하하, 걔가 혼자 착각에 빠져 있는 것을 상상하기만 해도 웃음이 터져."

"남들은 우리를 하나의 집단이자 한 무리로 볼 텐데, 장리팅이 자꾸만 우리의 평균을 깎아먹도록 내버려둘 수는 없잖아? 말이 나와서 말인데, 나 네일아트를 다시 해야겠어. 아까 보니까 장리팅이 자기 손톱을 물어뜯고 있더라. 진짜 역겨워 죽는 줄. 아무튼 질 떨어지는 우리 룸메이트가 자신감을 갖고 수준을 높이도록 도와줘야 하지 않겠어?"

"근데 솔직히 말해서, 오늘 본 그 애 성적 정말…… 답이 없지 않아?"

마커웨이의 말은 의외로 정말 걱정하는 것처럼 들렸다. 진유환과 달리 말투 자체가 날카롭거나 매몰차지 않았다. 장리팅이 초록색 구역에서 쫓겨날까 봐 진심으로 걱정하는 것 같았다.

"원래 장리팅한테 공부 좀 해야 하지 않겠냐고 한소리 할 작정이었어. 근데 뜬금없이 너희 어머니가 걔한테도 같이 밥 먹자고 하셔서…… 어쩔 수 없이 참았지."

"그래? 정말 장리팅이 우리 301호실의 체면을 다 깎아먹고 있네! 원래도 그 애한테 크게 기대하지 않았는데 진짜 이렇게까지 형편없을 줄은 몰랐어. 내가 이렇게 참아주는 걸 다행으로 알아야 할 텐데."

장리팅은 그렇게 말하는 진유롼의 모습이 눈에 선했다. 손가락으로 머리카락 끝을 돌돌 감으며 이 모든 것이 자신의 탓이 아니라 장리팅 본인이 자초한 일이라고 여기듯 억울한 표정을 짓고 손가락으로 머리카락 끝을 돌돌 감으며 간드러지는 목소리로 투덜대고 있으리라. 다시 서글픈 감정이 울컥 치밀었다. 눈물 한 방울이 또 뺨을 타고 흘러 내렸다.

"난 그 애가 걸치는 모든 옷, 신는 신발 하나하나가 다 싫어. 어쩔 수 없지, 뭐. 그러게 누가 우리나라의 기후 난민이 되라고 했나? 난민은 불쌍하다, 난민은 동정해야 한다는 말은 하도 많이 들어서 지겨워 죽겠어."

진유롼의 막말은 끝날 줄을 몰랐다. 장리팅은 이해가 되지 않았다. 소녀가 어쩌면 저렇게까지 악독할 수 있을까? 아니 사람이 어쩌면 저렇게 악독한 면을 잘 숨길 수 있냐고 해야 할까?

이것이 바로 아름다운 소녀들의 위장이었다. 똑똑한 소녀일수록 사회가 자신에게 무엇을 바라는지 잘 안다. 그런 소녀가 사회와 어른을 기만해서 자신이 본질적으로 무해하다고 믿게 만들면 본인은 더욱 안전해진다. 소녀들이 자라는 과정에서 사용법을 배우고 익히는 가장 강력한 무기가 있다. 바로 환심을 사는 억울한 표정이다. 그것이 사람들이 가장 믿고 싶어 하는 모습이기 때문이다. 사람들은 소녀는 무해하다고, 소녀는 천진하다고, 소녀는 단순하다고 믿고 싶어 한다. 그래서 소녀는 위장과 연기의 고수다. 소녀들은 절대 '그냥' 행동하지 않는다. 그냥 행동해서는 절대 수직 사회에서 살아남을 수 없다.

"그나저나, 네가 그런 부탁을 하면 진장거는 화 안 내? 싫은 티 낸 적 없어?"

진유롼과 마커웨이의 대화 소리는 갈수록 작아졌다. 두 소녀는 대화를 나누며 화장실 출입문 쪽으로 걸어가고 있었다.

"안 그래. 이건 우리 둘 모두에게 좋은 일석이조의 계획이거든. 이 일을 도와주면 내가 한번 자준다고 했어."

장리팅은 진유롼에게 처음으로 진장거 이야기를 할 때 느꼈던 수줍음과 열등감을 떠올렸다. 꽉 닫힌 조개껍데기 같던 장리팅은 진유롼에게 부드러운 속살을 기꺼이 드러냈다. 당시 진유롼이 내보인 기쁨은, 겉으로 보기에 선하고 적극적으로 도와주려고 하던 진유롼의 마음은, 전부 가슴속에 도사린 날카로운 칼날을 포장하기 위한 것이었다. 모두 계략이자 조롱이었다. 장리팅은 자신의 마음속에서 사나운 폭풍우 소리가 들릴 줄 알았다. 그날 밤 자오얼섬에서 귀청이 터질 듯 울리던 천둥소리가 또 들릴 줄 알았다. 천만에, 아무 소리도 들리지 않았다. 원래 자신이 믿고 떠받드는 사람에게 상처를 받으면 빠르게 무너지기 마련이다. 날카로운 칼날이 마음을 잘게 다진 것처럼 철저하게 무너진다.

"난 네가 정말 장리팅이랑 친구가 되려는 줄 알았어. 굳이 왜 그 애를 우리 방으로 부르고 진유홍을 내쫓은 거야?"

"어차피 내가 무슨 짓을 하든 진유홍은 불평 못 해. 그리고 이렇게 하면 완벽한 이미지를 만들 수 있어. 난 이렇게 괜찮은 사람이고 이렇게 예쁘지만, 누구든 가리지 않고 친구가 된다는 이미지 말이야. 이건 아주 훌륭한 이미지 메이킹 방식이자 그런 비주류에게 일종의 은혜를 베푸는 일이잖아? 어떻게 생각하든 둘 다 윈윈이야."

진유롼은 미쳤어. 그리고 더 무서운 건 진유롼이 도대체 언제 미치는지, 뭐 때문에 미치는지는 아무도 모른다는 거야. 장리팅은 진유홍이 했던 말을 떠올렸다가 문득 깨달았다. 진유홍의 말이 백퍼센트 정확하다고 할 순 없다. 진유롼은 미친 게 아니라 애초에 정상이었던 적이 없는 것이다.

"그럼 린위안은? 너희 둘은 정말 친해 보이던데."

"린위안은 장리팅보다 훨씬 흥미로워. 주관이 뚜렷해서 내 말을 곧이곧대로 받아들이지 않고 반박도 해. 그래야 재미있지. 정복할 수 없는 사람, 장난이 안 통하는 사람이야말로 진짜 데리고 놀 맛이 나거든."

장리팅은 두 사람의 목소리가 완전히 들리지 않게 된 뒤로도 조용히 화장실 칸 안에 머물렀다. 혼자 소리 없이 울었다. 눈물이 말라서 더는 나오지 않을 때까지, 눈이 퉁퉁 부어서 앞이 잘 안 보인다는 것을 알아챌 때까지 울었다. 그러다 화장실 벽에 기대어 잠들었다. 시간이 얼마나 흘렀을까. 잠에서 깨어나 보니 목덜미가 몹시 뻐근했다. 양쪽 손발이 저리고 힘이 없었다. 장리팅은 화장실 칸 밖으로 나가 어깨를 이리저리 돌리고 목을 쭉 늘리며 창밖을 내다봤다. 다행히 하늘은 아직 어두웠고 몰래 침실에 들어갈 수 있을 듯했다. 운이 좋으면 룸메이트들에게 들키지 않을 것이다. 장리팅은 왜 늦었는지 절대 해명하고 싶지 않았다. 특히 린위안에게는.

장리팅은 진유환 엄마의 진주 귀걸이를 주머니에 넣고 세면대 앞으로 걸어갔다. 세수를 해서 눈물 자국을 닦았다. 눈두덩을 문지르며 자신이 울었다는 것을 아무도 못 알아보길 빌었다. 공용 화장실을 나서는데 불현듯 무언가 떠올랐다. 다시 뒤돌아 진유환에 대한 소문이 적혀 있던 화장실 칸으로 달려갔다. 모든 단서를 연결하자 줄이 그어져 보이지 않는 이름이 무엇인지 유추할 수 있었다. 그 이름을 떠올리며 살펴보자 글자의 궤적 하나하나가 더할 나위 없이 딱 맞아떨어졌다.

문 위쪽에 있는, 미지의 소녀가 남긴 문장은 '진유환이 진장거랑 잤다'였다. 틀림없었다. 지금 읽어보니 강하게 휘갈겨 쓴 이 글씨는 증오를 가득 품고 있는 것 같았다. 소녀들의 귀와 입술 사이를 맴도는 속마음은 사실상 이미 세상에 드러나서 비밀이라고 할 수도 없다. 유일하게 풀리지 않은 수수께끼는 이 글을 쓴 소녀의 정체일 터였다.

나처럼 지위가 낮은 아이겠지. 장리팅은 그렇게 생각했다. 이 소녀는 아무도 신경 쓰지 않는 공용 화장실에 분노를 발산할 수밖에 없었을 것이다. 누군가 우연히 이 글을 읽는다 해도 지워진 이름을 꼭 알아본다고 볼 수는 없었다.

17

시선이 닿는 모든 곳에 장대비가 쏟아진다. 퍼붓는 빗줄기가 얼마 전에 복구한 도로를 다시 엉망으로 훼손해 모두의 노력을 헛수고로 만든다. 모래땅은 물에 잠겨 늪이 되고 집들은 원래 모습을 찾아볼 수 없다. 부러진 나뭇조각이 수면에서 오르내린다.

장리팅은 두 눈을 감고 자오얼섬에서 마지막으로 본 듯한 이 광경을 머릿속에 그려보았다. 그러나 겨우 몇 초 지났을 무렵, 진유환과 진장거 두 사람의 몸이 위아래로 겹쳐진 채 침대에 뒤엉켜 있는 장면이 스쳐 지나갔다. 장리팅은 화들짝 놀라 눈을 번쩍 떴다.

장리팅은 허리를 세워 앉았지만 목에 좀처럼 힘이 들어가지 않았다. 책상에 엎드린 채로 창밖을 내다봤다. 파란 하늘에는 빛나는 흰 구름이 떠 있었다. 사실 조금 전에 떠올린 모든 장면을 직접 본 것은 아니었다. 지금 장리팅의 인생에는 오직 책, 태블릿, 필기, 시험지밖에 없었다. 매일매일이 똑같고 따분했다. 학교에서 보는 광경은 바깥세상과 딴판이었고 납덩어리에 박힌 장식용 범선이 풍기는 분위기처럼 평온했다. 학생들은 거주권의 공정한 분배보다 조 성적을 훨씬 중시했다. 연해 지역의 식량난보다 점심에 나온 채소의 빛깔에 월등히 큰 관심을 가졌다. 누가 누구와 잤다는 소문이 교실 안을 떠돌고 삼삼오오 모여 떠드는 수다가 침실 사이를 드나들었다. 초록색 2구역 밖에서 벌어진 일은 아무도 묻지 않았다. 수직농장은 이름 그대로 아주 잘 보호되고 있는 온실이자 꽃밭이었다. 볼 수도 만질 수도 없는 투명한 유리 덮개 안은 풍랑이 일지 않았고 세속의 떠들썩한 소란에서 차단돼 있었다.

장리팅은 마음이 무거웠다. 돛은 있지만 올릴 수 없었다. 오직 린위안만이 활짝 열린 창구가 되어주었다. 언제나 자유로운 바람 같은 린위안은 빨간색 69구역에 있는 할머니를 만나고 올 때마다 기숙사에 남아 있던 장리팅에게 빨간색 구역의 상황을 미주알고주알 말해주었다.

"우리 할머니가 너무 걱정돼."

장리팅은 요즘 몰래 다른 친구와 실습 반을 바꿔서 린위안의 수직농장 실습 구역에 가곤 했다. 진장거를 피하고 싶었기 때문이다. 같은 방에서 지내는 진유롼은 피할 수 없으니 그렇다 치더라도, 진장거의 얼굴을 보면 잘생기고 예쁜 두 남녀가 얼마나 잘 어울리는지를 생각할 수밖에 없었다. 진장거의 거짓된 친절 이면에 속내를 가늠할 수 없는 진유롼의 간교한 계략이 숨어 있다는 사실이 떠오르기도 했다. 애정을 품은 상대든 우정을 나누는 친구든, 장리팅은 어느 누구에게도 동정받고 싶지 않았다. 엄마처럼 남에게 그런 티끌만 한 감정을 구걸하고 싶지 않았다.

오늘 린위안의 실습 장소는 51층의 모종 센터였다. 종말의 땅굴 근처에 있는 모종 센터는 수직농장의 유치원 같은 작업장이다. 수직농장에 들어오는 씨앗은 반드시 표면을 세척한 뒤에 진단 실험실로 보내서 병원체 미생물이 있는지 시험해야 한다. "그러지 않으면 씨앗이 트로이 목마처럼 농장에 병원체를 데리고 들어올 수 있어." 린위안이 묵직해 보이는 씨앗 화분을 받쳐 들고 기뻐하며 장리팅에게 해준 설명이었다. 병원체가 없다는 것이 확인되면, 씨앗은 묘판으로 보내져 품질 검사를 거친 뒤에 발아하는 과정을 거친다. 발아한 모종은 반드시 한 번 더 검사를 받아야 한다. 아무런 문제가 없고 감염의 위험이 없다는 것이 재차 확인되면 그제야 정식으로 수직농장에 이식된다.

"왜? 무슨 일 있었어?"

이 구역에는 농작물 모종뿐만 아니라 디기탈리스, 대마, 양귀비와 같은 약초 모종도 많았다. 장리팅은 그런 다채로운 이름과 모종을 서로 연결하지 못했다. 그래도 린위안이 바쁜 틈을 타 각 모종의 해설을 읽으며 기능과 생김새를 암기했다. 장리팅은 사람을 알아가는 것보다 식물을 알아가는 데 관심을 쏟는 것이 더 좋았다.

"빨간색 구역은 정말 엉망진창이야. 나는 정부에서 그쪽을 관리할 사람을 몇 명 정도는 파견할 줄 알았어. 물이랑 전기가 끊기고 도로가 무너지면 사람을 보내서 순찰하고 복구 작업을 도와야 하잖아. 근데 아무도 없어. 진짜야, 도와줄 수 있는 사람이 단 한 명도 오지를 않더라."

장리팅은 굳이 묻지 않아도 린위안이 언짢다는 것을 짐작할 수 있었다. 현재 정부 기관이 밀집돼 있는 초록색 1구역과 수직농장 및 부속학교가 있는 초록색 2구역, 그리고 몇몇 초록색 구역에만 대형 의료시설이 있을 뿐이다. 노란색 구역에는 작은 진료소와 경찰서만 있고 소방 설비는 드문드문 설치되어 있다. 빨간색 구역 사람들은 상황이 어찌나 처참한지 구급차조차 부를 수 없다. 더군다나 폭우로 인해 물과 주변 환경이 수시로 오염되고 모기나 파리 등 여러 해충이 지나치게 번식해 말라리아를 비롯한 각종 전염병이 기승을 부리는데 공중 보건 예산은 턱없이 부족했다. 그러나 초록색 구역은 딴 세상이었다. 문제는 오직 빨간색 구역과 노란색 구역에만 존재했다.

"그러니까 손전등이나 배터리, 식수 같은 걸 사려면 나 혼자 물을 건너서 할머니 집에서 거리가 좀 있는 구멍가게까지 다녀와야 해. 빨간색 구역 주민은 그야말로 버려진 거나 다름없어. 각자도생하다가 죽으라는 거지. 게다가 거기 사는 사람은 대부분 노인이야. 으아아아, 너무 걱정돼. 근데 어떻게 해야 좋을지 모르겠어."

린위안은 하품을 하면서 고개를 가로저었다. 요즘 눈에 띄게 잠이 부족해 보였다. 주말마다 몰래 초록색 2구역을 빠져나가 이틀간 빨간색 구역에 있는 할머니와 함께 지내다 오기 때문이다. 학생들에게는 주말에 외출할 수 있는 기회가 한 번씩 주어진다. 열두 시간 동안 기숙사 밖에서 개인적인 일을 처리하고 올 수 있는 것이다. 마침 장리팅은 노란색 구역에 있는 엄마를 보러 가기 싫었고, 린위안은 할머니를 돌보러 가야 했다. 그래서 장리팅은 흔쾌히 매주 한 번 있는 외출 기회를 전부 린위안에게 양보했다.

처음에는 두 소녀 모두 이 속임수가 통할지 확신할 수 없었다. 교문의 출입관리소 직원들이 그들의 얼굴을 못 알아볼 리 없을뿐더러 신분을 대조하고 출입 기록을 확인하는 일을 빠뜨릴 리도 없었다. 뜻밖에도 이 계획을 성사시킨 사람은 장리팅이었다.

"있지, 내가 진유롼한테 좀 부탁해볼까? 그 애라면 분명 방법이 있을 거야."

장리팅은 린위안이 시도 때도 없이 진유롼을 찾아가는 것이, 말끝마다 진유롼이 어쩌고저쩌고 떠드는 것이 영 불편했다. "수직농장 옥상에 고효율 태양광 패널이 설치되어 있는 거 알아? 지하실에 고효율 전지가 있는데, 햇볕이 내리쬘 때 생산된 전력이 전지에 저장돼. 난 진유롼이 데려가 줘서 가봤어." 진유롼에 대해 말할 때 린위안의 표정은 언제나 즐거워 보였다. 장리팅은 초록색 구역에 처음 왔을 때 자신이 얼마나 진유롼과 같은 무리가 되고 싶어 했는지를 떠올렸다. 진유롼은 내가 안중에도 없었는데, 지금 돌이켜보니 정말 우습네. 공용 화장실에서 있었던 일은 린위안에게 말하고 싶지 않았다. 뭐라고 둘러대든 부끄러움을 피할 수 없을 테니까. 그 일은 혼자만 아는 비밀로 마음속에 묻어두고 싶었다. 제법 용감한 소녀라면 마커웨이의 약점을 가지고 위협하거나 이득을 챙길지도 모른다. 그러나 장리팅은 그런 부류의 소녀가 아니었다. 자신이 유약하고 용감하지 않다는 걸 알았다. 싸우는 길과 도망치는 길이 있다면 언제나 도망치는 길을 택할 것이다.

"진유롼을 귀찮게 할 필요 없어. 나한테 인맥이 있거든."

좋은 생각이 불현듯 머리를 스쳤다. 도움을 줄 수 있는 적임자가 떠오른 것이다.

장리팅은 왕얼둥이 학교 출입관리소의 경비원 중 한 명과 잘 아는 사이라고 했던 말을 기억했다. 왕얼둥이 그 사람에게 도움을 청할 수 있을 것이다. 린위안과 장리팅이 팔찌를 바꾸면 안전 관리자가 시스템에 접속해서 출입 기록과 팔찌에 수집된 신체 정보를 조작할 수 있다. 왕얼둥은 사실 그건 어려운 일이 아니라서 아무에게도 들키지 않고 감쪽같이 처리할수 있다고 자신 있게 말했었다.

장리팅이 계획을 말하자 린위안은 깜짝 놀랐을 뿐 아니라 감격해서 눈물까지 흘렸다. 이는 장리팅이 두 사람의 관계에 기여한 가장 실질적인 공헌이었다. 이번 일로 린위안은 정말 큰 충격을 받았고 장리팅은 뿌듯함을 느꼈다.

그런데 린위안은 아무 의심도 들지 않는 걸까? 설마 묻고 싶지 않은 걸까? 이번 일에 도움을 준 인맥을 장리팅이 어떻게 만들었는지 궁금하지도 않은 걸까?

린위안은 정말 알고 싶지 않은지도 모른다. 장리팅의 비밀
스러운 능력 이면에 복잡하게 얽힌 말 못 할 사정이 전혀 궁
금하지 않은지도 모른다. 어쩌면 관심이 없는 게 아니라 지금
그런 일에 신경 쓸 여력이 없을 뿐일지도 모른다. 장리팅도
린위안에게 털어놓고 싶지 않았다. 자신이 왕얼둥과 어떻게
친해졌는지, 더 나아가 어떻게 서로를 신뢰할 만큼 가까워졌
는지 린위안에게 속속들이 알려줄 생각이 없었다. 가장 친밀
한 우정에도 **비밀**은 있을 수밖에 없다. 어쩌면 **비밀이 관계를 유
지시킨다**고도 할 수 있다. 비밀이 우정의 거리를 유지하고 틈
을 만들고 흙을 풀어주면 뒤얽힌 뿌리에게 숨 쉴 수 있는 여
유가 생긴다. 그럼 숨통이 트인 줄기와 잎이 뻗어 나가고 쑥
쑥 자라며 생존할 수 있는 것이다.

장리팅의 첫 도둑질은 아빠가 집을 떠난 후 엄마와 서로 의
지하며 살다가 자오얼섬으로 이사해 새 삶을 시작했을 무렵
이었다. 무릇 악한 것은 눈에 잘 띄지 않는 벽의 미세한 균열
에서 물줄기가 새어 나오듯이 작은 구멍에서 움튼다. 첫 도둑
질을 감행한 구멍가게는 장리팅의 집에서 꽤 멀었고 평소 그
녀의 활동 반경 안에 있지도 않았다. 실내는 습하고 음침했

다. 사방의 벽 모퉁이에 물이 고여 있고 웅덩이 위로 미처 치우지 못한 바퀴벌레 사체 몇 개가 떠다녔다. 입구에 앉아 가게를 보는 주인은 눈이 먼 할아버지였다. 장리팅이 구멍가게에 들어가는데도 할아버지는 꼼짝도 하지 않았다. 장리팅은 사람 눈을 피해 은밀히 돌아다니는 생쥐처럼 까치발을 하고 살금살금 걸었다. 그러다 저 할아버지는 대체 잠든 건가 죽은 건가 의문이 들려는 찰나, 할아버지가 갑자기 기침을 하고 가래 끓는 소리를 냈다. 가래가 목구멍 안에서 위아래로 가르랑거렸다. "어서 와, 편히 둘러보고."

장리팅은 겁에 질려서 숨도 제대로 쉬지 못했다. 몸을 돌릴 용기도 없었다. 목을 조금이라도 돌리면 정수리 머리카락이 흔들리며 소리를 낼 것 같았다. 몸은 움직이지 않고 곁눈으로 살피자, 할아버지가 입가에 여전히 미소를 머금은 채 천장을 멍하니 올려다보며 중얼거리는 모습이 보였다. 허공에 사람이 둥둥 떠 있는 것 같았다. 지금 투명인간처럼 거리낌 없이 움직일 수 있음을 깨닫자, 장리팅은 그제야 긴장이 조금 풀렸다.

보통 약자의 마음속 그림자가 더 악랄하고 더럽다. 마치 이 세상에 그들을 자비롭고 친절하게 대해준 사람이 아무도 없었던 것처럼 보복할 계기를 절실히 원한다. 약자는 자신보다 강한 상대를 만나면 쥐 죽은 듯 가만히 있고 억울하다며 반항하지 않는다. 그러나 자신보다 약한 상대를 만나면 물 먹은 해면처럼 자존심이 급속도로 부풀어 오른다. 어떠한 질에도 들어가지 않는 남근처럼 커진다. 어떠한 방패라도 깨뜨릴 수 있는 창처럼 단단해진다. 장리팅의 망설임은 그리 오래가지 않았다. 그것이 정말 갖고 싶은 것은 아니었다. 선반에 놓인 지 오래되어 이미 녹진해진 밀크초콜릿이 정말로 먹고 싶지는 않았다. 나는 도대체 뭐가 필요한 걸까? 이것은 한 소녀가 시도 때도 없이 자신에게 던지는 질문이었다. 이 질문에 쉽게 대답할 수 있다면 더 이상 소녀가 아닐 것이다.

장리팅은 탐조등을 피하는 들쥐처럼 일단 걸음을 멈추고 꼼짝도 하지 않았다. 할아버지의 목구멍에서 연신 그르렁대는 소리는 물이 끓어오르기 직전의 전기포트 소리 같았다. 장리팅이 귀를 쫑긋 세웠다. 할아버지가 내는 소리는 제자리에 머물러 있었다. 장리팅은 살금살금 걸어가 오른손으로 선반 맨 위에 있는 초콜릿을 잡고는 책가방을 내팽개치고 뒤돌아 구멍가게 밖으로 달아났다. 운동화 신은 발로 물웅덩이를 몇 번 밟는 바람에 새하얀 양말이 더러워졌다. 이유는 알 수 없지만 멀리서 요란하게 개 짖는 소리가 들렸다.

장리팅은 아무도 쫓아오지 않는다는 걸 알았다. 할아버지는 며칠이 지나도 무슨 일이 있었는지 모를 것이다. 그러나 장리팅은 달리고 또 달렸다. 그렇게 달려야 죄책감이 머릿속에서 지워질 것 같았다. 오른손 바닥이 끈적끈적했다. 땀 때문인지 다 녹은 초콜릿 때문인지는 알 수 없었다. 맑은 바람이 장리팅의 얼굴을 훑고 지나갔다. 분비된 아드레날린이 두 뺨을 새빨갛게 물들였다. 배수로가 연결된 큰 개천 앞에 도착했다. 장리팅은 자신이 무사하다는 것을 확인하고 숨을 몰아쉬며 깔깔 웃음을 터뜨렸다. 그렇게 큰 소리로 웃으며 뚜껑이 덮여 있지 않은 배수로에 초콜릿을 던졌다. 장리팅이 자아의 일부를 내던진 것처럼 초콜릿은 허공에 호선을 그리며 날아가 퐁당 물에 빠졌다.

그 후 장리팅은 도둑질에 조금씩 중독됐지만 한 번도 잡히지 않았다. 첫째로 별로 중요하지 않은 작은 물건만 훔쳤기 때문일 테고, 둘째로 장리팅 자체가 별로 눈에 띄지 않기 때문일 것이다. 침착하고 얌전한 성격, 온순하고 유순한 태도로 인해 어른들은 장리팅을 눈여겨보지 않았다. 다만 이것은 때때로 최고의 보호색이 되어주었다.

솔직히 말하면 장리팅의 집이 부유한 편은 아니지만 원하는 물건을 하나도 가질 수 없는 정도는 아니었다. 물론 정말 무언가 부족했을지도 모른다. 그러나 장리팅은 가슴속에서 치밀어 오르는 충동, 물건을 훔치기 직전에 빠르게 뛰는 심장박동이 주는 존재감, 장물을 손에 넣은 뒤에 느끼는 성취감을 번번이 뿌리치지 못했다. 장리팅은 자신이 수집한 전리품을 속속들이 꿰고 있었다. 길모퉁이에 있는 액세서리 가게 구석의 유리장 속 금붙이, 백화점 에스컬레이터 아래에 떨어져 있던 유리 귀걸이, 예쁘고 잘 꾸미는 화학 선생님이 같은 날 착용한 액세서리인 목에 두르는 실크 스카프와 풍만한 가슴에 달고 있던 무당벌레 브로치까지. 장리팅은 슬쩍한 성과들을 확인하고 만지작거릴 때 큰 뿌듯함을 느꼈다. 많은 물질을 가질수록 사람들에게 사랑받는 것 같았다. 있는 집 애들은 다 이런 대접을 받잖아? 재물을 가지면 사랑도 갖는 거야. 아이들에게 쓰는 비용은 사치스러운 낭비라 해도 전부 고귀하고 합리적인 것이 되기 마련이니까.

이런 충동은 린위안과 친해지고, 린위안의 집에 종종 놀러 가고, 뻔뻔하게 린위안 할머니의 보살핌을 받고 나면 잠시 괜찮아졌다. 공격적이지 않은 언어, 부담을 주지 않는 순수한 관심이 물이 새는 내면의 구멍을 잠시 막아주는 콘크리트 역할을 하고 있음을 장리팅은 느낄 수 있었다. 다시는 물이 뚝뚝 떨어져 온 가슴이 젖는 일은 없을 것 같았다. 다시는 마음이 얼어붙는 느낌이 들지 않을 것 같았다.

그러나 장리팅과 린위안이 수직농장으로 이사해 린위안의

할머니와 떨어져야 하는 상황이 되자 그런 균형은 깨지고 말았다. 설상가상으로 린위안은 더 이상 예전처럼 **오랜 친구인** 장리팅에게 온 신경을 쏟지 않았다. 더 세련되고 더 매력적인, 마음을 더욱 강하게 잡아끄는 새 친구를 사귀었다. 결국 장리팅은 늘 비뚤어진 생각을 할 수밖에 없었다. 린위안에게 나는 낡은 장난감 같은 걸까? 장리팅은 자자지섬에서 가장 안전하다고 알려진 초록색 2구역에 있으면서도 소속감을 키우지 못했다. 이런 불안감은 마치 맹수의 먹이인 양 장리팅의 마음속 깊은 곳에 묻힌 어둠을 키웠다.

장리팅은 방과후에 남쪽 건물에 있는 매점에 갔다. 꿈틀거리는 어둠의 그림자가 부추긴 것이다. 매점에도 큰 신선식품 코너가 있었다. 저번에 왔을 때는 몰랐는데 아래층 마트와 이어져 있는 것 같았다. 수직농장 각 구역에서 생산된 농작물이 진열된 그곳은 교직원과 농장 직원에게 정기 주문을 받았다. 한쪽 코너에서는 견학 및 업무차 방문한 손님을 위한 선물 세트와 기념품을 팔았다. 귀국해서 자랑하거나 허풍을 떨기에 좋은 과대 포장 상품을 살 수 있었다. 눈에 잘 띄지 않는 또 다른 코너에서는 생활 잡화를 팔았다. 사실 거기에는 소녀들을 잡아끌 만한 상품이 없었다. 반짝거리는 장신구는 물론 유행하는 팔찌도 없었다. 대부분 학생들이 급히 사용하는 생필품이었다.

아무리 시시한 공간이라도 개중 가장 시시하지 않은 물건은 있고, 공허한 사람에게 그것은 훔칠 가치가 있었다. 더군다나 도둑질 자체가 목적인 장리팅에게 장물의 품목은 중요하지 않았다. 도둑질에 뒤따르는, 자신의 존재를 증명하는 안정감이야말로 진짜 중요했다.

장리팅은 곁눈질로 복도 양옆을 재빨리 살폈다. 아무도 없었다. 굉장히 빠른 손놀림으로 진열대 가장자리에 있는 화장솜 한 봉지를 가방에 밀어 넣었다. 화장솜의 두께나 길이조차 신경 쓰지 않았다. 평소에 쓰는 브랜드가 아니어도 상관없었다. 걷잡을 수 없는 기쁨에 휩싸였을 때처럼 심장이 격렬하게 가슴을 때렸다. 화장솜이 가방 속에 안착했지만 고개를 들지 않았다. 다른 사람에게 들키지 않았는지 확인하기 위해 두리번거리지도 않았다. 그것은 당황한 신출내기나 범하는 실수다. 장리팅은 침착하게 고개를 숙인 채 진열대의 다른 상품을 정신없이 훑어보는 척하며 속으로 숫자를 셌다. 오, 사, 삼, 이, 일, 땡. 장리팅의 입가에 교활한 미소가 떠올랐다. 아무도 그녀를 향해 소리치지 않았다. 아무도 구석에서 튀어나와 그녀의 손을 잡고 돌려세우지 않았다. 장리팅은 몸을 돌리고 어깨를 으쓱거리며 출입문 쪽으로 걸음을 옮겼다. 오직 도둑질을 할 때만 자신감이 폭발했다.

　그때, 왕얼둥이 불쑥 나타나 앞을 막았다. 장리팅은 아직 몇 걸음도 채 떼지 못한 상태였다. 왕얼둥의 얼굴은 무표정했지만 눈빛은 미묘했다. 무심하게 쳐다보다가 번뜩 눈을 빛내기도 했다. 들짐승을 사냥하기 위해 숲속 낙엽 더미 밑에 숨겨둔 철제 덫이 빛을 반사해 희미하게 반짝이는 것 같았다.

　이제 큰 재앙이 닥치리라. 장리팅은 어느 정도 직감했지만 왠지 도망치고 싶지 않았다. 자신이 절대 멀리 달아날 수 없다는 것을 분명히 알았는지도 모른다. 그래서 난데없이 쏟아지는 강렬한 빛에 겁먹은 마멋처럼 그 자리에 얼어붙어버렸다.

　"안녕, 나 너 기억나."

　왕얼둥은 일부러 가벼운 어조로 말하는 것 같았다. 그러나 거듭 목청을 가다듬는 행동에서 갈팡질팡하는 마음이 드러났다. 왕얼둥은 자신을 향해 경직된 미소를 짓고 있는 장리팅을 내려다봤다.

　"너 여기 온 지 얼마 안 된 그 기후 난민 맞지? 자오얼섬에서 왔다는?"

　장리팅은 떨떠름하게 고개를 끄덕였다. 두 사람 사이에 짧은 침묵이 흘렀다.

　"음, 그러니까, 너, 너 나한테 뭐 줄 거 없니?"

왕얼둥은 열심히 말을 만들었고 말끝을 끌어올리면서 장리팅에게 오른쪽 눈을 찡긋했다. 분위기가 망가지는 상황을 애써 피하려는 것 같았지만 긴장을 숨기지 못했다. 눈가가 움찔거리고 혀는 꼬인 것 같았다.

장리팅은 훔친 물건을 즉시 꺼내지 않고 한동안 눈을 휘둥 그렇게 뜨고 있었다. 이렇게 빨리 항복하고 싶진 않았다.

"어떻게 알았어요?"

"이쪽에는…… 사실 감시 카메라가 설치되어 있거든."

장리팅은 화들짝 놀랐다. 그녀 같은 베테랑은 일에 착수하기 전에 충분히 현장 상황을 점검한다. 그런데 천장이나 벽, 구석 어느 곳에서도 감시 카메라의 흔적은 찾지 못했다.

"아마 네 눈에는 안 보일 거야…… 감시 카메라 말이야. 그 게 굉장히 작거든. 이러면 감시당하고 있다는 걸 아무도 알아채지 못해. 너 아까 훔친 물건이 진짜 필요한 건 아니지? 그러니까 우리, 거래를 하는 거 어때? 그 물건 얌전히 돌려주고 다시는 그런 짓을 하지 않겠다고 약속해. 그럼 오늘 일은 없던 것으로 해줄게. 싹 다 잊는 거야, 어때?"

왕얼둥은 목소리를 낮추고 달랬지만 장리팅은 아랑곳하지 않고 어깨를 으쓱할 뿐이었다. 지금 자신이 하는 경험들을 왕얼둥이 이해할 수 있을 거라고 믿지 않았다. 이 세상 어느 누구도 자신을 이해할 수 없으리라 생각했다. 그래서 장리팅은 꼼짝도 않고 계속 제자리에 서 있었다.

아무도 정체를 모르는 상습 절도범 장리팅은 내심 자신이 붙잡히는 날이 오기를 기다리지 않았을까? 음식에 대한 집착에 가까운 통제 욕구를 서로 이해하는 진유환과 마커웨이처럼, 자신을 이해해 줄 누군가가 필요했는지도 모른다. 두 사람은 툭하면 신랄한 말을 던지며 날카롭게 맞서지만 장리팅은 사실 그들이 서로의 고통에 아주 깊이 공감한다는 걸 알았다. 장리팅도 어느 정도는 누군가 자신의 어두운 면을 들여다봐주기를, 다 괜찮다고 말해주기를 갈망했다. 누구나 마음속에는 얼마간 추잡함이 존재하게 마련이고 아무리 추잡한 부분이라도 이해 받을 가치는 있다. 그늘진 자신의 마음속 구석구석에 빛이 들기를 갈망해 왔던 장리팅은 공용 화장실에서 진유환과 마커웨이를 훔쳐볼 때 비로소 자신이 그들의 우정을 부러워하고 질투한다는 것을 깨달았다. 그러나 장리팅은 마커웨이가 아니다. 그녀는 아직 자신의 '진유환'을 만난 적이 없었다.

왕얼둥은 계속 장리팅을 빤히 쳐다봤다. 한참이 지난 뒤에야 그는 아주 큰 결단을 내린 듯 다시 입을 열었다.

"그거 아니? 나도 처음 여기 왔을 때 익숙하지 않은 것들이 너무 많았어. 정말 견디기 힘들었지."

장리팅은 대답하지 않고 잠자코 왕얼둥이 하는 말을 듣기만 했다.

"나는 이 나라의 첫 난민 무리 중 하나라고 할 수 있어. 하지만 그때 우리는 난민으로 받아들여지지도 않았어. 모든 게 처음 벌어진 일이었거든. 아무도 난민이 된 적이 없었고, 좋은 난민이 되기 위해 지켜야 할 규범이 무엇인지 알려주지 않았어. 정부도 우리를 어디에 배정하고 어떻게 돌봐야 할지, 우리에게 어떤 지위를 주어야 할지 몰랐어. 나는 원래 살던 섬에서 제법 괜찮은 직업을 가지고 있었는데, 바닷물이 밀려드는 순간 아무것도 아닌 사람이 되더라. 안전하게 지낼 수 있는 집을 하루아침에 잃은 상황을 어떻게 마주해야 하는지 누구도 가르쳐주지 않았고. 솔직히 말하면 모든 일이 좋은 쪽으로 흘러가지는 않았어. 그래서 잘못을 저지르고 말았지……
사람을 죽였어."

장리팅은 어떻게 반응해야 할지 몰라 넋이 나간 얼굴로 서 있었다. 눈앞에 살인범이 서 있다면 비명을 지르고 달아나야 하는 걸까? 장리팅은 알 수 없었다. 눈을 크게 뜨고 왕얼둥의 얼굴을 살폈다. 처음 봤을 때보다 젊어진 것 같았다. 운동을 많이 해서 그런지 피부는 탱탱하고 광이 났으며 머리카락은 없었다. 사연이 많은 얼굴이었으나 그렇지 않은 척 애쓰는 듯했다. 원래 아무 글자도 없지만 올바른 사람이 펼치면 글자가 나타난다는 천계의 책 같았다.

"내 말은, 여긴 적응 기간이 필요하다는 거야. 너는 분명 네가 다른 사람들과 맞지 않다고, 도무지 어울릴 수 없다고 늘 생각하겠지. 그런 느낌을 받는 사람이 아주 많아. 넌 외톨이가 아니야. 그러니까 진짜 무슨 일이 생겼을 때 이야기하거나 털어놓을 사람이 없으면 날 찾아와. 난 항상 여기 있을 테니까. 도둑질로 네 감정을 분출할 필요 없어."

순간, 장리팅은 너무 민망했고 울고 싶은 충동이 일었다. 너무 부끄러워서 잠시 망설이다가 가방에 든 물건을 꺼내 왕얼둥의 손에 쥐여주었다. 계속 여기서 왕얼둥의 말을 듣고 있으면 참지 못하고 눈물을 터뜨릴 것 같았다. 그럼 너무 창피하겠지. 장리팅은 부리나케 달아났다.

사실 장리팅도 아직 소녀이기에 자신이 어떤 대우를 받고 싶은지 잘 모른다. 그런데 왕얼둥이 장리팅을 대하는 방식은 다른 어른들과는 전혀 달랐다. 다그치지 않았고, 매몰차지 않았고, 무언가 바라지도 않았다. 어쩌면 왕얼둥은 그런 어른들과는 다르게 장리팅을 별로 중요하게 생각하지 않았는지도 모른다. 장리팅의 엄마가 이렇게 말하지 않았던가. 다 널 생각해서 더 엄하게 다그치는 거라고, 응석을 받아주는 것은 너의 미래에 전혀 도움이 되지 않는다고. 장리팅은 그것이 자신을 향한 엄마의 사랑이라고 생각했다.

그래서 처음에는 왕얼둥을 믿거나 의지하지 않았다. 그저 **자신이 왕얼둥을 이용하는 거라고** 생각했다. 자신이 무척 똑똑해서 다 큰 어른을, 그것도 성숙한 남자를 이용할 수 있다고 생각했다. 왕얼둥은 사람을 죽였다고 했지만 장리팅이 보기에는 새빨간 거짓말 같았다. 왜 그런 느낌이 드는지 설명할 수는 없지만 어쩌면 속마음이 반영된 것인지도 모른다. 장리팅은 그의 말이 거짓말이기를 바랐다. 튼튼한 부목이 필요했기 때문이다. 장리팅은 자신도 모르는 사이 스스로를 놓아버린 것 같았다. 항상 같은 자리에서 자신의 고민을 듣고 조언해주는 사람이 생겼으니 말이다. 왕얼둥과 함께 있으면 마치 **둘도 없는 존재**가 된 기분이 들었다. 왕얼둥의 눈에 비친 자신은 언제나 반짝반짝 빛날 것 같았다.

장리팅은 자신이 중독자라는 사실을 전혀 깨닫지 못했다. 도둑질에 중독됐을 뿐 아니라 인간관계에도 중독됐다. 처음에는 엄마, 다음에는 린위안, 그 후에는 진유롼과 진장거, 마지막에는 왕얼둥이었다. 장리팅은 늘 강자의 인정에 목말랐다. 강자의 눈동자 속에서 자신의 그림자를 보고 자신의 존재를 확인하길 원했다. 장리팅은 자신을 구제할 약이 없다는 것을 어느 정도 알고 있었다. 솔직히 말하면 구제받고 싶지 않은 것인지도 모른다.

2부

린위안의

이야기

18

린위안은 솜이불을 뒤집어쓰고 이불 속에서 몰래 울곤 했다. 하지만 아무도 그 사실을 알아채지 못했다.

인생에는 다양한 순간이 있고 일상은 정처 없이 흐르는 급류처럼 아무것도 모른 채 유유히 흘러간다. 일상 자체가 어느 정도 무감각함을 품고 있다는 듯이. 장리팅이 기숙사와 학교에 남긴 구멍은 빠르게 메워졌다. 구멍이 메워지는 기세가 실로 맹렬해서 마치 그녀가 애초에 존재한 적이 없었던 것 같았다. 어떠한 소녀도 장리팅에 대해 이야기하거나 조롱하지 않았다. 장리팅은 조용히 찢겨 나간 일력 종이에 지나지 않는 것 같았다.

"네 할머니의 일은 유감이야. 그리고 장리팅도. 너희는 원래 아주 친한 친구였잖아."

진유홍은 다시 301호실로 돌아와 장리팅이 잠시 차지했던 침대를 되찾았다. 린위안에게 이런 일상의 사소한 변화들은 그저 한바탕 꿈 같았다. 엘리베이터를 기다리던 린위안은 말을 건넨 진유홍에게 고갯짓을 했지만 정신은 멀리 가서 돌아오지 않은 것 같았다.

사실 수직농장 부속학교는 많은 것이 달라졌다. 리즈주는 성적이 줄곧 최하위를 맴도는 다른 몇몇 학생들과 기숙사를 떠났다. 엄밀히 말하면 그들은 초록색 구역에서 쫓겨났다. 그리고 새로운 기후 난민 무리가 빈자리를 채웠다. 린위안이 새로 온 난민 무리와 친해지기도 전에 두 번째, 세 번째 무리가 또 이사를 오고 기존 학생 일부가 쫓겨났다. 새 난민 학생들은 다른 소녀들이 이미 지나온 길을 걸어야 했다. 성적의 위치로 사는 위치를 차지해야 했다. 시간이 지나자 린위안은 새로운 이름이 다 똑같이 들렸다. 더 이상 누가 누구인지 유심히 구분할 마음이 생기지 않았다.

"요즘 이 과정이…… 학생이 교체되는 주기가 점점 짧아지고 있어."

진유홍은 계속 대화를 이어갈 생각인지 입을 다물 낌새가 없었다. 그러나 린위안은 대화에 집중하지 않았다. 자기 연민

에 빠져 자신이 정말 외톨이 신세가 됐다고 탄식하느라, 걱정
가득한 진유홍의 얼굴이 자신의 시야를 가득 메울 때까지 아
무런 대꾸도 하지 않았다.

"린위안, 너 정말…… 괜찮은 거야?"

"미안, 방금 뭐라고 했어?"

"내가 도와줄 게 있을까? 아무래도 넌 할머니 일도 처리해
야 하잖아. 정 바쁘면 내가 대신 장리팅의 어머니를 만나고
올게."

"아, 괜찮아. 내가 다녀올 수 있어. 지금은 정리해야 할 감정
이 너무 많아서 그래. 신경 써 줘서 고마워."

"그래도 같이 가는 게 좋지 않겠어? 응? 물건들, 많이 무거
워 보이는데."

진유홍이 미간을 한껏 찌푸리며 입꼬리를 축 늘어뜨렸다.
평소였다면 린위안은 진심으로 감동했겠지만 지금은 그저
성가실 뿐이었다. 누구와도 이야기하고 싶지 않았다. 그저 홀
로 조용히 슬픔을 되새기고 싶었다. 린위안은 너무 지친 상태
였다.

"아니야. 정작 물건은 별로 없고 상자는 거의 비어 있어. 그
러니까 혼자 다녀와도 돼."

린위안은 또다시 진유홍의 호의를 거절했다. 그래도 방금

한 말은 사실이었다. 장리팅의 유품은 린위안이 정리했다. 사실 정리할 만큼 물건이 많지는 않았다. 모든 난민이 으레 그랬으니 놀랍지도 않았다. 장리팅은 진유롼과 달리 치장 용품이 거의 없었다. 마커웨이처럼 각종 책이나 필기 노트를 갖고 있지도 않았다. 화장을 거의 하지 않아서 다양한 색을 갖춘 아이섀도 팔레트도 없었다. 가진 거라고는 지갑과, 진유롼에게 받았을 것으로 추정되는 기능성 화장품 샘플뿐이었다. 그렇다 보니 장리팅이 남긴 물건 중 하나가 유독 눈에 띄었다.

외관이 소박하고 아주 볼품없는 보석함이었다. 입구에 새겨진 무늬는 심하게 마모된 상태였다. 그러나 보석함 안에는 장리팅이 한 번도 착용한 적 없는 장신구와 보석이 가득했다. 심지어 어떤 것은 가격표조차 떼지 않았다. 린위안은 가격을 하나하나 확인했다. 장리팅은 무슨 돈으로 이런 물건을 살 수 있었을까. 무엇보다 홍수로 집이 잠긴 상황에서 왜 굳이 이런 물건을 챙겼는지 궁금했다. 린위안은 진심으로 이해가 되지 않았다. 장리팅은 왜 이런 화려하고 실속 없는 장신구를 남긴 걸까?

"나 먼저 갈게."

린위안은 진유홍에게 인사하고 내려가는 엘리베이터에 올랐다. 다른 학생들과 목적지가 반대였다. 학생들은 수업을 들으러 가는 반면, 린위안은 이번 수업에 결석계를 내고 장리팅의 엄마를 만나러 갔다. 류쉰리가 특별히 지시한 임무였다.

린위안은 북쪽 건물 3층에 도착했다. 문득 류 선생님이 골칫거리인 장리팅의 엄마를 직접 처리하고 싶지 않아서 떠넘긴 것은 아닐까 하는 생각이 들었다. 사실 린위안은 장리팅의 엄마를 잘 알지 못했다. 항상 장리팅이 린위안의 집으로 왔고 린위안이 장리팅의 집으로 가는 경우는 드물었다. 돌이켜 보면 장리팅은 친구를 집으로 초대한 적이 거의 없었다. 친구와 엄마가 만나는 것을 은근히 꺼렸을지도 모른다.

린위안은 작은 면회실에 들어갔다. 장리팅의 엄마는 가죽 소파에 앉아 있었다. 세탁을 너무 심하게 했는지 보풀이 일어난 검은색 반팔 티셔츠에 청바지 차림이었다. 린위안은 장리팅 엄마의 발이 굉장히 크다는 것을 처음 깨달았다. 남자 같은 발에 남성 브랜드 운동화를 신고 있었다. 두 눈은 촉촉했다. 방금 잠깐 운 것 같기도 하고 이미 한참을 운 것 같기도 했다.

"어머, 린위안!"

장리팅의 엄마는 린위안을 보자마자 벌떡 일어나 날 듯이 다가와 두 손으로 린위안의 어깨를 감쌌다. 린위안은 뜻밖의 행동에 흠칫 놀랐다. 더군다나 머리를 가슴에 파묻어서 굉장히 민망했다. 린위안의 키가 훨씬 큰 탓에, 장리팅의 엄마가 몸 전체로 린위안을 안기에는 버거울 수밖에 없었다.

"네가 참 고생 많았어."

장리팅의 엄마는 린위안을 한참 껴안은 뒤에야 손을 풀었다. 린위안은 어색하게 고개를 끄덕였다. 장리팅의 엄마는 린위안이 기억하는 모습과는 확연히 달랐다. 장리팅 앞에 있을 때처럼 사납지 않았고 남들이 모르는 이면을 보여주었다. 장리팅에게, 자신의 딸에게 보여주고 싶지 않은 숨겨진 이면이었다.

"이건 장리팅이 남긴 물건이에요. 대부분 고향에서 가져온 거고, 나중에 정부에서 배급한 생활용품도 조금 있어요. 특별히 기념할 만한 물건은…… 없어서 못 가져왔어요."

종이 상자 안에는 정말 개인 소지품이랄 게 없었다. 기껏해야 장리팅의 평소 사진 몇 장과 그녀가 좋아하던 플랫슈즈 한 켤레, 작은 양털 인형 정도였다. 린위안은 의문의 보석함은 가져오지 않았다. 장리팅의 엄마가 어떻게 생각할지 알 수 없어서 장리팅을 대신해 그 비밀을 숨기기로 했다. 자신이 의심했던 것처럼, 장리팅이 마지막 순간에 엄마에게 **도둑** 취급을 받는 것은 원치 않았다. 그러나 진실은 영원히, 아무도 알 수 없을 것이다. 적어도 장리팅은 엄마의 마음속 가장 아름다운 추억으로 남을 것이다. 모든 딸은 엄마에게 자랑스러운 존재가 될 가치가 있다. 설령 딸들이 자신에게 그럴 자격이 없다고 생각한다 해도 말이다.

린위안은 진유롼의 엄마가 장리팅에게 선물한 진주 귀걸이는 일단 자신이 가지고 있기로 했다. 어떻게 처리할지 판단이 서지 않았기 때문이다.

장리팅 엄마는 상자를 받아 든 다음 린위안을 세게 당겨서 함께 소파에 앉았다. 장리팅의 엄마는 땀구멍이 죄다 열렸는지 습한 기운을 풍겼다. 수천수만 명의 장리팅이 엄마의 몸에 기생하며 린위안을 향해 숨을 내쉬는 것 같았다. 밖에 비가 내렸나? 아주머니가 노란색 구역에 내린 비를 몰고 왔나? 실내에 침묵이 내려앉았다. 장리팅 엄마는 상자에 든 북극곰 인형을 연신 어루만졌다. 인형의 한쪽 귀는 언제 물려 뜯겼는지 떨어져 있었다. 그녀는 수차례 고민한 끝에 겨우 입을 떼는 것 같았다.

"린위안…… 참 잔인한 부탁인 거 알아. 너도 지금…… 무척 힘들 테니까. 하지만 딸아이의 엄마로서 부탁할게. 어떻게 된 건지 처음부터 끝까지 쭉 설명해줄 수 있니?"

린위안은 순간 주먹으로 세게 한 대 맞은 기분이 들었다. 입술이 하얗게 질리고 손끝이 걷잡을 수 없이 떨려왔다. 황급히 오른손으로 왼손을 잡았지만 왼손은 미꾸라지처럼 미끄

덩거렸다. 장리팅 엄마는 린위안의 마음을 정확히 이해했다. 지금 린위안은 설명을 몹시 꺼리다 못해 달아나고 싶었다. 장리팅에 관한 그 일은 이야기하고 싶지 않았다.

"괜찮아, 천천히 해. 기다릴게."

장리팅의 엄마는 귀가 떨어진 북극곰 인형을 도로 상자에 넣었다. 그런 다음 뜨거운 찻물이 담긴 눈앞의 찻잔을 천천히 들어 손바닥에 올려놓고 살펴봤다. 그녀의 말투와 '기다릴게'라고 말할 때 넣은 묵직한 액센트는 거절은 받아들이지 않겠다는 강한 의지를 드러냈다. 린위안도 장리팅의 엄마가 이 일의 전말을 알 권리가 있다는 것을 알았다. 아무리 발버둥 쳐도 결국에는 속속들이 털어놓을 수밖에 없을 것이다.

"저는 할머니에게 몰래 약을 갖다 드리러 빨간색 구역에 자주 갔어요. 할머니는 매일 많은 약을 드셔야 했거든요. 고혈압 약, 당뇨병 약, 이뇨제 그리고 수면제까지요."

린위안은 악곡의 첫 음을 내듯 고개를 들고 입을 뗐다. 그러나 말을 잇기가 힘들었다. 진공 속에서 노래하는 것 같기도 하고 목이 잠긴 듯도 했다. 사실은 그날 일을 너무나 똑똑히 기억했다. 자신을 심판하듯 속으로 몇 번이나 그날의 장면을 되돌려봤으니까.

"언제부터인가, 몇몇 약은 빨간색 69구역에서 더는 살 수 없었어요. 그때부터 할머니는 필요한 약을 사려면 빨간색 52 구역 모퉁이에 있는 큰 약국까지 다녀와야 했어요. 그리고 제가 알기로 빨간색 구역에 전염병이 돌았는데, 정부는 예방 접종 예산을 편성하지 않았어요. 한마디로 노인이 그 멀리 있는 약국까지 가는 건 쉽지 않은 일이었죠. 그래서 제가 다른 친구를 통해 할머니에게 필요한 약을 구해서 갖다 드렸어요."

장리팅의 엄마는 '다른 친구'라는 말을 들었을 때 귀를 살짝 움찔한 것 같았다. 린위안은 심장이 철렁했다. 행여나 규정을 어기고 자신을 도와준 친구가 누구냐고 계속 캐물을까 봐 걱정됐다. 다행히도 장리팅의 엄마는 묻지 않았다. 아마 그건 그녀의 관심사가 아닐 것이다.

"그날, 토요일이었죠. 원래 할머니에게 약을 가져다 드리기로 한 날이었어요. 근데 갑자기 일이 생겨서 계획대로 나갈 수 없었어요."

"일이 생겼다고? 무슨 일?"

린위안은 땅속 깊이 묻힌 무가 된 기분이었다. 장리팅의 엄마는 린위안을 파내기 위해, 그녀의 추한 모습을 보기 위해, 확실하면서도 분명하게 심판하기 위해 안간힘을 쓰고 필사적으로 몰아붙였다. 그러나 장리팅의 엄마를 탓할 순 없었다. 엄마는 항상 자기 딸의 일거수일투족을 알 수 있으리란 기대에 부풀어 있게 마련이다. 린위안도 이제야 자신이 장리팅에 대해 다 알지 못했다는 것을, 장리팅이 수수께끼 같은 면을 가지고 있다는 것을 깨닫지 않았던가.

"류난리 선생님이 주말에 공부 모임을 만드셨어요. 아무래도 기말고사는 중요하니까요. 방학을 해도 저희가 열심히 공부하는지, 저희가 어디에 있는지 확인하고 싶으셨던 거죠. 사실 저희가 토요일까지 학교에 있게 강요하려고 편법으로 모임을 만든 것 같아요. 사실 그건 별일 아니에요. 그냥 기다렸다가 일요일에 할머니 약을 갖다 드리면 되니까요. 근데……."

린위안은 자신이 긴장했음을 인지하지 못했다. 기차를 놓칠세라 부랴부랴 달리듯 말하는 속도가 점점 빨라졌다.

"공부 모임? 그럼 장리팅은 공부 모임에 참여할 필요가 없었던 거야?"

장리팅 엄마의 목소리가 불쑥 높아졌다. 조금 날카롭기까지 했다. 장리팅은 엄마에게 말하지 않은 일이 많은 게 분명했다.

"네. 성적이 상위 3분의 1 안에 드는 학생만 참여할 수 있어서…… 죄송해요."

장리팅의 성적이 상위 3분의 1 안에 들지 못한 것은 린위안의 잘못이 아니었다. 그러나 린위안은 장리팅의 엄마를 마주하고 있자니 죄책감을 느낄 수밖에 없었다.

"장리팅이 대체 얼마나 많은 활동에서 배제됐을지 누가 알겠니."

장리팅의 엄마는 못마땅한 듯 볼멘소리를 했다. 린위안은 난처했지만 반박할 수도 없었다. 작은 면회실은 또다시 짧은 침묵에 휩싸였다.

"그다음에는?"

"장리팅이 저 대신 할머니에게 약을 갖다 드리겠다고 했어요. 저는 괜찮다고 했어요. 다음 날, 일요일에 가면 된다고요. 겨우 하루 차이니까요. 정말 별로 급하지 않았거든요. 근데 장리팅이 이상하게 고집을 부렸어요. 자기가 꼭 할머니를 돕겠다고요. 마침 할머니 뵌 지도 오래됐으니까 이번 기회에 가서 할머니랑 이야기도 나누고 바람 좀 쐬겠다고 했어요. 리팅은 정말 좋은 뜻으로 한 말이에요."

상세히 떠오르는 일은 이게 전부였다. 기억이 조금 희미했다. 어쩌면 다시 떠올리기가 끔찍이 싫은지도 모른다. 그날 린위안이 공부 모임에 가기 위해 진유환, 마커웨이와 함께 방을 나서려 했을 때, 홀로 남겨진 장리팅은 자신이 하루 종일 누구와도 어울리지 못하고 혼자 있을 거라고 예상했을 것이다. 진유훙마저도 공부 모임의 일원이었으니 말이다. 진유롼은 남의 불행이 재미있는지 비아냥거리기까지 했다. "축하해, 넌 오늘 301호실의 왕이네." 그러자 장리팅은 자신이 할머니에게 약을 가져다줘도 되냐고 연신 묻기 시작했다. 린위안은 처음에는 괜찮다고, 정말 괜찮다고 사양했다.

이제 와서 돌이켜 보니 선뜻 도와주겠다고 한 장리팅의 제안이 정말 진심에서 우러나온 말일까, 정말 자신을 돕고 싶어서 한 말일까, 의문이 들었다. 린위안은 자신에게 물었다. 장리팅이 자존심을 버리고 무슨 암시를 보낸 것이 아닐까? 난 못 이기는 척 도움을 받고 싶었던 걸까? 단호하게 거절하고 싶은 것도 아니었나? 그래서 바람을 받은 돛처럼 장리팅의 제안을 받아들였나? 난 정말 기회를 틈타 장리팅의 호의와 우정을 이용한 게 아닐까? 아니면 나도 모르는 사이에 **진유롼의 영향**을 받아서 장리팅을 불쌍히 여기고 동정해야 할 대상으로 생각한 걸까? 내가 그렇게까지 엉망인 걸까? 장리팅에게 할머니 일을 부탁했으니까 오랜 친구를 버리지 않은 거라고 합리화한 건 아닐까?

"근데 장리팅이 출발하기 전에, 빨간색 구역의 날씨가 어떤지 아무도 몰랐니? 아무도 기상 특보를 못 받았어? 그때쯤 자자지섬 남쪽 해역에 초강력 태풍이 생성됐다는 이야기는 못

들었어?"

"네…… 저희는 정말 잘 몰랐어요. 솔직히 말하면, 여기 초록색 2구역은 거의 태풍이 없다 보니 빨간색, 노란색 구역의 날씨가 크게 다를 수도 있다는 생각을 전혀 못 했어요."

특히 장리팅은 더 그랬을 것이다. 린위안이 기억하기로 장리팅은 초록색 구역에 이사 온 뒤로 노란색 구역에는 거의 가지 않았다. 노란색 구역도 고작 몇 번 다녀왔을 뿐이니 빨간색 구역에 들어가 봤을 리는 만무했다. 또한 린위안은 장리팅에게 그런 점을 알려주어야 함에도 책임을 간과했다. 그러나 지금 장리팅의 엄마에게 그런 사실을 말할 엄두가 나지 않았다. 장리팅의 안전에 소홀한 자신에 대해 아직 용서를 구할 수가 없었다.

"그래서, 넌 언제 일이 잘못됐다는 걸 눈치챘니?"

"그날 공부 모임이 끝나고 방으로 돌아왔는데 하늘이 까맣더라고요. 리팅은 자리에 없었고요. 근데 9시가 막 지났을 때라서, 저는 리팅이 따로 볼일이 있거나 다른 방에 놀러 간 줄 알았어요. 저는 다음 날에 할머니를 만나러 가려면 일찍 일어나야 해서 일찍 잠을 청했어요. 리팅을 기다리지 않고…… 제가 너무 안일했죠. 경각심이 부족했어요. 다음 날 아침에 일어났는데, 리팅의 침대에 아무 흔적이 없는 거예요. 그때 알았어요, 리팅이 전날 돌아오지 않았다는 걸요."

"학교에서는 몰랐고?"

"다음 날 학교를 나설 때 경비원을 만났어요. 마침 교대하면서 리팅 이야기를 하고 있더라고요. 그래서 제가 빨간색 구역에 가는 길이니까, 가서 리팅을 찾아보겠다고 했어요."

"누굴 탓하려는 건 아니야. 다만 내가 이 일을 좀 더 빨리 알았으면 좋았겠다 싶어서."

장리팅의 엄마는 열 손가락으로 무릎을 빠르게 두드렸다. 마음속 분노를 애써 억누르는 것 같았다.

"알아요."

린위안은 말로는 안다고 했지만 내심 의아했다. 그녀가 알기로 장리팅은 엄마와 거의 연락을 하지 않았다. 반대로 말하면, 장리팅의 엄마는 딸에게 먼저 관심을 보이는 일이 드물었다. 그러나 린위안은 지금 당사자 앞에서 굳이 꼬집어 말할 생각이 없었다.

"초록색과 노란색 구역 사이의 검문소에 도착했을 때, 직원이 저한테 물어봤어요. 정말 지금 초록색 구역을 나갈 거냐고요. 바깥쪽 날씨가 너무 안 좋고 비가 세차게 쏟아지는데, 정말 모르냐고요."

린위안은 마른침을 삼키고 조금 난감한 투로 말을 이었다.

"직원들에게 저는 정말 몰랐다고 말했어요. 저랑 리팅이 너무 안일했던 거죠. 학교 안에서 그런 걸 걱정할 필요가 없다고 해서 학교 바깥도 꼭 안전한 것은 아닌데. 거기 직원들은 노파심에 자꾸 저를 만류했어요. 다시 생각해보라고요. 하지만 저는 안 된다고 했죠. 무조건 할머니와 제 친구를 찾으러 가야 한다고 했어요."

그때 린위안은 택시를 탔다. 중간에 차를 갈아타면서 노란색 6구역을 지나 노란색 15구역, 노란색 38구역을 빠르게 통과했다. 빗줄기는 갈수록 거세졌다. 들고 온 우산이 버티지 못해 중간에 우의를 사 입을 수밖에 없었다. 그래도 노란색 구역은 비만 많이 내렸고 바람이 몰아치진 않았다. 사람들은 집에 웅크려 있고 배수 설비도 잘 작동했다. 그래서 린위안은 크게 걱정하거나 겁내지 않았다.

"그런데 노란색 구역에서 빨간색 구역으로 들어가기 전에, 검문소에서 또다시 묻더라고요."

검문소의 징 아저씨는 매우 근엄했다. 린위안이 약을 전하러 자주 드나들었던 터라 안면이 있었다. 징 아저씨는 린위안을 진지하게 쳐다보며 물었다. "학생, 진심이야? 여길 지나면 다시는 돌아오지 못할 수도 있어." 린위안은 단호하게 고개를 끄덕이며 진심이라고, 무조건 가야 한다고 말했다. 징 아저씨는 한숨을 쉬었다.

"그리고, 직원들이 확인서에 서명하라고 했어요. 빨간색 구역에 들어갔다가 무슨 일이 생기면 뒤탈은 다 제가 감당하는 거라고요."

"잠깐, 확인서? 원래 그런 거에 서명하는 규정이 있었어?"

"네. 예전부터 있던 규정이에요. 그리고 제가 물었죠. 어제리팅도 서명했냐고요. 직원이 그렇다고 대답했어요."

징 아저씨는 온 얼굴에 수염이 덥수룩한 중년 남자였다. 건장한 체격에 근육이 탄탄했다. 린위안은 신체조건이 검문소 직원의 자격 기준 중 하나라는 것을 알았다. 그들의 가장 중요한 업무는 빨간색 구역에서 노란색 구역으로 달아나는 사람들을 가로막는 것이니까.

징 아저씨는 예전에 경계 지대에서 일어나는 일을 들려준 적 있었다. 그때 린위안은 호기심을 품고 물었다. "그럼 빨간색 구역 사람들이 너도나도 노란색 구역에 들어오려고 경계를 넘진 않나요?"

"처음에는 참 많았지." 징 아저씨가 대답했다. "그래서 나중에는 노란색 구역에 머물며 순찰하는 거주 부대 인원을 대폭늘렸어. 거주 부대가 뭔지 알아? 모두가 팔찌 색에 따라 저마다 머물러야 하는 구역에 머물도록 만드는 부대야. 정부가 군대에서 특별히 차출한 사람들이지. 그 후로 빨간색 팔찌를 찬 사람들은 노란색 구역에 들어간다 해도 쉽게 잡힌다는 사실을 알게 됐어. 그러다 보니 몰래 경계를 넘으려는 사람이 확 줄었지."

말이 많은 징 아저씨는 린위안에 대한 행정 업무를 처리하면서 계속 떠들었다. "정말 이해가 안 돼. 너희 여자애들은 대체 뭔 생각을 하는 거니? 얌전히 초록색 구역에 머물지 않고, 뭐 하러 굳이 빨간색 구역에 가는 거야? 그것도 이렇게 궂은 날씨에 말이야." 태블릿에 정보를 모두 입력한 징 아저씨는 고개를 들고 린위안의 얼굴을 물끄러미 쳐다보며 무거운 목소리로 말했다. "너 설마, 몇 시간 뒤에 빨간색 69구역이 사라질 수도 있다는 거 모르니?" 더불어 기존의 노란색 구역 중 일부는 빨간색 구역으로 바뀔 것이다. 최근 몇 년 동안 검문소에서 일하면서 숱하게 목격한 과정이다.

"삶을 소중히 여겨, 학생. 넌 얼마 전에 자오얼섬에서 운 좋게 살아남았잖아, 안 그래?"

린위안도 자신의 생명을 소중히 여겨야 한다는 것은 알았다. 하지만 할머니가 이번 고비를 넘기지 못할 수 있다는 것도 알기에 미련이 남았다. 적어도 할머니 생의 마지막을 잠시나마 함께 보낼 수 있지 않겠는가.

"그럼, 네 할머니는 그때 떠나길 원하지 않으신 거야?"

장리팅 엄마의 말은 비수처럼 린위안의 가슴을 푹 찔렀다. 린위안은 참지 못하고 눈물을 흘리기 시작했다.

"할머니가 떠나고 싶었다 해도 못 떠났어요. 노란색-빨간 색 구역 경계에 있는 검문소는 할머니를 들여보내지 않을 테니까요. 빌어도 소용없어요. 거길 지키는 사람들 마음이 약해질 리 없거든요."

린위안은 왼손으로 눈물을 닦으려고 했으나 팔목에서 초록빛으로 반짝이는 팔찌가 유난히 모순되어 보여서 주춤했다. 탁자 위의 갑 휴지는 장리팅의 엄마 쪽에 놓여 있어 린위안에게는 꽤 멀었다. 그러나 장리팅의 엄마는 휴지 한 장 뽑아줄 생각이 전혀 없는지 멍하니 앉아 있기만 했다. 린위안은 하는 수 없이 몸을 일으켜 손을 뻗었다. 그녀의 몸이 탁자 위로 가로놓였다.

"그럼 대체 왜 장리팅은 너랑 같이 떠나지 않은 거야?"

장리팅의 엄마는 고개를 숙이고 무릎에 올려놓은 찻잔을 응시했다. 그녀의 말은 가을날 높은 나뭇가지에 매달린 잎사귀처럼 파르르 떨면서 입 밖으로 떨어졌다.

"처음에 리팅은 제 뒤에 있었어요. 근데 어떻게 된 일인지 모퉁이를 돌고 나니까…… 리팅이 보이지 않았어요."

할머니 집으로 가는 길은 온통 황폐했다. 비는 쉴 새 없이 내리고 길가의 나무와 전봇대가 쓰러져 나뒹굴었다. 배수 설비는 이미 기능을 상실한 것이 분명했다. 낮은 지대로 갈수록 침수된 땅의 수위가 높아졌다. 린위안은 거센 빗줄기와 표류물에 가로막혀 한 걸음 나아가기도 버거웠다. 전력을 다해 물을 헤치고 할머니 집에 도착했을 때는 이미 물이 무릎 아래까지 차오른 상태였다. 집 대문은 보이지 않았고 장리팅과 할머니는 서로 부둥켜안은 채 나무 책상 위에 꼭 붙어 앉아 있었다.

"네 말은, 장리팅이 홍수에 떠내려갔다는 거야? 발을 헛디뎠니?"

"그럴 수도 있고 아닐 수도 있고, 모르겠어요. 그때 정말 아무것도 안 보였어요."

린위안은 고개를 떨구었다. 장리팅의 엄마가, 그리고 린위안 자신이 어떻게 해야 그날의 일을 받아들일 수 있을지 알지 못했다.

"노란색-빨간색 구역 경계의 검문소로 돌아가서 직원에게 리팅이 돌아왔는지 물어봤어요. 안 돌아왔다고 하더군요. 저는 거기 앉아서 하염없이 기다렸어요. 빨간색 69구역 전체가 물에 잠길 때까지 기다렸지만 리팅을 보지 못했어요. 정말 죄송해요."

그때 징 아저씨는 린위안이 온몸을 덮을 수 있을 만큼 크고 두꺼운 솜이불을 챙겨주었다. 그들은 함께 뜨거운 음료를 마시며 유리창 너머로 일대가 서서히 물에 잠기는 모습을 지켜봤다. 린위안은 몸의 떨림이 차차 잦아들었다. "배고프지? 술 한잔 할래?" 징 아저씨가 린위안의 손에 하얀 찐빵을 쥐여주며 물었다. 징 아저씨는 빨간색 구역이 하나씩 물에 잠길 때마다 독한 술을 마시며 자신이 아직 살아 있음을 축하했다. "위스키 마실래? 아니면 브랜디?" 린위안은 술을 마실 수 없다고, 맑은 정신으로 장리팅을 기다려야 한다고 말하면서 찐빵은 순순히 한 입 베어 물었다. "네 친구 말이야. 사실은 돌아오기 싫었던 게 아닐까?" 린위안은 고개를 저었다. "그럴 리 없어요. 리팅이 그런 생각을 했을 리 없어요."

면회실 안에 무거운 정적이 내려앉았다. 린위안은 장리팅의 엄마가 발작한 사람처럼 소리치고, 고함을 지르고, 욕하며 주먹을 휘두를 줄 알았다. 혹은 감정이 무너져서 자제력을 잃고 통곡할 줄 알았다. 그러나 장리팅의 엄마는 석상처럼 제자리에 앉아 있었다. 울지도 않고 소란을 피우지도 않았다. 린위안은 오랫동안 기다렸지만 한편으로는 아무것도 기다리지 않았다. 장리팅을 기다린 적이 없었던 것처럼.

징 아저씨는 조금 취한 듯 린위안이 남긴 찐빵까지 먹어치웠다. 그리고 굵은 팔뚝을 뻗어 린위안의 머리를 쓰다듬으며 말했다. "얘야, 삶이란 게 원래 이런 거야. 사실은 참 별거 아니지."

19

그날 린위안은 나머지 수업에 모두 결석계를 내고 일찌감치 301호실로 돌아가 침대에 누웠다. 실제로 몸이 아프진 않았지만 마음이 너무 지쳐서 한마디도 하고 싶지 않았다. 가면을 쓴 채 주변 사람들을 대하는 것도 싫었다. 그냥 조용히 누워만 있고 싶었다.

린위안은 이불로 몸을 싸맨 채 마지막으로 할머니와 함께했던 장면을 계속 떠올렸다.

"얼른 여길 떠나. 갈 수 있을 때 빨리 가야 해."

"안 돼요, 할머니는……."

린위안이 말을 채 맺기도 전에 할머니는 단호하게 그녀의 말을 잘랐다.

"너도 알다시피 사실 이 할미는 한 번 죽었던 거나 마찬가지야. 기후 변화로 해수면이 계속 높아지고 있으니 나는 태풍이나 홍수로 죽지 않으면 결국 웬 전염병에 걸려 죽겠지. 빨간색 69구역에서 말라리아나 장티푸스로 죽은 노인네가 지난달에만 몇 명인 줄 아니? 아무튼 나는 살 만큼 살았으니 괜찮다. 그보다 너희 젊은 애들의 목숨이 더 중요해."

린위안은 어떻게 반박해야 할지 몰랐다. 제76호 태풍이 자오얼섬을 휩쓸었을 때, 이미 오늘 같은 날이 오리라고 어느 정도는 예상했을 것이다. 하지만 미리 마음의 준비를 했다고 해도 현실을 온전히 받아들일 수 있는 것은 아니다. 둘은 전혀 다른 차원의 일이다. 만약 그 자리에 할머니만 있었다면 린위안은 온갖 말로 더욱 열심히 할머니를 설득하거나 납득시키려고 애썼을 것이다. 하지만 장리팅도 있었다. 장리팅은 장대비가 쏟아지는 창밖을 내다봤다. 무척 놀라고 당황한 것 같았다. 이내 초조한 눈으로 린위안과 할머니를 번갈아 쳐다봤다. 장리팅은 영원히 나처럼 용감하고 단단해질 수 없겠지. 린위안은 가슴이 은근히 먹먹해지고 자책감이 들었다. 그래서 장리팅부터 챙기기로 마음을 굳혔다. 어쨌든 장리팅은 좋은 뜻으로 자기 대신 할머니에게 약을 전해주러 오지 않았던가. 장리팅을 무사히 학교로 데려가야 했다. 이건 절대 주저하면 안 되는 그녀의 책임이었다.

린위안은 몸을 돌려 장리팅의 손을 붙잡았다. 일단 장리팅을 데리고 빨간색 구역을 벗어날 생각이었다. 그러나 차마 발길이 떨어지지 않아서 몇 발짝 가다 말고 다시 할머니를 돌아봤다. 할머니는 한숨을 쉬더니 얼른 가라며 다정하게 손을 흔들었다. 린위안은 그제야 눈물을 머금고 장리팅을 대문 밖으로 끌어냈다.

"사실, 나 거기로 돌아가기 싫어."

할머니의 집을 나와서 좁은 길을 걷던 장리팅이 별안간 린위안의 손을 힘껏 뿌리쳤다. 린위안은 깜짝 놀라서 의아한 얼굴로 장리팅을 쳐다봤다.

"바보 같은 소리 마. 그럼 어디로 가게? 노란색 구역에 가서 엄마랑 같이 살려고? 너희 엄마도 그렇고, 정부도 허락하지 않을 거야. 지금 네 자리는 초록색 구역이니까."

"하지만……."

두 사람은 나아갈 방향이 보이지 않는, 곧 물에 완전히 잠길 것 같은 시골길에 서 있었다. 앞장선 린위안은 발걸음을 멈추고 고개를 돌린 채 억수같이 쏟아지는 빗물 사이로 장리팅의 표정을 보려고 애썼다.

지금도 린위안은 그때 본 장리팅의 표정이 대체 무슨 의미인지 알 수 없었다. 막막한 절망감? 아니면 언짢음? 장리팅은 언제부터 그런 생각을 한 걸까? 나는 왜 지금껏 장리팅이 그런 생각을 했다는 사실을 전혀 몰랐지? 내가 진정으로 장리팅을 이해한 적이 있기나 했을까?

마지막으로 본 장리팅의 모습은 그녀가 기숙사에 남겨둔 보석함처럼 린위안을 무척 곤혹스럽게 만들었다.

"오늘 하루 종일 너랑 제대로 대화도 못 했어."

부드러운 몸이 모로 누워 있는 린위안의 등 뒤에 붙었다. 진유롼이었다. 작게 속삭이는 목소리가 술독 바닥에 가라앉은 오래 묵은 술처럼 달콤했다. 린위안은 자신을 향한 진유롼의 관심에 기분이 조금 좋기는 했지만 진유롼의 손발이 차가워서 그런지 저도 모르게 몸서리를 쳤다.

"너 괜찮아?"

진유롼의 숨결이 린위안의 귀 뒤를 스쳤다. 찌르르한 느낌이 귀에서 발끝으로 빠르게 전해졌다. 린위안은 저도 모르게 다섯 발가락을 구부렸다가 폈다.

"괜찮아. 그냥 좀 피곤해서 누구랑 말하고 싶지 않았어."

진유롼이 린위안의 가는 허리를 휘감아 슬쩍 당겼다. 린위안은 그 손길을 따라 몸을 돌려 진유롼을 마주 봤다. 구불구불한 긴 머리가 침대 위로 아무렇게나 흩어져 있었다. 달 같기도 하고 새하얀 자기 접시 같기도 한 눈동자에 창밖에서 들어온 석양볕이 반사됐다. 진유롼은 우아한 숙녀라면 누울 때 치맛자락부터 정돈해야 한다는 엄마의 가르침을 잊었는지 새하얀 허벅지를 고스란히 드러내고 있었다. 하지만 린위안은 못 본 척했다.

"장리팅의 팔찌는 찾았다고 들었어. 시신은 아직이지만."

그렇게 말하는 진유롼의 길고 가느다란 손가락이 거미 다리처럼 린위안의 뺨을 스쳐 지나갔다. 지금 린위안은 심장이 둘로 잘린 것 같았다. 왼쪽 심장은 부끄럽고 기쁘면서도 어찌할 바를 몰랐다. 오른쪽 심장은 슬픔과 그리움을 느꼈고 죄의식으로 가득 차 있었다. 왼쪽 심장은 진유롼 때문에 뛰었고 오른쪽 심장은 장리팅을 생각했다. 두 심장을 동기화할 수가 없어서 유난히 두근거리는 것 같았다. 그러나 이 순간에도 두 눈은 여전히 장리팅에게 속해 있었다. 결국 린위안은 참지 못하고 눈물을 흘렸다.

"……장리팅의 시신을 확인하고 인수하는 것은 내 일이 아니야."

"아, 알지."

"그래서 난 할머니만 봤어."

"불쌍한 린위안, 두 사람에게 벌어진 일은 절대 네 잘못이 아니야."

진유롼은 린위안의 얼굴을 자신의 품속으로 힘껏 끌어당 겼다. 그러고는 건장한 남자라도 된 양 두 팔로 린위안을 꼭 껴안았다.

"학생, 난 이만 자러 갈게."

징 아저씨는 먼저 퇴근했다. 남겨진 린위안은 잘 모르는 경 비원들을 마주했다. 노란색–빨간색 구역의 경계에 있는 검문 소 유리창 앞에서 슬금슬금 차오르는 물을 내려다봤다. 거대 한 욕조 안에 앉아 있는데 도망칠 곳이 없는 상황 같았다. 주 변을 오가면서도 경비원들은 위로의 말을 건네지 않았다. 한 사람이 복숭아를 먹겠냐고 물었을 뿐이다. 린위안은 무겁게 고개를 저었다. 그럼에도 복숭아는 손에 쥐여졌다. 린위안은 망연히 수면을 바라보며 밑도 끝도 없이 생각했다. 이 복숭아 를 던져서 물수제비를 뜰 수 있을까? 빨간색 구역의 표류물 이 물살을 타고 정처 없이 흘러와 소용돌이치듯 빙빙 돌았다. 거친 비바람 속에서 즐겁게 왈츠를 추는 것 같았다. 나뭇가지, 나무 책상, 베개, 장난감 인형 모두 물 위에서 출구를 찾지 못 하고 춤을 췄다. 무엇도 이곳 욕조의 마개는 아닌 모양이었다.

나는 왜 마개가 아니고 해답이 아닌 걸까. 그런 생각을 하니 한스러웠다. 결국 린위안은 진유롼의 품속에서 목 놓아 울기 시작했다.

얼마나 오래 울었는지 알 수 없었다. 온몸이 뜨거워질 때까지 울고 또 울었다. 진유롼은 처음부터 끝까지 거의 꼼짝도 하지 않았다. 린위안은 갑자기 차분해졌다. 오늘 진유롼이 이렇게까지 인내심을 가지고 기다려주다니 의외였다. 린위안의 이성이 다음 행동을 결정할 통제권을 온전히 되찾기도 전에 감각기관이 먼저 진유롼의 부드러운 몸을, 달콤함이 감도는 소녀의 봉긋한 가슴을 감지했다.

린위안은 어떤 일이 먼저 벌어졌는지 알 수 없었다. 시간은 늘 그런 아름다운 순간에 다투는 것 같았다. 린위안이 먼저 울음을 그쳤을까, 아니면 먼저 얼굴을 붉혔을까. 어쩌면 진유롼이 먼저 린위안의 얼굴을 받치고 입을 맞추었을 수도 있다. 린위안은 무척 당황했고 도망치고 싶은 마음이 절실했다. 하지만 몸이 뻣뻣하게 굳어서 꼼짝도 할 수 없었다. 행동은 말과 욕망을 앞섰다. 사실 린위안은 아닌 척했을 뿐이었다. 도망치고 싶은 건 진심이 아니었다.

진유롼의 입술은 상상했던 것보다 거칠었다. 이렇게 완벽한 소녀라면 입술이 비단이나 솜사탕 같을 줄 알았다. 아니면 개미를 꼬드기는 벌꿀처럼 끈적끈적할 줄 알았다. 하지만 어느 것도 아니었다. 현실은 상상에 훨씬 못 미쳤다. 진유롼의 입술이 잠자리가 수면을 찍고 날아오르듯 린위안의 입술을 가볍게 쪼았다. 씁쓸한 맛이 났다. 약간은 알싸하고 시큼하기까지 했다. 입술이 맞닿는 순간 사포에 쓸린 것 같았다. 마치 숱한 시련을 겪은 입술 같았다. 린위안은 처음부터 끝까지 반항하지 않고 진유롼이 입을 맞추도록 내버려두었다. 곧이어 진유롼의 혀끝이 튀어 나와 린위안의 입속으로 밀려들었다. 무겁고 두꺼운 문을 핥아서 열려는 시도 같았다. 핥을 때는 어떤 소리가 날까? 아무도 정확히 알지 못할 것이다. 핥는다는 것은 으레 저속한 행동으로 분류돼서 어떠한 음계에도 속하지 못했고 오선지 어느 줄에도 달릴 수 없었다. 대놓고 드러낼 수 없는 행동이라 노래하는 것이 용납되지 않았다. 그래서 소녀들은 그런 행동을 마음속 깊이 묻어두고 절대 이야기하지 않았다.

린위안은 일찍이 자신이 여자를 좋아할지도 모른다는 사실을 어렴풋이 자각했다. 어쩌면 단지 진유롼이라는 사람에게만 이런 묘한 감정을 품는지도 모른다. 누가 정답을 알까? 뭐든 다 안다면 더 이상 소녀가 아니다. 진유롼은 키스를 이어갔고 린위안의 몸은 점점 뜨거워졌다. 진유롼이 린위안을 뚝배기 삼아 죽을 끓이는 것 같았다. 소녀들의 우정은 사랑과 비슷할 때가 있다. 아주 긴밀한 관계를 이루고 늘 붙어 다니며 무슨 말이든 다 하기 때문이다. 소녀들은 언어를 통해 동성과 침을 나눈다. 이성보다 훨씬 더 많은 침을 나누게 마련이다. 린위안은 이것이 도대체 무슨 상황인지 이해하고 싶지 않았고 이해할 힘도 없었다. 그저 진유롼의 강렬한 키스에 계속 빠져들고만 싶었다. 태풍으로 비바람이 몰아치던 날, 점점 차오르는 물에 빠지듯 빠져들고만 싶었다.

갑자기 진유롼의 손이 아래로 내려갔다. 손은 사정을 다 안다는 듯 린위안의 속옷 안으로 미끄러져 들어갔다. 마치 꽃다발을 바치는 것 같았다. 짧은 순간 린위안은 깜짝 놀라 움찔했지만 시간은 여전히 싸우고 있었다. 린위안은 자신이 이 상황을 벗어나고 싶어 한다는 사실을 직감하고 그날 장리팅을 데리고 밀려드는 물살을 벗어나려 했듯이 격렬하게 몸을 뒤틀었다. 그러나 진유롼은 놓아줄 생각이 없었다. 그저 린위안의 귀에 대고 나직이 한마디를 속삭일 뿐이었다. "착하지."

진유롼의 그 말은 주문 같았다. 흡사 등불처럼, 린위안이 맞닥뜨린 이 혼란 속에서 행동 방침을 지시했지만 이 행동이 과연 옳은지는 알 수 없었다. 소녀는 으레 유약하고 순종적이라는 고정관념이 있다. 소녀들은 웬만해서는 선택을 하지 않는데 이 역시 하나의 선택으로 보기 때문일 것이다. 그래서 린위안은 힘을 풀었다. 진유롼의 입과 손이 자신의 몸 어디에 있든 내버려두었다. 하체가 차츰 습기를 머금고 가늘게 떨려 왔다. 진유롼의 입술과 손길을 따라 린위안의 입이 서서히 벌어지고 자꾸만 신음이 흘러나왔다. 린위안은 진유롼이 돌리는 방직기가 된 기분이었다. 진유롼은 린위안이라는 집을 꾸미는 사람 같았다. 테두리를 그리고, 실을 감고, 두드리고, 건드렸다. 온몸의 구멍을 하나하나 탐색하고 경맥을 한 줄 한 줄 빗질했다.

"기분 좋지?"

진유롼은 그 손으로 린위안의 짧은 머리를 정돈해주었다. 어쩌면 다른 손일 수도 있지만 린위안은 알지 못했다. 온몸이 땀에 흠뻑 젖어 있었다. 진유롼은 린위안을 짜릿한 기쁨이 지나간 뒤에 찾아오는 쾌락 속으로 떠밀다 못해 깊이 빠져들게 만들었다. 린위안은 자신을 괴롭히던 온갖 고민을 멀리 쫓아낸 것 같았다. 진유롼이 한 모든 행동은 중간에서 방패가 되어주었다. 진유롼은 린위안이 잠시 몸을 피할 수 있는 보루가 되어주었다.

"네 몸, 정말 아름다워."

린위안도 차츰 대담해졌다. 은근슬쩍 수동성을 벗어던지고 적극적으로 변했다. 린위안의 입술이 진유롼의 매끄러운 목덜미를 타고 내려가 가슴에 머물렀다. 그리고 진유롼의 우아한 젖가슴에 점잖고 정중하게 입을 맞췄다.

"그럼 이 아름다운 몸에 부족한 게 뭔지 알아?"

진유롼은 침대에 여분으로 둔 얇은 이불을 자연스럽게 당겨서 가슴을 가렸다. 말을 하려다 마는 것을 몸으로 표현하는 것 같았다. 강한 기세를 감추려고 날카로운 발톱을 거두는 것 같았다.

"뭔데?"

린위안은 여전히 정신이 혼미한 상태라 잠시도 머리를 굴릴 수가 없었다.

"예쁜 진주 귀걸이 한 쌍이 부족해."

진유롼의 어조는 명령에서 애교로 모드를 바꾼 것 같았다. 마침내 시간이 싸움을 멈추었다. 린위안은 아직 진유롼의 말뜻을 제대로 이해하지 못했지만 저도 모르게 몸을 뗐다. 어쩐지 조금 거리를 두고 싶어졌다. 린위안은 엎드려서 두 팔꿈치로 상체를 받치며 진유롼을 쳐다봤다.

"귀걸이?"

진유롼은 무언가 기대하듯 눈을 빛내며 느리게 고개를 끄덕였다. 린위안은 뜻밖에도 방금 시체를 핥고 온 검은 고양이를 떠올렸다. 맑게 갠 하늘의 밝은 태양 아래에서 검은 고양이가 용마루를 지나며 부드러운 저주를 내리는 것 같았다.

"너 지금…… 네 어머니가 장리팅에게 주셨던 진주 귀걸이를 말하는 거야?"

"응."

린위안은 어느새 몸을 완전히 세워 앉았다. 뺨에서는 홍조가 싹 사라졌다. 누군가 얼굴에 얼음물을 한 통 끼얹어 기쁨이 씻겨 나간 것 같았다.

"……장리팅이 사고를 당한 지 얼마 안 됐어."

"알아. 그래서 내가 오늘 널 위로하려고 이렇게 **노력**했잖아."

진유롼의 어조는 부드러웠지만 동시에 무척 단호했다. 어린아이를 어르는 것 같았다. 그러나 '노력'이라는 단어에 분명히 액센트를 주어 말했다. 오늘 자신의 노력이 린위안에게 보상을 받을 만하다고 생각하는 것 같았다.

"……그때 리팅은 **자살**하고 싶었는지도 몰라. 알기나 해?"

무겁고 숨 막히는 모든 것이 다시 눈앞으로 돌아왔다. 심지어 진유롼이라는 보루가 무너지는 바람에 전보다 더욱 엉망이 되었다. 떨어지는 벽돌이 린위안의 발등을 때렸다. 산산이 부서진 보루의 잔해가 린위안을 묻었다.

"아, 그래?"

장리팅이 자살하고 싶었을지도 모른다는 설명은 어느 정도 진유롼에게 충격을 준 걸까. 진유롼은 허리를 세우고 침대의 한쪽 모서리로 물러나 앉아 한동안 깊은 생각에 빠졌다.

"그래, 그건 참 유감이야. 근데 그 애가 스스로 사라져버리고 싶었던 거랑 내가 귀걸이를 돌려받고 싶은 거랑 무슨 관계가 있는지 도저히 모르겠어."

"너……."

린위안은 사람이 아니라 흡사 여신 같은 진유롼의 아리따운 얼굴을 똑바로 쳐다봤다. 마침 옆에 창문이 있어서 얼굴과 머리카락 반쪽에만 달빛이 흘렀다. 아름다운 빛 망울 덕에 진유롼의 악의가 조금 가려졌다. 순간, 린위안은 분명히 깨달았다. 진유롼은 사악하다고 할 수 없다. 단지 극도로 자기중심적이고 귀걸이를 반드시 되찾겠다는 생각에 사로잡혔을 뿐이다. 가장 적당한 시기나 가장 좋은 시기 따위는 생각하지 않았다. 그저 어떤 수단을 써서라도 자신의 목적을 달성하려고 했을 뿐이다.

린위안의 심장박동이 잦아들어 차분해졌다. 장리팅의 얼굴이 눈앞에 선명하게 떠올랐다. 수면 위로 떠오른 그녀의 시신이 보이는 것 같았다. 실제로 그런 장면은 본 적 없지만 린위안은 이미 머릿속으로 수없이 상상하고 떠올리며 자신을 괴롭혔다. 린위안의 마음에 '혐오의 감정'이란 이름의 유정油井이 뚫린 것 같았다. 장리팅은 실제로 흘린 적 없는 피가, 장리팅은 실제로 외친 적 없는 절규가 소리 없이 그 구멍에서 뿜어져 나왔다. 혐오의 감정은 고요한 선홍색을 띠었고 붉은 낙화처럼 상실감을 담고 있었다. 진유롼은 더 이상 아무 말도 하지 않고 가만히 기다렸지만 얼굴에는 고집스러운 기색이 역력했다. 린위안이 자신의 요구를 흔쾌히 받아들이지 않아 무척 불만스러운 것 같았다.

"나 피곤해. 다음에 다시 얘기하자."

린위안은 진유롼을 상대하지 않고 이불을 뒤집어썼다. 장리팅의 얼굴이 자꾸만 눈앞에 아른거리고 진유롼의 얼굴은 시야 밖으로 사라져버렸다.

린위안은 베개에 얼굴을 묻었다. 진유롼이 씩씩대며 문을 쾅 닫고 나가는 소리가 들렸다.

20

　　　　　진유롼은 자신의 이름이 싫었다. 사
실 이름보다는 자기 자신을 싫어하는 것에 가까웠다. 특히
'롼鸞'이라는 글자가 싫었다. 이 글자는 '봉황', 즉 위세를 떨칠
큰 새를 의미했다. 다섯 살 때 조류도감에서 아름답고 복잡
한 봉황의 깃털 문양을 본 적이 있었다. 어린 진유롼은 자신
이 '롼鸞'이라는 이름처럼 휘황찬란하고 눈부시게 반짝이지
는 못하리란 것을, 그런 날은 결코 오지 않으리라는 것을 문
득 깨달았다. 오히려 여동생의 이름이 부러워지기 시작했다.
'훙鴻'은 쓰기가 훨씬 간단했다. 또한 하늘을 날 수 있는 물새
를 의미해서 봉황보다 훨씬 자유로운 것 같았다.
　당시 진유롼은 자신의 이름 마지막 글자를 쓸 때마다 획수
가 너무 많다며 불평을 터뜨렸다. '롼鸞'은 구조가 복잡한 수

수께끼 같아서 어린 진유환이 출구를 찾기엔 버거웠다. 가벼운 앞 두 글자 때문에 오히려 마지막 한 글자, 꼬리가 너무 커서 흔들 수 없는 '환鸞'의 무거움이 훨씬 두드러졌다.

진유환은 여덟 살 때 엄마를 죽이려고 한 적이 있었다. 그때는 너무 어려서 반짝이고 아름다운 것들이 왜 좋은지 몰랐다. 레이스 무늬는 너무 번거롭고 가식적이었다. 이를테면 레이스 벌룬스커트는 입는 순간부터 일종의 구속감이 느껴졌다. 한번은 진유환의 엄마가 순백의 레이스 장갑을 골라 손에 끼워주려고 했다. 그러나 진유환은 망설였다. 엄마가 원하는 꾸밈새가 마음에 드는 척 능청스럽게 받아들여야 할까? 레이스가 너무 간지러울 것 같아. 진유환은 한참을 머뭇거리다가 엄마의 제안을 거절했다.

"⋯⋯안 낄래요."

"진심이니?"

엄마의 낯빛이 살짝 굳었다. 조금 화가 난 것 같았다. 그래도 애써 우아한 모습을 유지하려는 듯 입가에는 여전히 미소가 걸려 있었다. 엄마가 왼손으로 레이스 장갑을 꽉 쥐고 오른손으로 귓불의 귀걸이를 매만졌다. 진주가 조명 아래에서 빛을 반사했다. 진유환은 눈을 동그랗게 뜨고 진주 귀걸이를 바라보며 망설였다. 계속 고집을 부려도 될까? 그때는 **진짜 자**

아를 표현할 경우 따라올 후폭풍이 뭔지 잘 알지 못했다. 엄마 앞에서 자신의 의지와 요구를 표현할 권리가 있다고, 순진하게 생각했었다.

"정말, 안 낄 거야?"

엄마가 한 번 더 물었다. 말투에 냉기가 감돌았다.

"으음음…… 네, 안 낄래요."

"너 이거 안 끼면 앞으로는 정말 아무것도 없어. 네 방에 있는 예쁜 옷과 신발은 싹 다 여동생에게 주고, 넌 여동생이 입던 수수한 면 티셔츠와 카키색 바지를 입으면 되겠다."

엄마는 갑자기 태도를 바꿨다. 더 이상 다정하게 말하지 않았다. 자신의 호의를 이해하지 못하는 진유롼에게 무척 짜증이 난 모양이었다.

"넌 엄마가 예쁘다고 생각하지 않니? 엄마처럼 꾸미기 싫어?"

갈수록 화가 치미는지 말투가 점점 거칠어졌다.

"너도 참, 뭐가 좋고 나쁜 줄을 모르는구나. 고마운 줄도 모르고."

엄마는 굳은 얼굴로 몸을 홱 돌렸다. 진유롼을 외면하고 진유홍에게 천천히 다가갔다. 뾰족한 하이힐이 또각또각 소리를 냈다. 엄마가 보기 드문 부드러운 태도로 허리를 숙여 레이스 장갑을 끼워주는 순간, 진유롼은 늘 소심하던 여동생이 놀라면서도 기쁜 표정을 짓는 것을, 조그마한 얼굴에서 웃음이 절로 새어 나오지만 무서워서 꾹 참는 모습을 봤다.

그때가 어린 진유롼의 마음에 처음으로 한 가닥 불안이 스친 순간일 것이다. 태어날 때부터 금이야 옥이야 보살핌을 받고 아무 걱정 없이 살다가 문득 그런 지위가 위태로울 수 있음을 느낀 것이다. 특히 엄마의 마음속에서 결코 흔들리지 않던 '가장 사랑받는 딸'의 지위를 여동생에게 빼앗길까 봐 두려웠다. 진유롼으로서는 절대 참을 수 없는 일이었다.

"돌려줘."

진유롼이 손을 뻗었다. 여동생에게서 레이스 장갑을 빼앗을 작정이었다.

"하지만…… 이건 엄마가 나한테 준다고 했잖아."

곧 일곱 살이 되는 진유홍은 아는 게 많지는 않았지만 억울해하기보다 고집스러운 기색을 내비쳤다. 팔짱을 끼고 방어 자세를 취했다. 진유롼은 남들이 더 좋은 물건을 가지거나 남들의 시선이 자신에게 집중되지 않는 것을 절대 참을 수 없었다. 엄마는 옆에서 두 딸의 연극을 감상하며 가만히 기다렸다. 아마 진유롼이 자신처럼 자기애가 있어서 주목에 갈망한다는 사실을 진즉 알아챘을 것이다. 아니면 어느 딸이 자신의 복제품일지, 어느 딸이 자신에게 더 충성스러울지, 동시에 어느 딸이 더 쉽게 휘두를 수 있는 꼭두각시가 될지 유심히 관찰했는지도 모른다.

그때 진유롼은 키가 덜 자랐고 팔도 길지 않았으나 몸으로 의지를 드러내는 방법을 이미 알고 있었다. 진유롼은 갑자기 동생을 공격했다. 먼저 진유흥의 두 어깨를 밀었다. 진유흥의 몸이 뒤로 쏠리며 균형을 잃자 그 틈을 타 두 손을 뻗어 진유흥의 손에서 장갑을 벗겼다. 진유롼의 동작은 난폭했다. 레이스 장갑이 찢어질 수도 있을 텐데 그런 걱정 따윈 하지 않는 것 같았다. 장갑 자체는 전혀 중요하지 않은 모양이었다. 중요한 것은 장갑을 빼앗는 행위의 상징적인 의미였다.

공격성이 덜한 진유흥의 성격은 여기서 드러났다. 하나를 보면 열을 알 수 있다고, 두 자매의 어린 시절을 보면 진유흥은 평생 언니의 상대가 되지 못할 터였다. 진유흥은 얼굴을 찡그렸다. 입술을 납작하게 만들고 푸후 소리를 내더니 울음을 터뜨렸다. 진유롼은 동생을 흘끗 본 다음 고개를 돌려 엄마를 바라봤다. 나이에 비해 지나치게 냉정한 엄마의 표정은 무슨 생각을 하는지 짐작하기가 어려웠다. 엄마는 그저 얼음같이 차가운 얼굴로 진유흥이 우는 것을 지켜봤다. 막내딸을 위로할 생각은 없는 것 같았다. 진유롼도 마찬가지였다. 그저 엄마의 얼굴을 응시하며 생각할 뿐이었다. 엄마의 얼굴이 어둡네. 얼굴 피부 전체가 아주 팽팽히 당겨졌어. 진유홍은 방에서 계속 악을 쓰며 울었지만 아무도 관심을 기울이지 않았다.

엄마는 화가 난 건가? 아닌 것 같아. 근데 왜 나를 안 보지? 진유롼은 엄마와 자신 사이에 긴장감이 높아지고 있음을 느꼈다. 조그마한 손으로 레이스 장갑을 꽉 쥐었다. 장갑 일부가 땀으로 젖었다. 달래는 사람이 없는 진유홍의 울음소리는 차츰 억지 울음으로 변했다. 터지고 찢긴 비단 같은 목소리가 무척 애처롭게 들렸다. 엄마의 치맛자락이 펄럭이고 구두 끝이 방향을 바꾸었다. 진유롼은 그 짧은 순간에 결심을 굳히고는 엄마의 품속으로 뛰어들었다.

"엄마, 평생 엄마 말만 들을게요."

진유롼은 일부러 엄마를 세게 끌어안았다. 지나치게 가는 엄마의 허리를 부러뜨릴 것처럼 꽉 끌어안았다. 그렇게 말하고 나자 억울한 기분이 들었다. 하지만 곰곰이 생각해보니 뿌듯하기도 했다. 억울한 이유는 이제부터 엄마에게 굴복해야 한다는 것을 깨달았기 때문이다. 뿌듯한 이유는 오늘 이후로 엄마가 편애하는 딸이라는 자신의 지위가 절대 무너지지 않는다는 것을 알았기 때문이다.

엄마는 진유롼을 안아주지 않았다. 꼼짝도 하지 않고 제자리에 똑바로 서 있었다. 이윽고, 얼굴에 묘한 미소가 떠올랐지만 오래 지속되지 않았고 입에서 하품이 나왔다.

"피곤해서 낮잠 좀 자야겠다. 장갑은 소중히 간직하렴."

진유환은 엄마가 자신에게 하는 말임을 알고 착한 아이처럼 고개를 끄덕였다. 그리고 동생에게 경멸 어린 눈을 흘겼다. 어떤 말도 하고 싶지 않았다. 동생을 위로하거나 달래는 짧은 말 한마디도 건네고 싶지 않았다. 심지어 레이스 장갑은 당장 끼고 싶지도 않았다. 결국 진유환은 장갑을 손에 쥐고 매몰차게 방을 나갔다. 진유홍은 여전히 훌쩍이고 있었지만 아무도 신경 쓰지 않았다. 그러다 진정했는지 얼굴에 눈물 자국이 남은 채로 바닥에 웅크리고 누워 깊이 잠들었다.

진유홍은 나이를 먹으면, 진정한 여인으로 성장하면 그제야 당시 상황과 자신의 엄마를 이해할 수 있을 것이다. 어떤 엄마들은 여자일 때, 아니 오로지 여자이기만 할 때 무력하고 연약해서 현실 앞에서 무너지고 성취감을 충분히 얻지 못한다. 그래서 '엄마'라는 신분은 어떤 전지전능한 특성을 부여한다. 엄마는 자신이 소유한 아이 앞에서, 어린 딸의 마음속에서 동경할 만한 전지전능한 신이 된다. 이런 엄마들은 평생 자만심을 떨치기가 힘들다. 딸에게 엄마는 타고난 원죄와 같다. 아니면 처음부터 권력이나 절대 우위를 지닌 폭력적 존재일 수도 있다.

"나, 엄마를 죽일 거야."

여덟 살짜리 진유환이 진지하게 이 말을 했을 때, 옌은 그저 웃을 수밖에 없었다. 자기 접시를 든 손이 흔들려서 하마터면 그 위에 놓인 작은 은수저를 떨어뜨릴 뻔했다. 옌은 두 손이 흔들리지 않게 힘을 주고 진유환을 돌아봤다. 계란형 얼굴은 아직 작아서 메추라기 알 같았다. 그래도 얼굴선을 보면 확실히 장차 미인이 될 씨앗이었다. 진유환은 엄니가 다 자라지 않은 어린 사자처럼 이를 갈며 엄마를 죽이겠다고 했다.

"왜요? 사모님에게 마음에 안 드는 부분이 있어요?"

옌은 애써 웃음을 참으며 진지한 척 표정을 가다듬고 진유환과 대화를 나눴다.

"꼭 이유가 필요해? 엄마가 나에게 하는 말과 행동을 봐, 딱히 이유가 없잖아. 자기 맘대로 하는 거 아냐? 근데 나는 왜 그냥 원하는 대로 못 해? 나도 그냥 엄마를 죽이고 싶은 것뿐이야."

"알겠어요. 그렇다면 저도 더는 말리지 않을게요, 우리 큰아가씨."

옌은 몇 마디를 더 나눈 뒤에 다시 고개를 돌리고 일에 열중했다. 그때의 옌은 세상 물정에 밝았지만 또 한편 충분히 밝진 않았다. 단지 진유롼의 사랑스러운 겉모습만 보고 내면의 사악함은 보지 못했다. 진유롼의 눈에 담긴 악의는 겨울날 진흙 속에서 싹트기를 기다리는 씨앗 같았다.

그날 밤, 진유롼은 자신의 곰 인형인 **마리 앙투아네트**를 가지고 살의殺意를 실행에 옮겼다. 한밤중의 진씨 가문 대저택은 음산한 기운이 감돌아서 용기를 북돋워주는 곰 인형이 필요했다. 진유롼은 긴 복도를 걸었다. 털이 보송보송한 슬리퍼를 벗어 던지고 서늘한 바닥 타일을 살금살금 밟았다. 아무 소리도 내지 않는 데에 온 정신을 쏟느라 발이 더러워졌다는 것도 알아채지 못했다. 평소라면 사용인들에게 벌컥 화를 냈을 것이다. 사용인들은 진즉 잠이 들어 아무도 없었다. 진유롼은 조금 긴장되면서도 흥분됐다. 이 야심한 밤의 복도에서 신나게 스케이트를 탈 수 있을 것만 같았다.

진유롼은 맨발로 미끄러지듯 지하실의 부엌에 들어갔다. 부엌은 어두웠다. 그러나 진유롼은 사용인들과 옌이 깰까 봐 불을 켜기가 두려웠다. LED 손전등을 들고 와서 다행이었다. "마리 앙투아네트, 나 똑똑하지?" 진유롼은 인형에게 뿌듯하게 말을 건네며 희미한 불빛에 의지해 조리대를 구석구석 살폈다. 칼꽂이는 벽에 붙어 있었다. 진유롼의 키로는 아무리 까치발을 하고 손을 뻗어도 너무 멀었다. 그러나 진유롼은 이런 일로 당황하는 아이가 아니었다. 용의주도한 성격은 작은 키라는 결함을 보완하고도 남았다. 머릿속에는 이미 계획이 다 있었다. 진유롼은 구석에 있는 발판을 조심스럽게 옮겨 왔다. 아무 소리도 나지 않도록 최대한 노력했다. 하지만 그 정도 높이로는 역부족이었다. 이번에는 낮은 찬장의 문을 열고 크고 속이 깊은 냄비를 꺼냈다. 냄비 바닥이 천장을 향하도록 뒤집어서 발판에 올렸다. 진유롼은 그 위에 올라서기 전에 잊지 않고 곰 인형을 챙겼다.

"마리 앙투아네트, 얌전히 의자에 앉아 있어. 난 네가 떨어지는 걸 원치 않거든."

진유롼은 애정을 담아 말을 건네고 인형의 머리를 쓰다듬었다. 그런 다음 발판을 밟고 냄비에 올라갔다. 두 팔로 지지한 몸을 앞으로 기울이며 까치발을 세웠다. 그러다 균형을 잃고 넘어질 것 같아서 다시 똑바로 섰다. 혹시라도 발을 헛디뎌 큰 소리가 나면 큰일이었다. 조금 두렵기는 했지만 옌에게 걸린다면 그냥 어쩔 수 없는 일이라고 생각했다. 옌은 잔소리나 몇 마디 할 뿐, 노발대발하며 진유롼을 꾸짖을 자격은 없었다.

그러나 진유롼은 역시 진유롼이었다. 실행력은 본인이 상상한 것보다 훨씬 뛰어났다. 진유롼은 순조롭게 가장 원하는 칼을 손에 넣었다. 바로 커다란 식칼이었다. 오른손으로 쥐어 보니 조금 무거웠다. 왼손에는 마리 앙투아네트 곰 인형을 들었다. 진유란은 폴짝거리며 부모님의 침실로 달려갔다. 우윳 빛 잠옷에 가득 새겨진 작은 꽃들, 하늘하늘한 치맛자락의 하얀 레이스와 술 장식 때문에 날랜 요정 같았다.

진유란은 조용히 부모님의 침실에 들어갔다. 코를 찌르는 짙은 꽃향기가 물씬 풍겼다. 재채기를 하지 않도록 꾹 참다 보니 혐오감이 일었다. 벽에 사진이 잔뜩 걸려 있었다. 대부분 온 가족이 함께 찍은 사진이었다. 사진 속 사람들은 하나같이 바비 인형처럼 빈틈없이 꾸민 상태였다. 진유란은 가장 눈에 띄는, 사진 한복판에 서 있는 아빠를 응시했다. 금발 아빠의 푸른 눈은 날카롭고 깊었다. 어깨선이 딱 맞는 맞춤 정장을 입어 멋진 모습이 더욱 돋보였다. 그러나 그런 아빠가 너무 낯설게 느껴졌다. 진씨 자매는 엄마를 더 많이 닮았다. 특히 진유란이 그랬다. 목을 살짝 틀어 카메라 렌즈를 비스듬히 쳐다보는 모습은 엄마의 판박이였다. 진유란은 엄마가 꾸며내는 모습을 이미 어릴 때부터 차근차근 익혀온 것이다.

진유란은 칼을 들고 큰 침대로 다가갔다. 침대의 절반은 아무도 건드리지 않은 것 같았다. 아빠, 아빠는 아직 침대에 오르지 않은 것이다. 예상을 조금 벗어나서 놀라긴 했지만 아주 뜻밖의 일은 아니었다. 저녁 식사 시간에 엄마는 아빠가 또 급히 손님 접대를 하러 갔다고 했다. 아빠가 집에 오지 않는 이유는 덩굴에 맺히는 포도 열매 같았다. 포도는 풍년을 맞은 듯 주렁주렁 열렸다. 진유롼은 가까이 다가가 엄마의 얼굴을 자세히 들여다봤다. 엄마는 속상한가? 그런 것 같지는 않았다. 깊이 잠들었지만 여전히 긴장한 상태였다. 언제 어디서나 꼭 미소를 띠어야 한다고 자기 자신에게 강요하는 것 같았다. "여자는 언제 어디서나 완벽하게 아름다운 모습을 유지해야 해." 진유롼은 엄마가 자는 중에도 화장했을 때처럼 피부가 좋아 보이도록 고급스럽고 비싼 가루를 뿌린다는 걸 알고 있었다. 근데 자는 중에 볼 사람이 있나?

진유롼은 베개 옆에 서서 손에 든 칼을 머리 위로 높이 들고 엄마의 감은 두 눈을 노려봤다. 엄마의 뺨은 무드 등의 은은한 조명을 받아 아주 입체적으로 보였다. 음영은 물감을 묻힌 붓처럼 엄마의 얼굴에 이야기를 한 줄 한 줄 써 내려갔다. 엄마는 로열블루색의 실크 잠옷을 입고 있었다. 짜임이 촘촘한 실크 잠옷에 금실 테두리와 은실 무늬가 박혀 있어 화려한 옷을 입고 자는 것처럼 보였다. 절제된 엄마의 두 손은 가슴 앞에 가지런히 놓여 있었다. 잠을 잔다기보다는 죽은 것처럼 보이는 자세였다. 엄마는 마치 휘황찬란한 묘지에서 잠든 것 같았다.

진유환은 엄마에 대해, 이런 모습으로 잠이 든 눈앞의 여자에 대해 복잡한 감정이 들었다. 높이 든 손을 아래로 내렸다. 이 세상의 모든 딸은 엄마를 살해할 생각을 한 번쯤은 해봤을지도 모른다. 그러나 결국 손을 쓰지 못하는 이유는 자신의 미래 모습을 봤기 때문일 것이다. 그러나 진유환은 이유가 달랐다. 엄마의 피가 튀어서 자신이 가장 아끼는 마리 앙투아네트가 더러워지는 게 싫었던 것이다.

"너, 날 죽이려고?"

엄마는 어느샌가 잠에서 깼지만 몸은 미동도 없었고 눈조차 뜨지 않았다. 겉모습만 보면 여전히 자는 것 같았다.

"……역시 내 딸답네."

엄마는 피식 웃더니 얼굴을 돌렸다. 옆에 서 있는 진유환을 보고, 손에 든 칼을 보고, 품속에 있는 곰 인형을 봤다. 진유환은 어둠 속에서 고개를 갸우뚱하고 서 있었다. 오늘 밤 우여곡절을 겪으며 어지럽게 헝클어진 산발 머리가 얼굴을 반쯤 가렸고 양쪽 관자놀이에서 땀이 살짝 배어난 탓에 머리카락 몇 가닥이 얼굴에 달라붙어 있었다.

"네 몰골 좀 정돈하지 않을래?"

진유롼은 그 말을 따르지 않았다. 엄마의 말에 조금 화가 났다. 자기 목숨보다 내 상태가 **엉망**인 것에 더 신경을 쓰는 거야? 엄마는 아마 처음부터 진유롼이 절대 자신을 죽이지 못하리라고 확신했을 것이다.

"아빠는 왜 집에 안 와요?"

엄마는 대답하지 않고 다시 고개를 돌려 천장을 바라봤다. 그리고 살짝 한숨을 쉬었다.

"모르겠어. 넌 아니?"

진유롼은 고개를 저었다. 모녀 사이에 적막이 감돌았다. 진유롼은 칼 든 손으로 자신의 잠옷 치맛자락을 만지작거렸다.

"침대에 올라와서 같이 잘래?"

진유롼은 고개를 끄덕였다. 식칼은 대충 바닥에 내던지고 곰 인형 마리 앙투아네트와 함께 큰 침대에 올랐다. 진유롼이 이불 속에 웅크리고 누웠을 때도 엄마는 첫 모습 그대로 누워 있었다. 진유롼을 안아주지도 위로해주지도 않았다. 진유롼은 아빠의 자리에 누워 엄마의 자세를 따라 했다. 손깍지를 끼고 가슴께에 가지런히 얹었다. 오늘 밤 한바탕 소동을 겪은 진유롼은 금세 잠이 들었다.

다음 날 이른 아침에 옌이 침실 바닥에 떨어져 있는 칼을 발견하고 어젯밤에 도대체 무슨 일이 벌어졌나 의아해하기 전까지, 진씨 집안의 두 모녀는 아주 곤히 잠을 잤다. 관 속에 서 나란히 잠든 아름다운 모녀 같았다.

21

진유홍은 종종 누군가 자신의 이름을 부르는 것 같아서 길을 걷다가 자꾸만 뒤를 돌아봐야 했다. 하지만 그녀의 이름을 부르는 사람은 아무도 없었다. 남들에게 필요한 존재이길 바라는, 자신의 이름이 불리길 바라는 갈망은 늘 채워지지 않았다. 진유홍은 자신이 미끼는 물었지만 낚시꾼이 원하지 않는 물고기라고 생각했다. 상대의 기대를 저버리는 오해 같은 존재였고 수많은 소녀들 사이에서 아주 흔한 존재였다. 그러나 시간이 지날수록 익숙해졌다. 이렇게 무시당하는 현실은 일찍이 일상의 일부가 되었다. 진유홍은 자신의 이름에 대해, 심지어는 자기 자신에 대해 별생각이 없었다.

"네가 골탕 먹였다는 게 정말 믿기지가 않아."

진유훙은 식당에서 놀란 얼굴로 찬탄하듯이 말했다. 린위안은 포크로 그릇에 담긴 유기농 샐러드를 대충 휘저으며 이게 무슨 말인가 생각했다. 진유훙의 얼굴은 흥분과 뿌듯함으로 가득했다. 그제야 진유롼에 대한 이야기임을, 린위안은 깨달 았다. 진유훙이 어젯밤 일에 대해 얼마나 알까 싶어 뜨끔했다.

"아, 난 그냥 리팅의 물건들을 주고 싶지 않았어. 적어도 지 금 당장은…… 싫어서."

"물건들?"

사실 린위안은 장리팅이 301호실에 이사 온 뒤로 진유훙 과 별 접점이 없어서 친하지 않았다. 그래서 이제야 진유훙이 눈치가 빠른 아이라는 것을 알게 됐다. 진유훙은 린위안의 말 에서 다른 의미를 담은 단어를 예리하게 포착했다. **물건들**. 진 짜 똑똑하네! 린위안은 조금 망설여졌다. 진유훙에게 대체 어 디까지 말해줘야 할까?

"너도 그런 경험이 있을지 모르겠는데…… 아주 잘 안다고 생각한 사람에게서 생각과 전혀 다르다 못해 아주 당황스러 운 면을 본 적 있어?"

"아! 그건 아주 흔한 일이지. 우리는 온갖 괴상한 이유를 들 면서 남에게 우리가 생각한 모습을 기대하잖아. 반대로 우리 도 그런 걸 감당하고 살지…… 일종의 망상이라고 해야 하

334

나? 특히 일방적으로 우리를 이해한다고 멋대로 착각하는 어른들이 만들어낸 망상 말이야."

린위안은 진유홍이 '멋대로 착각'이라고 말했을 때, 그녀가 마음을 나눌 수 있는 상대라고 단정 지었다.

"나는 지금껏 장리팅을 충분히 잘 아는 줄 알았어. 아무래도 안 지 오래됐고, 같은 자오얼섬 출신이라 같은 경험을 했으니까."

진유홍은 식탁에 걸터앉으며 엉덩이 양옆으로 손을 짚고 상체를 살짝 기울였다. 린위안의 말을 경청하겠다는 의미였다.

"근데 리팅을 잃고 나니까…… 나는 리팅이 어떤 일을 겪었는지, 어떤 고민을 했는지 전혀 몰랐다는 사실을 깨달았어."

"예를 들면?"

린위안은 장리팅에게 품은 의심을 입 밖으로 꺼내기 전까지도 말을 할지 말지 망설였다. 자신의 오해로 인해 남들이 생각하는 장리팅에 대한 인상이 망가질까 봐 걱정됐다.

"리팅에게 보석함이 하나 있는데, 그 애의 물건일 리 없는 비싼 물건이 가득 들어 있었어."

"그 애의 물건일 리 없는…… 비싼 물건?"

진유홍은 잠시 멈칫하더니 이내 알겠다는 표정을 지었다.

"아, 그러니까 네 말은 **다른 사람**의 물건 같다는 거야?"

린위안은 고개를 끄덕였다. 자신이 훔친 것도 아닌데 어쩐지 부끄러웠다.

"어떻게 처리해야 좋을까? 그 물건들을 돌려주는 게 옳다고 생각해?"

"이제 와서 물건을 돌려주는 게 정말 의미가 있을까? 근데 이건 내 생각일 뿐이야. 나도 무엇이 최선일지 잘 모르겠어."

린위안은 잠시 말이 없었다. 요 며칠 벌어진 사건들 때문에 너무 혼란스러웠다. 마음이 갈팡질팡했다.

"솔직히 말하면 장리팅은 이제 없잖아. 그 물건들을 돌려주는 게 의미가 있을지 없을지는 이제 너의 문제야. 장례나 유품처럼, 어떤 고민이든 다 남아 있는 사람의 몫이지. 넌 돌려주고 싶어? 돌려주고 싶다 치자. 누구한테 돌려줘야 하는지, 어디로 돌려줘야 하는지 알아?"

린위안은 확실히 거기까지는 생각하지 못했다. 그저 장리팅을 대신해 물건들을 처리해야 할지 말지만 고민했다. 어쨌거나 돌려주든 돌려주지 않든 장리팅은 아무 영향도 받지 않는다. 물건의 원래 주인에게 해명하고자 한다면, 린위안이 장리팅 대신 경위를 설명해야 한다. 그런데 어떻게 설명할 수 있을까? 생각이 거기에 미치자 린위안은 머리가 은근히 지끈거렸다.

"일단 이렇게 물어보는 게 좋겠다. 원래 어디에 있던 물건인지 알아낼 수 있어?"

"모르겠어. 근데 전부 우리가 수직농장에 오기 전부터 갖고 있던 물건 같아."

"음." 진유훙은 한동안 말없이 생각에 잠겼다가 말했다. "수직농장에도 매점이 있다는 거 알아? 남쪽 건물 5층에 있어. 장리팅이 정말 그랬다고 확신할 순 없지만, 음, 진짜 합리적으로 추측하기가 어렵네. 그래도 가서 알아볼 수 있지 않겠어? 정확히 네가 뭘 알아낼 수 있을지는 모르겠는데…… 어떻게 해야 좋을지 판단하는 데 도움은 되지 않을까?"

"응, 알겠어. 매점에 가볼게."

이윽고 침묵이 스멀스멀 밀려들었다. 두 사람은 할 말이 없는 어색한 상황에 빠졌다. 린위안은 장리팅이라는 화제 외에 진유훙과 나눌 만한 이야깃거리가 떠오르지 않았다. 고개를 숙이고 샐러드 그릇에 담긴 토마토, 양상추, 옥수수를 보며 장리팅과 함께 수직농장에서 보낸 세월을 떠올리다 불쑥 한마디를 던졌다. "너는 네가 그 애의 친구였다고 생각해?"

"장리팅 말하는 거야?"

진유훙은 몇 초간 고민하다가 식탁에서 엉덩이부터 떼고 입을 열었다.

"싫어하지 않는 친구에게, 어쩌면 조금 좋아한다고 할 수도 있는 친구에게 어떻게 다가가야 할지, 또 어떻게 친해져야 할지 몰라 괴로울 때가 있잖아. 난 우리가 다 비슷한 상황을 겪은 적이 있다고 생각해. 너도 알다시피 그 애가 평소에는 참 솔직하고 활발하잖아. 하지만 은근히 두렵지 않았을까? 자신의 속내를 들키는 것이, 누군가와 친해지는 것이. 그래서 자꾸만 달아나려 했을지도 몰라. 하지만 너는 막상 그 애가 떠나고 나니까 갑자기 가슴이 아프면서 그 애가 너를 온전히 신뢰하지 않았다는 것을, 너는 그 애가 세워둔 마음의 벽을 진정으로 넘지 않았다는 것을, 너희 둘의 관계가 절대 대등하지 않았다는 것을 깨달았겠지. 그 애는 아직도 널 시험하고 평가하고 있어. 평가 기간은 짧을 수도 있지만 길어질 수도 있어. 너는 네가 감당할 수 있을지, 그 애가 널 관찰하는 이 시간을 버틸 수 있을지 자신이 없을 거야. 버겁게 느껴지기도 하고. 하지만 가치 있는 시간이라고 생각하는 날도 있을걸."

린위안은 진유홍의 눈을 바라봤다. 샘물을 가득 담은 두 개의 와인 잔처럼 맑은 눈. 린위안은 진유홍이 장리팅에 대해 말하는 줄 알았다. 그러나 곰곰이 생각해보니 본인 이야기를 하는 것 같기도 했다.

"그러니까 내가 장리팅을 친구로 여겼는지가 중요한 문제는 아닐 거야. 장리팅이 나와 친구가 되고 싶었을까?"

　장리팅은 당연히 친구가 되고 싶었을 거야. 린위안은 수업을 마치고 매점으로 가는 길에 그렇게 생각했다. 다만 자신이 장리팅을 둘러싼 일에 대한 답을 알고 싶은지 확신할 수 없었다. 설령 답을 알게 된다 해도 무슨 도움이 될까? 이제 더 이상 무언가를 바꿀 기회가 없는데.

　린위안은 때로 소녀들 무리가 사이비 종교 집단처럼 느껴졌다. 무리마다 외부인은 알지도 이해하지도 못할 행동 양식이 존재한다. 이것은 **규칙**으로 볼 수도 있다. 어떻게 꾸며야 하는지, 어떤 말을 하면 안 되는지, 누구의 험담은 해도 되고 하면 안 되는지, 자신의 가장 내밀한 비밀을 서로 공유해야 한다든지…… 이런 규칙은 거의 사이비 종교의 우상 숭배 의식이나 다름없다. 그리고 진유롼은 바로 이 종교의 교주다. 진유롼이 장리팅을 좋아하지 않는다는 것은 린위안도 진즉 눈치를 챘다. 굳이 들춰낼 필요가 없었을 뿐이다. 다만 돌이켜 생각해보면 진유롼이 가장 싫어하는 사람은 아마 린위안 자신일 것 같았다.

　린위안은 요즘 습관적으로 진유롼을 피했다. 억울한 척하는 눈빛, 유혹적이고 도발적인 눈빛, 깊은 생각에 잠겨 있는 눈빛 등 진유롼의 어떤 눈빛도 다시 마주하기가 두려웠다. 린위안은 가끔 진유롼이 자기 본연의 모습을 좋아하지 않는다고 느꼈다. 그래서 자신이 원하는 특정 이미지를 만들어야 하는 것 같았다. 진유롼은 그 이미지를 통해 무리를 이루고 많은 사람이 곁에 머물고 싶어 하는 분위기를 조성했다. 그렇게 자신이 사랑받을 가치가 있는 사람이라고 합리화했다. 있는 그대로의 자신을 어찌나 못 믿는지, 내면의 자신을 어찌나 싫어하는지, 어찌나 두꺼운 가면을 만드는지…… 진유롼은 원하는 이미지를 만들기 위해 무던히도 애를 썼다.

린위안은 폐점 30분 전에 매점에 뛰어 들어갔다. 아마 지금이 가장 한산한 때일 것이다. 관광객과 시찰단은 한참 전에 떠나고 수직농장 직원들도 대부분 퇴근한 뒤였다. 다만 점내 통로에는 의외로 아직 정리하지 않은 온갖 상품이 가득해서 지나다니기 힘들었다.

"아, 미안해요. 여기가 좀 정신이 없죠. 남쪽에 또 섬 하나가 사라지는 바람에 우리 부서에서 일하는 직원들까지 한바탕 자리를 옮겼거든요. 그래서 아직 정리하지 못한 물건이 많…… 앗!"

눈앞에 쪼그리고 앉아 바삐 일하던 남자가 린위안의 얼굴을 올려다보더니 장황히 늘어놓던 말을 멈추고 '네가 누군지 안다'는 표정을 지었다. 그는 곧장 하던 일을 멈추고 일어나 린위안을 똑바로 쳐다보며 말을 건넸다.

"린위안, 맞지? 장리팅의 친한 친구?"

린위안은 화들짝 놀랐다. 이 남자가 나를 어떻게 아는 걸까.

"장리팅이 네 모습을 아주 자세히 묘사해줬거든. 큰 키에 다리는 예쁘고 길다 했어. 하지만 머리는 남학생처럼 아주 짧게 잘랐다고 했지. 너희가 예전에 자오얼섬에서 같이 찍은 사진까지 가져와서 보여줬어. 너도 알지? 네가 장리팅의 이름으로 초록색 구역을 무사히 빠져나갈 수 있도록 손쓴 사람이 있다는 거."

아, 이 남자가 그때 장리팅의 인맥이자 연줄이었구나. 린위안은 머릿속이 탁 트였다.

"그때 도와주셔서 고마웠어요."

"고맙기는, 별거 아니었어. 내 정신 좀 봐, 먼저 내 소개를 해야지. 난 왕얼둥이라고 해. 여기 매점의 점장이야."

린위안은 왕얼둥에게 말로 설명하기 힘든 이상한 느낌을 받았다. 좋은 느낌인지 나쁜 느낌인지 분간할 수 없었다. 왕얼둥이 장리팅을 안다고 말했음에도, 심지어 린위안이 초록색 구역을 빠져나갈 때 큰 도움을 준 사람임에도 여전히 강한 경계심이 들어서 뒤로 살짝 물러났다.

"그리고, 네 할머니 일은 참 유감이야. 너무 상심하지 말고."

린위안으로서는 낯선 사람에게 위로를 받는 건 거북한 일이었다. 누군가 강제로 손을 덥혀주려는 것 같았다. 하지만 얼굴에 감정을 바로 드러내지 않고 살짝 고개를 끄덕여 인사를 받았다.

"저희 할머니도 아세요?"

"응."

왕얼둥은 조금 망설였다. 더 많은 이야기를 해도 되는지 고민하는 것 같았다. 뭘 걱정하는 거지? 그러나 린위안 역시 먼저 입을 열고 싶지 않았다. 먼저 패를 꺼내거나 여기 온 의도를 밝히고 싶지 않았다.

"장리팅 말이야, 사실 나를 자주 찾아왔었거든. 우리는 서로 근황을 나누었어. 아니, 내가 장리팅의 하소연이나 학업에 대한 불평을 들어주었다고 해야겠지."

린위안은 왕얼둥의 눈에 스치는 묘한 빛을 포착했다. 그의 입에서 장리팅이라는 세 글자가 나올 때, 음색도 부드러워진 것 같았다. 그러나 린위안은 장리팅이 이 사람에 대해 하는 말을 들어본 적이 없었다. 혹시 장리팅이 언급했는데 내가 흘려들었나? 내가 정말 이렇게까지 친구에게 무심했던 걸까? 내가 정말 진지하게 관심을 쏟은 적이 있긴 할까?

마음속에 미안함과 죄책감이 스쳤다. 자신은 생각과 달리 장리팅에게 관심이 없었을지도 모른다. 자신이 꿈꾸는 그런 좋은 친구가 아닐지도 모른다. 깨닫지 못한 사이에 상당히 많은 영역에서 연기를 하며 살아왔는지 모른다. 진유환처럼.

"두 사람, 친했어요?"

"친했냐고? 그렇게 말할 수 있겠지. 외로울 때 대화할 수 있는 사람이 있으면 참 좋거든."

"……전혀 예상하지 못했어요."

"뭘 예상했는데?"

장리팅이 숨긴 인맥은 웬만해서는 알아내기 힘든 사람일 줄 알았다. 아니면 장리팅은 애초에 숨긴 적이 없었는지도 모른다. 린위안이 장리팅의 인맥을 제대로 알고 싶은 마음이 없어서 자세히 물어보지 않았을 뿐.

"살 거 있니? 이제 문을 닫아야 해서."

"그, 근데 제가……."

린위안은 어떻게 털어놓아야 할지 몰라 우물쭈물했다. 왕얼둥이 말한 '장리팅의 친한 친구'라는 자신이, 장리팅의 고민을 알아내기 위해 겉보기엔 그들과 아무 관련이 없는 남자에게 도움을 청해도 되는지 판단이 서지 않았다. 장리팅은 도대체 얼마나 많은 비밀을 숨긴 걸까?

"우리 나중에 밥 한 번 먹을까?"

린위안은 우물쭈물했을 뿐인데 왕얼둥은 자연스럽게 방안을 제시했다. 자신의 마음을 정확히 꿰뚫어 보는 능력에 린위안은 참을 수 없는 전율을 느꼈다.

"그 애가 좀 그리워서 말이야. 너랑 대화를 하다 보면 기분이 좀 나아지지 않을까 싶거든."

어조로 보아 왕얼둥은 부탁하는 것 같았지만 린위안은 거절할 도리가 없었다. 설령 왕얼둥에게 진정한 해답을 얻지 못한다 해도 상관없었다. 왕얼둥은 장리팅이 정말 세상을 떠나고 싶어 했는지 아닌지 알까? 장리팅이 어떤 단서라도 남기진 않았을까?

린위안은 문득 장리팅에 대해 많은 것이 궁금해졌다. 그러나 정말 답을 듣고 싶은 것인지는 확신할 수 없었다.

22

린위안과 왕얼둥은 주말에 학교 밖 식
당에서 만났다. 린위안에게는 이제 돌봐야 하는 할머니가 없
다. 그래서 잘 모르는 남자를 위해 이런 흔치 않은 외출 기회
를 호기롭게 탕진할 수 있었다. 식당은 왕얼둥이 골랐다. 그
는 반드시 수직농장과 협력하지 않는 식당을 골라야 한다고
했다. 그러지 않으면 우연히 동료를 마주칠지도 모르고, 정말
마주치면 자신이 왜 어린 여학생과 따로 만났는지 캐물을 거
라고 이유를 설명했다.

또한 왕얼둥은 괜히 오해받는 상황을 피하기 위해 수직농
장에서 함께 출발하면 안 된다고 강조했다. 린위안은 그런 건
눈 가리고 아웅이라고 생각했지만 워낙 수동적으로 따르는
일에 익숙해서 반대하지 않았다. 린위안은 차를 세 번 갈아탄

끝에 노란색 12구역에 있는 외진 장소에 도착했다. 배에서는 한참 전부터 꼬르륵 소리가 났다.

린위안은 두툼한 나무 꽃살문을 밀고 식당 안으로 들어갔다. 문 앞의 종업원이 건넨 인사에도 아랑곳하지 않고 기관총 같은 눈빛을 발산하며 식당 내 사람들을 훑었다. 손님은 많지 않았다. 왕얼둥은 가장 눈에 띄지 않는 구석에 앉아 있었다. 린위안을 기다리지 않고 먼저 주문했는지, 머리를 박고 음식을 흡입하느라 여념이 없었다. 린위안은 왕얼둥 맞은편 좌석에 미끄러지듯 앉아 왕얼둥과 그의 눈앞에 놓인 음식을 노려봤다. 어찌나 맛있게 먹는지 놀라울 정도였다. 왕얼둥은 한시도 눈을 들지 않았고 인사도 하지 않았다. 그저 입안에 든 큼직한 소고기를 씹느라 정신이 없었다. 린위안은 그 모습을 보며 침을 삼켰다. 냉대를 당하는 기분이 들었지만 어떻게 해야 할지 몰랐다. 내가 지금 왜 이 남자와 같이 있는 걸까, 의아했다. 어쩌면 장리팅이 왜 이 남자와 어울렸는지가 더 의아한지도 모른다.

"미안, 이해 좀 해줘. 이런 천연의 음식을 먹은 지가 정말 오래됐거든."

왕얼둥은 어렵사리 입속의 음식물을 처리하고 트림이 크게 나오지 않도록 억눌렀다. 트림 가스가 잘게 쪼개져 나와 어항 밑바닥에서 뻐끔대는 금붕어를 보는 것 같았다. 왕얼둥은 털이 복슬복슬한 오른손으로 불룩해진 배를 쓰다듬었다. 지금 왕얼둥은 수직농장에서 봤던 모습과는 딴판이었다. 긴장을 확 풀어서 표정까지 풍부해졌다고 해야 할까. 머리를 양 갈래로 땋은 여종업원이 맥없이 다가와 린위안에게 메뉴판을 건넸다. 그리고 하품을 참듯 입을 오므린 채 린위안의 컵에 물을 채웠다.

"수직농장 직원이면 좋은 작물과 농산품을 접할 기회가 많지 않나?"

린위안은 메뉴판을 살피며 혼잣말하듯 빈정거렸다. 메뉴판은 여러 번 쓰고 지우기가 편한 아크릴 판에 파란색과 검은색 보드 마커로 글씨를 쓴 것이었다. 메뉴는 아크릴 판 앞뒤 면에 적힌 게 전부라서 선택지가 별로 없었다.

"그거 아니?" 왕얼둥이 고개를 젖히며 물을 벌컥 들이켰다. 입을 헹구려는 것 같았지만 린위안을 슬쩍 보며 멈칫하더니 그대로 물을 삼켰다.

"수직농장의 작물은 전부 심혈을 기울여 선별하고 유전자를 조작한 최적화된 품종이야. 추위와 더위에 잘 견디고 병충해에도 강해. 극한의 상황에서도 쑥쑥 자라고 살아남지. 작물의 요리법도 수차례 실험과 연구를 거쳐서 가장 알맞은 방식을 찾아냈어. 사람들이 해당 작물을 먹으면 가장 건강한 상태를 유지할 수 있도록 비타민과 미네랄을 최대한 보존하고 영양 손실을 최소화하는 거지."

"아주 완벽한 것처럼 들리네요."

린위안은 메뉴판에서 감자그라탕을 골랐다. 사이드 메뉴는 샐러드도 있지만 감자튀김을 골랐다. 무척 기름지고 건강에 안 좋겠지만 평소 수직농장에서 전혀 먹을 기회가 없는 음식이라 이참에 주문한 것이었다. 린위안은 생각했다. 알 게 뭐야.

"완벽함은 지루함과 같은 것이지. 대다수의 너희들처럼."

갈래머리의 여종업원이 친절한 미소를 지으며 린위안의 손에서 메뉴판을 가져갔다. 종업원은 린위안과 나이가 비슷해 보였고 샐러드에 뿌린 깨처럼 양 볼에 주근깨가 가득했다. 왼팔에 새겨진 노란색 장미 문신은 왼쪽 팔목에서 반짝이는 노란색 팔찌와 어우러졌다. 그런 사소한 모습들을 눈여겨보던 린위안은 문득 노란색 구역의 소녀들이 어떻게 사는지 궁금했다. 초록색 구역 소녀들처럼 학교에 다닐까? 린위안은 수직농장에서 살게 된 뒤로 이런 문제를 생각해본 적이 없었다. 그저 관심을 가지고 싶지 않았을지도 모른다. 도피하고 싶거나, 아니면 관심을 가진다 해도 무언가 바꿀 능력이 없다는 걸 알기 때문일지도 모른다.

"음, 하지만 저는 완벽하지 않은데요."

"알아. 그래서 너는 별로 지루하지 않아. 장리팅도 그랬지. 너희는 완벽함의 기준과는 거리가 멀어. 그래서 내가 널 불러 낸 것이기도 해."

식사와 함께 제공되는 음료가 먼저 나왔다. 린위안은 너무 배가 고파서 음료를 벌컥 들이켰다. 티백으로 우려낸 저렴한 차 같았다. 목을 넘어갈 때 흙 맛이 났다.

"무슨 뜻이에요?"

린위안은 자신이 완벽하지 않고 지루하지도 않다는 말을 듣는 순간, 웃을 수도 울 수도 없었다. 화를 내야 할지, 아니면 고맙다고 해야 할지 감이 오지 않았다.

"모르는 척하지 마."

린위안은 왕얼둥이 지금 자신에게 왜 이토록 무례하게 구 는지 의아했다.

"네가 모를 리 없잖아. 눈치 못 챘어? 너랑 장리팅에게 겹도 는 느낌이 든다는 거? 아, 단순히 너희 둘만 놓고 비교하면 장 리팅이 훨씬 심하긴 하지. 적어도 너는 강인한 편이니까. 장 리팅은 수직농장에서 지낼 때 뼈에 사무치도록 두려웠을 거 야. 분명 전혀 적응하지 못했을 거야. 참 가엾은 아이지."

"하지만 그게 정상이라고 생각했어요. 그런 겉도는 느낌은 시간이 지나면 자연스럽게 사라질 줄 알았다고요."

차가 너무 씁쓸했다. 린위안은 차에 설탕을 더 넣고 티스푼으로 저으면서 언제 이와 비슷한 느낌이 들었는지 떠올려봤다. 할머니와 함께 처음 자오얼섬에 갔을 때였다. 그때는 항상 왠지 모를 불안감을 느꼈다. 그러나 다행히도 곧 장리팅을 만났다. 마치 동족을 찾은 것 같았다. 동병상련의 정을 느꼈고 초조함과 자기 의심이 금세 사라졌다. 그러나 장리팅은 이제 없다. 린위안은 자신이 또 이런 당혹감을 느끼게 될 줄은 몰랐다.

왕얼둥은 말을 이어갈 생각이 없는지 숟가락에 남은 고기 소스를 하염없이 핥으며 잠자코 린위안의 이야기를 들었다. 그런 모습을 보고 있자니 린위안은 절로 반감이 솟구쳤다. 공기가 점점 얼어붙었다. 왕얼둥은 더 말을 할 생각이 없는 듯 린위안을 물끄러미 쳐다봤다. 린위안은 혼란스러웠다.

"뭐예요?"

"그건 내가 할 소리잖아? 장리팅에 대해 궁금한 게 있어서 날 찾아온 거 아냐?"

"맞아요. 저는, 저는……."

린위안은 문득 자신이 울먹이고 있다는 것을 깨달았다. 거대한 두꺼비 한 마리가 목구멍에 걸려 삼키지도 뱉지도 못하는 것 같았다. 뭐부터 물어봐야 좋을지 알 수 없었다. 장리팅의 보석함에 들어 있던 물건에 대해 물어봐야 하나? 아니면 장리팅이 빨간색 구역에서 마지막으로 한 생각이 대체 뭐냐고 물어볼까?

"잘 모르겠어요. 왜……."

린위안은 어떤 말을 해야 할지 고민했다.

"당신도 잘 알 거예요. 그때 리팅은 자진해서 저희 할머니에게 약을 주러 빨간색 구역에 가겠다고 했어요. 그리고 폭우에 빨간색 69구역이 물에 잠기려고 할 때, 리팅이 보여 준 모습은, 마치……."

린위안은 말을 더 잇지 못했다. 마침 여종업원이 린위안의 식사와 왕얼둥의 커피를 가져다주었다. 그녀는 린위안 앞에 감자그라탕을 내려놓은 다음 식탁 옆에 서서 느긋하게 계산서에 확인 표시를 했다. 자신이 두 사람의 대화를 방해한다는 것을 전혀 깨닫지 못한 듯했다. 왕얼둥은 파리를 쫓듯 다소 짜증스럽게 손을 휘저었다.

"네 말은, 그 애가 초록색 구역으로 돌아오기 싫어 보였다는 거야?"

"네! 맞아요!"

린위안은 세차게 고개를 끄덕이면서 포크를 쓸지 숟가락을 쓸지 고민했다.

"리팅이 그런 생각을 했을 줄은 전혀 몰랐어요. 그때…… 제가 마치, 리팅에게 버림받은 것 같았어요."

지금껏 장리팅에게 이처럼 답답한 감정을 심하게 느낀 적은 없었다. 그러나 왕얼둥이 한 말은 거의 그녀의 따귀를 후려친 것이나 다름없었다.

"너 그런 생각 해본 적 없어? 사실 장리팅도 속으로…… 네가 먼저 자신을 버렸다는 생각을 하지 않았을까?"

그럴 리 없어. 린위안은 속으로 왕얼둥에게 버럭 소리를 질렀다. 그러나 실제로는 두 눈을 부릅뜨고 왕얼둥을 노려볼 뿐이었다.

"왜 그렇게 생각해요?"

뜻밖에도 왕얼둥은 웃음을 터뜨렸다. 다만 웃을 때 오른쪽 입꼬리만 올라가서 비열한 느낌을 지울 수 없었다. 마치 린위안에게 이렇게 말하는 것 같았다. "그건 네가 잘 알지 않아?"

"장리팅은 정말 자주 나를 찾아왔어. 그래서 나는 종종 이런 생각이 들었지. 친구들은?"

왕얼둥은 턱을 낮추고 커피를 한 모금 마셨다. 그러나 형형한 눈빛은 린위안의 얼굴에서 떠나지 않았다.

"저는……."

린위안은 순간 아무 대답도 할 수 없었다. 자신이 아주 오랫동안 거의 진유환에게만 관심을 쏟았기에 켕기고 불안했기 때문이다. 하지만 가끔은 장리팅도 신경 썼다. 분명 장리팅에게도 관심을 기울였다.

그럴 리 없어. 나는 친구를 버리지 않았어. 내가 정말 그런 느낌을 주었다면 장리팅이 나에게 말했겠지. 리팅은 그랬을 거야. 틀림없이 그랬을 거야. 그랬을까? 혹시 나한테 그런 신호를 보낸 적이 있었나? 내가 리팅에게 마음을 열고 신호를 받아들이긴 했나? 아니면 내가 일부러 무시한 걸까? 그래? 내가 정말 무의식적으로 그런 짓을 한 거야?

린위안의 머릿속에서 온갖 생각이 휘몰아쳤고 급기야 은근히 자책하기 시작했다.

"하지만 솔직히 이런 일은 어느 누구도 탓할 수 없어. 친구를 붙잡을 매력이 없는 장리팅 본인을 탓하는 수밖에 없잖아?"

왕얼둥의 말은 위로 같았지만 린위안은 전혀 위로가 되지 않았다. 그와 동시에 왕얼둥의 손이 다가와 식탁에 놓인 린위안의 오른손을 쓰다듬었다. 오른 손등의 솜털이 모조리 곤두섰다. 이건 단순히 어른으로서 보이는 관심이겠지? 린위안은 자신의 생각이 맞기를 바랐지만 어쩐지 마음이 편치 않아서 냅킨이 필요한 척 자연스럽게 오른손을 빼냈다.

"이 상황에서 그런 말은 유난히 비꼬는 것처럼 들리네요."

린위안은 무심결에 자신을 방어했다. 그러다 보니 말이 날카롭게 나갈 수밖에 없었다. 하지만 왕얼둥은 전혀 개의치 않는지 얼굴색이 조금도 변하지 않았다.

"네가 잘 지내길 바라서, 네 마음이 편안해지길 바라서 하는 말이라고 생각해."

"……제가 정말 뭘 잘못한 건가요?"

어느 정도 나이가 든 왕얼둥으로서는 소녀의 우정, 이렇게 순수한 감정을 이해할 수 없게 된 지 오래였다. 그래서 린위안이 왜 이렇게까지 마음을 쓰는지 정말 이해가 가지 않았지만 여전히 연민 가득한 표정으로 말했다. "굳이 말하자면, 잘못을 한 쪽은 장리팅이지."

린위안은 놀라서 숨을 훅 들이켰다. 나와 같은 의심을 해서 이런 말을 하는 건가?

"장리팅의 방에서 물건을 정리하다가 보석함 하나를 발견했어요. 그 애로서는 절대 살 수 없는, 그 애의 것이 아닌 물건들이 들어 있었고요."

왕얼둥은 알 만하다는 듯이 고개를 끄덕였다. 린위안의 마음속에 짙은 서글픔이 밀려들었다.

"혹시 직접 봤어요?"

"직접 보고 나면 믿을 수밖에 없지."

"제가 납득할 수 없는 건…… 리팅은 왜 물건을 훔쳤을까요?"

"지금 그게 중요해?"

"친한 친구로서 리팅을 이해하고 싶어요. 그리고 이해할 의무도 있어요."

왕얼둥의 접시는 거의 다 비었지만 양 갈래 머리 종업원은 그걸 알아채지 못해 치우러 오지 않았다. 탁 트인 통유리 옆에서 창밖을 내다보고 있었다. 언제부터인가 거센 장대비가 쏟아지는 중이었다. 요즘 걸핏하면 이런 식이었다. 날씨는 계모처럼 언제 얼굴을 바꿀지 알 수 없었다.

파리 몇 마리가 날아와 머리 위를 맴돌았다. 왕얼둥은 커피를 내려놓았다. 원래는 괜찮다고, 어차피 장리팅도 너를 다 이해하지는 못할 거라고 말해줄 생각이었다. 그러나 잠시 숙고한 끝에 생각을 바꿨다.

"외로워서 그랬겠지? 어쩌면 성취감을 얻고 싶었는지도 모르고. 너희와는 달리 성적이 좋은 편은 아니었잖아, 안 그래? 자자지섬 아이들과 비교하면 그 애는 충분히 우수한 편이야.

하지만 수직농장 부속학교, 그리고 너희가 처한 환경 속에서는 늘 열등감을 느끼지 않았을까? 그래서 도둑질을 통해 고통스러운 감정을 해소하려 들지 않았을까? 누가 알겠니? 사실 그 애 자신도 왜 그런 짓을 했는지 몰랐을 것 같아. 우리도 자신이 뭘 하고 있는지 항상 아는 건 아니잖아. 똑똑한 사람이라도 마찬가지야. 똑똑한 사람도 종종 바보짓을 해. 아마 너무 똑똑한 탓에 오히려 자신에게 현혹되어 자신이 무슨 바보짓을 하는지도 모를걸."

"그럴 수도 있겠죠. 하지만 리팅이 그렇게까지 떠나고 싶었을 거라고는 생각지 못했어요. 수직농장을 떠나고 싶은 마음이 그렇게 강한 줄 몰랐어요."

"솔직히 말해봐. 전혀 생각 못 했어?"

린위안은 경계하며 고개를 들었다. 속내를 떠보려는 의도가 명백히 담긴 말이었다. 그러나 린위안은 어떻게 대답해야 할지 몰랐다. 수직농장에 들어온 순간부터, 자오얼섬이 물에 잠겨서 정부에게 거주지와 학교를 배정받는 이 모든 일을 당연하게 받아들였다. 가장 효율적인 방법이기도 하고 자기 정도면 성격이 원만한 소녀라고 생각했기 때문이다. 지금껏 다른 가능성은 생각해본 적이 없었다. 어쩌면 다른 선택을 할 수 있다는 상상을 해본 적이 없는지도 모른다.

"내 앞에서는 언제나 안심해도 돼. 난 정부의 앞잡이가 아니니까. 나도 예전에는 기후 난민이었어. 여전히 그럴 수도 있고."

왕얼둥은 그들에게 물들고 아까처럼 눈빛을 반짝였다. 린위안의 가장 깊숙한 속내를 들여다보려는 듯이, 그녀를 통째로 삼키고 껍질을 벗기려는 듯이 똑바로 쳐다보는 눈빛이었다. 린위안은 왕얼둥의 말에 오히려 소름이 돋았다.

"처음에는 그런 재난에서 벗어나면 이재민의 신분과 날 이재민으로 보는 시선에서 벗어나는 줄 알았어. 하지만 한 번 난민은 영원히 난민이야."

"그럼 기회를 봐서 벗어나라는 거예요? 수직농장을, 초록색 구역을 벗어나라고요?"

린위안은 사실 왕얼둥의 말이 잘 이해가 가지 않았다. 숱하게 벌어지는 재난이 세상을 탐구하려는 열망을 가라앉히고 다른 가능성을 고민하려는 상상력을 차단했으리라.

"그런다고 어디로 갈 수 있겠어요? 지금 이 세상에 사람이 살 수 있을 만큼 땅이 충분한 지역은 초록색 구역 말고는 없어요. 최근 몇 년 동안 온실 효과 때문에 해수면이 상승해서 이 세상 대부분의 땅이 물에 잠겼잖아요? 적어도 이 정도는 수업 시간에 배웠다고요."

"나는 선택지를 하나 주는 것뿐이야. 무조건 안전하고 편안한 선택지라고 한 적은 없어. 너희에게 학교는 인생의 전부나 다름없겠지. 안타깝지만 학교에서 너희에게 가르치는 지식이 이 세상의 모든 지식이라고 할 순 없어. 공부가 인생의 유일한 길이 아니듯 학교도 뭔가 배울 수 있는 유일한 곳은 아니야. 정부가 장차 너희에게 배정할 일을 꼭 받아들여야 하는 것도 아니고. 내가 알기로는, 예전부터 배를 타고 수평선 너머로 간 사람들이 있어."

"콜럼버스가 신대륙을 발견한 것처럼요? 말도 안 돼요. 지금이 어느 시대인데, 아직도 그런 일을……."

린위안은 그렇게 말하다가 문득 깨달았다. 왕얼둥의 말에 담긴 진정한 의미를 알아챈 것이다.

"그러니까, 밀항을 한다는 거예요? 밀항으로 자자지섬을 떠난다고요?"

왕얼둥의 입가에 희미한 미소가 떠올랐다. 린위안이 답을 알아맞히자 낚싯대에 걸렸다고 여기는 것 같았다.

"맞아. 사실 나는 개인적으로 두 가지 이유가 있어서 이 이야기를 해주는 거야. 첫째로 난 겁이 많고 젊지 않아. 나이는 상대적인 거잖아. 너희에 비하면 나는 노인이나 마찬가지라 어떤 변화를 감당할 능력이 없어. 자자지섬을 떠날 여력이 없기도 하고. 둘째로, 네가 다른 소녀들처럼 이런 제도 아래에서 잘 살아남을 거라고 생각하지 않기 때문이야. 천성적으로 이런 환경에 잘 적응하는 소녀들이 있어. 태어났을 때부터 위로 올라가기 위해 사람을 짓밟는 놀이를 즐기는 애들인데, 이건 자기 몸에 내재된 기능이라 할 수 있어. 심지어 가정교육 중에서도 굉장히 중요한 부분이지. 하지만 그 소녀들은 어른이 될 때까지 자신이 물려받은 잔혹한 본질을 깨닫지는 못할 거야."

린위안은 설명을 듣고 있으니 어쩐지 진유롼이 떠올랐다. 하지만 그런 생각을 머릿속에서 몰아내기 위해 황급히 고개를 저었다.

"넌 분명히 그런 부류의 사람이 아니야. 넌 네가 그 애들과 잘 어울릴 수 있다고 생각하겠지. 하지만 장리팅에게 네가 빨간색 구역에 사는 할머니를 보살피러 주말마다 외출해야 한다는 말을 들었을 때 알았어. 너는 그런 애가 아니구나. 너는 무슨 짓을 해도 그 여자애들과 같은 부류가 될 수 없어. 같은 부류가 될 일은 절대 없을 거야. 넌 네 할머니를 포기하지 못했어. 정부가 직간접으로 네 밑에 있는 사람을 버려도 된다고 암시했는데도 포기하지 못했지. 네 본질에는 남을 팽개칠 수 있는 모진 마음이 부족하거든. 초록색 구역에 오래 머물 수

359

있는 사람이나 상류층이 가진 잔인함이 없어. 어쩌면 지금 이 환경 속에서 은연중에 그들에게 물들고 표독스러운 심성이 서서히 길러질 수도 있겠지만…….”

왕얼둥은 단숨에 많은 말을 쏟아냈지만 끝을 맺지 못했다. 딱히 맺을 생각도 없는 것 같았다. 린위안은 잠자코 기다렸다. 방금 전만 해도 장대비가 억수같이 쏟아졌는데 이내 고요해졌다. 오늘은 폭우가 순식간에 그쳤다.

“저에게 그런 변화를 시도할 용기가 있는지 잘 모르겠는데…… 제가 준비가 됐는지 모르겠어요.”

“괜찮아. 시간은 충분하니까 천천히 고민해봐. 학기말 파티 전까지만 결정하면 돼. 만약 그때도 수직농장에 머물기로 한다면 너는 그냥 그런 환경에서 살아가는 편이 나아. 이 역시 네 선택이지. 나 먼저 가야겠다. 학교에는 따로 들어가야 하니까 넌 여기 좀 더 앉아 있어. 천천히 먹어, 계산은 내가 하고 갈 테니까.”

왕얼둥의 만류에 린위안은 하는 수 없이 도로 자리에 앉았다. 계산은 각자 할 줄 알았는데, 가방에 올린 그녀의 손은 순간 갈 곳을 잃었다.

양 갈래 머리 종업원은 무척 피곤해 보였다. 삶이 무척 지루한 듯했다. 그녀는 느릿느릿 걸어와 계산을 도왔다.

"……그런데 왜 나에게 그런 선택지를 주는 거예요?"

"안 될 건 뭐야? 사람의 잠재력은 무궁무진하거든."

"저에게 그런 잠재력이 있다고 생각해요?"

용기를 내서 자유를 향해 나아갈 잠재력? 아니면 잔혹하게 변할 수 있는 잠재력? 린위안은 가슴에 손을 얹고 왕얼둥이 한 말의 뜻을 되물었다. 왕얼둥은 지금 자신을 한껏 칭찬한 듯도 하고 온 힘을 다해 자신을 홀린 듯도 했다.

"착한 사람들도 마음속 깊은 곳에서 그런 잔혹함을 기르거나 끌어낼 수 있어. 하지만 네가 자신에게 물어봐야 하는 건 이거지. 넌 네가 그렇게 변했으면 좋겠어?"

왕얼둥은 속으로 자조했다. 린위안과 왜 이런 말을 하고 있지? 이 나이가 돼서도 아직 이런 허황된 순진함을 가지고 있다니.

다들 린위안은 자유로운 소녀라서 개방적이고, 내키는 대로 행동하고, 명랑하고, 무한한 가능성을 지녔다고 생각할 것이다. 그러나 정작 린위안은 자신이 어떤 사람인지 몰라 혼란스러웠다. 이는 본인만 아는 사실이었다. 자신이 누구인지, 자신이 뭘 원하는지, 자신의 성적 취향이 이성에 쏠리는지 혹은 동성에 쏠리는지, 린위안은 알지 못했다. 애초에 엄마가 어떤 사람인지 전혀 몰랐듯이 자신이 어떤 사람이 되고 싶은

지 알지 못했다. 린위안은 자신이 엄마처럼 아주 막막한 수수 께끼 같다고 생각했다.

"결국 그런 환경에서 살아남는다 해도, 그래서 뛰어난 사람이 된다 해도, 너는 틀림없이 그런 너를 좋아하지 않을 거야. 위아래로 이동할 수 있는 가능성에 제약이 있다면 좌우로 넓히는 수평적인 발전 방법을 찾아야 하지 않겠어?"

왕얼둥은 식당을 나와 휴대전화로 예약해둔 전기차 택시를 기다리며 자문했다. 후회해? 대답은 '아니'였다. 그는 살아남기 위해 이렇게 성장해야만 하는 것을 후회한 적 없었다. 교육이나 제도는 그릇이다. 성인이든 아이든, 우리 모두는 물이 되어 강제로 그릇에 부어지고 그릇이 원하는 대로 모양을 갖추게 마련이다. 물론 절대 물이 될 수 없는 사람도 있다. 그런 사람은 바람이거나 불일 수도 있고, 땅속 깊이 묻힌 다이아몬드일 수도 있다. 왕얼둥은 생각했다. 나에게 용기와 근성이 있었다면 이 길을 걷지 않았을 거야. 야생식물처럼 자유롭게 자랐을 거야.

23

마커웨이는 자신의 이름을 좋아하는 편이었다. 부모님이 사전을 보고 심사숙고한 끝에 글자를 골라 만들어주었기 때문이다. 그녀의 이름 마커웨이는 크게 될 사람大有可為[†]이라는 뜻이었다. 마커웨이는 당연히 자신의 이름을 좋아해야 한다고 생각했다. 부모님이 나에게 큰 기대를 걸고 있다는 뜻이니까. 기대는 사랑의 동의어잖아. 안 그래?

똑똑함은 아마 보통 사람들에게 성취감을 가져다줄 것이다. 하지만 마커웨이에게는 외로움만 안겨주었다. 사실 똑똑한 아이들은 대부분 행복하지 않다. 그러나 행복하냐 불행하냐는 이 나라에서 아이를 키우는 데 중요한 요소가 아니다. 중

[†] 중국어 발음은 '다유커웨이'로, 이름 '마커웨이馬可薇'와 비슷함.

요한 것은 아이가 커서 얼마나 많은 성취의 즙을 짜내느냐, 이로 인해 부모가 얼마나 밝고 아름답게 보이느냐다.

"기말고사 잘 봤어?"

린위안의 질문이었다. 마커웨이는 깊은 생각에 잠겨 있었다. 마치 영혼이 완전히 빠져나간 듯했다. 사실 기말고사 성적에 대한 걱정으로 린위안의 말이 들리지 않았다. 가슴속에 향은 피웠지만 어느 신에게 어떻게 물어봐야 할지 모르는 기분이랄까.

"야, 야! 너 괜찮아?"

린위안이 손을 쭉 뻗어 마커웨이의 눈앞에서 마구 흔들었다. 그제야 마커웨이는 린위안을 쳐다봤다.

"기말고사에 대해 묻는 거라면…… 아마 잘 봤겠지?"

마커웨이는 완전히 솔직하게 대답하진 않았다. 이 고민을 누구에게 털어놓을 수 있을까. 원래 속마음을 털어놓는 상대, 그러니까 감정 배출 창구는 진유롼이다. 그러나 지금은 오히려 진유롼이 고민의 씨앗이 되었다. 마커웨이는 요동치는 주식 차트를 주의 깊게 살피듯 언제나 자신과 2등, 3등의 성적 차이를 눈여겨봤다. 그러다 최근 진유롼이 자신을 따라잡을 듯이 슬금슬금 치고 올라오자 경악을 금치 못했다. 마커웨이는 진유롼이 원래 머리는 꽤 똑똑하지만 학업에 온 에너지를 쏟지 않았을 뿐임을 일찌감치 알고 있었다. 그런데 왜 지금껏 노력하지 않다가 갑자기 성적을 올리는 걸까. 불안감이 스멀스멀 밀려들었다. 마커웨이는 내면에 존재하는 좌절감을 발견했다. 하지만 이 일을 누구와 이야기해야 할지, 자신이 1등에서 밀려날까 봐 너무 초조하다고 누구에게 털어놓아야 할지 알 수 없었다.

눈앞의 린위안도 고민이 있는 모양이었다. 다만 겉보기에는 순전히 기말고사 때문만은 아닌 것 같았다.

린위안은 요즘 걸핏하면 별의별 이유를 만들어 매점으로 달려갔다. 정작 자신도 어떤 대답을 듣고 싶은지 모르면서 왕얼둥을 찾아가 대화를 하자고 졸랐다.

"잘 들어, 난 너에게 들려줄 답이 없어. 난 네가 아니야. 네 인생을 대신 결정해줄 수 없고, 무엇을 선택해야 네가 더 나은 미래로 나아갈지 장담할 수도 없어. 일단 돌아가서 이번 기말고사부터 잘 보는 게 어때?"

왕얼둥은 9월에 있을 학기말 파티 준비로 무척 바쁘다고 했다. 학기말 파티는 수직농장의 고위층이 전부 참석하는 데다 전반기를 결산하는 자리라고 할 수 있기 때문이다. 린위안은 속으로 툴툴거렸다. 내가 진짜 떠나기로 결심한다면 시험을 아무리 열심히 본들 무슨 의미가 있겠어? 어차피 여기 있는 모든 것은 더 이상 중요하지 않을 텐데.

갈피를 잡지 못하고 날아다니는 파리처럼, 린위안은 누구에게 답을 구해야 할지 몰라 방황했다. 이제 장리팅은 없고, 날 때부터 금지옥엽으로 자란 진유롼은 여길 떠나고 싶은 사람이 존재할 수 있다는 것조차 이해하지 못할 것이다. 그래서 린위안은 마커웨이를 떠올렸다. 마커웨이는 교실 맨 앞자리에 앉아 고개를 살짝 숙이고 있었다. 차분하고, 여유롭고, 우아한 마커웨이라면 어떤 문제에 직면하든 자신만의 해답이 있을 것 같았다. 린위안은 참지 못하고 마커웨이에게 다가갔다. 어떤 조언이나 힌트를 얻을 수 있을지도 모른다고 생각했다.

"여기 머무는 비결이 뭐야?"

"뭐? 그게 무슨 뜻이야?"

마커웨이는 린위안의 질문에 전혀 짜증을 내지 않았다. 다만 영문을 모르겠다는 기색이었다.

"내 말은, 네가 항상 1등을 유지하게 만드는 동력이 뭐냐고. 넌 지나칠 만큼 안간힘을 쓰는 것 같아서 그래. 이미 열심히 노력하고 있으니까, 그거면 충분하잖아."

"나는 부모님의 살아 있는 얼굴이니까. 그래야만 해." 마커웨이는 린위안에게 솔직히 대답하지 않았다. 린위안은 처지와 배경이 달라서 이렇게 갈등하는 자신의 마음을 진정으로 이해할 수 없다는 것을 알기에 진심을 털어놓고 싶지 않았다. 그저 하던 대로 간단명료하게 대답할 뿐이었다.

"그게 아니라, 나는…… 내가 진짜 궁금한 건, 이 모든 일에 정말 의미가 있다는 것을 너 자신에게 어떻게 납득시키고 설명하느냐는 거야."

린위안은 순간 자신이 잘못 본 줄 알았다. 마커웨이의 눈에 한 줄기 쓸쓸함이 빠르게 스쳐 지나갔다. 하지만 그런 느낌은 순식간에 사라졌다. 애초에 존재한 적도 없었던 것 같았다. 마커웨이는 순식간에 공식적인 자신의 모습으로 되돌아갔다.

마커웨이는 린위안의 질문을 듣고 불현듯 며칠 전 일을 떠올렸다. 예전부터 엄마에게 품어왔던 동경과 가슴 깊숙이 감춰둔 증오 비슷한 감정을 생각했다.

마커웨이는 학교 기숙사에서 지내고 그녀의 부모는 남쪽 건물 꼭대기 층에 있는 직원 숙소에 산다. 엄마가 교장이다 보니 그들 부부에게 배정된 숙소는 넓고 쾌적했다. 하지만 마커웨이는 엄마가 직원 숙소에서 밤을 보내는 경우가 드물다는 것을 알았다. 아빠는 엄마의 그런 소원하고 차가운 태도에 대해 아무 말도 하지 않았다.

마커웨이는 주말 밤에 부모님 방에 몰래 들어갔다가 혼자 침대에 누워 자고 있는 아빠를 발견했다. 현대식 미니멀리즘 인테리어로 꾸민 안방에 외롭고 쓸쓸한 공기가 감돌았다. 심지어 냄새를 맡아보니 약간 스산한 느낌마저 들었다. 마커웨이는 방에 한참을 머무르다가 불현듯 깨달았다. 그것은 쓸쓸한 공기가 아니라 아주 짙은 소독약 냄새였다.

이불 시트는 짙은 남색, 솜 베개는 검은색이고 평범한 원단에 아무런 무늬나 장식이 없었다. 엄마의 이불에는 티끌 하나 없었다. 마커웨이는 엄마가 새벽에 일찌감치 출근하고 나면 엄격한 기준으로 선발된 여자 사용인이 매일 이불 시트를 바꾼다는 걸 알았다. 침대에 누워 자는 시간이 불과 몇 분밖에 안 된다 해도 엄마의 빈틈없는 성격은 절대 실수를 용납하지 않았다. 만약 베개나 이불에서 머리카락이 한 올이라도 발견된다면, 엄마는 지나치게 과한 반응을 보이며 불같이 화를 낼 터였다.

"머리카락 한 올조차 해결하지 못한다면 나중에 어떤 큰일을 할 수 있겠어?"

엄마가 그런 식으로 화를 내면 젊은 여자 사용인들은 일제히 고개를 숙이고 겁을 먹은 척 쩔쩔맸다. 하지만 다들 속으로는 십중팔구 코웃음을 치겠지. 마커웨이는 그렇게 생각했다. 청소하는 직원이 되기로 결심했을 때부터 이미 무슨 큰일을 하겠다는 야심은 접지 않았을까? 마커웨이는 엄마의 그런 말들이 사실은 엄마 자신에게 하는 말이라고 생각했다. 요컨대 엄마의 자기 암시였다. 자신을 향한 깊은 기대를 돌려 말하는 것이었다.

아빠는 침대에 누워 코를 골며 깊이 잠들어 있었다. 벽에는 엄마가 여러 강연과 세미나에 참석했을 때 찍은 사진뿐, 엄마와 마커웨이가 함께 찍은 사진은 한 장도 없었다. 마커웨이는 저 사진들이야말로 엄마 인생의 성취라는 것을, 거기에 딸은 포함되지 않는다는 것을, 딸인 자신은 엄마의 일과 겨룰 수 없다는 것을 알았다. 그런데 어찌 질투를 느끼지 않았겠는가. 단지 마커웨이는 이런 일들에 신경 쓰는 것을 일찌감치 포기했을 뿐이었다.

마커웨이는 아주 도발적인 마음으로 엄마의 침대, 원래 엄마가 누워 있어야 할 자리에 누웠다. 팔다리를 대자로 펼치고 천장을 노려봤다. 내가 왜 여기 누워 있지? 지금 마커웨이는 진유롼에 대해 이야기할 사람이 필요했다. 솔직히 말하면 바짝 쫓아오고 있는 진유롼이 두려웠다. 마커웨이는 몸을 돌려 아빠의 옆얼굴과 날이 갈수록 희끗해지는 머리카락을 바라봤다. 조금이나마 위로를 받고 싶었다. 아빠든 엄마든 누구라도 좋으니 자신에게 괜찮다고, 가끔은 완벽하지 않아도 상관

없다고 말해주길 바랐다. 특히 엄마의 입을 통해 이런 격려와 위로를 듣고 싶었다. 하지만 그것이 과분한 요구라는 점도 알았다. 아빠는 여전히 단잠에 빠져 있었다. 옆에 누워 있는 마커웨이는 투명인간일 뿐이었다.

마커웨이의 부모는 굉장히 똑똑한 사람이었다. 그래서 덜 똑똑한 사람의 고충을 이해하지 못했다. 아빠도 나의 고민을 전혀 모르지 않을까? 자기 딸이 뭐 때문에 괴로워하는지 전혀 모르지 않을까? 그들은 이 세상에 지극히 힘든 일은 없다고 생각할지도 모른다. 모든 일은 이론과 논리, 두뇌와 지혜로 답을 찾고 설명할 수 있다고 생각할지도 모른다. 그런데 만약 딸이 실제로는 생각만큼 똑똑하지 않다면, 단지 부모에게 들키지 않기 위해 아주 노력하고 또 노력할 뿐 실제로는 평범한 아이에 지나지 않는다는 사실을 알면, 두 사람은 어떻게 반응할까.

'평범'이란 단어가 자신에게 씌워져 있다고 생각하니 눈물이 쏟아질 것 같았다. 조금씩 가까워지는 진유롼이, 바짝 쫓아온 진유롼이 '마커웨이는 똑똑하다'라는 허상을 벗길 것만 같았다. 진유롼은 곧 마커웨이가 평범한 학생에 불과하다는 것을 증명할 것이다. 마커웨이는 조바심이 났다. 엄마는 늘 경멸을 애매모호하게 드러냈다. 마커웨이는 그 사실을 너무

나 잘 알았다. 마치 진한 코코아에 섞은 위스키의 쓴맛 같았다. 아주 미미하지만 불쑥 나타나는 그 쓴맛은 마커웨이가 자신이 예민하다고 생각하게 만든다. 엄마가 날 경멸하는 게 말이 돼? 내가 예민한 거야. 엄마의 사랑은 가장 위대하잖아. 세상 사람들은 '엄마는 의심하면 안 돼'라는 말로 딸들의 입을 막았다. 그 사실을 잘 아는 마커웨이는 늘 자신이 너무 예민하다고 자책했고, 그러다 보니 자꾸만 남들을 부정적인 시각으로 보게 됐다. 엄마에게는 특히 심했다.

"그럼 너도 대답해봐. 너희 엄마는 어떤 사람이야?"

"우리 엄마가 이 이야기랑 무슨 상관인데?"

린위안도 자신의 내면에 도사린 불안을 분명히 인식했다. 엄마 이야기만 나오면 내면에서 자라난 어떤 촉각이 무참히 짓밟혀 비상벨이 요란하게 울리는 것 같았다. 린위안은 마커웨이가 계속 추궁할까 봐 마음이 조마조마했다. 결국 마지못해 "난 엄마가 없어"와 같은 대답을 하게 될 것이다. 피하지도 거짓말을 하지도 못할 것이다. 하지만 그전에는 아무렇지도 않은 척 아주 단단하고 무너지지 않는 소녀인 양 위장해야 했다.

"넌 우리 엄마 많이 봤지? 교장 선생님이 우리 엄마인 거 알지? 그런 사람과 같이 살려면 항상 아주 뛰어난 모습을 보여야만 해."

마커웨이는 사실 린위안의 엄마에 대해 알고 싶은 게 아니었다. '엄마'라는 말만 나오면 마음속에 갇히는 기분이었다. 마커웨이는 내심 엄마에게 문제가 있기를 바랐다. 그래야 엄마에게 무시당해도 자신의 문제라고 생각하지 않을 테니까. 한편으로는 모순적이게도 엄마가 완벽하기를 바랐다. 엄마가 오래오래 신단에 머물기를 바랐다. 이는 언젠가 자신도 엄마와 같은 사람이 될 수 있음을 의미했다. 기회가 된다면 아예 엄마 자리를 대신할지도 모른다.

"근데 너는…… 정말 뛰어나?"

"엄마에게는 영원히 부족할 거야. 엄마는 자신에게 남들보다 훨씬 엄격한 기준을 들이대거든. 다시 말해서, 우리 엄마에게 어울리는 딸이 되려면 아주아주 열심히 노력해야만 해."

마커웨이는 자신이 늘 허세를 부린다는 것을 알고 있었다. 허세는 사실 두 모녀의 암묵적인 약속이었다. 마커웨이는 엄마에게 부담을 보태고 싶지 않았다. 부모를 비롯한 어른은 으레 소녀들이 정상적이고 훌륭한 모습을 보일 때 마음을 놓는다. 그래야 자신들의 일이 줄고 겉으로 많은 관심을 기울이지 않아도 될 테니까.

"너 엄마랑 같이 안 살지?"

"……맞아. 어떻게 알았어?"

린위안은 마커웨이에게 숨길 수 있는 일이 많지 않다는 것을 알기에 마지못해 인정했다.

"그야 쉽게 알 수 있지. 남에게 잘 보이려고 애쓰는 기색이 전혀 느껴지지 않거든. 너는 굳이 연기하려고 하지 않아. 우리 같은 딸들과 달리 그야말로 어떠한 구속이나 속박도 없는 거지."

린위안은 자신이 잘 숨기고 있는 줄 알았다. 그러나 다른 친구들이 보기에 비밀이랄 것도 없는 모양이었다. 늘 붙어 다니는 소녀들은 서로에게 거울 같은 존재가 되었다.

"하지만…… 나는 항상 불안해."

마커웨이는 린위안의 말을 듣고 고개를 저으며 살짝 한숨을 내쉬었다.

"살면서 모두 다 가질 수는 없어. 그거 알아? 나는 반드시 좋은 성적을 내서 엄마를 기쁘게 해드려야 해. 진유롼은 또 어떻고? 그 애는 예쁜 외모로 엄마가 체면이 선다고, 엄마가 딸에게 투자할 만한 가치가 있다고 느끼게 만들어야 해."

지금 마커웨이는 무척 서글퍼 보였다. 언제나 고개를 들고 가슴을 편 채로 교단에 당당히 서서 칭찬과 표창을 받던 모습과는 전혀 딴판이었다. 사실 똑똑한 아이들은 대부분 행복하지 않다. 그리고 뒤에서 아이를 지켜보고 있는 어른들은 대개 무심하다. 어쩌면 무심하다기보다 사실 그들 역시 행복하지 않은 것이리라. 모든 행복하지 않은 어른은 행복하지 않은 아이의 성장의 결과물이다.

"비밀 하나 말해줄까? 사실 비밀도 아니야. 알면서도 다 모르는 척하는 거지. 진유롼이 매일 설사약 먹는 거 알아? 그 애가 자신을 엄격하게 억누르고 매일 식사를 절제한다 해도 진유롼 본인이나 엄마에게는 여전히 **부족한** 거야. 그래서 우리 아빠가 정기적으로 진유롼에게 설사약을 처방해줘. 진유롼의 엄마는 반대하지 않았고 진유롼도 묵묵히 받아들였어."

"왜? 진유롼도 많이 컸으니까 의사 표현을 할 수 있잖아?"

린위안은 요즘도 진유롼을 피해 다녔다. 여전히 진유롼을 어떻게 대해야 할지, 장리팅의 귀걸이를 두고 무슨 대화를 나눠야 할지 판단이 서지 않았다. 다만 피한다고 해서 신경 쓰지 않는 것은 아니었다. 다른 사람들은 태연히 거짓말을 늘어놓는 데 익숙할지 모르지만, 린위안은 이 순간에도 여전히 진유롼에게 연민을 느꼈다.

"그럼 너의 첫 질문으로 돌아가 보자. 여기 머물고 이 모든 일에 의미가 있다는 걸 어떻게 스스로 납득하냐고? 난 이렇게 생각해. 여기는 금색 새장이야. 어떤 사람들은 새장 속에서 살면 자유를 잃고 선택할 권리가 없다는 점에 집중해. 하지만 또 어떤 사람들은 새장의 외관이 금으로 칠해져 있어서 눈부시도록 아름답다는 데 집중하지. 이건 서로 다른 두 종류의 관점이자 두 종류의 가치관이야."

린위안은 알쏭달쏭했다. 마커웨이가 무슨 말을 하려는 것인지 이해가 되지 않았다.

"하지만 넌 그런 인생이…… 통제받는 것처럼 느껴지진 않아? 새장 속에 꼼짝없이 갇혀 사는 것 같지 않아?"

"그래서 넌 우리 같은 사람을 이해할 수 없다는 거야. 우리처럼 **엄마가 있는 딸**에게는 엄마와 함께 이 환경 속에서 사는 것이 통제나 구속이 아니야. 우리는 바로 새장 안에 있기 때문에 엄마에게 관심을 받고 엄마의 사랑을 받을 수 있다고 생각해."

린위안은 마음이 시큰했다. 궁지에 몰려 최후의 발악을 하는 동물이 된 것 같았다. 그럼에도 무심코 마커웨이에게 반박하려고 애썼다.

"하지만 사람은 엄마의 사랑 없이도 살 수 있어."

"너 지금 그 말, 진, 심, 이, 야?"

마커웨이는 린위안을 쏘아봤다. 묻는 어조가 사뭇 무거웠다. 눈빛 속에는 반감뿐만 아니라 슬픔과 연민도 담겨 있었다. 그중 가장 큰 부분을 차지한 감정은 분노였다.

"네가 엄마의 사랑, 엄마의 인정이 무엇인지 알기나 해? 엄마의 따스함을 느껴본 적은 있고? 애당초 그런 것도 모르면서 우리의 두려움을 무슨 수로 이해해? 우리가 뭘 잃을까 봐 두려워하는지 알기나 해? **엄마도 없는 딸인 네가?**"

린위안은 마구 짓밟힌 기분이 들었다. 마커웨이가 별안간 이렇게 공격적인 말을 쏟아낼 줄은 몰랐다. 더는 대화를 이어갈 수 없었다. 마음속 분노를 억누르기 위해 안간힘을 써야 했다. 그래야만 바로 달려들어 마커웨이의 뺨을 후려치는 일이 없을 테니까. 린위안은 고개를 홱 돌리고 교실 뒷문으로 뛰쳐나갔다.

기진맥진한 마커웨이는 나무 의자 가장자리에 대충 주저앉았다. 지금 신경 쓰이는 것은 린위안의 분노가 아니었다. 이런 속마음을 털어놓고 공개적으로 인정하기는 처음이었다. 한번은 엄마가 난데없이 화를 내며 호되게 다그쳤다. 그때 마커웨이는 억울했다. 자신이 왜 이렇게 심하게 혼나야 하는지 이해할 수 없었다. 그래서 눈물 콧물을 쏟으며 발악하듯 물었다.

"왜 저 애는 잘못해도 되고, 나는 안 돼요?"

"난 너 잘되라고 그러는 거야. 그러게 누가 내 딸로 태어나래?"

크게 될 사람. 마커웨이는 마음이 괴로울 때마다 중얼거렸다. 자신의 이름, **마커웨이**를 읊고 이름에 부여된 속뜻을 되뇌었다. 그건 마치 자신을 위로할 수 있는 부드러운 저주 같았다.

24

린위안은 진유롼의 자명종 소리에 새
벽같이 잠에서 깼다. 침대 머리맡의 시계를 보니 진유롼이 설
정한 기상 시간이었다. 심지어 기말고사 날보다 일렀다. 린위
안은 아직 일어나고 싶지 않아서 침대에 엎드린 채 머리를 베
개에 묻었다. 이윽고 진유롼의 침대에서 바스락거리는 소리
가 들렸다. 린위안은 하는 수 없이 고개를 돌려 슬쩍 쳐다봤
다. 진유롼은 침대에 앉아서 늘 그랬듯이 요가 동작으로 하루
를 시작했다.

"왜 이렇게 일찍 일어났어?"

린위안은 이렇게 물어보려고 했다. 그러나 이내 두 사람이
아직 반쯤은 냉전 상태임을 떠올리고 턱 끝까지 차오른 그 말
을 도로 삼켜버렸다.

진유홍 역시 이 소란에 잠이 깼는지 이불 속에서 몸을 뒤척였다. 하지만 일찍 일어날 의욕은 없는지 다시 꿈나라로 돌아갔다. 마커웨이는 귀마개를 하고 자서 꼼짝도 하지 않았다.

"난 이미 파티 준비를 시작한 거야."

진유롼은 아무렇지도 않게 린위안을 돌아보며 먼저 말을 건넸다. 장리팅의 귀걸이를 둘러싼 다툼은 없었던 것처럼 태연한 어조였다.

"근데, 파티는 밤에 열리지 않아?"

진유롼은 몸을 천천히 움직여 엉덩이를 높이 들어 올리는 다운독 자세를 취했다. 긴 팔다리가 아주 유연하게 늘어났다. 기장이 짧은 윗옷 아래로 허리선이 드러났다. 린위안은 보면 안 된다고 자신을 다그쳤지만 좀처럼 시선을 뗄 수가 없었다.

"엄마가 메이크업 아티스트랑 스타일리스트를 보내줬어. 이따 내 머리랑 스타일링을 도와주러 올 거야. 그전에 서둘러 운동하고, 안마 받고, 목욕물에 들어가 부기도 빼고…… 오늘은 내 몸 어느 부분도 부어 보이면 안 돼. 용납할 수 없어."

진유롼은 그렇게 말하면서 다시 한 번 몸을 한껏 늘렸다. 오른 다리를 앞으로 펼치고 왼쪽 다리를 뒤로 뻗어서 고관절 근육이 거의 이불에 닿을 듯이 몸을 아래로 눌렀다. 몸 전체가 A 자 모양에 가까웠다. 아침 햇살이 커튼을 헤치고 들어와 진유롼의 꼿꼿한 상체에 한가득 쏟아졌다. 린위안은 눈앞의 아름다운 장면에 다시금 충격을 받은 듯 가슴께가 저릿했다. 확실히 진유롼에게는 독이 있었다. 독이 있다는 것을 알면서도 자꾸만 빠져들었다. 린위안은 의지가 약한 자신의 모습이 너무나 부끄러워서 황급히 이불 속으로 숨었다. 이번에도 진유롼 때문에 헐레벌떡 달아나는 것 같았다.

시간이 좀 더 지나자 다른 두 친구들도 준비를 시작했다. 이제 막 한가롭게 점심 식사를 마친 린위안은 어리둥절했다. 오늘 일정은 여유로웠다. 5시가 되면 사친회에서 류 선생님이 발표하는 기말고사 성적과 이번 학기 최종 등수를 듣는다. 그리고 6시 반에 정식 파티가 시작된다. 시간은 아직 충분했고 린위안은 3시가 지나면 나갈 채비를 할 생각이었다.

린위안은 침대에 늘어지게 대자로 누웠다. 요 며칠은 모처럼 평화로웠다. 이미 모든 것이 정해져서 마음을 졸일 필요가 없었고 잠시나마 성적과 등수를 잊을 수 있었다. 린위안은 자신을 내버려두기로 했다. 이렇게 누워 있으면 낮잠이 올까. 그때, 방금 목욕을 마친 진유홍이 수건으로 머리를 말아 올리고 다가왔다. 머리카락 끝에서 물방울이 뚝뚝 떨어졌다. 얼굴에 팩을 붙여서 눈, 코, 입만 드러나 있었다. 진유홍은 조심스럽게 침대 끝에 걸터앉더니 린위안에게 말을 걸었다.

"나갈 준비 안 해?"

"아, 일단 한숨 자고 생각하려고."

"너 화장을 그렇게 빨리 할 수 있어? 전혀 몰랐네."

진유홍은 깜짝 놀랐다는 듯이 두 눈을 동그랗게 뜨고 린위안을 쳐다봤다. 린위안이 보기에 진유홍도 오늘은 초조해하는 것 같았다.

"나는 화장을 잘 못해서 엄마가 언니에게 붙여준 스타일리스트를 기다려야 해. 언니 다음에 내 차례가 돌아오거든."

린위안은 진유홍의 말을 들으며 진유롼의 책상 쪽을 돌아봤다. 진유롼은 허리를 곧게 세우고 의기양양하게 책상 앞에 앉아 시중받기를 기다리고 있었다. 그들을 등진 마커웨이도 자기 자리에 앉아 있었다. 책상에는 다양한 병과 용기들이 가지런히 놓여 있었다. 마커웨이는 상체를 앞으로 숙이고 거울에 수수한 얼굴을 비춰 보며 붓으로 이마에 메이크업 베이스를 꼼꼼히 발랐다.

소녀들의 침실에서는 화려한 의식이 진행되고 있었다. 성인 여자에 가까워지는 변신의 의식이었다. 지금 이 순간부터 빠르게 성장할 수 있고 즉시 휘두를 수 있는 권력을 받은 것 같았다. 그러나 침대에는 여전히 봉제 인형이 널려 있고 발코니 건조대에는 만화 캐릭터가 새겨진 속옷이 대충 걸려 있었

다. 성장의 과정은 늘 모호하고 동경하게 되지만 때로는 이런
가식적인 면도 지니고 있게 마련이다.

"음, 사실 나는 화장을 할 생각이 없어서…… 난 일단 밖에
나가 있는 게 좋겠어."

린위안도 오늘 자신이 이상하다는 것을 깨달았다. 평소와
달리 진유홍을 계속 상대하고 싶지 않았다. 어쩌면 화장을 좋
아하지 않기 때문일 수도 있다. 얼굴이 끈적거리는 느낌이 싫
었다. 그게 아니라면 자신과는 다른 이들과 억지로 어울려야
하는 일에 지쳤는지도 모른다.

퇴짜를 맞은 진유홍은 뽀로통한 기색을 내비치며 하는 수
없이 자기 침대로 돌아가 앉았다. 진유롼은 스타일리스트에
게 이것저것 지시하느라 자신의 옆을 빠르게 지나가는 린위
안을 신경 쓸 겨를이 없었다.

린위안은 수직농장으로 향했다. 묘판을 보고 싶었다. 식물
이 성장하는 모습에 푹 빠져 멍하니 지켜보고 싶었다. 그곳에
가면 언제나 마음이 편해졌다. 린위안이 연결 통로를 지나 본
건물 2층에서 위로 올라가는 엘리베이터를 기다리고 있을 때
였다. 한 사람이 조용히 곁에 다가왔다. 왕얼둥이었다. 그가
인기척도 없이 다가와서 린위안은 소스라치게 놀라며 고개

를 돌렸다. 린위안이 막 입을 떼려는 순간, 왕얼둥은 알은척하지 말라는 뜻으로 다급히 오른손 검지를 입술에 갖다 댔다. 린위안은 다시 고개를 돌려 엘리베이터의 층수 표시등을 보는 척했다.

"너는 왜 방에서 나와 있어? 너희의 귀여운 파벌 활동에 가담하지 않고?"

왕얼둥의 말에는 조롱의 의도가 가득했다. 린위안은 참지 못하고 눈을 흘겼다.

"제가 여기 있는 건 어떻게 알았어요?"

왕얼둥은 자신의 왼쪽 팔목에 낀 팔찌를 가리키며 묘한 미소를 던졌다. 린위안은 무슨 뜻인지 깨달았다.

"결정했어?"

"결정…… 아!"

린위안은 지금 생각났다는 표정을 지었다가 고개를 저었다. 사실은 왕얼둥에게 좀 화가 난 상태였다. 그가 선택지만 제시하고 어떠한 안내와 조언도 주지 않아서 린위안은 어찌할 바를 모르고 내내 혼자 방황했다. 이건 너무 무책임한 행동 아닌가?

"지금 바로 남쪽 건물로 가봐. 동남쪽 소방 통로를 지나 6층에서 7층으로 올라가는 층계참에 가면 거의 사용하지 않는 창고가 있어. 아무도 들어가지 않는 곳이야. 거기에서 네가 원하는 답을 찾을 수 있을 거야."

"지금요?"

"응, 지금."

린위안은 영문을 몰라 어리둥절했다. 그러나 왕얼둥은 침착하게 미소 짓고 그녀를 바라볼 뿐이었다. 마치 이 모든 상황을 장악하고 있는 듯했다.

"가봐. 깜짝 놀랄 일이 널 기다리고 있을 거야."

린위안은 왕얼둥이 대체 무슨 꿍꿍이인지 알 수 없었다. 하지만 왕얼둥은 더 이상 설명하지 않고 홀연히 엘리베이터 앞을 떠났다. 린위안은 가슴속에 가득한 의혹이 풀리길 바라며 순순히 창고로 향했다. 가는 길에 마주친 사람은 거의 없었다. 그야말로 길이 뻥 뚫린 듯 막힘없이 걸어가 창고 앞에 섰다. 창고의 출입 통제 장치는 놀랍도록 낡아서 팔찌를 스캔하는 화면조차 없었다. 린위안이 문을 밀었다. 문은 잠겨 있지 않았고 아주 쉽게 창고 안으로 들어갈 수 있었다.

창고 안은 칠흑같이 어두웠다. 모든 창문이 커튼으로 가려져 있었다. "점등!" 린위안이 외쳤지만 돌아오는 반응은 없었다. 하는 수 없이 가장 원시적인 방법으로 전등 스위치를 찾기 시작했다. 린위안은 팔을 쭉 뻗어 무작정 벽을 더듬었다.

그때, 앞쪽 10시 방향에서 갑자기 아주 작은 소리가 들렸다. 누군가 움직이다가 실수로 선반에 부딪혀 어떤 물건이 바닥에 떨어진 것 같았다.

"누구야? 거기 누구 있어요?"

무섭지 않다고 하면 거짓말일 것이다. 하지만 그녀가 수직 농장에 들어와서 무얼 배웠겠는가? 적어도 짐짓 허세를 부리며 자신을 무장하는 방법 하나는 제대로 배웠다.

"놀라지 마, 나야……."

상대의 외침이 더 빨랐을까, 아니면 점등이 더 빨랐을까. 창고의 전등은 오랫동안 켜지 않았는지 아주 크게 '팟!' 소리를 내며 불을 밝혔다. 린위안은 순간적으로 비쳐든 불빛에 눈이 부셔서 실눈을 떴다. 그래도 구석에 웅크리고 있는 사람의 어두운 형체는 충분히 보였다. 형체가 서서히 길어지고 커졌다. 몸을 거의 다 일으킨 사람이 흔들리는 불빛 아래에 섰다. 낯빛은 조명을 받아 창백해 보였지만 옷차림은 말끔했다. 눈에 가장 똑똑히 들어온 것은 상대가 입고 있는 청바지였다. 너무 많이 빨아서 낡고 물이 빠진 청바지.

린위안의 눈앞에 서 있는 사람은 놀랍게도 장리팅이었다.

"너!"

린위안은 너무 놀라 얼어붙었다. 달아나고 싶었지만 두 다리가 바닥에 깊숙이 박혀버린 듯 도통 말을 듣지 않았다. 린위안은 당연히 장리팅이 계속 살아 있기를 진심으로 바랐다. 그러나 가능성이 희박한 기대가 현실이 되면 얼마나 섬뜩한지 모른다. 귀신을 본 기분 못지않게 무섭다.

"네, 네가 왜……."

린위안은 일단 질문을 완성하고 싶었지만 울고 싶은 충동을 억누를 수 없었다. 동시에 민망한 기분도 들었다. 린위안은 장리팅을 잃은 뒤에야 장리팅에 대한 자신의 감정을 진지하게 고민해봤다. 진유롼과 마커웨이에 비해 장리팅은 어디 내놓기 부끄러운 친구라고 생각할 때가 분명 있었다. 그러나 린위안은 진유롼, 마커웨이와 함께 있으면 자신도 모르게 더 조심하게 되고 긴장을 온전히 풀지 못했다. 우정의 신진대사는 실로 간사하다. 자신이 원하는 것이 애당초 자신에게 맞지 않는 것일 수도 있다. 그러나 소녀들은 결핍을 느낄수록 언제나 더 많은 것을 원하게 된다.

린위안이 복잡한 생각에 휩싸여 있을 때 장리팅이 먼저 한 발 내디디긴 했지만 여전히 무척 망설이는 것 같았다. 린위안은 자신의 감정을 소화하느라 바쁜 와중에도 그런 사실을 알아챘다. 그리고 두 사람이 우정을 나눌 때 언제나 자신의 몫이었던 행동을 했다. 린위안은 앞으로 달려 나가 장리팅을 꼭 끌어안았다.

"너 그동안 어디에 있었어? 괜찮아?"

아주 오랫동안 포옹한 뒤에야 린위안은 장리팅을 풀어주었다. 손을 뻗어 장리팅의 두 뺨을 감싸고 머리카락을 따라 아래로 쓸어내렸다. 장리팅의 뺨은 꽤 홀쭉해져 있었다. 제법 자란 머리는 대충 낮고 헐렁하게 묶어 목 뒤로 드리웠다. 그런 모습들 때문에 장리팅의 두 눈은 유난히 빛나 보였다.

"나, 나는 괜찮아. 근데……."

린위안은 관심과 걱정이 가득한 얼굴로 장리팅을 지그시 바라봤다. 장리팅은 무슨 말을 하려는지 입을 달싹였지만 린위안의 반응에 오히려 나약해지고 움츠러들었다.

"말해봐."

린위안은 늘 그랬듯이 장리팅의 손을 두드리며 격려해주었다.

"너랑 왕얼둥은 대체 무슨 사이야?"

"그, 그게 매점에서 처음 알게 됐어. 그러다가……."

"네가 물건을 훔치다가 왕얼둥에게 걸린 거지?"

"응, 약점이 잡힌 거지. 그 사람이 날 협박했어. 아니, 협박이라고 할 순 없는데……."

뜻밖에도 장리팅의 두 뺨에 홍조가 번져갔다. 어찌된 일인지, 장리팅은 수줍어하며 헤헤 웃기 시작했다.

린위안은 깜짝 놀랐다. 장리팅의 이런 태도는 너무 수상했다. 설마 연애를 하는 건 아니겠지?

"내가 말을 잘 들으면, 반항하지만 않으면 원하는 것을 거의 다 가질 수 있다고 했어. 물론 항상 그런 건 아니야. 나도 가끔은 좀 제멋대로 굴거든. 사실 그 사람도 나를 의지해. 아무튼 나는 매점에 있는 물건을 마음대로 가져갈 수 있어. 대신 너무 자주 그럼 안 돼. 그 사람이랑 있으면 내 비밀이 폭로될 일은 없으니까 안전할 거야."

소녀의 연애는 차마 눈 뜨고 보기 힘들 만큼 미련할 때가 많다. 대충 이런저런 종이를 붙여 무대를 엉성하게 꾸민 한 편의 연극에 지나지 않는다. 소녀는 오랫동안 굶주린 탓에 활짝 핀 꽃에 쉽게 매혹되는 나비와 같다. 대개는 자신들이 사람에게 진심으로 애착하는 것이 실제로는 파리가 똥이나 쓰레기에 꼬이는 것에 비유할 수 있다는 사실을 받아들이지 못한다. 나비와 파리가 자극에 반응하는 성질은 본질적으로 크게 다르지 않다. 나비나 파리와 다른 점이라면 소녀들은 핑크빛 설렘을 느낀다는 것뿐이다.

"장리팅…… 너 그 사람이랑 잤어?"

린위안의 질문은 몹시 날카로웠다. 진유환에게 길들여져

서 그녀의 그림자가 짙게 깔려 있다는 것은 부정할 수 없었다. 린위안은 불쑥 질문을 던지면서도 장리팅이 크게 화를 내리라 생각했다. 심한 모욕을 당했다고, 린위안이 자신의 인격을 모독했다고 여길 것 같았다. 하지만 예상과 달리 장리팅의 얼굴에는 되레 잔잔한 미소의 물결이 일었다. 쑥스러워하는 것 같았다. 그보다 뿌듯한 마음이 더 커 보였다.

장리팅은 분명히 대답하지 않았다. 고개를 왼쪽으로 기울여 끄덕였다가 다시 오른쪽으로 기울여 가로저었다. 머릿속에서 여러 생각이 오가는 것 같았다.

"오빠가 나한테 잘해줘. 오빠인데 아빠 같을 때도 있어."

린위안은 지금 장리팅에게 아무 말도 들리지 않는다는 것을 어렴풋이 깨달았다. 기쁨에 휩쓸려 넋이 나간 아이처럼 보였다. 자신만의 세상에 사는 기분을 느끼고 있는 것이다.

"사실은, 내가 오빠한테 너 좀 만나달라고 부탁했어. 나랑 같이 초록색 구역을 떠나게 해달라고."

"그럼……." 린위안의 이성이 서서히 되돌아왔다. 지금 자신의 기분이 매우 언짢다는 것을 인지했다.

"네 실종은 어떻게 된 거야?"

"……계획한 거지. 오빠가 생각해낸 방법이야. 내가 빨간색 구역에서 실종된 것처럼 꾸미자고 했어."

장리팅은 어느 정도 정신이 돌아왔는지 린위안의 마음속에 이는 은근한 분노를 눈치챘다. 그래서 기뻐하던 모습을 거두고 목을 살짝 움츠렸다.

"너 뭐야? 그런 일을 꾸미기 전에, 내가 어떤 기분일지 생각 안 해봤어?"

린위안은 자신이 지난 이야기를 꺼내면서 목이 멜 줄은 몰랐다. 장리팅에게 넌 '이기적'이라고 나무라고 싶었지만 꾹 참았다.

"너희 어머니는? 어머니가 어떤 기분이셨을지 생각 안 해봤어?"

장리팅은 입을 삐죽 내밀었다. 못마땅한 표정이었다. 이런 타박을 받다니, 너무 억울하다고 여기는 것 같았다. 장리팅은 곧 울음을 터뜨릴 것 같은 목소리로 대꾸했다.

"하지만 나는 여기 있든 엄마랑 같이 지내든 전혀 즐겁지가 않아. 나는 얼등 오빠와 함께 있어야만 진정으로 자유롭고 즐거워. 그냥 즐겁고 싶을 뿐인데 대체 뭐가 문제야?"

"난 모르겠어. 그럼, 너랑 그 사람의 관계는 얼마나 오래된 거야?"

린위안은 장리팅과 대화를 이어갈수록 왠지 모르게 피곤했다. 다만 너무 드라마틱한 이야기를 급작스럽게 들어서가 아니라 너무 오랫동안 서 있어서 그런 줄 알았다. 린위안은 그대로 주저앉았다. 이제 장리팅이 그녀보다 훨씬 커 보였다. 린위안은 고개를 들어 장리팅을 올려다볼 수밖에 없었다.

"5월부터 지금까지니까…… 한 다섯 달 됐나?"

"그럼 왜……."

린위안은 뒷말을 마저 꺼내도 될지 망설였다. 장리팅은 왜 지금 다시 나타나서 이 모든 이야기를 들려주는 걸까?

"너도 수지해 너머에 있는 수지국 알지? 거기는 대륙국이고 국토가 자자지섬보다 250배 정도 크대. 기후 난민을 받지 않겠다면서 국경 봉쇄를 선언했고 신규 이민자 자격 심사도 무척 까다롭지만, 방법을 찾아서 수지국으로 밀입국하는 사람들이 아직 있어."

린위안은 불길한 예감이 들었지만 가만히 다음 말을 기다렸다.

"얼둥 오빠가 이미 모든 관문에 손을 써놓았어. 일단 나 먼저 그쪽으로 가서 자리를 잡고 기다리래. 그럼 오빠가 일을 다 정리한 뒤에 날 만나러 온다고 했어."

"그러니까 너 혼자 낯선 수지국에 밀입국하라고 했단 말이야? 같이 가는 게 아니고?"

"그런 거 아니야."

장리팅은 대범해 보이고 싶은지 어깨를 으쓱했지만 린위안은 이것이 그녀의 원래 모습이 아니라는 사실을 알았다.

"얼둥 오빠 말이…… 수직농장에서 하는 일은 급여나 사회적 지위가 좋은 편이라 많은 인맥을 쌓을 수 있대. 우리 둘의 미래를 위해 그 일자리는 당분간 유지해야 한다고 했어. 근데 밀항 브로커가 직접 바다에 나가는 게 1년에 딱 두 번이야. 이번 기회를 놓치면 나는 불쌍하게 계속 여기 머물면서 한동안 극심한 시험 스트레스에 시달리겠지. 얼둥 오빠는 그런 상황을 바라지 않아서 나더러 먼저 수지국에 가 있으라고 한 거야."

장리팅의 얼굴에 떠오른 표정은 무척 달콤해 보였다. 행복이 가득 넘쳐흘렀다. 그러나 린위안은 가슴이 욱신거렸다. 한동안 가만히 있다가 감정이 어느 정도 진정된 뒤에야 입을 뗄 수 있었다.

"사실은 네가 실종된 것으로 위장할 필요가 전혀 없, 었, 네. 안 그래?"

린위안은 질책하는 느낌을 풍기지 않으려 했지만 말투에 드러날 수밖에 없었다. 특히나 한순간에 모든 퍼즐이 짜 맞춰지자 감정을 숨길 수가 없었다. 당시 장리팅이 할머니에게 약을 주러 갈 수 없는 린위안을 돕겠다고 자청한 이유는 결코 린위안을 생각해서가 아니었다. 순수한 의도가 아니었다. 장리팅에게는 목적이 있었다. 위장 실종. 내가 장리팅 너를 해쳤다는 생각에 얼마나 자책했는데. 생각이 여기에 미치자 린위안은 화가 머리끝까지 치밀었다.

장리팅이 몸을 움츠렸다. 자신이 잘못했다는 것을 알기에 린위안에게 정면으로 맞서긴커녕 제대로 대꾸하지도 못했다.

"넌 그냥 일찍 도망치고 싶었던 거지? 수직농장에서?"

"이미 도망친 사람들이 있어. 그것도 꽤 많이……."

장리팅은 논리로 따져봐야 이길 수 없다는 걸 알았다. 하는 수 없이 화제를 바꾸어 대응했다.

"뭐라고?"

린위안은 눈을 부릅뜨고 장리팅을 노려봤다. 기말고사를 피하려고 실종된 것처럼 위장하다니…… 이제 와서 뭘 어쩌겠나 싶었지만 장리팅과 대화할 기분이 나지 않았다.

"최근에는 내 예전 룸메이트였던 리즈주가 떠났어. 누군지 기억하지? 309호실에서 지내던 루커신도 그렇고. 그 애들은 수직농장에서 쫓겨난 후에 방법을 찾아서 수지국으로 갔어."

"그 애들도 밀항을 했다고? 아니면 정정당당히 이민 절차를 밟은 거야?"

"그건 나도 모르겠어. 아무튼 다 얼둥 오빠에게 들은 이야기야. 나도 혼자 가기는 걱정되고 외로울 것 같아서 너를 불러달라고 얼둥 오빠에게 사정사정한 거야. 어쨌든 할머니도 돌아가셨으니까…… 너도 여기에 딱히 미련 없잖아. 안 그래?"

진유롼이 있잖아. 순간 린위안의 마음속에 그 이름이 스쳐 지나갔다. 그러나 왜 진유롼 곁에 머물러야 하는지, 또 자신이 진유롼 곁에서 무엇을 얻을 수 있는지는 알지 못했다.

"너도 여기 남으면 계속 남들에게 휘둘리기만 하지 않겠어? 난 널 알아. 넌 자유를 소중히 여기잖아. 이곳의 체제는 너에게 고통을 안길 뿐이야. 그러니까 잘 생각해봐. 차라리 나랑 같이 떠나는 게 낫지 않겠어?"

린위안은 마음이 흔들렸다. 아니면 이미 오래전부터 동요하고 있던 걸까? 오늘 죽었다 살아난 장리팅을 만나고 분명 화가 났지만 내면에 존재하는 자아의 일부는 강한 기쁨에 휩싸였음을 부정할 수 없었다. 그래서 장리팅이 지금 어떤 조건이나 요구를 내건다 해도 받아들일 가능성이 높았다. 소녀에게 우정과 사랑은 애초부터 같은 차원에 놓인 것이 아니었다.

25

"린위안 씨! 얼른 일어나보세요."

린위안은 누군가 자신의 어깨를 연신 흔드는 느낌에 두 눈을 떴다. 진유롼 담당 스타일리스트의 경직된 얼굴이 보였다. 그녀는 린위안이 마침내 반응을 보이자 황급히 말했다. "얼른 일어나 보세요. 진유롼 아가씨가 린위안 씨의 단장을 도와주라고 하셨어요."

스타일리스트는 고개를 살짝 숙이고 부드러운 어조로 친절하게 말하는 것 같았다. 하지만 공들여 화장한 얼굴에는 짜증이 서려 있었다. 말로는 순순히 따랐지만 등 뒤에 있는 진유롼이 볼 수 없는 얼굴에는 진짜 속내가 드러났다.

"하지만 저는…… 필요 없는데요. 화장 안 해요."

린위안은 사양하고 몸을 틀었다. 남이 얼굴을 건드리면 온

몸이 다 불편했다.

"아— 안 돼! 우리 셋은 풀 메이크업에 단장까지 마쳤는데, 어떻게 너만 수수한 채로 둘 수 있겠어? 착하지?"

진유롼은 긴 머리카락을 한 올도 빠짐없이 말아 올려 새하얀 목덜미가 드러났다. 가냘프고 또렷한 쇄골에 다이아몬드가 박힌 목걸이를 얹고, 피부에 입자가 곱고 반짝이는 파우더를 발라서 전체적으로 반짝반짝 빛나 보였다. 이처럼 빛나게 치장을 한 사람이 달래듯이 말하자 마치 푸들을 어르는 것 같았다. 린위안은 문득 혐오감이 밀려들었다. 자신을 말썽 피우는 사람으로 치부하는, 군림하는 자 특유의 은근한 말투가 지긋지긋했다. 그러나 린위안은 반항하지 않았고 불만을 드러내지 않았다. 그저 진유롼을 몇 초간 물끄러미 바라보다가 한숨을 쉬고는 순순히 자리에 앉아 스타일리스트에게 얼굴을 맡겼다. 린위안은 진유롼에게 언제 화가 났느냐는 듯 가슴이 두근거렸다. 켜켜이 쌓인 복잡하고 부정적인 감정은 눈꽃 빙수 꼭대기에 얹힌 재료와 시럽 같았다. 진유롼이 빙수에 무엇을 뿌리든 지금 린위안은 어지간해서는 곧이곧대로 받아들일 것이다.

그리고 숨기려야 숨길 수 없는 사실이 있었다. 오늘 진유롼은 정말 아름다웠다. 스타일리스트가 옆에서 바삐 움직이고 있음에도 린위안은 참지 못하고 진유롼을 연신 힐끔거렸다.

입고 있는 와인색 실크 롱드레스 덕분에 피부가 자체 발광하듯 새하얬다. 양쪽 어깨를 일자로 드러낸 오프숄더 디자인은 성숙한 여인의 멋과 함께 소녀 특유의 연약함도 드러냈다. 거기에 오직 그녀만이 소화할 수 있는 하이힐을 신었다. 단장을 마치고 일어선 진유롼은 뒷굽이 뾰족한 구두를 신고도 평소처럼 날 듯이 걸었다. 방 안을 걸으며 엉덩이를 좌우로 흔드는 모습은 그야말로 톱 모델을 연상케 했다. 다만 구두 굽이 바닥을 두드리는 소리는 약간의 공격성을 띠었다. 그 소리를 오래 듣고 있자니 진유롼이 만들어낸 소란에 린위안은 또 서서히 머리가 지끈거렸다.

이 방에서 혼자 힘으로 열심히 모든 단장을 마친 사람은 마커웨이뿐이었다. 머리는 직접 헤어롤을 말고 손질해서 볼륨감을 냈다. 아이섀도는 풍성하고 곱게 발색되도록 그러데이션으로 겹겹이 바르고 속눈썹은 아찔하게 말아 올렸다. 마커웨이는 원래 성향대로 무엇이든 스스로 했다. 린위안에게는 실로 대단한 일이었다. 그러나 마커웨이는 어쩐지 부아가 난 것 같았다. 자신만 진유롼 담당 스타일리스트의 도움을 받지 못했기 때문일 수도 있다. 아니면 진유롼이 스타일리스트에게 자신이 아니라 린위안을 도와주라고 해서 조금 질투가 났을 수도 있다. 그도 아니면 진유롼이 휘두르는 작은 권력의 중심에서 밀려났다고 느꼈기 때문일지도 모른다. 그러나 마커웨이는 원체 도도한 성격이라 이 자리에서 진유롼에게 불만을 직접 토로할 리 없었다.

몇 시간 전, 린위안은 장리팅에게 조금만 시간을 달라고 했다. 불법 이주 문제는 진지하게 고민해봐야 했다. 아니면 짐을 쌀 시간이 필요했는지도 모른다. 린위안은 기숙사 3층으로 향하는 계단을 오르면서 누군가와 대화할 수 있기를, 누군가 자신의 처지에 공감하며 실질적인 조언을 해주기를 바랐다. 하지만 대체 누구를 찾아가 이런 이야기를 해야 한단 말인가. 진유훙? 마커웨이? 그 애들은 날 붙잡지 않겠지? 아니면 둘 다 날 붙잡을까? 린위안은 머리가 지끈거렸다. 그래서 301호실로 돌아오자마자 소녀들의 향수와 바디워시 냄새를 맡으며 저도 모르게 곯아떨어진 것이다.

스타일리스트는 시폰 스커트를 권했고 린위안은 거부하지 않았다. 이 치마는 분명 진유롼이 주는 선물일 것이다. 육각형 메시 소재의 하늘색 레이스에 반짝이는 은색 비즈와 빛을 반사하는 색색의 조개 모양 스팽글이 가득 수놓여 있었다. 시폰 스커트는 예쁘고 화려했지만 막상 입어보니 무거웠다. 더군다나 바지를 입는 데 익숙한 린위안에게 치맛자락을 잡고 걷기란 여간 어색한 일이 아니었다.

"엄마가 특별히 우리를 위해 맞춤 제작한 드레스야. 근사하지?"

손거울에 비친 자신을 유심히 들여다보며 연신 삐져나온 잔머리를 정돈하던 진유롼은 생글생글 웃는 얼굴로 린위안에게 다가왔다.

"응, 이 치마 정말 예쁘다. 신경 써줘서 고마워. 너희 어머니에게도 고맙다는 말 전해줘."

진씨 일가의 호의는 홍수 같아서 언제나 거절할 수 없었다. 말은 그렇게 했지만 사실 린위안은 가식 어린 미소를 짓고 있었다.

"아이참, 그냥 네 하이힐까지 주문하도록 두지."

"아니, 아니야. 난 평소에 하이힐을 안 신어. 그건 받아도 묵혀두었을 거야. 그럼 아깝잖아."

린위안을 향한 진유롼의 앙탈에는 책망하는 기색이 역력했다. 그러나 린위안은 자신이 평소에 하이힐을 절대 신을 리 없다는 것을 알기에 끝끝내 받지 않았다. 결국 돈만 낭비하는 일이다. 솔직히 말하면 린위안은 하이힐을 신은 자신을, 여성미를 물씬 풍기는 자신을 상상할 수 없었다. 도대체 어떤 모습으로 변할까? 이도저도 아니지 않을까?

"그럼 어쩔 수 없지. 내가 제일 아끼는 저 하이힐을 너에게 빌려줄게."

진유환은 턱을 살짝 낮추고 달콤한 목소리로 말했다. 린위 안에게 애교를 부리는 것 같기도 하고 잘 보이려고 애쓰는 것 같기도 했다.

"이건 내가 제일 좋아하는 신발이야. 소중히 다뤄줘."

린위안은 심장박동이 한 박자 빨라진 것 같았다. 겉으로는 애써 침착한 척했지만 어쩔 수 없이 입꼬리가 살짝 올라갔다. 진유환은 자연스럽게 자신의 하이힐을 린위안의 발치에 밀어놓았다. 앞코에 복합소재를 덧대서 만든 7센티미터 높이의 하이힐로, 남색으로 염색한 양가죽과 뱀피가 어우러져 질감이 살아 있었다. 린위안은 별생각 없이 하이힐 안에 발을 넣었다. 발가락이 눌려서 조금 아팠다. 하지만 괜찮다고, 참을 수 있다고 생각했다.

원래 린위안은 뒤도 돌아보지 않고 장리팅과 함께 떠날 수 있을 줄 알았다. 수직농장과 이 완벽한 인공 세계에서 벗어날 수 있을 줄 알았다. 그러나 진유환을 마주한 지금, 진유환이 베푸는 호의는 짧은 시간 안에 또다시 그녀를 흔들어 고민에 빠뜨렸다.

"진유환 말이야, 얼마 전에 새 하이힐을 세 켤레 더 주문했어. 다 진유환이 좋아하는 유명 디자이너들이 만든 한정판 신발이지. 그래서……."

진유홍이 린위안의 감정 변화를 눈치챘는지 은밀히 다가
와 속삭였다. 기쁨에 젖어 있던 린위안은 미소를 싹 거두었
다. 어쩔 수 없이 서운한 기분이 들었다. 그러나 곰곰이 생각
해보면 그리 놀랄 일도 아니었다. 이건 죄다 진유롼이 즐겨
사용하는 유혹의 수단이었다.

"자, 이것도 빌려줄게. 괜찮아, 고마워하지 않아도 돼."

진유롼은 보석이 박힌 머리핀을 스타일리스트에게 건넸
다. 린위안이 모양을 미처 확인하기도 전에 스타일리스트는
머리핀을 냅다 찔러 넣었다. 거절은 용납하지 않겠다는 뜻 같
았다. 린위안은 아무 말도 하지 못하고 그저 얼떨떨한 얼굴로
거울에 자신의 모습을 비춰볼 뿐이었다. 머리핀은 너울거리
는 한 쌍의 날개 같았다.

네 소녀는 함께 방을 나섰다. 말할 수 없는 비밀을 가진 작
은 파벌 같았다. 린위안은 화려한 치장 때문에 오히려 위축됐
다. 성인 여자를 흉내 낸 데 불과하다는 것을 확실히 인지하
고 있기 때문이다. 다음 모퉁이를 돌면 누군가 나와서 자신의
속내를 꿰뚫어 보지 않을까 싶어서 자꾸만 두려웠다. 태연한
사람은 진유롼뿐이었다. 틈만 나면 립스틱을 꺼내 화장을 수

정했다. 예뻐지기 위해 애쓰는 자신을 조금도 부끄러워하지 않았다. 파벌을 이룬 소녀들은 칼을 휘두르지 않지만 자신들 만의 무기가 있다. 린위안은 그런 진유롼에게 감탄했고 이내 깨달았다. 여기에 계속 머무른다면 진유롼의 날개 아래에서 그녀의 보호를 받으며 살 수밖에 없다는 것을.

"와— 다들 왔니? 진유롼 네 드레스 재단이 아주 잘됐구나. 근데 엉덩이 근육은 좀 더 키워야겠어. 곡선이 선명하지 않으 니까 여성미가 떨어지고 옷맵시가 안 나잖아."

대회의장에 들어서자 진유롼의 위세는 오래가지 못했다. 진유롼의 엄마는 자기 딸을 보기만 하면 어떻게든 기를 꺾으 려 했다. 진유롼은 표정을 미세하게 바꾸며 코웃음을 쳤다. 진씨네 모녀의 전쟁이 또 시작됐네. 린위안이 그렇게 생각하 는 순간, 정면의 단상 위로 류난리가 모습을 드러냈다. 즐거 워 보이는 그녀가 마이크에 대고 가볍게 후후 바람을 불었다. 마커웨이는 긴장한 얼굴로 단상을 올려다봤다. 평소답지 않 게 침착함을 잃고 초조해 보였다.

류난리는 한쪽 어깨를 드러낸 드레스를 입었다. 평소 모습 을 생각하면 오히려 너무 튀려고 발악한 것 같았다. 주황색 드레스는 정말 아름다웠다. 그러나 류난리의 피부색이 그리 하얗지 않은 탓에 되레 안색이 칙칙해 보였다. 그래도 린위안은 그녀의 노력과 분투를 알아봤다. 류난리는 다른 사람들, 높은 지위에 오른 사람들과 어울리고 싶은 것이다. 하지만 고심해서 고른 드레스를 입었음에도 형형색색의 군중 사이에서는 여전히 별로 돋보이지 않았다.

린위안은 장리팅과 자신을 떠올렸다. 왕얼둥이 자신들을 두고 표현한 말을 떠올렸다. '겉도는 느낌.'

"오늘 밤 여러분을 만나 기쁩니다. 이렇게 정성껏 단장한 모습을 보니 다들 오늘 밤 파티를 무척 기대했나 보군요. 호호, 아마 오늘이 전체 학기 중에 우리가 느긋한 시간을 보낼 수 있는 유일한 날일 겁니다."

"몸매가 안 늘씬해서 그런가, 멀리서 보니까 그냥 당근 같지 않아?"

역시 진유롼이었다. 이번에도 참지 못하고 독설을 날리며 류난리를 짓밟았다. 린위안은 피식 웃고 진유롼을 슬쩍 돌아봤다. 이상하게도 진유롼은 평소와 달리 단상에 온 신경을 집중하고 있었다. 마치 무슨 일이 벌어지기를 기대하고 있는 듯했다. 연신 아랫입술을 깨물고 손가락 마디마디를 만지작거리는 동작들을 보면 알 수 있었다. 긴장한 얼굴로 무언가에 주의를 기울이는 모습은 정말 보기 드물었다.

"다만 즐거운 시간을 보내기에 앞서 우리에게는 마땅히 해야 할 일이 있죠. 이번에는 두 가지를 확인할 겁니다. 먼저 기말고사 성적을 발표하고, 다음에 이번 학기 전체 석차를 발표하겠습니다."

그때, 잘생기고 훤칠한 남학생이 진유환에게 다가왔다. 진장거였다. 그는 몸을 진유환에게 바짝 밀착하고 오른팔로 그녀의 허리를 감았다. 진장거는 맛있는 음식을 보고 군침을 삼키듯 진유환의 옆얼굴을 바라보더니 볼에 가볍게 입을 맞췄다. 진유환은 저항하거나 피하지 않고 진장거가 껴안도록 내버려두었다. 현장에 있는 많은 사람이 그 모습을 목격했고 몇몇은 귓속말을 주고받기 시작했다.

린위안은 그 짧은 순간 질투를 느꼈다. 그러면 안 된다고 마음을 다잡았지만 소용없었다. 진유환과 진장거가? 언제부터? 이래도 돼? 근데 왜 하필 지금 같은 때 저런 쇼를 하는 거지? 이건 너무 심한 도발 아니야? 린위안은 아무리 생각해도 납득이 가지 않아서 앞쪽 대형 스크린에 억지로 집중할 수밖에 없었다.

린위안은 성적 순위에 전혀 관심이 없거나 긴장하지 않은 것은 아니지만 조금 무뎌진 것도 사실이었다. 모두가 마커웨이처럼 언제나 1등을 놓치면 안 된다고 자신을 몰아세우지는 않는다. 린위안은 충분히 노력했기 때문에 대충 등수를 짐작할 수 있었다. 과연 26등으로 예상을 크게 벗어나지 않았다. 진유홍은 14등이었다. 그러나 모두의 예상을 뒤엎는 일이 벌어졌다. '마커웨이'의 이름이 '2등'과 짝을 이루자 모든 사람이 놀라서 탄성을 질렀다. 놀라움은 파도치듯 앞에서 뒤로 번져 나갔다.

마커웨이의 낯빛이 한순간에 창백해졌다. 얼굴이 파랗게 질린 교장이 고개를 돌려 마커웨이를 사납게 노려봤다. 그러나 다가가서 마커웨이를 안아주지는 않았다. 많은 엄마들의 기대와 달리 그녀는 따뜻한 말로 마커웨이를 위로할 생각이 없는 듯했다. 친구들 사이에서 늘 근엄하게 위엄을 풍기던 마커웨이가 몸을 미세하게 떨고 있었다. 당장이라도 울음을 터뜨릴 것 같았다. 린위안은 처음 보는 모습이었다. 다가가서 어깨라도 두드려주고 싶은 심정이었다. 스크린에 1등을 차지한 학생의 이름이 공개되기 직전, 진장거는 진유롼에게 입을 맞췄다. 아주 깊고, 아주 길고, 아주 격정적인 키스였다. 이 자리에 있는 모두의 관심을 집중시키려는 것 같았다. 그래서 '진유롼'의 이름이 스크린에 떠올랐을 때 다들 키스하는 진유롼을 쳐다보느라 그녀가 기말고사에서 마커웨이를 제치고 1등을 차지했다는 사실을 바로 알아채지 못했다. 진장거는 계속 진유롼에게 키스를 퍼부었다. 입맞춤을 끝낼 생각이 전혀 없는 것 같았다. 대회의장에 환호와 고성이 울려 퍼졌다. 진유롼과 진장거가 손을 잡고 오늘 밤 광란의 서막을 올리는 것 같았다.

환호하며 날뛰는 군중이 시선을 가리는 바람에 린위안은 진유롼이 보이지 않았다. 마커웨이의 표정도 볼 수 없었다. 옆에 서 있는 진유홍이 몇 번이나 낮게 탄식하는 소리만 들릴 뿐이었다.

"왜 그래?"

린위안이 물었다. 진유홍은 얼굴이 해쓱했고 입술을 바르르 떨기까지 했다. 린위안은 영문을 알 수 없어 어리둥절했다.

"예감이 안 좋아."

"왜?"

"모르겠어? 진유롼과 마커웨이 사이에는 지금껏 암묵적인 합의 같은 게 있었어. 동맹 관계 같은 거야. 우리 언니는 사실 엄청 똑똑해. 언니가 작정하고 공부하면 마커웨이가 무조건 이긴다는 보장은 없어."

린위안도 그런 가능성을 생각해보지 않은 건 아니었다. 진유롼의 일상을 깊이 들여다보면 마커웨이에 비해 크게 노력하지 않는다는 것을 알 수 있다. 진유롼은 사람을 만나고 외모를 가꾸는 데 거의 모든 시간을 소비했다. 하지만 마커웨이처럼 최선을 다하면 어떤 결과가 나올까? 린위안은 상상조차 할 수 없는 일이라 잠자코 있었다.

"다만 언니는…… 뛰어난 학업 성적은 자신보다 마커웨이에게 더 필요하다는 걸 알아. 등수로 교장 선생님께 인정받는 일은 언니보다 마커웨이에게 더 필요하지. 그래서 언니는 지금껏 최선을 다하지 않았던 거야."

지금 진유훙의 눈빛은 깊게 가라앉아 있었다. 마치 괴물의 존재를 알아챘음에도 폭로를 할지 말지 고민하는 것 같았다.

"그럼 이번에는 왜……."

"진짜 이유는 나도 모르지. 짐작은 가지만 말하고 싶지는 않아."

대회의장 출입문이 열리고 사람들이 움직이기 시작했다. 다들 저녁 파티 장소로 이동했다. 린위안은 사방을 두리번거렸다. 진유환, 마커웨이, 진씨네 안주인, 교장, 네 사람은 어디로 갔는지 보이지 않았다.

"하지만 중요한 건 따로 있어…… 아무튼 결과적으로 진유환이 둘 사이의 균형을 깼다는 것은 확실해."

균형? 이건 공포의 균형이라고 해야 하지 않을까? 린위안은 그렇게 생각하며 벽에 걸린 시계를 힐끗 돌아봤다. 6시 30분. 린위안은 이 자리에 없는 장리팅을 떠올렸다. 아쉽네, 장

리팅은 진유롼과 마커웨이가 싸우는 흔치 않은 모습을 직접
보고 싶어 할 텐데.

26

파티는 수직농장 본 건물 꼭대기 층에
서 열렸다. 맞은편 산 중턱에서 펼쳐질 불꽃놀이를 편히 감상
하기 위해 이 장소를 고른 것이다. 알려진 바로는 진씨 가문
이 뒤에서 전체 행사를 준비했다고 한다. 어느 정도는 그들
가문의 허풍스러운 특징과 잘 어울렸다.

"시작할 때만 불꽃을 터뜨리는 게 아니야. 자정이 되면 더
성대하게 터뜨린대!"

"와, 그래? 진짜 기대된다!"

린위안은 엘리베이터 안에서 다른 학생들이 이렇게 떠드
는 소리를 들었다. 위로 올라가는 엘리베이터를 따라 숫자가
커지는 표시등을 노려보다 문득 장리팅과 약속한 시간인 저
녁 9시 정각이 얼마 남지 않았다는 것을 깨달았다. 하지만 린

위안은 아직 확실히 결정을 내리지 못했다. 자신이 진짜 원하는 바가 무엇인지 여전히 알 수 없었다.

린위안과 진유홍은 건물 꼭대기 층에 도착했다. 린위안은 일전에 진유룬을 따라 여기 올라왔던 날을 아직 기억했다. 엘리베이터에서 내리자 벽을 따라 순백의 긴 식탁이 쭉 늘어서 있고 술과 간단한 핑거 푸드가 가득했다. 역시나 교장은 사람들 한가운데에 서서 이것저것 지휘하느라 분주했다. 그녀는 언제나 바빠 보였다. 솔직히 말하면 마커웨이가 기말고사에서 1등을 놓쳤음에도 전혀 타격을 받지 않은 것 같았다. 진씨네 안주인도 멀지 않은 곳에 서 있었다. 그녀는 정신없는 와중에도 여유가 흘렀다. 한 손으로 치맛자락을 잡고 다른 한 손으로 샴페인 잔을 든 채 마치 연극을 보듯 한 발짝 물러나 있었다.

진유홍은 종종걸음으로 다가와 린위안의 귀에 대고 고함을 지르다시피 말했다. "여기 사람이 너무 많아! 밖으로 나가자!" 린위안은 고개를 끄덕이고 진유홍을 따라 열심히 인파를 헤치며 나아갔다. 연회장 밖으로 나간 뒤에야 한숨 돌릴 수 있었다.

반원 모양으로 배열된 태양광 패널 앞에 결코 초라하다 할 수 없는 가설무대가 설치되어 있었다. 이 무대는 생긴 지 얼마나 됐지? 린위안은 고개를 갸웃했다. 자정이 지나면 쓸모가 없을 테니 곧바로 철거되겠지. 무대 위에 복잡하게 설치된 조명과 음향 장비를 훑어보다가 무대 앞으로 시선을 돌린 순간, 익숙한 두 사람의 모습이 눈에 들어왔다. 진유롼과 마커웨이였다.

"저기 봐."

린위안이 두 사람을 가리키며 진유훙에게 말했다. 조금 떨어진 곳에서 조심스럽게 드레스 주름을 정돈하던 진유훙은 그 장면을 보자마자 부랴부랴 다가왔다.

진유롼은 레드와인이 담긴 잔을 들고 있었다. 입술에는 선명한 붉은빛 립스틱이 완벽하게 덧발라져 있고 도톰한 윗입술의 큐피드 궁은 굴곡이 또렷했다. 진장거가 진한 키스를 퍼부은 흔적은 사라진 지 오래였다.

"진유롼…… 너 술 마셔도 돼?"

린위안은 그렇게 물었지만 시선은 진유훙을 향해 있었다. 때마침 가까이 다가온 진유훙이 제 치맛자락에 걸려 넘어질 것처럼 휘청거려서 토끼 목덜미를 잡듯 진유훙의 옷깃을 붙잡아 똑바로 일으켰다. 린위안이 민첩하게 대응해서 다행이었다.

"오늘 밤에는 술 한잔 해도 괜찮지 않을까? 내가 기말고사에서 일, 등, 을 했잖아."

이 말만 들으면 진유롼이 취한 줄 알았을 것이다. 그러나 하이힐을 신고도 턱을 치켜든 채 단아하고 우아한 모습을 잃지 않는 것을 보면 지극히 멀쩡한 상태라고 볼 수밖에 없었다. 계속 침묵하던 마커웨이가 마침내 입을 뗐다. 진유롼과 대질하려면 어느 정도 마음의 준비를 하고 용기를 최대한 끌어내야 하는 모양이었다.

마커웨이는 오른팔을 뻗어 진유롼의 노출된 어깨를 강하게 잡았다. 그러나 진유롼은 허리를 돌리며 잽싸게 손아귀에서 벗어났다. 마커웨이는 단념하지 않았고 진유롼을 놓아줄 생각이 없었다. 진유롼이 뿌리치지 못하도록 위팔을 단단히 붙잡았다.

"아야, 이거 놔!"

"우리, 대화 좀 해야 하지 않아?"

"무슨 대화? 무슨 할 말이 있는데?"

진유롼은 짜증이 잔뜩 치밀었다. 마커웨이의 손아귀에서 벗어나려는 몸짓에 분노가 가득 담겨 있었다. 린위안은 놀라움을 금치 못했다. 분명히 진유롼의 분노가 보였다. 심지어 마커웨이보다 더 화난 것 같았다. 그런데 왜 저리 분노하는 거지?

412

"말로 하자."

린위안이 일단 상황을 수습하려고 낮은 목소리로 제안했다. 그러나 폭풍의 중심에 있는 두 사람은 그녀를 거들떠보지도 않았다.

"우리……."

마커웨이가 마른침을 삼켰다. 늘 막힘없는 언변을 자랑하는 그녀라도 그 말을 꺼내기가 상당히 어려운 모양이었다. 마커웨이가 지금 진유롼과 대치하면서 과연 얼마나 큰 설움을 감당하고 얼마나 많은 자존심을 버릴 수 있을까.

"합의된 거 아니었어?"

"무슨 합의?"

"어…… 무슨 합의냐면……."

신나게 떠들며 지나가던 몇몇 학생이 두 사람을 보고 걸음을 멈추었다. 그들이 바로 떠나지 않고 머물러 있자 사람들이 점점 더 많이 몰려들었다. 마커웨이는 사람들의 시선 속에서 우물쭈물하고 움츠러들기 시작했다. 린위안은 한 번도 본 적이 없는 모습이었다.

진유롼에게는 마력이 있다. 상대가 누구든 평소와는 전혀 다른 모습을 끌어내는 그런 마력을 가졌다. 상대가 보이는 그 새로운 모습은 순전히 진유롼에게 대응하는 과정에서 생겨난 것일지도 모른다. 마치 서로가 서로를 비추는 거울이 된 것처럼. 진유롼은 자꾸만 상대를 부수고 깨뜨렸다. 그러면 상대는 새로운 조각을 하나둘 만들어냈다.

린위안이 오른발을 내디디자 진유홍이 황급히 그녀의 손을 잡고 고개를 가로저었다. 진유홍은 늘 이런 역할을 맡았다. 이번 일에 끼어들면 안 된다고 넌지시 신호를 보냈다.

"네가 무슨 말을 하려는지 알아. 근데 넌 애가 왜 이렇게 욕심이 많니? 학기 전체 1등은 너한테 양보했잖아? 이번 기말고사 1등으로 나 한 번 돋보이는 게 뭐 어때서?"

진유롼은 먼저 큰소리를 쳤다. 마커웨이가 욕심이 많고 만족할 줄 모른다며 질타했다. 말투는 더없이 애처로웠지만 표정은 전혀 그렇지 않았다.

"하지만 너도 알다시피…… 기말고사든 학기 성적이든 나는 다 필요해. 1등은 항상 내가 해야 한다고."

마커웨이의 목소리는 점점 기어 들어갔다. 확실히 이런 상황에서는 자신의 요구를 당당히 밝히기가 힘들 것이다. 그도 그럴 것이 진유롼은 부정행위를 하지 않았고 성실하게 제 실력으로 1등을 거머쥐었다. 생각이 거기에 미치자 린위안은 두려워졌다. 생각할수록 두려움이 커졌다. 진유롼은 어느 누구라도 자신의 손바닥에 올려놓고 주무를 수 있는 능력을 가졌다. 세상만사가 그녀의 취향을 따르고 그녀의 기분을 살피는 것 같았다. 지금 진유롼은 남을 깎아내리고 짓밟는 방식으로 여왕벌이나 다름없는 자신의 지위를 확인한 셈이었다. 심지어 그것을 위해 절친한 친구까지 짓밟았다. 린위안은 지금 진유롼이 마커웨이를 이용해 본보기를 보이려 한다는 것을 깨달았다. 이 자리에서 지켜보고 있는 모두에게 알려준 것이다. 마커웨이가 평소 자신이 가장 배려하고 신뢰하는 반장이라 해도 자신이 원한다면, 자신이 바란다면, 자신이 즐거울 수만 있다면 자신에게 무릎 꿇는 패배자가 될 수밖에 없다는 것을, 이 자리에 있는 모두가 이런 운명을 피할 수 없다는 것을.

"넌 1등이 왜 그렇게 필요한데?"

레드와인이 담긴 잔은 여전히 진유롼의 손에 들려 있었다. 진유롼은 잔을 손가락 끝으로 잡고 휘휘 돌리며 와인이 회전하고 흔들리는 모습을 지켜봤다. 분명 다 알면서 일부러 묻는 질문이었다.

"미친년."

마커웨이는 여전히 고개를 숙일 생각이 없어 보였다. 진유롼 앞에서 내면에 자리 잡은 진짜 욕구를 인정하고 싶지 않았다. 이렇게 많은 사람이 지켜보는 자리에서 공개적으로 밝히기는 더더욱 싫었다.

"어, 맞아 ─ 나는 미친년이라는 사실을 한 번도 부정한 적이 없지, 크크크. 적어도 이 미친년이 최선을 다하면 1등의 자리를 누가 누구에게 빌려줄지, 누가 누구에게 양보할지 그건 장담할 수 없어."

진유롼은 마커웨이에게 미친년이라는 욕을 들었음에도 아무렇지 않은 것 같았다. 오히려 조금 우쭐해하며 히죽히죽 웃었다. 모두의 시선이 또 진유롼에게 집중되었다. 주변을 에워싼 벌과 나비는 빛이나 다름없었다. 설령 모기와 파리에게 둘러싸인다 해도 성취감 같은 것이 들게 마련이다. 남들에게 무시당하느니 미쳐서 주목받는 편이 훨씬 나은 것이다.

기쁨에 젖은 진유롼과는 대조적으로 마커웨이는 몹시 무기력해 보였다. 그러나 린위안은 마커웨이를 충분히 이해했다. 마커웨이도 자신과 비슷한 마음, 비슷한 두려움을 가지고 있음을 알기 때문이다. 제멋대로인 진유롼의 성격은 거슬리지만 그녀가 이런 관계를 가지고 노는 데 모든 관심을 쏟지 않는다면, 정상적인 소녀처럼 미치지 않고 학업에 전념한다면, 공부의 신이 되기 위한 마커웨이의 길은 더욱 험난해질 뿐이다.

진유롼이 네 인생에 존재하는 한 이 게임은 안 할 수가 없어. 다만 너의 규칙대로 밀고 나가든, 진유롼이 정한 규칙을 따르든 하나를 선택해야겠지. 린위안은 마커웨이가 무슨 결정을 내릴지 알았다. 진유롼의 규칙을 따르면 삶이 비교적 순탄해질 것이다.

"……부탁할게. 엄마를 실망시키고 싶지 않아."

마침내 결정을 내린 마커웨이는 그렇게 말하면서 진유롼을 향해 비굴하게 허리를 굽혔다. 주변에서 구경하던 학생들이 웅성거리기 시작했다.

"그래, 알겠어. 진장거한테 앞으로는 널 귀찮게 하지 말라고 할게. 근데 말이야, 너도 그 애의 남성호르몬과 함께하는 시간을 어느 정도는 즐기지 않았어? 호호호호."

마커웨이가 황급히 몸을 세웠다. 수치심을 느꼈는지 눈가에 눈물이 맺혀 있었다. 진장거는 진즉 근처에 와서 이 광경을 조용히 지켜보고 있었다. 진유롼이 독점한 비천한 하인 같았다. 진장거는 자신의 이름이 남성호르몬과 함께 거론되자 진유롼이 자신에게 어명을 내렸다고 생각했다. 지금이 나설 때라고, 진유롼이 신호를 보냈다고 생각했다. 진장거는 가슴을 쫙 펴고 다가가 상체를 진유롼의 가슴에 밀착하고는 일찌감치 준비했던 물건을 자연스럽게 진유롼의 오른손에 쥐여 주었다. 마커웨이는 그의 행동 하나하나를 주시했다. 원래 그녀의 눈빛에 남아 있던 약간의 미련은 곧 경멸로 바뀌었다.

하지만 화를 낼 수도 없고 화를 낼 입장도 아니라서 눈을 부릅뜨고 두 남녀를 지켜볼 수밖에 없었다.

린위안 역시 모든 장면을 놓치지 않고 지켜봤다. 진장거가 진유롼의 손에 쥐여준 물건이 똑똑히 눈에 들어온 순간, 린위안은 냅다 앞으로 달려 나갔다. 이번에는 진유홍이 말릴 틈도 없었다. 진유롼이 손에 들어온 물건을 자신의 두 귀에 걸기 직전이었다.

"너! 내 책상에서 훔쳐 간 거야?"

장리팅이 남긴 진주 귀걸이였다. 린위안이 장리팅의 보석함에 두었던 것을 진유롼이 얼마나 오랫동안 관찰한 끝에 진주 귀걸이가 있는 정확한 장소를 알아내서 진장거에게 훔쳐 오라는 지시를 내렸는지는 알 수 없었다.

"아이참! 오늘 이곳이 엄청 중요한 자리잖아."

린위안은 지금 진유롼의 얼굴을 어떻게 묘사해야 할지 알 수 없었다. 당장이라도 눈물을 뚝뚝 흘릴 듯하지만 누가 봐도 아름답고, 또 한편으로는 눈 속에 교활함이 비쳤다. 이번에도 진유롼 특유의 행동이 나왔다. 턱을 살짝 낮추고 린위안을 아래에서 위로 훑어보던 시선이 코끝을 지나 두 눈에 닿았다. 린위안을 어쩔 줄 모르게 하는 그 눈빛이었다. 하지만 이런 행동은 오히려 린위안의 화를 돋울 수밖에 없었다.

"그렇게 말하면 안 되지. 너는 이렇게 무슨 수를 써서라도 귀걸이를 되찾아야만 하는 거야? 도둑질도 마다하지 않을 만큼?"

"난 훔치지 않았어. 빌려준 것을 돌려받은 것뿐이야."

"린위안, 그만하라고 했잖아. 이건 네가 끼어들 게임이 아니야."

진유홍은 혼란스러운 와중에 조심히 다가와 린위안의 옷자락을 살짝 잡아당기며 중재에 나섰다. 린위안이 보기에 진유홍의 모든 조치는 진유환이 하는 행동을 용인하는 것 같았다.

"그게 무슨……."

연속극처럼 꼬리에 꼬리를 무는 그들의 논쟁은 무대에서 진행될 행사로 인해 중단됐다. 진씨네 안주인은 환하게 빛나는 얼굴로 무대 한가운데에 섰다. 두 귀에 걸린 귀걸이는 동그란 무대를 따라 설치된 조명을 받아 유난히 찬란하게 반짝였다. 보석이 가득 박힌 역삼각형 모양의 귀걸이는 너무 길어서 거의 턱까지 내려와 있었다. 그 뒤에 선 교장은 다른 사람들과 달리 오후에 입은 정장 차림 그대로였다. 전혀 꾸미지 않은 것 같았다. 화장기 없는 얼굴에 장신구도 달지 않고 딱딱하게 팔짱을 끼고 있었다. 린위안은 한껏 고조된 감정이 갑자기 가라앉아 멍하니 무대 위를 응시할 수밖에 없었다.

"내가 말했잖아, 네 게임이 아니면 끼어들지 말라고."

진유홍도 린위안의 시선을 따라 무대를 바라봤다. 린위안에게 말하는 듯도 하고 자신에게 말하는 듯도 했다.

"여러분, 안녕하세요. 정말 즐겁고 설레는 밤이죠? 엄격한 기준으로 선발된 영재들이 가득한 이 학교와 수직농장은 자연재해가 빈번한 오늘날 몇 안 되는 사람들의 위안이자 자랑의 상징이라고 할 수 있어요. 안 그런가요? 수직농장의 소유자 중 한 사람으로서 우리 교장 선생님께 정말 감사해요. 학교를 이렇게 잘 운영해주셨으니까요."

진유롼의 엄마는 뜻밖에도 마커웨이의 엄마를 언급하며 공로를 돌렸다. 마커웨이의 엄마는 무척 의아한 눈치였다. 린위안은 교장 선생님의 종아리가 살짝 떨리는 것을 알아봤다. 하지만 교장은 금세 평정심을 되찾았다.

"아닙니다. 마땅히 해야 할 일인걸요. 다 저희 일이니까요."

"아니에요. 진심으로 드리는 말씀이에요. 우리 진유롼이 모처럼 기말고사에서 1등을 하게 된 건, 정말 학교와 선생님들의 공로라고 생각해요."

상대가 듣기 불편한 말을 굳이 끄집어내 골탕을 먹이는 꼴이었다. 무대 아래에서 듣고 있던 진유롼은 미소를 지으며 엄마를 향해 술잔을 높이 들어 올렸다.

"초록색 구역 밖의 사람 중에 어느 누가 한가롭게 저 여자들의 쓸데없는 기싸움에 관심을 기울이겠어?"

둥실 떠오른 듯한 왕얼둥의 목소리가 바람을 타고 린위안의 귓속으로 파고들었다. 그는 린위안의 왼쪽 뒤편에 거리를 두고 서 있었다. 수많은 사람이 무대 앞으로 모여드는 바람에 진유롼과 마커웨이는 인파에 떠밀려 저만치 멀어졌다. 유일하게 곁에 남은 진유홍의 귀에는 왕얼둥과 린위안의 대화가 들릴지도 모른다. 그러나 왕얼둥은 전혀 개의치 않는 것 같았다. 진유홍이 어디 가서 고자질하는 사람은 아니라고 확신하는 모양이었다.

"결정했어?"

"……아직이요."

린위안은 천천히 고개를 저었다. 진유홍이 얼핏 이쪽을 돌아본 것 같았지만 시선은 무대 위에 있는 엄마에게서 떨어지지 않았다. 린위안은 진유홍이 가만히 귀를 기울이고 있는 게 아닐까 의심스러웠다.

"뭐 때문에 망설이는 거야? 너희, 만나지 않았어?"

왕얼둥과 얼굴을 마주 보진 않았지만 린위안은 그의 말투에서 의아함을 읽을 수 있었다.

린위안은 대답하기 전에 무심코 진유롼이 있는 쪽을 슬쩍 돌아봤다. 그때, 사람들이 환호성을 지르기 시작했다. 콧날이 오뚝 선 진유환의 얼굴에 숨길 수 없는 뿌듯함이 묻어났다. 무척 자랑스러워하는 표정이었다. 린위안은 늘 진유환을 따라다녔던 것처럼 그녀의 시선을 따라 고개를 돌렸다. 훤칠한 중년 남자가 무대 가운데를 향해 걸어가고 있었다. 체구가 어찌나 우람하고 건장한지 정장 속에 몸을 숨긴 거인 같았다. 얼굴의 수염은 말끔하게 깎았지만 풍성한 머리숱과 마이크를 잡은 손등의 털로 미루어 온몸에 털이 아주 많은 남자가 틀림없었다. 어둠 속 조명에 비친 눈은 아주 파랗고 그윽하고 아름다웠다. 외국인 남자였다. 린위안이 초록색 구역에서 처음 보는 외국인이었다.

"사모님 말씀처럼 따님의 성적이 올라서 저도 참 기쁩니다. 학교가 훌륭한 교육을 계속 제공할 수 있도록 진 사장님께서 앞으로도 많은 지원을 해주셨으면 합니다."

"아, 세상에서 가장 존귀하고 대단하신 우리 아빠가 드디어 납셨네."

진유홍이 나직이 탄식했다. 진 사장은 높은 무대에 서서 군중의 주목을 받고 있음에도 따분하다 못해 시큰둥해 보였다. 이런 일에 전혀 흥미를 못 느끼는지 내내 숱 많은 머리만 만지작거릴 뿐이었다

"너희 아버지는 우리나라 사람이 아니었어? 너희 자매, 혼혈이었구나."

린위안이 큰 소리로 외치자 진유훙은 그녀를 돌아보며 한쪽 눈을 찡긋했다. 웃음기가 전혀 담기지 않은 눈짓이라 금세 스쳐 지나갔다.

"우리는 집에서 항상 아빠를 기다렸어. 아빠에게 시간이 날 때까지, 아빠가 집에 올 때까지, 아빠가 대업을 해결할 때까지 기다려야 했지. 생각해보면, 진유환은 우리 아빠랑 참 많이 닮은 딸이야. 나는 아빠에게 물려받은 부분이 하나도 없는 것 같아."

진유훙의 말은 서글프게 들렸다. 다만 늘 그랬듯이 느닷없이 끼어든 왕얼둥 때문에 린위안은 금세 상념에서 깨어났다.

"전혀 예상 못 했지? 대대로 외국인이 자자지섬의 중요한 시설이나 제품 대부분을 장악해왔어. 수직농장, 안전 팔찌, 국민 채점 시스템 따위를 담당하는 기관의 고위층은 전부 외국인이야. 그것도 평범한 외국인이 아니라 돈 많고 재산이 어마어마한 외국인. 진씨 가문이 첫 번째 기득권 가문은 아니야. 아마 마지막 가문도 아니겠지. 이 세계에서 돈 많은 대기업의 말의 무게는 돈 없는 작은 나라의 정부보다 중요해."

"그게 당신이 처음에 여길 떠나려고 했던 이유예요?"

"어느 정도는 그렇다고 할 수 있지. 늘 그런 느낌이 들었거든. 뭐랄까, 외국인에게 굴복하고 버티는 느낌? 아무튼 저 사람들은 사업하는 방식으로 이 섬을 경영하는 거야. 이 나라를 진심으로 사랑하는 게 아니라 그냥 사업을 하는 거지. 그래서 소속감을 전혀 느끼지 못할 거야."

린위안은 왕얼둥을 보며 생각했다. 적당히 연민하고 동정하는 기색을 비쳐야 하나? 그때, 왕얼둥이 별안간 화제를 돌렸다. 목소리를 낮추고 린위안에게 아주 중요한 소식을 전했다.

"배는 자정 12시, 파티 종료를 알리는 불꽃놀이가 시작되기 전에 출발할 거야. 그러니까 그전에 결정을 내려야 해. 잘 생각해봐."

왕얼둥은 길게 설명하지 않고 순식간에 인파 속으로 사라졌다. 린위안은 어찌해야 좋을지 판단이 서지 않았다. 난생처음 자유롭게 선택할 수 있는 권리를 가진 셈인데 이 자유를 어떻게 사용해야 좋을지 몰랐다. 자유는 당연히 바다 같아야 하는데 진흙탕에 발을 디딘 기분이 들었다. 린위안은 자신이 모순덩어리라는 것을 알았다. 진유롼을 놓아야 한다고 생각하면서 놓지 못하듯 모순적이었다.

진 사장은 무대에서 쉴 새 없이 떠들었다. 사업에 대한 야심과 수직농장의 이상을 두고 장광설을 늘어놓았다. 중국어와 영어가 뒤섞여 춤을 추는데 말하는 속도까지 빨랐다. 린위안은 도무지 이해하기 힘들었다. 몸은 무대 앞에 서 있지만 마음은 이미 어디론가 날아갔다. 그러나 주변에 있는 사람들은 하나같이 넋을 놓고 이야기에 흠뻑 빠져 있었다. 린위안은 자신이 미쳤는지, 아니면 다들 가식을 떨고 있는지 몰라 답답하기만 했다.

"나도 가끔은 정말 못 봐주겠어. 아빠는 사실 중국어를 못하는 게 아니야. 하찮게 여겨. 중국어로 우리를 이해시킬 가치가 없다고 여기는 거야. 우리가 자기 말을 알아들어봐야 아무 의미가 없고 그럴 필요도 없다고 생각하는 것 같아."

진유훙은 말을 할수록 화내다시피 언성을 높였다. 그러지 않았으면 린위안은 알아듣지 못했을 것이다. 현장에 있는 사람들 모두 진 사장의 연설에 들끓기 시작했다.

"죄다 아첨꾼이야."

진유훙도 몰래 술을 마신 걸까? 오늘 밤에는 언니 진유롼처럼 무척 대범했고 속마음을 거침없이 쏟아냈다. 평소와는 딴판이었다.

"진유훙, 물어볼 게 있는데……."

"응?"

"이 섬을 떠나고 싶다고 생각한 적 있어?"

"없어."

린위안의 예상과 달리 진유홍의 대답은 단호하고 명쾌했다. 일말의 망설임도 없었다.

"내가 맞혀볼게. 넌 내가 '나도 무척 떠나고 싶어. 예전부터 그런 생각을 했어'라고 대답할 줄 알았구나, 맞지?"

언니처럼 사람의 마음을 쉽게 꿰뚫어 보는 재주를 가진 진유홍은 그렇게 말하면서 피식 웃었다. 사람의 마음을 조종하는 능력을 두고 평가하면 진씨네 자매는 막상막하일 수도 있다. 단지 진유홍은 언니와 달리 그런 능력을 굳이 사용하지 않을 뿐이다.

"어쨌든 우리 언니랑 나는 너희와 달라. 너희 같은 외지인, 너나 기후 난민들과는 다른 사람이야. 우리는 태어나서 바쁘게 뛰어다닌 적이 없어. 수직농장의 제도에서 태어났고 수직농장의 지침을 따라 살다가 수직농장과 함께 죽을 거야."

린위안은 가만히 서서 아무 대답도 하지 않았다. 진유홍의 솔직한 고백이 무척 놀라웠다.

"솔직히 말해서 우리는 수직농장을 벗어나면 아마 금방 죽을 거야. 그래서 그런 생각 안 해. 나는 이곳을 떠날 생각을 해본 적이 없어."

진 사장의 연설이 끝나고 사람들이 박수를 치기 시작했다. 진유홍이 대뜸 린위안의 손목을 거칠게 잡아당겼다. 린위안은 손목에서 느껴지는 통증에 깜짝 놀랐다. 오늘 밤 이 두 자매에게 무슨 일이 생긴 걸까. 마치 학기 전체 성적이 발표되자마자 그동안의 압박감이 대회의장과 건물 꼭대기 층에서 폭발한 것 같았다.

"한번 잘 생각해봐, 린위안."

진유홍은 린위안의 손을 놓아주고 낮은 목소리로 속삭였다.

"넌 내가 '나도 떠나고 싶어'라고 말해주길 바랐겠지만……진지하게 생각해봐. 사실 그건 네 마음속 대답 아니야? 정말 그렇다면 좀 더 용기를 내봐."

린위안은 말문이 막혔다. 진유홍은 다시 따스한 미소를 지어주었다. 네 마음 다 안다는 듯한 애잔함과 무상함이 담긴 미소였다.

"난 못 가. 하지만 넌 할 수 있어. 난 너의 용기가 부럽지만 영원히 도전하지 못하고 나약하게 살 거야."

자유는 진흙탕이 아니다. 단지 누군가의 부채질이 필요할 뿐이다.

27

301호실 문을 열자마자 코를 찌르는 향이 확 풍겨 나왔다. 301호실은 늘 같은 모습인 것 같았다. 방금 누군가 신나게 놀고 갔는지, 아니면 태풍이 지나갔는지 온갖 치마와 드레스가 침대 여기저기에 널려 있었다. 신어보려고 해봤지만 끝내 신지 못한 하이힐의 왼짝 오른짝이 서로 숨바꼭질을 하듯 카펫에 따로 나뒹굴었다. 린위안은 침대 위로 훌쩍 몸을 던지고 하이힐을 벗어 던졌다. 그제야 긴장이 풀리고 마음이 편안했다. 마지막 순간까지 치장하느라 바쁘던 소녀들이 떠올랐다. 세상 사람들에게 가장 완벽한 모습을 보여주고 싶어 하던 소녀들. 그런데 그 세상 사람이란 누구일까?

소녀들의 마음속 세상 사람은 아마 또래나 친한 친구일 것이다. 소문은 소녀들이 교제 규칙을 세우기 위한 수단이다. 귓속말은 모든 소녀가 갖춰야 할 행동과 태도를 퍼뜨리는 데 쓰인다. 린위안은 지난 일을 돌이켜봤다. 진유롼과 마커웨이는 살벌하게 말다툼을 했지만 또 잊지 않고 틈틈이 서로의 화장과 머리 상태를 점검해주었다. 그때만 해도 마커웨이는 진유롼이 자신의 등에 칼을 꽂으리란 것은 미처 몰랐으리라. 마커웨이는 결국 진유롼을 용서할까? 아마 그럴 것이다. 틀림없다. 진유롼을, 지극히 아름답고 극도로 사악한 얼굴을 지닌 그녀를 용서하지 않을 사람은 없다. 더군다나 진유롼은 어떻게 해야 소녀들 사이에서 최고의 권력과 지위를 누릴 수 있는지 너무나 잘 알았다.

린위안은 발가락을 꼼지락거렸다. 사실 발가락은 아프지 않았다. 그런데 아프지 않아서 왼쪽 엄지발가락에 피가 나는데도 알아채지 못했다. 나는 언제나 남의 신발을, 남이 호의로 빌려주는 신발을 신겠지. 이 생각이 화살처럼 머릿속에 박혔다. 린위안은 이곳에 있는 내내 진유롼의 신발을 신었다. 마침내 린위안은 침대에서 일어나 짐을 정리하기 시작했다.

린위안의 짐은 무척 간소했다. 입고 있는 시폰 스커트를 벗어서 진유롼에게 돌려줘야 한다고, 진유롼의 침대에 놓고 가야 한다고 생각은 했다. 그러나 이내 생각을 바꿨다. 옷차림이 너무 가벼우면 오히려 눈에 띄지 않을까? 다들 내가 어디론가 도망치는 게 아닐까 의심하겠지? 결국 린위안은 시폰 스커트 속으로 운동복 바지를 겹쳐 입고 운동화를 신었다. 드레스에 미련이 남아서가 아니라 실제 효용을 고려한 것이라고 자신을 설득했다.

마침내 린위안은 비장하게 문으로 걸어갔다. 그러나 도중에 방향을 틀어 자신의 침대 옆 협탁 앞에 섰다. 장리팅의 보석함을 통째로 들고 갈 작정이었다. 그러나 짐 가방을 멘 채 똑바로 서서 한참을 고민한 끝에 보석함을 내려놓았다. 장리팅도 새로운 미래를 누릴 자격이 있다. 과거의 자오얼섬과 지금의 수직농장은 은밀하고 깊숙한 어딘가에 묻어버리고 다시는 거론하지 않아야 한다. 린위안은 장리팅 대신 그렇게 결정을 내렸다.

9시 정각, 린위안은 매점 출입문 옆 그늘진 구석에 서서 장리팅이 문을 열어주기를 기다렸다. 출입문 옆에 있는 안전 스캐너가 눈에 들어왔다. 그제야 자신의 손목에 찬 안전 팔찌가 걸림돌임을 깨달았다. 팔찌를 찬 채로는 수직농장의 대문을 나설 수 없다.

장리팅이 매점의 출입문 뒤에서 슬그머니 모습을 드러냈다. 여긴 자신의 손바닥 안이라는 듯 능숙하게 문을 열고 린위안을 안으로 들였다.

"뭐야, 왜 너 혼자 있어? 왕얼둥은?"

매점 안에는 희미한 전등 몇 개만 켜져 있었다. 누군가 밖에서 들여다봐도 좁은 통로 몇 군데만 겨우 보일 정도였다. 린위안은 사방을 두리번거리며 당황한 표정을 지었다.

"얼둥 오빠는 마무리해야 하는 잡다한 일들이 아직 많이 남았대. 무엇보다 오빠는 날 믿어서 별일 없을 거라고 생각해."

장리팅은 수업 시간에는 늘 주눅 들어 있었지만 지금은 이런 상황에서도 자신감이 넘쳤다. 린위안은 한 번도 본 적 없는 모습이었다.

"그럼 내 팔찌는 어떻게 해?"

"걱정 마. 얼둥 오빠가 이미 그것까지 생각해서 도구를 챙겨줬거든."

장리팅은 린위안에게 따라오라고 손짓했다. 발걸음은 거침없고 단호했다. 장리팅이 일찍이 이런 기개를 보일 수 있었다면 애당초 전혀 다른 대우를 받았을 것이다.

"이리 와. 여기가 얼둥 오빠의 사무실이야."

왕얼둥의 사무실 입구에는 잠금 장치가 하나 달려 있었으나 안전 팔찌를 스캔할 필요가 없었다. 수직농장의 여느 시설과 달리 비밀번호만 입력하면 됐다.

"이 잠금 장치는 원래 없었는데 얼둥 오빠가 날 위해 달아
준 거야."

묻지도 않았는데 장리팅은 린위안을 돌아보더니 조금 수
줍고 아주 뿌듯해 보이는 얼굴로 설명했다. 사무실로 들어가
자 벽과 맞닿은 철제 책장과 그 뒤에 놓인 책상이 보였다. 소
파가 L 자 모양으로 배치돼 있고 어둑한 구석에 이불도 깔려
있었다. 한편에는 아직 치우지 않은 접시들이 널려 있었다.
음식 찌꺼기가 남은 접시 주변에 파리가 빙빙 맴돌았다. 린위
안은 장리팅이 그동안 여기 숨어 지냈다는 것을 알아챘다.

"일단 앉아. 책상 서랍에서 얼둥 오빠가 말해준 도구 좀 찾
아볼게."

린위안은 시폰 스커트 차림 그대로 털썩 주저앉았다. 엉덩
이 무게에 소파가 푹 꺼져 들어갔다. 소파에 기댄 채로 눈만
위로 치켜떴다. 천장에 달린 등불은 그다지 밝지 않았다. 그
때문에 방 안에 빛이 흔들리는 듯한 느낌이 들어 현기증이 났
다. 공기 중에 비린내가 떠다녔다. 그러나 무슨 냄새인지는
좀처럼 설명할 수가 없었다. 그런 비린내를 맡고 있으니 좀
거북하다 못해 피폐해지는 기분이 들었다. 피폐와 음란은 장
리팅과는 함께 엮일 수 없는 단어 같았다. 지금 장리팅은 허
리를 굽힌 채 부스럭부스럭 서랍을 뒤지느라 여념이 없었다.

치켜든 엉덩이의 곡선은 마침 린위안의 얼굴을 향했다. 린위안은 순간적으로 토할 것 같은 느낌이 들어서 황급히 시선을 옮겼다.

장리팅과 왕얼둥이 이 은밀하고 좁은 공간에서 도대체 무슨 일을 하고 무슨 관계를 맺었는지, 린위안은 전혀 궁금하지 않았고 알아낼 마음도 없었다. 짐작하기도 싫었다. 최대한 빨리 팔찌를 빼고 여기서 벗어나고 싶을 뿐이었다.

"아! 찾았다!"

린위안은 머릿속 생각을 가라앉히고 장리팅의 환호성에 고개를 돌렸다. 하지만 그녀의 손에 들린 물건이 대체 무엇인지 알 수 없었다. 까맣고 조그마한 원통처럼 생겼는데 버튼이 달려 있어서 불빛이 들어오는 약탕기 같았다.

"그게 뭐야?"

"사실 안전 팔찌를 제거하기가 어려운 일은 아니야. 무엇보다 팔찌를 제거한 뒤에 정부의 보안 장치가 발동하지 않게 하는 일이 어렵겠지?"

린위안은 장리팅이 무슨 말을 하는지 알았다. 생각해보면 이 팔찌는 굉장히 오묘한 물건이다. 팔찌가 초록색이면 정부의 보호 구역 안에 들어온 셈이지만, 팔찌가 노란색이나 빨간색이면 보호를 벗어났다는 뜻이다. 그러나 테두리 안에 있든

밖에 있든 정부는 온 국민을 통제할 권한을 가진다. 이 관점에서 보면 정부도 일종의 파벌이라고 할 수 있지 않을까.

"네 팔찌를 제거하면 얼등 오빠의 이 장치에 깔린 소프트웨어가 24시간 동안 너의 신체 정보를 복사해서 팔찌에 이상이 생긴 것을 감지하지 못하게 할 거야. 네 키랑 몸무게가 어떻게 되지? 아직 만 열일곱 살이지?"

"168센티미터에 53.5킬로그램. 근데 왜 24시간밖에 못 가?"

"이 신체 정보도 특정 프로그램으로 만든 거니까. 정부에서 이렇게 누가 밀항을 하거나 누군가를 모니터링할 수 없는 상황이 생기지 않도록 문제를 식별하고 판독하는 전문 소프트웨어를 개발했거든. 너도 느꼈겠지만, 정부는 자자지섬의 인구 분포를 통제하기 위해서 자원을 많이도 쏟아부었어."

그런 자원은 노란색과 빨간색 구역 국민의 복지에는 전혀 쓰이지 않았다. 린위안은 가슴이 답답하고 울적해졌다. 장리팅은 그녀의 심경 변화를 전혀 눈치채지 못했다. 그저 고개를 푹 숙인 채 린위안의 안전 팔찌를 제거하는 데 몰두했다. 그러나 바삐 움직이는 두 손이 가늘게 떨리는 것으로 보아 이 일에 서툴다는 것을 알 수 있었다. 왼쪽 관자놀이에 땀방울 하나가 맺혔다.

"됐다."

장리팅은 린위안의 팔찌를 끌러서 검은색 약탕기처럼 생긴 장치와 같이 놓았다. 장치는 다른 모드로 전환됐는지 초록불과 파란 불이 번갈아 깜빡거렸다.

장리팅은 구석의 이불 옆에서 작은 운동 가방을 꺼내 왔다. 린위안은 무거워 보이는 가방에 대체 무엇이 들었는지 궁금했다. 장리팅이 실종됐을 때 대부분의 물건은 그녀의 엄마에게 돌려주었으니 말이다.

"이제 가자! 네 짐은…… 그게 다야?"

장리팅이 린위안의 배낭을 가리켰고, 린위안은 고개를 끄덕였다. 하지만 장리팅은 린위안이 고개를 끄덕이기도 전에 휙 몸을 돌려 걸어 나갔다. 린위안은 하는 수 없이 서둘러 뒤따랐다. 장리팅은 정말 많이 변했다. 린위안은 그녀의 뒷모습을 바라봤다. 여전히 키가 작고 통통했으나 위팔이 눈에 띄게 튼실해졌다. 자신감은 가방 속 물건들처럼 예전에는 없던 것이다.

"어디로 가는 거야?"

"더리德利 부두. 자정에 수지국으로 가는 배가 있을 거야."

"수지국에 도착한 뒤에…… 우리가 어떻게 될지 생각해본 적 있어?"

미래를 개척하는 일에 흥분되지 않는다면 거짓말이다. 그러나 린위안의 마음속에는 또 다른 불안감이 묻혀 있었다. 아직 왕얼둥에 대해 깊이 알지 못하기 때문이다. 그러나 장리팅에게는 그런 고민이 없어 보였다. 왕얼둥을 온전히 신뢰하는 것 같았다. 장리팅이 낮게 흥얼거리는 콧노래가 들렸다. 지금 이런 모습도 낯설었다. 겨우 몇 달밖에 안 됐는데. 린위안은 속이 답답했다. 다시는 장리팅의 예전 모습을 볼 수 없는 걸까?

"얼둥 오빠가 부두에서 배웅해준다고 했어."

두 사람은 남쪽 건물 1층에 도착했다. 장리팅이 건물 뒤로 가야 한다고 신호를 보냈다. 동쪽 건물을 끼고 돌아 본 건물 뒤편, 수직농장의 동북쪽 구석으로 가보니 눈에 띄지 않는 낮은 건물이 있었다. 린위안은 흐릿한 불빛에 기대어 어렵사리 건물 앞 안내판의 글씨를 확인했다. '폐기물 처리장'이라고 쓰여 있었다.

"쉿."

앞서가던 장리팅이 살짝 고개를 돌리고 조용히 하라는 신호를 보냈다. 그런 다음 청바지 뒷주머니에서 감응식 마그네틱 카드를 하나 꺼냈다.

"얼둥 오빠가 폐기물 처리장 안은 어둡다고 했어. 일단 내

손을 잡아."

장리팅은 기다리지 않고 린위안을 홱 잡아당겼다. 마그네틱 카드를 갖다 대자 두꺼운 두 짝 여닫이 철문이 우르릉 소리를 내며 활짝 열렸다.

"주어진 시간이 2분밖에 안 되니까 서두르자! 시간 안에 출구에 도착하지 못하면 바깥문이 닫혀서 다시 못 열어!"

근데 왜 미리 말 안 했어! 린위안은 미처 뭐라 반응할 틈도 없이 장리팅의 손에 이끌려 건물 안으로 들어갔다. 안에는 밝혀진 등불이 하나도 없었다. 아무것도 보이지 않았다. 낮게 웅웅거리는 소리나 우르릉대는 기계 소리만 들렸다. 방향을 안내하는 것은 장리팅이 신은 신발뿐이었다. 특수하게 설계됐는지 신발 앞코에서 나온 빛이 시멘트 바닥에 은백색 화살표를 그리고 있었다. 화살표는 그들이 가야 할 방향을 가리켰다. 장리팅은 다짜고짜 린위안을 잡고 달리기 시작했다.

직진, 우회전, 또 우회전, 좌회전, 2층으로 올라가서 좌회전, 다시 우회전, 아래로, 또 아래로. 운동을 잘하는 린위안도 숨이 찰 만큼 달렸다. 드디어 가파른 내리막길이 보였고 길 끝에 반쯤 올라간 셔터 문이 있었다.

"휴우."

두 소녀가 허리를 굽히고 셔터 문을 통과하자 곧 문이 내려가는 소리가 들렸다. 문은 바닥을 때리며 울적한 한숨을 내쉬었다.

"다행이야. 다행히 딱 시간 맞춰 나왔어."

린위안과 장리팅은 벽에 기대어 거친 숨을 몰아쉬었다. 오늘 밤하늘에는 구름이 없었다. 머리 위로 뜬 달이 아주 크고 휘영청 밝아 보였다. 이곳은 수직농장의 쪽문이었다. 그래서 문 밖에는 이렇다 할 큰길이 없고 주치산 정상의 나무만 가득했다.

"충분히 쉬었어? 그럼 빨리 가자. 얼둥 오빠가 분명 우리를 기다리고 있을 거야."

수풀 속에 구불구불한 여러 갈래 오솔길이 숨겨져 있어 미로 같았다. 어두컴컴해서 잘 보이진 않지만, 린위안은 누군가 수풀 속에서 조심스럽게 숨 쉬고 속삭이는 소리를 어렴풋이 들었다. 그러나 어디서 들려오는 소리인지 헷갈렸다. 먼 곳인지 근처인지도 알 수 없었다. 저 멀리 수직농장 꼭대기 층에서 파티를 즐기는 사람들 소리인가? 아니면 도망치기 위해 수풀 속에서 기다리는 사람이 더 있는 걸까?

"저 사람들……."

린위안은 빠른 걸음으로 장리팅을 따라잡은 다음 그녀의 귀에 대고 속삭였다.

"저 사람들도 여기를 떠나 밀항하려는 거야?"

"응응, 아마도. 우리 같은 사람이 적진 않을 거야."

더리 부두에 도착했다. 부두는 수직농장 북동쪽에 자리 잡았다. 장리팅은 린위안의 손을 잡고 깜빡거리는 가로등 뒤에 쪼그려 앉아 몸을 낮췄다. 두 그림자가 한 덩어리가 되었다. 멀리서 보면 유기된 새끼 고양이들 같을 것이다.

"여기서 기다리자."

장리팅은 그렇게 말하고 살짝 한숨을 쉬었다. 해도 못 보고 숨어 지내던 일상을 드디어 끝낼 수 있다는 생각에 내쉬는 안도의 한숨 같았다.

그러나 아무리 기다려도, 이미 11시가 지났음에도 왕얼둥은 약속과 달리 나타나지 않았다. 린위안은 진즉 메고 있던 배낭을 내려놓고 연신 두 팔을 뻗으며 몸을 풀었다. 반면 장리팅은 안절부절못했다. 두 팔로 무릎을 껴안고 앉아 두 발로 바닥을 문질렀다. 초조해하고 있다는 것을 느낄 수 있었다.

"괜찮아, 올 거야."

린위안은 그렇게 장리팅을 달랬지만 정작 자신도 무슨 자신감으로 왕얼둥을 대신해 이런 말을 했는지 알 수 없었다.

"쉬잇— 쉿! 두 분, 왕얼둥 씨가 기다리는 분들이에요?"

검은 옷을 입은 여자가 뒤에서 슬그머니 나타나 초저음파로 말하듯 속삭였다. 린위안은 화들짝 놀라 온몸의 솜털이 다 곤두섰다. 그러나 장리팅은 왕얼둥의 이름을 듣고 벌떡 일어났다.

"네, 맞아요! 저희예요!"

장리팅은 다급하게 린위안과 자신을 가리켰다. 당장 눈앞의 미끼를 물고 싶어 파닥거리는 물고기 같았다.

검은 옷을 입은 여자는 몸집이 크지 않았다. 얼굴은 푹 눌러쓴 후드에 숨겨져 있었다. 전체적으로 몸피가 가늘고 길어서 바람결에 흔들리는 허수아비 같았다.

"얼둥 오빠는 지금 어디 있어요?"

장리팅의 말투는 무척 간절했다. 지나치게 간절해서 애처로워 보일 정도였다. 반면 눈앞에 있는 여자는 안정제라도 먹은 듯 굉장히 침착했다. 그녀는 슬며시 한 걸음 물러났다. 장리팅이 다가오는 것을 견딜 수 없는 듯했다. 여자는 일단 후드를 벗고 다시 침착하게 입을 열었다.

"왕얼둥 씨는 이미 배에 탔어요."

린위안이 두 눈을 크게 뜨고 유심히 여자를 살펴봤다. 가로등 불빛이 밝지 않아서 얼굴 위로 빛과 그림자가 겹쳐 보였다. 그림자가 얼굴 일부를 물어뜯은 것 같았다. 린위안은 그 여자가 어쩐지 낯익었다. 하지만 대체 어디서 만났는지 기억나지 않았다.

"우리…… 어디서 본 적 있어요?"

여자는 린위안의 말투에서 경계심을 느꼈는지 눈치 빠르게 린위안을 마주 보고 인자한 엄마 미소를 지었다.

"그럴 수도 있어요. 나도 수직농장에서 일했으니까요."

"어느 구역에서요?"

"수산양식장과 가축관리소요. 거기는 구름다리를 지나야 해서, 다른 곳에 비해 학생들이 실습하러 오는 경우가 드물었어요."

"근데 왕얼둥은 왜 안 보여요?"

"린위안!"

갑작스럽게 튀어나온 린위안의 질문은 떠보려는 의도가 다분했다. 장리팅은 깜짝 놀라며 린위안을 불렀다. 하지만 그렇게 외치는 것이 무슨 소용이 있을까.

"말했잖아요, 왕얼둥 씨는 배에서 두 분을 기다리고 있다고요. 저를 못 믿으시는군요."

검은 옷을 입은 여자는 느긋해 보였다. 방어적인 태도를 보이는 린위안 같은 사람을 상대하기가 별로 어렵지 않은 것 같았다.

"그럴 수밖에 없죠. 왕얼둥은 부두에서 우리를 기다리겠다고 제 친구랑 약속했거든요."

린위안은 친구의 억울함을 대신 호소하듯 장리팅을 가리켰다.

"어쩔 수 없었어요. 수지국으로 가려면 정식 이민 수속을 밟든 밀항을 하든 처리해야 할 행정 절차나 잡다한 일들이 많아요. 왕얼둥 씨가 일부러 약속을 어긴 건 아니에요."

검은 옷을 입은 여자는 지체 없이 앞으로 걸음을 내디뎠다. 그러나 두 소녀가 따라가지 않자 몇 걸음 가다 말고 고개를 돌려 물었다. "왜요? 안 갈 거예요? 아니면 무서워서 못 가는 건가?"

여자는 머리 뒤로 후드를 늘어뜨린 채 고개만 돌리고 두 소녀를 뚫어져라 쳐다봤다. 얼굴에 깔보는 듯한 미소가 떠오르면서 금니가 드러났다. 어렴풋이 달빛을 반사한 금니는 다소 기이한 느낌을 주었다. 이 여자는 너무 교활해 보여. 나쁜 마음을 먹은 사람이야. 린위안은 문득 그런 생각이 들었다. 아니면 그저 상대의 반항적인 마음을 자극하는 방법을 잘 아는 여자일 수도 있다. 장리팅이 그 말을 듣자마자 부랴부랴 가방을 챙겨서 토끼처럼 여자를 향해 뛰어갔기 때문이다.

"잠깐, 장리팅!"

그러나 장리팅은 걸음을 멈추지 않았다. 린위안은 이제 빼도 박도 못 한다는 것을 알았다. 여기까지 온 이상 돌이킬 수 없을 것이다. 검은 옷을 입은 여자는 두 소녀를 어선으로 안내했다. 굉장히 낡고 작은 어선이었다. 린위안은 당황한 눈으로 여자를 쳐다봤다.

"이건 중간에 잠깐 타는 배예요." 여자는 이렇게 말했지만 두 소녀를 쳐다보진 않았다. "진짜 수지국으로 가는 큰 배는 저 멀리 바다에 떠 있어요."

장리팅은 이미 목숨을 걸었는지 여자의 설명에 조금도 개의치 않고 훌쩍 배 안에 발을 들였다. 린위안은 어쩔 수 없이 배낭을 멘 채 장리팅 옆에 비집고 앉았다. 이 캄캄한 밤에 바다로 미끄러져 나아가는 배는 그들이 탄 어선뿐만이 아니었다. 자유와 더 멋진 삶을 향해 나아가려는 사람은 그들뿐만이 아니었다. 사방에서 물 튀는 소리가 낮고 희미하게 들렸다. 누군가 나직이 환호하는 듯한 소리, 누군가 낮지만 열띤 어조로 토론을 벌이는 듯한 소리가 들렸다.

"두 분도 잘 알다시피 저 배는 보통 노란색 구역에 사는 부자들이 타요. 자신들이 곧 나이를 먹고 형편이 열악해져서 몇 년 안에 빨간색 구역으로 밀려날지도 모른다고 생각하거든요. 그때가 되면 돈이 다 무슨 소용이겠어요? 땅도 없고, 권력도 없고, 진씨 가문처럼 강하고 힘 있는 뒷배도 없으면 현재의 본인 능력껏 미리 준비하는 수밖에 없어요."

린위안은 장리팅이 노란색 구역에 두고 온 엄마를 떠올렸다. 장리팅의 실종 소식을 듣고 초췌해진 그녀의 얼굴을 떠올렸다. 린위안이 돌려준 장리팅의 개인 유품을 만지작거리던 그녀의 애틋한 얼굴을 떠올렸다. 내가 실종됐다면 우리 엄마도 그런 반응을 보였겠지? 그러나 린위안은 알 길이 없었다. 장리팅은 엄마가 그랬다는 걸 알까? 린위안은 무슨 말이든 하고 싶어서 장리팅을 돌아봤다. 장리팅은 먼 바다를 내다보고 있었다. 지금 벌어지고 있는 이 일을 아주 오랫동안 기대해온 것 같았다. 린위안은 별 수 없이 코를 문지르며 입을 다물었다.

어선이 속도를 늦췄다. 검은 옷을 입은 여자는 두 소녀에게 먼저 줄사다리를 오르라고 했다. 장리팅이 앞장서고 린위안이 뒤따랐다. 장리팅은 의외로 움직임이 빨라서 순식간에 뱃전에 닿았다. 린위안도 무슨 사고가 생기진 않을까 마음을 졸이며 서둘러 뒤따랐다.

"자, 올라와."

린위안이 고개를 들자 굵은 손 하나가 뱃전 밖으로 나와 있었다. 목소리가 굉장히 부드러워서 전혀 의심하지 않고 덥석 손을 잡았다. 손은 아주 크고 얼음처럼 차가운 데다 몹시 거칠었다. 다만 린위안은 그 손의 힘까지는 예상하지 못했다. 사내의 큰 손은 줄사다리에 있는 린위안을 이상하리만치 우악스럽게 끌어올렸다. 그런 다음 뱃전에서 멀리 떨어지도록 갑판 가운데로 한참을 끌고 갔다.

"아파요, 아파! 살살 좀—"

린위안은 참는 데 익숙한 소녀가 아니었다. 부탁하듯이 말했지만 말투에 짜증이 서려 있었다. 그러나 큰 손의 주인은 오히려 더 힘껏 린위안을 끌어당기더니 가차 없이 갑판 위로 내동댕이쳤다.

"살살 다뤄. 다치지 않게 해, 그……."

검은 옷을 입은 여자는 누구의 도움도 받지 않고 날렵하게 갑판에 뛰어올랐다. 뭐가 다친다고? 애들? 아니면 **물건**? 여자가 마지막에 덧붙인 말은 해풍에 실려 밤하늘에서 흩어졌다. 린위안은 여자의 말을 똑똑히 듣진 못했지만 이내 경계심을 품고 장리팅을 찾았다. 장리팅은 짐 가방을 질질 끌며 갑판에 서 있었다. 몸이 바람에 흔들리는 것 같기도 하고, 혼이 쏙 빠진 것 같기도 했다. 그녀는 어렵사리 정신을 붙잡고 목을 쭉 빼며 두리번거렸다. 찾는 사람이 보이지 않는 모양이었다.

"얼둥 오빠는요? 오빠를 만나야겠어요."

그제야 겁을 먹은 장리팅이 몸을 움츠리며 그렇게 말했다.

바닥에 넘어져 있던 린위안은 튼실한 두 팔로 바닥을 딛고 재빨리 일어났다.

"얼둥 오빠? 그게 누군데?"

린위안을 끌고 온 남자는 덩치가 산만 하고 성질이 급했다. 검은 옷을 입은 여자가 옆으로 다가와 왼손으로 남자의 팔꿈치를 툭툭 두드렸다.

"왕얼둥 말하는 거야."

여자의 말에는 경멸이 가득 담겨 있었다. 태도도 확 달라져서 냉혹한 면이 고스란히 드러났다. 린위안은 동물적인 직감을 따라 천천히 뒷걸음질 치며 그들에게서 멀어졌다.

"으하하, 하늘은 높고 황제는 멀리 있는 법이지. 너희는 안중에도 없을걸."

"그게 무슨 뜻이에요?"

"무슨 뜻이냐고? 너희는 이제 우리가 시키는 대로 해야 한다는 뜻이야."

"얼둥 오빠는…… 배에 안 탔어요?"

장리팅은 남자의 말을 듣는 순간 얼굴이 창백하게 질렸다. 린위안은 즉각 사태를 파악했다.

"너의 얼둥 오빠는 너희를 팔았어. 누구한테 팔았을까? 아무튼 소녀들은 어딜 가나 좋은 값을 받지."

어떤 이야기는 첫머리를 듣자마자 결말을 대강 짐작할 수 있다. 린위안은 상대의 말이 채 끝나기도 전에 뱃전을 향해 달리기 시작했다. 아까 갑판에 넘어졌을 때 벗겨진 배낭은 지금 장리팅을 돌볼 겨를이 없듯이 챙길 생각이 없었다. 아마 장리팅은 가슴이 찢어질 듯 아플 것이다. 사실 린위안은 훨씬 전부터 자신이 아는 진짜 장리팅은 죽었을지도 모른다고 생각했다. 장리팅은 이미 할머니랑 같이 빨간색 구역에서 죽었어. 나는 왜 희미한 영혼을 따라 기꺼이 이 배에 오른 걸까? 정말 알다가도 모를 일이었다.

"저 여자애 잡아!"

검은 옷을 입은 여자가 소리를 질렀다. 구석에서 호리호리한 검은 그림자 하나가 튀어 나왔다. 린위안은 깜짝 놀랐지만 계속 죽을힘을 다해 달렸다. 검은 그림자의 정체는 소년이었다. 옷자락이 펄럭이고 긴 다리가 바람을 갈랐다. 비쩍 말랐지만 움직임은 굉장히 빨랐다. 소년은 냅다 몸을 날려 린위안의 허리를 잡았다. 린위안은 또다시 갑판 위로 쓰러졌다. 턱이 바닥에 세게 부딪히면서 눈앞에 별이 보여 절로 비명이 터져 나왔다.

린위안은 갑판에 엎드린 채 장리팅의 울음소리를 들었다.

왜 우는 걸까. 장리팅이 우는 것은 사랑을 잃었기 때문일까, 아니면 자유가 사라졌기 때문일까. 물론 린위안은 늘 자유를 갈망했기 때문에 장리팅이라는 유령을 따라 배에 오른 것이다. 린위안에게 자신의 이름에 대한 생각을 묻는다면, 아주 좋아한다고 대답할 것이다. 딸이 한평생 자유롭기를, 강건한 솔개처럼 하늘 높이 날기를 바라며 엄마가 지어준 이름이다. 린위안은 어릴 때 걸핏하면 남자애들과 치고받고 싸웠다. 몇몇 아이들이 자꾸만 아빠도 엄마도 없는 고아라고 놀렸기 때문이다. 린위안은 어려서부터 자신이 우는 것을 용납하지 않았다. 남들이 놀리면 가만히 있지 않았다. 지기 싫어하는 고집스러운 성격은 뼛속 깊이 새겨져 있었다. 다만 수직농장에 들어가고 진유롼의 곁에서 지내다 보니 어느샌가 달라진 모양이었다. 린위안은 자신이 조금은 나약해지고 더는 예전처럼 싸우려 들지 않는다는 것을 느꼈다.

그런 고집을 다시 일깨우는 방법은 린위안의 허리에서 시작됐다. 시폰 스커트의 치맛자락이 발에 밟혔지만 상체는 움직일 수 있었다. 린위안은 기지를 발휘했다. 오른손으로 갑판을 짚고 왼손을 허리춤에 넣어 치마허리를 확 당기자 긴 치마의 고무줄이 끊어졌다. 린위안은 매미가 허물을 벗듯 진유롼이 선물한 치마에서 벗어났다. 치마 속에 운동복 바지를 입는 습관을 버리지 않아서 다행이라고, 린위안은 영원히 생각할 것이다. 마음속 깊은 곳에서는 자유롭고 민첩하게 움직이는 것이야말로 자신과 같은 소녀가 진정 추구하는 것임을 알고 있었던 것 같았다.

"젠장!"

소년은 사납게 욕을 내뱉었다. 여기저기서 점점 많은 그림 자들이 달려들었다. 린위안은 운동복 바지에 운동화 차림으로 갑판을 질주했다. 귓가에 바람이 스치는 것이 느껴졌다. 사방에서 발소리와 검은 그림자들이 밀려들었다. 린위안은 두렵기도 하고 어느 방향으로 달려야 하는지도 몰라 정신이 없었다. 벽 모퉁이로 내몰린 짐승이 된 기분이 들었다.

별안간 '펑!' 하는 소리와 함께 한 줄기 흰빛이 하늘 높이 솟구쳐 올랐다. 충분히 높은 고도까지 올라간 흰빛은 이내 흩 어지면서 초록색으로 반짝이는 꽃을 피웠다. 빛의 꽃잎이 밤 바람에 흩날려 어두운 밤 속으로 떨어졌다. 곧이어 파란색 꽃 과 빨간색 꽃이 연달아 터졌다. 펑, 펑, 펑. 형형색색의 실선이 뒤엉켰다가 갈라지고 다시 뒤엉켰다. 그렇게 겹쳐진 빛의 실 선은 먼 곳에서 들려오는 사람들의 박수 소리, 환호성과 함께 여러 개의 원을 그렸다. 자정에 수직농장에서 터뜨린 불꽃이 었다. 불꽃이 발산하는 빛이 매우 밝아서 인샤 산맥의 윤곽과 주치산의 웅장한 자태가 드러났다. 배에 탄 사람들의 얼굴이 밝아졌다가 어두워졌다. 걸음을 멈추고 멍하니 서서 불꽃을 구경하는 사람도 있었다. 그들은 희망을 보는 것 같았다. 배 위의 귀신들이 순간 현실 세계로 돌아온 듯했다.

"이것들이! 저 여자애 잡으라고— 멈, 추, 지, 마!"

검은 옷을 입은 여자는 재빨리 정신을 차렸다. 날카롭고 다급한 목소리가 밤하늘을 갈랐다. 불꽃이 토해내는 '쉬익— 쉬익—' 소리에 묻히지 않도록 불꽃 하나가 지나가고 잠잠해진 찰나에 득달같이 명령을 내질렀다. 린위안은 뱃전의 난간을 향해 달렸다. 왼쪽으로 피하고, 오른쪽으로 피하고, 또 오른쪽으로 피했다. 그리고 생각했다. 도대체 저 여자 얼굴을 어디서 봤더라? 수직농장 사람들에게 알리려면 반드시 떠올려야 했다. 그래야만 누군가 이 일을 해결해줄 것이다. 검은 옷 입은 여자를 처단하고, 왕얼둥을 처단하고, 장리팅을 구해야 해. 이윽고 수직농장 각 층의 모든 조명이 동시에 켜졌다. 마치 밤하늘을 찌를 듯 반짝이는 보검 같았다. 린위안에게 가야 할 방향을 알려주는 등대 같았다.

이것저것 생각할 겨를이 없었다. 린위안은 강렬한 빛을 발산하는 수직농장을 향해 내달렸다. 바닷물 냄새가 더욱 짙어졌다. 린위안은 뱃전의 난간을 훌쩍 뛰어넘었다.

28

진씨네 세 모녀는 진 사장과 함께 있으면 조용해졌다. 그렇다고 진씨네 안주인이 전혀 말을 하지 않는 것은 아니었다. 다만 말수가 눈에 띄게 줄고 아주 신중하게 말을 골랐다. 칼날이나 수류탄 같은 말이 자기 혀끝에서 날뛰다가 혀가 다칠까 봐 걱정된다는 듯이.

진 사장의 연설이 끝나고 진유홍은 엄마, 언니와 함께 엘리베이터 뒤쪽에 감춰진 적당한 크기의 응접실에 들어섰다. 아주 넓지는 않지만 장식품과 가구가 꽤 섬세하게 배치돼 있었다. 작은 협탁, 작은 탁자, 푹신한 의자 몇 개가 있고 문 뒤에는 작은 냉장고도 숨겨져 있었다. 엄마가 먼저 가장 안쪽에 있는 소파에 앉았다. 진유홍은 엄마의 의중을 눈치채고 얼른 냉장고에서 주스 캔을 두 개 꺼내 왔다. 한 캔은 진유환에게 건

넸지만 그녀는 손을 내저었다. 진유롼의 손에는 여전히 레드
와인이 담긴 잔이 들려 있었다. 진유홍은 엄마에게도 한 캔을
건넸다. 그러나 엄마는 생각에 잠긴 얼굴로 주스 캔을 손에
쥐고만 있었다.

진 사장은 들어오지 않고 문밖에 서서 영어로 전화 통화를
하느라 바빴다. 외국인 손님과 무슨 이야기를 나누는 모양이
었다. 응접실 안은 쥐 죽은 듯 조용했다. 다들 무슨 말을 해야
할지 몰랐다. 어쩌면 감히 말을 꺼내지 못하는 것인지도 모른
다. 진유홍은 사실 좀 긴장됐다. 우리 가족이 이렇게 모였던
게 언제더라? 두세 달쯤 됐겠지? 진유홍은 아빠를 꽤 오랜만
에 보는 것이었다.

"Hi — 나의 귀염둥이들, 정말 오랜만이야! 다들 잘 지냈
어?"

진 사장은 어렵사리 통화를 끝내고 성큼성큼 걸어 들어와
일부러 과장된 어조로 세 모녀의 안부를 물으며 두 손을 힘껏
마주 비볐다. 진유홍은 이 방에서 무슨 사업 이야기를 한바탕
늘어놓으려는 모습 같다고 생각했다.

어느 누구도 대답하지 않았다. 진유롼도 지금은 엄마가 나
설 때임을, 아무도 엄마가 나설 자리를 빼앗을 수 없음을, 아
무도 엄마의 발언권을 빼앗을 수 없음을 알고 있을 것이다.

452

진유홍은 엄마를 돌아봤다. 아직도 손에 주스 캔을 꽉 쥐고 있었다. 어떻게 말해야 좋을지 심각하게 고민하는 것 같았다.

"정말이지, 우리가 당신을 참 오랜만에 보네요. 요즘 무슨 일로 그렇게 바빴어요?"

진유홍은 자신의 엄마, 진씨네 안주인이 아주 오랫동안 고민한 끝에 괴로운 감정을 힘겹게 억누르고 이 모습을 애써 연기하고 있다는 것을 알았다. 가끔은 엄마야말로 정말 무능한 사람이란 생각이 들었다. 그런데 어떻게 초록색 팔찌를 얻었을까? 진 사장의 아내이기 때문에, 두 소녀의 엄마이기 때문이다. 그렇지 않다면 류난리가 왜 자꾸만 소녀들에게 결혼해서 애를 낳아야 한다고 넌지시 말하겠는가. 누군가에게는 엄마란 지위가 최소한의 보증이 아닐까.

"요즘은 전국의 Personal Health Cloud를 업데이트하고 최적화하느라 바빠. 뭔지 알지? 이걸 뭐라고 번역해야 하나? 그래, '건강 클라우드'라고 할 수 있겠네. 팔찌를 매개로 모든 사람의 건강 정보를 읽고 중앙 의료 데이터베이스에 업로드하는 일이지. 일단 각 구역 주민들의 데이터를 판독하고 분석할 생각이야. 주로 초록색 구역의 주민이겠지. 초록색 구역 주민들에게 더 유익한 농산물을 수확하려면 수직농장에 어떤 비료를 주고 어떤 영양소를 보충해야 할지 한층 더 섬세하게 조정하는…….”

진 사장은 우쭐대며 쉬지 않고 설명을 늘어놓았다. 자신의 업무 성과를 무척 자랑스러워하는 듯했다. 그러나 장광설을 늘어놓다가 진짜 청중은 아내뿐이라는 것을 불현듯 깨닫고 곧장 흥미를 잃었다.

“아, 내가 이렇게 설명하면 당신은 좀 알아듣나? 아니면 다른 이야기를 해볼까?”

방관자 진유홍이 보기에는 모든 것이 더할 나위 없이 명료했다. 왜 소녀는 국민 평가 시스템에서 더 높은 가치를 지닐까? 젊기 때문이다. 똑똑하기 때문이다. 그리고 대부분 아이를 낳을 수 있기 때문이다. 그렇다면 진씨네 안주인은? 그녀는 교장처럼 빛나는 공로를 세우지 않았다. 심지어 류난리처럼 그런대로 안정된 직장을 가진 것도 아니다. 두 자매가 성인이 되면, 머잖아 그런 일이 곧 벌어지면, 두 자매에게는 엄마의 양육과 지원이 더 이상 필요하지 않다. 그럼 그녀의 평가에서 ‘엄마’라는 가산점 항목은 사라지고 ‘아내’라는 지위만 남을 것이다. 그때가 되면 진 사장은 아내를 미련 없이 내치지 않을까? 누구도 확신할 수 없는 일이다. 진유홍조차도 감히 추측할 수 없었다.

“당신은 뭐가 이렇게 짜증스러워요?”

진씨네 안주인은 한숨을 푹 쉰 다음 공격인 듯도 하고 아닌 듯도 한 애매한 공격을 시작했다. 그녀의 장기였다.

"우리가 당신을 얼마나 오랫동안 못 봤는지 알아요? 우리 가족이 언제 다 같이 제대로 밥 한 끼 먹은 적 있어요? 우리는 당신이 많이 보고 싶었는데, 당신은 미안하지도 않아요?"

시작됐네. 진유홍은 모골이 송연했다. '우리'. 자신의 딸들을 최전선 총알받이로 내몰기, 딸들을 아빠를 공격하는 무기로 써먹기, 이것은 엄마가 흔히 쓰는 수법이었다. 진유환은 창가에 앉아 있었다. 자신과 상관없다는 일이라는 듯 여유로웠다. 마치 전쟁의 서막이 열리기 전에 시원한 저녁 바람을 즐기려는 것처럼 창가에 만든 자신만의 공간에 들어갔다.

"내 일도 아주 중요하잖아? 다 너희를 위해서, 너희가 초록색 구역에서 더 나은 삶을 누리게 하려고 그런 거잖아? 그럼 당신이 누리는 exclusive honor 대우는 어디에서 왔겠어?"

진 사장은 짜증스럽게 대꾸했다. 아빠 역시 딸을 방패로 삼아 사정없이 반격을 가했다.

진유홍은 얼굴이 벌겋게 달아오른 엄마를 쳐다봤다. 아마 속으로만 생각하던 질문을 꺼내야 할지, 아니면 이번에도 굴욕적으로 참아야 할지 갈등하고 있을 것이다. 그 질문은 오랫동안 자리를 지키고 있는 모든 본처가 마지막 순간까지도 토

해내야 할지 말아야 할지 고민하는 한마디였다. '당신, 여자
생겼어?'

그러나 진유홍은 그렇게 묻는 순간 엄마에게는 아무것도
남지 않게 된다는 점을 알았다. 더 이상 진씨 가문이라는 이
름을 등에 업고 위세를 부릴 수 없게 되는 것이다. 결국 덧없
는 자신의 가치와 무대 뒤에 도사린 공허를 직면할 것이다.

"Daddy— 그거 알아요?"

극적인 순간이었다. 진유롼은 여전히 우아하고 화려한 몸
짓으로 두 사람 사이에 재빨리 끼어들어 부모의 대화를 끊었
다. 분노로 이글거리는 진 사장의 시선도 가로막았다.

"저 이번 기말고사에서 1등 했어요!"

진유롼은 확실히 엄마를 닮았다. 성격까지 똑같았다. 그러
나 힘이 비슷한 상대가 누구냐 하면 아마 아빠일 것이다. 진
사장은 말투와 태도가 순식간에 부드러워지더니 영웅은 영
웅을 알아본다는 듯 탄성을 질렀다.

"너무 잘했어! 우리 딸이 최고야! You really did a great job!"

진 사장은 손을 뻗어 진유롼의 어깨를 감쌌다. 진유롼은 고
개를 살짝 기울여 아빠에게 기댔고 말을 하면서도 무심코 엄
마를 힐끗 쳐다봤다.

"홍홍, 너는? 이번에…… 잠깐만, Hello?"

진 사장이 자신에게 또 다른 딸이 있음을 뒤늦게 떠올렸는지 의무적인 관심을 보이려는 순간, 정장 주머니에서 휴대폰이 또 울렸다. 그는 재빨리 밖으로 나가 이 짧은 가족 연극에서 퇴장했다.

"고마워하지 않으셔도 돼요."

진유란은 곧장 엄마에게 다가가 히죽히죽 웃으며 말했다.

"뭘를?"

엄마는 퉁명스럽게 쏘아붙였다.

"아, 그럼 아빠가 엄마의 따귀를 때릴 때까지 기다렸다가 등장할 걸 그랬나?"

"따귀 한 대 맞는 게 무슨 대수라고? 네 동정은 필요 없어."

엄마는 코를 푸는 척했다. 그러나 쓸쓸하고 괴로운 감정을 남몰래 수습하느라 정신없는 것이 느껴졌다. 짐짓 기세 좋게 진유란과 대화하는 것은 다음에 이어질 모녀의 전쟁을 준비하는 행위 같았다.

"네, 그럼 다행이고요. 그렇지 않았으면 엄마가 너무 불쌍해서 이 진주 귀걸이를 자랑하기가 너무 미안할 뻔했어요."

"내 귀걸이? 그거 어디서 났어? 시신에서 가져온 거야?"

"비슷해요. 나는 내가 원하는 물건은 무슨 수를 써서라도 손에 넣어요. 엄마가 다른 사람에게 주었다고 해도요."

엄마는 진유란을 노려봤다. 그렇게 하염없이 노려보다가 참지 못하고 입꼬리를 살짝 들어 올렸다. 예전부터 이 훌륭한 딸은 위태로운 결혼 생활의 윤활제이자 아름다운 가정이 깨지기 직전에 덮어주는 천이었다.

진유홍은 제삼자처럼 조용히 그 장면을 지켜봤다. 어린 시절의 진유란을 떠올려보면 항상 이런 모습을 보이지는 않았다. 천사처럼 사랑스럽고 귀여울 때도 있었다. 다만 그때나 지금이나 진유란이 가장 신경 쓰는 사람은 오직 **엄마**뿐일 것이다. 그러나 엄마처럼 위험하고 매력적이면서도 뒤틀린 사람은 내면이 공허해서 강렬한 자극이 있어야만 자신의 존재를 증명할 수 있다. 두 모녀는 어느 정도 닮았다. 혹은 진유란이 서서히 엄마를 닮아가는 것일 수도 있다. 그렇기 때문에 두 사람은 기형적인 방식으로 승부를 겨루고, 싸움을 걸고, 암투를 벌여야 서로의 존재와 사랑을 느낄 수 있는 것이다.

진유홍은 생각했다. 나에게는 왜 저런 공감대가 없을까? 나는 왜 저런 갈망이 없지? 진유란이랑 나는 자매가 아닌가? 아마 실제로는 내가 진유란보다 더 무정해서 그렇겠지. 진유홍은 문득 냉장고에서 주스를 꺼내 마시고 싶어졌다. 그러나 주스를 마시려면 엄마와 언니라는 관문을 거쳐야 한다. 그냥 마시지 말자. 진유홍은 엄마를 사랑하기를 일찌감치 포기했다. 엄마의 사랑에는 독이 있다. 그래서 바라지 않은 지 오래였다. 대신 엄마에게 큰 기대를 걸지 않고 자신을 돌보는 법을 일찌감치 익혔다. 진유훙은 자신이 원래 인내심이 많다는 것을 알고 있었다.

그럼 똑똑하고 교활한 진유롼은 어떻게 설명해야 할까? 이토록 관계를 잘 다루는 진유롼이 엄마와 벌이는 게임에 기꺼이 몰입하는 것은 너무 똑똑해서 오히려 제 꾀에 넘어갔다고 봐야 하지 않을까?

진유롼과 엄마는 여전히 귀걸이 이야기를 하고 있었다. 모녀 사이에 웃음소리가 오갔다. 이 세상에는 태양을 이기려는 과부誇父[†]처럼 엄마의 인정과 사랑을 갈망할 수밖에 없는 딸이 있다. 다만 진유훙은 자신이 그런 딸이 아니며, 그런 딸이 되고 싶지도 않다는 것을 분명히 알고 있었다.

곧 자정이었다. 진유훙은 조금 졸려서 침대에 눕고 싶었다. 방으로 돌아가고 싶었다. 그러나 세 모녀는 여전히 응접실 안에, 화려한 드레스 안에 갇혀 있었다. 이윽고 진유훙은 린위안을 떠올렸다. 301호실을 거쳐 간 소녀들을 떠올렸다. 예전

---

† 중국의 신화집《산해경山海經》에서 해를 따라잡으려고 달리다가 죽은 거인족으로 어리석은 사람을 뜻함.

에 그 여자애, 린위안이랑 같은 시기에 들어왔던 기후 난민, 성이 장씨였던 것 같은데, 이름이 뭐더라? 진유홍은 이미 잊었다. 심지어 그 소녀의 얼굴도 좀체 기억나지 않았다. 진씨 자매는 자신들에게 가장 자연스러운 소녀의 단위는 세 명이라는 것을 알았다. 1호 소녀는 가장 눈에 띄는 진유환이다. 2호 소녀는 1호 소녀의 오랜 협력자이자 조수인 마커웨이다. 3호 소녀는 가장 매력이 없는, 다른 두 소녀가 은혜를 베푸는 상대이자 가엾은 하녀인 진유홍이다. 4호 소녀는 없다. 4호 소녀는 언제나 쓸데없는 존재다. 이름은 중요하지 않다. 그게 누구인지도 중요하지 않다. 어쨌든 4호 소녀는 다른 세 소녀가 시간을 때우기 위해 갖고 노는 장난감에 불과했다.

"우리 나갈까? 시간이 다 됐네."

진 사장이 다시 문을 열고 들어왔다. 진씨네 세 모녀는 동시에 몸을 돌렸다. 마치 오르골 위에서 음표를 따라 회전하는 세 개의 바비 인형 같았다.

29

　　진유롼은 엄마보다 한 발짝 앞서 걸으
며 꼭대기 층 연회장으로 향했다. 연회장에 들어서는 순간 모
두가 자신을 바라보고 귀엣말을 속삭일 거라고 확신했다. 하
지만 그런 건 일절 의식한 적이 없을뿐더러 자신이 언제나 사
람들의 주목을 받는 인물이라는 사실을 전혀 모른다는 듯이
행동했다.

　진유롼은 자신이 회오리바람처럼 남들이 한시도 무시할
수 없는 존재임을 알았다. 진유롼이 바람을 일으키며 회전하
면 사람들은 그녀를 떠받드는 동시에 두려워했다. 친해지고
싶지만 되레 움츠러드는 듯했다. 진유롼은 그런 과정에서 자
신의 힘과 존재감을 느꼈다. 자아가 안전하다는 것을 느꼈다.

　솔직히 말하면 정작 진유롼도 이처럼 강하고 견고한 껍데

기로 무엇을 감추려 하는지 잘 알지 못했다. 그저 두려워서 멈추지 못할 뿐이었다. 화려하고 웅장한 파도를 만들지 않으면 모두가 **자신을 꿰뚫어 볼 것** 같았다. 실상 자신의 내면에 아무것도 없다는 사실을 모두가 훤히 들여다볼 것 같았다. 진유롼 같은 소녀는 언제나 그릇이었다. 그저 멀리서 바라보는 바비 인형이었다. 그래서 사람들이 자신에게 각자의 환상을 투사하는 것을 받아들이고 멋대로 상상하도록 내버려두어야 했다. 그러나 정작 진유롼의 마음은 두려움으로 가득했다. 남들이 자신의 본질적인 공허함을 알아챌까 봐 두려웠다. 결국 모두가 자신을 포기하고 멀리할까 봐 두려웠다.

진유롼은 무대 앞에서 음악에 맞춰 살랑살랑 춤을 췄다. 치맛자락에 공들여 섬세하게 수놓은 금실과 은실이 호리호리한 몸을 축으로 공중에서 아름다운 곡선을 한 번, 또 한 번 그려냈다. 밤하늘의 별빛과 달빛을 보는 것 같았다. 회전 속도는 갈수록 빨라졌고 사람들의 탄성을 자아냈다. 진유롼은 모든 사람이 자기 아래에 있는 것 같아서 흐뭇했다. 눈가에 숨길 수 없는 웃음기가 묻어났다. 진유롼은 자신이 추구하는 가장 완벽한 경지에 도달하려면 어느 정도 광기가 섞이는 것이 당연하다고 생각했다. 완벽함은 불꽃이고, 광기는 바로 불길을 키우는 바람이다.

인파에서 멀찌감치 떨어져 앉아 진유롼의 춤추는 자태를 조용히 지켜보는 마커웨이는 이 세상과 소란한 속세로부터 동떨어져 있는 것 같았다. 마커웨이는 자신이 깊은 연못 같다고 생각했다. 한가운데에 신성한 보물이 묻혀 있는 이 연못은 끊임없이 물이 차올라서 점점 넓어지고 깊어진다. 그래서 다른 사람은 밑바닥을 볼 수 없다. 마커웨이는 누군가 물을 다 길어 가서 자신의 바닥이 드러날까 봐 두려웠다. 그래서 쉬지 않고 물을 채웠다.

마커웨이는 자신이 공허한 사람은 아니지만 어두운 면이 있음을 잘 알았다. 가끔은 완벽에 가까운 모습을 보여주려 할수록 본모습을 애써 숨기게 되고, 그럴수록 내면은 더욱 황폐해진다는 사실을 자각했다. 마커웨이는 언제나 야무졌다. 남에게 걱정을 끼치는 법이 없고 항상 남을 돌보느라 바쁘면서도 자기 내면의 야심, 분노, 질투 그리고 심해의 괴물을 닮은 불안을 꼭꼭 감췄다. 마커웨이 같은 소녀가 광활한 바다라면, 아름다운 소녀들은 사람을 유혹하는 바다에 가깝다. 소녀들은 항상 기다리고 있다. 밀물이 들어오는 순간을, 반격할 순간을 기다리는 것이다.

진유홍은 침묵을 지키는 오래된 신목神木처럼 류난리와 몇몇 어른들 근처에 얌전히 서서 이따금 다소곳이 천진한 미소를 지었다. 아무도 물을 주지 않는데도 잘 살아 있는 식물 같았다. 진유훙도 가끔은 자신이 수직농장에서 몰래 도망치는 농작물이 될지, 아니면 영원히 환경에 순응하며 자랄지 궁금했다. 하지만 자자지섬에 바닷물이 차올라도 진유훙은 도망치지 않을 것이다. 여기 연회장에 있는 사람들 중 대다수가 도망치지 않을 것이다. 대부분 **도망치지 못하는** 것이리라. 어쨌든 소녀들은 다 남을 것이다. 아름다운 소녀들에게는 일종의 마력이 있어서 사납고 거친 파도처럼 보이는 모든 외양을 아름답게 바꿀 수 있었다.

위로만 자랄 줄 아는 도시는 잔혹하고 욕구가 채워지지 않는다. 그 도시에 사는 소녀들은 활짝 핀 해바라기처럼 순순히 위로 자라나고 남을 따라 위로 올라간다. 어른들은 소녀들이 완벽한 모습, 순종하는 모습을 보이도록 훈련한다. 그리고 소녀들은 어른들을 흉내 낸다. 어른 세계의 규칙을 자신들의 세계에 그럴듯하게 이식한다.

소녀들의 천성적인 아름다움은 벌꿀, 메이플시럽, 꽃물처럼 사방으로 풍기는 달콤한 향기와 같다. 그래서 성인들 세계의 잔혹함과 비린내를 뒤덮어준다. 소녀들은 달콤하면서도 사악하고, 결백하면서도 유혹적이고, 연약하면서도 완강하고, 얌전하면서도 반항적이다. 다리를 벌릴 수 있고 오므릴 수도 있다. 솔직할 수 있지만 입만 열면 거짓말을 한다. 소녀는 이 세상이 서로 갖겠다고 다툴 만큼 완벽하지만 정작 소녀는 자신을 원하지 않을 때가 많다.

바다, 바다, 지난날 자오얼섬을 덮쳤던 것과 같은 바다였다. 린위안은 수직농장을 향해 전력으로 헤엄쳤다. 쉬지 않고 헤엄칠 수밖에 없었다. 수직농장 사람들만이 장리팅을 구할 수 있을 것이다. 파도는 강력했다. 그리고 바닷물은 얼음처럼 차가웠다. 할머니가 빨간색 구역에서 목숨을 잃은 그날, 빗방울이 얼굴을 매섭게 때리던 순간의 감촉을 다시 느꼈다. 마치 자오얼섬이 물에 잠기던 날로 돌아간 기분이 들었다. 멀리까지 갔다가 결국 원점으로 돌아온 것 같았다. 황당하고 낭패한 상황에 처했다는 것은 알지만 반드시 장리팅을 구해야 했다. 린위안은 바닷물에 몸을 담근 채 자신은 연약하지만 굳세다고 용기를 북돋웠다. 무궁무진한 힘을 가졌다고 생각했지만 한편으로는 절망감이 밀려들었다.

고독과 자유는 언제나 동전의 양면이다. 자유는 민들레의 씨앗이고, 고독은 민들레 씨앗을 날게 하는 깃털이라고 할 수 있다. 자유가 없고 자유를 질투하는 사람, 혹은 이미 정착했거나 늘 한 곳에 매여 있는 사람은 자꾸만 자유를 쓸쓸하고 절망적인 것으로 포장한다. 떠나면 안 된다고, 떠나지 말라고 꼬드기며 모든 사람을 주저앉히려 한다. 물론 자유를 포장하면 안 될 이유는 없다. 진실도, 소녀도 항상 포장되지 않던가.

수직농장 꼭대기 층에서 사람들이 내지르는 환호성이 바닷바람을 타고 실려와 희미하게 들렸다. 린위안의 머리에 꽂힌 진유란의 화려한 머리핀이 바닷물을 머금었다. 한밤의 검은 장막에 빛줄기를 그린 보석의 광채가 하늘의 불꽃과 어우러져 찬란하게 반짝였다. 그러나 젖은 린위안의 짧은 머리는 보석이 가득 박힌 머리핀을 붙들지 못했다. 머리핀은 곧 소리 없이 바닷속으로 가라앉았다. 린위안은 고개를 들고 헤엄치면서 수직농장을 바라다봤다. 고층 높이에서 떨어지는 불꽃과 저층에서 가로로 쏘는 불꽃, 여기에 수직농장 건물 자체가 뿜는 조명까지 더해져, 멀찍이 떨어져 있는 린위안의 눈에는 건물 전체가 반짝이는 금색 새장처럼 보였다.

날아들고, 날아가고, 남는다. 날아들고, 날아가고, 남는다. 새장 밖에 있을 때 비로소 새장의 모습을 확인할 수 있는 법이다. 린위안은 기존 새장에서 나와 다른 새장으로 날아가는 기분이 들었다. 고개를 돌려 아까 탔던 배를 쳐다봤다. 수직농장에 비하면 배의 조명은 훨씬 어두웠다. 배에서 소란스럽게 떠드는 사람들의 소리가 들렸다. 린위안은 할머니의 말을 떠올렸다. 대자연은 모든 것에 대한 답을 가지고 있어. 네 문제는 뭐니? 린위안은 울컥했다. 혼란스러웠다. 문제가 너무 많은데 대체 무엇을 물어야 할지 알 수 없었다. 그저 아는 것이라곤 자신에게 장리팅을 구할 책임이 있다는 것이었다. 헤엄치고 또 헤엄칠 수밖에 없었다. 그렇게 헤엄쳐서 돌아가고 싶은지 아닌지 모를 곳으로 돌아가야 했다.

바닷물이 차오른다. 그러나 새장은 여전히 높은 곳에 달려 있다. 저 새장에 카나리아가 갇혀 있다면 아무런 고민도 없다는 듯이 영원히 맑고 낭랑하게 노래를 부르지 않을까? 바닷물이 차오른다. 섬에 변화가 닥쳐도 하늘을 나는 새와 새장 속 새는 바닷속 물고기의 울음소리를 듣지 못한다. 누군가 물에 잠기고 바닷물이 차오른다. 다만 세상의 모든 일이 꼭 해수면 때문에 일어나는 것은 아니다.

옮긴이의 말

        해수면이 상승하고 토지가 부족하다는 이유로 국민에게 등급을 매겨 소수의 기득권층만 보호하는 나라가 이 소설의 배경입니다. 디스토피아 설정이지만 매년 기상 이변에 관한 뉴스가 쏟아지는 현실을 생각하면 전혀 불가능한 이야기 같지는 않습니다. 어느 날 정신을 차려보면 우리의 현실이 되어 있을 것 같기도 합니다. '도움이 안 된다는 이유로 국가가 국민을 포기하는 건 말이 안 되지'라는 생각이 들기도 했지만, 소설 속 린위안의 할머니는 이렇게 말했습니다. "사람은 자원이 풍족한 시대에서나 평등과 정의를 실현하는 도덕적 여유가 생기는 거야." 정말 해수면이 상승해서 땅이 부족해진다면, 꼭 누군가는 희생해야 한다면, 우리는 과연 어떤 선택을 내릴까요? 너무 섬뜩하고 시렸습니다.

제가 꼽은 이 책의 매력은 절대 악이 없다는 것입니다.(물론 인신매매 일당은 제외입니다.) 단편적으로 특정 인물과 특정 행동이 잘못되었다고 지적해 교훈을 주려 하기보다는, 각기 다른 환경에서 자란 인물들이 어떤 가치관과 고충을 가지고 어떤 생각을 하는지 굉장히 입체적으로 보여줍니다. 지금처럼 복잡한 시대에서는 절대적 가치를 찾기란 여간 힘든 게 아닙니다. 그 와중에 사회적 동물인 우리는 다양한 사람들과 교류하며 살아야 하기 때문에 서로를 이해하는 것이 굉장히 중요합니다. 우리를 심각한 대립으로 내모는 사회문제 중 대다수는 이해심의 결여에서 비롯된다고 봅니다. 서로에게 분노하기보다는 서로의 마음에 귀 기울이는 여유를 가졌으면 합니다. 자신의 가치관을 강요하기보다는 서로를 한 명의 독립된 개체로 받아들였으면 합니다. 그렇게 건강한 마음을 가진다면 더할 나위 없이 좋겠습니다.

소설 속 마커웨이의 말을 빌리자면 수직농장은 '금색 새장'입니다. 린위안은 수직농장이 자유를 막는 올가미이자 벗어나야 할 굴레라며 '새장'에 집중합니다. 반면 마커웨이는 '금색'에 초점을 맞춥니다. 수직농장은 반짝이는 집이자 부모님의 애정을 느끼는 공간이라고 생각합니다. 같은 곳에 살며 같은 것을 배우는 소녀들이지만 저마다 처한 상황과 위치에 따라 현실을 받아들이는 관점과 가치관이 달라집니다. 자유를 누리려면 특권을 포기해야 하고, 특권을 누리려면 구속을 감당해야 하는 딜레마를 여실히 보여주는 이 장치는 많은 생각을 하게 만듭니다.

또 하나 크게 다루는 내용은 엄마와 딸의 관계입니다. 딸에게서 엄마의 모습이 보인다는 것은 부정할 수 없지만 그 사실이 엄마가 딸을 휘두르는 명분이 될 수는 없습니다. 많은 엄마들이 이미 그 나이대 삶을 겪어봤다며 본인의 기준으로 딸을 재단합니다. 엄마가 온 세상이고 전부인 어린 딸에게는 너무 가혹한 애정입니다. 알게 모르게 엄마라는 존재 자체가 딸에게 상처가 되기도 합니다. 엄마와 딸은 관계를 의미하는 이름일 뿐, 각각의 독립된 개체입니다. 그것을 인정하고 받아들이는 것이 건강한 엄마와 딸의 관계로 나아가기 위한 첫걸음이라는 생각이 들었습니다. 엄마가 한때 같은 고민을 품었던 여자로서 딸을 존중해주면 어떨까요.

여기서 눈여겨봐야 할 점은 엄마는 이름이 나오지 않는다는 것입니다. 누구의 엄마, 어느 집안의 안주인으로 표현됩니다. 번역할 때는 딱 떨어지는 이름이 없어서 골치가 아팠지만, 어른이 된 여자가 온전히 자기 자신으로 살 수 없는 현실이 반영된 게 아닐까 하는 생각을 하니 마음이 시렸습니다. 결혼을 하고 가족이란 관계를 맺으면 피할 수 없는 호칭입니다. 다만 그 호칭이 서글프게 들리지 않는 사회가 왔으면 좋겠습니다. 엄마는 왜 지금의 엄마가 되었을까? 딸이 먼저 호기심을 가져 보면 어떨까요.

우제주 작가는 현직 의사지만 이미 여러 단체가 주는 문학상을 수상하며 활발히 활동하는 작가입니다. 번역하면서 우제주 작가의 탄탄한 구성에 여러 번 감탄했습니다. 우정이 무기가 되고 둘씩 짝지어 다니는 소녀들의 생리를 섬세하게 그린 묘사력, 수직농장을 금색 새장에 빗대어 상반된 가치를 담아낸 상상력, 소설 속 인물들에게 새와 물고기의 기질을 부여한 표현력에 감탄을 금치 못했습니다. 이런 멋진 글을 우리말로 옮길 기회를 얻어서 번역하는 동안 행복했습니다. 개인적으로 수직농장 다른 건물에서 지내는 사람들의 삶도 엿보고 싶은 마음이 들었습니다. 우제주 작가의 차기작이 기대됩니다.

여러모로 많은 메시지를 던지는 책입니다. 하지만 꼭 무겁게만 생각할 필요는 없을 겁니다. 소설 속 아름다운 소녀들 중 누구에게라도 마음이 움직였다면 그것만으로도 좋은 시간이 아닐까요. 저의 부족한 글재주로는 이 책의 매력을 모두 담을 수 없으니 독자 여러분이 직접 아름다운 소녀들의 이야기를 들여다보며 마음으로 느낄 수 있기를 바랍니다. 세상의 모든 아름다운 소녀들이 평생 아름다움을 잃지 않기를 소망해봅니다.

아름다운 소녀들의 수직사회

초판 1쇄 인쇄 2025년 5월 15일
초판 1쇄 발행 2025년 5월 25일

지은이 우제주
옮긴이 황선영
펴낸이 신경렬

상무 강용구
기획편집부 이다희 신유미
마케팅 최성은
디자인 검정글씨 민희라
경영지원 김정숙 김윤하

편집 박기효

펴낸곳 ㈜더난콘텐츠그룹
출판등록 2011년 6월 2일 제2011-000158호
주소 04043 서울시 마포구 양화로 12길 16, 7층(서교동, 더난빌딩)
전화 (02)325-2525 | **팩스** (02)325-9007
이메일 editor1@thenanbiz.com | **홈페이지** www.thenanbiz.com

ISBN 979-11-5879-237-4 03830